NINI
PATTE EN L'AIR

Du même auteur aux Éditions J'ai lu

Les lits à une place (1369)
Les miroirs truqués (1519)
Les jupes-culottes (1893)
Les corbeaux et les renardes (2748)
Au nom du père et de la fille (3551)
Pique et cœur (3835)
La Mouflette (4187)

FRANÇOISE Dorin

NINI PATTE EN L'AIR

ROMAN

© Éditions Robert Laffont, S.A., Paris, 1990

1

C'est important la première phrase d'un livre.
C'est impressionnant.
C'est paralysant.
Pour l'auteur, bien sûr...
Intimidé par la virginité de sa feuille, il retarde l'instant de la violer : il imagine un lecteur en train de prendre son livre – son futur livre. Il le voit en regarder la couverture, le soupeser, l'ouvrir... Et lire enfin cette fameuse première phrase.

Première version : le cauchemar ! « Son » lecteur trouve la phrase obscure. Ou lourde. Ou trop littéraire. Ou d'une platitude désespérante. Il fronce les sourcils. Se frotte les yeux et, plein de bonne volonté – car en plus il est plein de bonne volonté ! –, il reprend sa lecture au début. Cette fois, il fait carrément la moue. Il soupire. Il bâille... en mettant le livre devant sa bouche ! Quel symbole : l'ennui s'exhalant sur les mots ! Soudain la sonnerie du téléphone retentit. L'auteur a l'impression d'être sauvé par le gong. Erreur ! « Son » lecteur dit à celui qui l'appelle :

– Oh non ! tu ne me déranges pas du tout. Je venais de commencer un livre : une vraie merde !

L'auteur est K.-O.

Deuxième version : le rêve ! Le lecteur lit la première phrase. Il la trouve astucieuse. Claire. Joliment tournée. Accrocheuse, mais pas racoleuse. Il s'en arrache un instant. La retient derrière ses paupières closes comme l'amateur d'un vin en retient une gorgée sur sa langue pour mieux le savourer. Puis il reprend sa lecture au début. Oui ! Il relit cette première phrase enchanteresse et enfin entame la suivante, l'œil alangui de préjugés favorables...

Eh oui, c'est important la première phrase. C'est si important que je tourne autour avec des ruses de Sioux sans oser l'aborder. Je rêve. Je rêvasse. Je rêvouille. Je rêvaude. Allongée sur le divan de mon bureau, je me promène dans ma tête avec mon imagination en laisse. Voilà maintenant que je passe par les mêmes chemins. Je piétine. Je stagne. Lassée, je finis par m'assoupir. Une minute ? Une heure ? Je n'en sais rien. En revanche, je suis formelle : quand je rouvre les yeux, je vois – aussi nettement que je vous vois, vous, lecteur, en train de lire ces lignes –, je vois, plantée devant moi, une jeune femme au teint sombre, aux cheveux de jais, aux yeux de corbeau. Bref, le contraire d'une Suédoise.

Bien qu'à notre époque la mode vestimentaire permette – et même recommande – n'importe quelle fantaisie, j'ai quand même l'impression que les bottines à lacets de ma visiteuse, ses jupons froufroutants et son caraco généreusement décolleté ne sortent pas du marché aux Puces. Et puis, elle a entre son menton haut levé, son buste bien droit, sa jambe bien tendue, quelque chose d'altier, aussi authentiquement démodé que le mot pour le dire. Pourtant, je suis presque sûre d'avoir vu cette fille-là quelque part. J'ai à peine le temps de chercher où que, déjà, elle se présente ou plutôt qu'elle s'annonce avec un rien de provocation :

– Nini Patte-en-l'air ! Gambilleuse de Montmartre !

Ah ! ça y est ! je me souviens ! Je l'ai croisée il n'y a pas longtemps, dans un vieux livre de ma bibliothèque que j'avais ouvert tout à fait par hasard. Enfin « par hasard »... ai-je cru au moment. Maintenant qu'elle est là, j'ai un doute.
— Quelle bonne surprise ! Je suis enchantée.
— Vous me connaissez, je suppose ?
— Bien sûr... De nom en tout cas.

Je comprends que cette situation vous paraisse un peu bizarre, mais moi, elle ne m'étonne pas du tout : je suis comme ces frontaliers qui, vivant dans un pays, travaillent dans un autre et qui, à force de franchir les frontières dans les deux sens, ne savent plus très bien où ils sont. Moi, le pays où je vis c'est la Réalité. Celui où je travaille : la Fiction. J'ai des amis ou des relations dans les deux et parfois, je les rencontre et je leur parle sans savoir si je suis d'un côté de la frontière ou de l'autre. Ainsi, avant-hier, marchant rue d'Alésia, en pleine réalité, je suis tombée à l'improviste sur Vercingétorix, un ancien ami de classe. Spontanément, j'ai engagé la conversation ; mais elle a tourné court et je l'ai quitté très vite.

Cela pour vous expliquer que la présence dans mon bureau de la jeune Nini Patte-en-l'air, qui devrait avoir dans les cent vingt ans, me paraît très naturelle et que je m'informe auprès d'elle, comme je le ferais auprès de n'importe quelle visiteuse inattendue, de ce qui me vaut le plaisir de sa venue.

— Je sais que vous avez horreur des « bouffeurs de temps » et des « slalomeurs de la parole », dit-elle, cherchant sans doute à me prouver par l'emploi de ces deux expressions qui me sont familières qu'elle me connaît bien. C'est pourquoi, poursuit-elle, j'irai droit au but. Voici : je suis venue pour vous demander d'écrire ma biographie.

Je me montre aussi directe qu'elle :

– Pas question ! D'abord, je n'ai jamais eu envie d'écrire une biographie. Ensuite, si cette envie me prenait, ce ne serait sûrement pas la vôtre qui me tenterait.

– Pourquoi ?

– Parce que vous-même, très crânement d'ailleurs, vous vous êtes intitulée tout à l'heure « gambilleuse » et que je ne vois pas l'intérêt d'écrire la vie d'une gambilleuse.

Nini se rebiffe avec une véhémence assez rare, heureusement, chez les gens qui sollicitent de vous un service. Mais peut-être estime-t-elle m'en rendre un avec sa proposition saugrenue.

– Bravo pour le sectarisme ! s'écrie-t-elle. Vous ne la connaissez pas, ma vie. Comment osez-vous décider a priori qu'elle n'est pas intéressante ? Attendez au moins de savoir avant de juger.

Evidemment, l'argument peut paraître valable. Mais moi, je parierais qu'il ne l'est pas. Je parierais que Nini est exactement comme ce déménageur dans *N'écoutez pas, mesdames* de Sacha Guitry qui ne cesse de répéter que sa vie est un roman sous prétexte que sa femme l'a trompé et en plus – summum de l'originalité pour lui – avec son meilleur ami !

Il y a, comme ce déménageur, de nombreuses personnes naïves ou vaniteuses, qui croient leur vie hors du commun, dans le bonheur comme dans le malheur, et, à coup sûr, digne de nourrir l'inspiration d'un écrivain.

A chaque fois qu'il m'est arrivé d'écouter leurs confidences, j'ai été déçue. A chaque fois que je l'ai dit aux intéressés – après bien sûr qu'ils m'eurent priée instamment d'être franche – ils ne me l'ont pas pardonné.

Alors, avec Nini, j'essaie la diplomatie :

– Vous savez, mademoiselle, j'ai des confrères et

des consœurs qui sont des spécialistes de la biographie et qui seraient beaucoup plus compétentes que moi.

– C'est certain.

– Alors, pourquoi vous adressez-vous à moi ?

Elle a prévu ma question car elle a tout à coup sur le visage la jubilation mal dissimulée des hommes politiques qui ont bien préparé leur dossier pour un débat télévisé et qui voient enfin surgir l'occasion d'en caser une partie. D'ailleurs, à l'instar de ces messieurs, elle tente de m'amadouer avec la traditionnelle flatterie :

– Excellente question !

Puis elle m'énumère les raisons de son bon choix avec une assurance tranquille :

– Primo, vous aimez et vous habitez depuis longtemps un quartier que j'ai moi-même aimé et habité de longues années. Vous traînez vos baskets où j'ai traîné mes bottines. Secundo : vous admirez les peintres que j'ai côtoyés et vous auriez bien voulu avoir la chance, comme moi, de voir s'ébaucher sous vos yeux les chefs-d'œuvre de Monet, de Renoir, de Van Gogh, de Toulouse-Lautrec, et de bien d'autres. Tertio : vous êtes fascinée par l'époque où j'ai vécu. A juste titre, puisque fécondée par des Haussmann, des Eiffel, des Nadar, des Lumière, des Charles Cros, des Citroën (et j'en passe), cette époque a accouché de votre univers d'aujourd'hui. Quarto : votre propre père fut le successeur respectueux des hôtes du *Chat-Noir*, berceau de cet esprit montmartrois qu'en cette fin de XIXe siècle le monde entier nous enviait, et les noms de Vincent Hyspa, de Maurice Donnay, de Rodolphe Salis, d'Aristide Bruant et de tous leurs amis vous sont aussi familiers qu'à moi. Quinto : que vous le vouliez ou non, vous êtes, comme moi, une « de la baraque ».

Je ne peux m'empêcher de sourire en entendant tomber des lèvres pourpres de Nini cette expression tombée il y a quelques années de la plume parfois étonnamment tendre de Jean Anouilh. Il désignait ainsi tous ceux qui du haut au bas de l'échelle, dans quelque lieu et de quelque façon que ce soit, appartiennent au monde du spectacle. Grâce à lui désormais, il y a les « la baraque » comme il y a les « Bourbon-Parme ». D'un trait de plume, Anouilh a anobli tous les saltimbanques : le fait d'un prince !

Nini me ferme brutalement ma parenthèse confraternelle au nez.

– A propos, me dit-elle, M. Anouilh vous remercie de vos affectueuses et fréquentes pensées.

Alors là, cette fois, je suis stupéfaite.

– Vous le connaissez ?

– J'ai cet honneur. Je lui ai même raconté ma vie. Ça l'a beaucoup intéressé... lui !

De deux choses l'une : ou Nini Patte-en-l'air ment et elle est une maligne d'avoir trouvé juste l'argument qui pouvait m'influencer en sa faveur. Ou elle ne ment pas et je suis idiote de rejeter sans appel ce qui a retenu l'attention de Jean Anouilh.

Les deux hypothèses méritent que j'examine d'un peu plus près sa proposition.

– Ecoutez, mademoiselle Patte-en-l'air, je ne peux pas vous donner une réponse définitive maintenant. Il faut que je réfléchisse.

– Combien de temps ?

– Je ne sais pas... Un mois ou deux...

– Trop long ! Je vous laisse quinze jours, pas un de plus.

– Quinze jours !

– D'habitude, il vous en faut plutôt moins pour prendre une décision.

– D'habitude, oui. Mais, en l'occurrence...

En l'occurrence, le téléphone sonne. Je me lève en somnambule. Je m'ébroue. Je secoue mes pensées comme un chien mouillé les gouttes d'eau. Je vais répondre. Au bout du fil, une éditrice que je ne connais pas me demande :
— Vous n'avez jamais eu envie d'écrire une biographie ?

Machinalement je me retourne. Je suis presque surprise de ne plus voir Nini. Je réponds à mon interlocutrice :
— Une biographie ? Non, jamais... Jusqu'à présent. Mais...

2

Les quinze jours suivant cette entrevue, je les ai passés presque exclusivement à chercher des renseignements sur le compte de Nini Patte-en-l'air. J'ai survolé un certain nombre de livres ayant trait à l'époque où elle a vécu, parcouru quelques biographies des grands artistes qui s'y sont illustrés, picoré çà et là des articles dans le *Gil Blas* et *Le Courrier français* sur les actualités du temps.

Le résultat de cette pêche a été pour le moins décevant. Certes, j'ai trouvé le nom de Nini mentionné parmi ceux des accortes danseuses qui ont fait la gloire des bals de la fin du siècle dernier, dont notamment le *Moulin-Rouge* ; j'ai constaté qu'on parlait à plusieurs reprises de son talent, de son professionnalisme et d'une école de danse qu'elle avait créée ; j'ai vu quelques-unes de ses photos dont certaines justifiaient pleinement son nom ; j'ai remarqué enfin que sa mort en février 1930 à l'hôpital de la Charité avait été commentée sur deux colonnes par un jeune journaliste nommé Pierre Lazareff, sans émotion excessive.

Rien dans tout cela de très excitant, d'attractif, d'exceptionnel et, au soir du quinzième jour, c'est-à-dire hier soir, j'ai décidé de ne pas me pencher plus avant sur le cas de Nini Patte-en-l'air.

Après une nuit aussi peu fertile en événements qu'a priori la vie de la gambilleuse, ce matin à l'instant où je m'efforçais sournoisement de retenir les lambeaux de sommeil qui se détachaient de moi, tout à coup j'ai senti quelqu'un qui, avec un sans-gêne incroyable, poussait mes paupières comme une porte. C'était Nini. J'étais furieuse et je lui enjoignis très sèchement de me laisser tranquille.

– Allons ! Allons ! me répondit-elle en me regardant derrière les yeux. Un peu de lucidité, s'il vous plaît ! Vous savez très bien que je ne suis ici que par la volonté de votre inconscient, et que je n'en sortirai que sous la poussée de votre stylo.

Incapable d'être de mauvaise foi – en tout cas avec moi-même –, je m'avouai la mort dans l'âme qu'elle disait vrai. Par la même occasion, je m'avouai que quinze jours plus tôt, elle n'était pas entrée chez moi par effraction, ni par hasard, mais bel et bien parce que mon inconscient l'y avait introduite. Pourquoi ? Sans doute tout simplement à cause des cinq raisons que Nini m'avait données pour expliquer son intrusion. Mais ce n'est pas sûr... avec l'inconscient, allez donc savoir !

Et puis, peu importe qui a déposé « la petite graine », le problème n'est pas là. Le problème est que ma tête se retrouve enceinte d'une gambilleuse, qu'elle se refuse à avorter et qu'il va bien falloir qu'elle accouche. Déjà je m'interroge sur le futur bébé : sera-ce une biographie ou un roman ? Sera-t-il gros ou sera-t-elle maigrichonne ? Sera-t-il drôle ? Sera-t-elle tendre ? Ah ! il me tarde de savoir. Pourvu que ce ne soit pas un monstre ! Pourvu que ce ne soit pas une grossesse nerveuse ! ou une grossesse trop difficile ! Pourvu que... Ça y est ! Les angoisses maternelles commencent. Nini essaie de me rassurer :

— Ne vous inquiétez pas, me susurre-t-elle en essayant de mêler à sa voix gouailleuse quelques intonations de sirène, je suis là pour vous aider.

— Je l'espère, parce que pour le moment...

J'esquisse un geste vague qu'elle traduit immédiatement avec une remarquable justesse :

— Pour le moment, dit-elle, vous pédalez dans la choucroute.

Comme cette expression me semble un tantinet anachronique dans la bouche de Nini, celle-ci en profite pour mettre certaines choses au point.

Très active de nature, quand elle s'est retrouvée Là-Haut, mise d'office à la retraite éternelle, elle a tout de suite cherché à s'occuper. Le syndicat des Bienheureux a évidemment tenté de l'en empêcher, mais comme leur délégué n'était autre que son ancien partenaire, Valentin-le-Désossé – croyez-vous ! que le ciel est petit quand même ! –, après quelques journées de pourparlers, forcément, elle a obtenu le droit de travailler. Après tout, à chacun son paradis. Le sien à elle, qui avait toujours souffert sur la terre d'être à la fois terriblement curieuse et terriblement ignorante, c'était d'apprendre. Alors, elle avait appris. Un peu en lisant. Mais surtout en observant dans sa longue-vue céleste et en écoutant dans sa longue-ouïe ce que faisaient et disaient ces petites fourmis humaines auxquelles elle avait appartenu. Elle était donc au courant dans les grandes lignes de ce qui s'était passé depuis son départ dans le monde en général et à Paris en particulier. Elle avait suivi avec beaucoup d'intérêt l'évolution des mœurs, de la mode, de l'urbanisme et du langage. En conséquence, il ne fallait pas s'attendre avec elle aux ébahissements conventionnels d'une Candide en jupons débarquant sur une planète inconnue. Qu'on se le dise, elle n'allait pas « avoir des vapeurs » ni « réclamer ses sels » si d'aventure elle voyait des travelos place Pigalle, des Toshiba pétaradantes rue Lepic, des shootés au Sacré-Cœur et des antennes de télé sur le *Lapin-Agile*.

M'ayant ainsi dûment expliqué son mode d'emploi, Nini m'invite à brancher mon magnétophone.

– Pour quoi faire ?
– Ben... pour écrire le bouquin.

Aussitôt, je me récrie en nostalgique de la plume d'oie et en victime d'un handicap de naissance qui me rend le maniement de n'importe quelle mécanique extrêmement pénible et difficultueux.

– Je suis désolée, lui dis-je, mais je suis incapable de dicter la moindre ligne. J'écris tout à la main.
– Il ne s'agit pas de dicter.
– Alors pourquoi le magnéto ?
– Ben, pour que je puisse enregistrer mes souvenirs et qu'après, vous, vous puissiez rédiger mes Mémoires.
– Ah ! je comprends ! En somme, je vais être votre « nègre ».
– Voilà ! Enfin, ma négresse.
– Ça ne se dit pas.
– Alors... vous allez être ma nègre.
– Ça ne se dit pas non plus. Pas davantage qu'une ministre.
– On dit quoi alors ?
– Madame le ministre.
– Eh bien, madame le nègre, quand vous voulez, on peut commencer : je suis prête.

Comme d'habitude, je perds un temps inconcevable pour des gens normaux à dénicher une cassette vierge, à l'extraire de son boîtier, à l'introduire par le côté adéquat dans le magnéto, à brancher le magnéto sur la bonne prise (la mauvaise étant pour moi celle

15

qui entretient des relations mystérieuses avec un commutateur dit « en va-et-vient » et dont je n'ai pas encore compris quand il va et quand il vient), à essayer toutes les touches avant de tomber sur celle de la marche arrière appelée traîtreusement « Return » par des technocrates sûrement très savants mais qui ignorent le français, à rembobiner la bande dans un sens, puis dans l'autre... après m'être aperçue que ma première manœuvre était inutile. Enfin, j'enfonce la touche « Start » – nouvelle brimade infligée aux monolingues complexés – et éprouve en cet instant tant attendu la joie sauvage du soldat écrasant le sol ennemi.

Histoire de me chauffer comme un sportif avant une compétition, je pose à Nini une première question qui, je le reconnais volontiers, n'est pas d'une originalité à couper le souffle :

– Nini, quand êtes-vous née ?
– Le 15 août 1884.

Allons bon ! quelques dates piquées au cours de mes brèves investigations sur ma cliente me reviennent très vite à la mémoire : je suis sûre qu'elle se trompe d'année. Si sûre qu'avec une hardiesse assez rare chez moi je coupe le magnéto pour lui signaler son erreur qui n'est, je le pense, qu'un lapsus.

– Vous n'avez pas pu naître en 1884 : j'ai lu qu'à l'ouverture du *Moulin-Rouge* en 1889, vous faisiez partie du fameux quadrille naturaliste.
– Exact !
– Eh bien, vous ne dansiez quand même pas le french cancan à cinq ans !
– Non, j'en avais vingt et un.

Un rapide calcul me permet de conclure qu'elle est née en 1868 et de lui demander avec une légitime curiosité :

— Alors pourquoi m'avez-vous dit que vous étiez née en 1884 ?

Pas troublée du tout, plutôt même amusée, elle me répond du tac au tac :

— Et vous, pourquoi avez-vous dit à des journalistes que vous étiez née le 2 février 1967, alors que – ai-je besoin de le préciser ? – vous êtes née... légèrement avant ?

Je ne suis pas plus troublée qu'elle. Je me souviens effectivement d'avoir donné cette date comme celle de ma naissance pour la simple raison qu'elle était celle de la création de ma première pièce et que ce jour-là j'avais été en quelque sorte mise au monde... du théâtre. Dans un coin de mon cœur, je ne me puis m'empêcher de préférer ce faire-part de naissance à celui qui, bien des années plus tôt, signalait qu'un bébé de sexe féminin avait vu le jour. Encore que je me garde bien d'oublier que le second doit tout au premier.

Du geste impératif de l'agent de police qui veut stopper la course des voitures, Nini arrête mon argument, prêt à démarrer.

— Inutile, je suis au courant. C'est même par pur esprit d'imitation que j'ai prétendu être née le 15 août 1884 car moi, ce jour-là, j'ai été mise au monde... de la danse.

— Le jour de l'Assomption de la Vierge ?

— Eh oui ! Moi aussi je me suis envolée... mais moins haut ! Et pas du même endroit.

— D'où ?

— De là où j'habitais depuis toujours : Domrémy.

— Domrémy ?

— Oui, dans les Vosges.

— La patrie de Jeanne d'Arc ?

L'étonnement stupide que j'éprouve à l'idée d'un rapprochement territorial entre la sainte et la gam-

17

billeuse n'échappe pas à cette dernière qui se croit obligée de m'expliquer comme à une enfant :
— Vous savez, depuis le XVe siècle il y a quand même pas mal de gens qui y sont nés.
— Bien sûr...
— Notamment l'abbé qui m'a élevée.
— Comment s'appelait-il ?
— Lafoy.

Devant ma mine réprobatrice, Nini ajoute précipitamment :
— Lafoy avec un *y* au bout.
— Même avec un *y*, ce nom de Lafoy pour un curé relève vraiment de la coïncidence abusive.
— Vous êtes drôle, quand il est né ses parents ne pouvaient pas prévoir qu'il allait entrer dans les ordres. Imaginez qu'il soit devenu boulanger, vous l'auriez trouvé normal, son nom : M. Lafoy, boulanger. Hein ?

Cet argument me paraît d'autant plus irréfutable que dans mon enfance j'ai connu un M. Gâteau qui était pâtissier et un M. Vin qui tenait un débit de boissons. En raclant les fonds de tiroir de ma mémoire, je me demande même si je ne découvrirais pas justement un certain abbé Athé, dont le nom réjouissait mon père. A la réflexion d'ailleurs, il l'avait peut-être inventé. Il était comme je le suis, très sensible au comique des noms et à leur pouvoir évocateur : Mme Hochepaix me fait rire. Sybille de Clèves, avec son accent grave, me fait rêver. Et l'abbé Lafoy, ma foi, me fait tiquer.

Indubitablement, Nini lit dans mes pensées car soudain, enchaînant sur ma réflexion silencieuse, elle m'interpelle sur un ton assez déplaisant :
— Chère madame, je crois honnête de vous prévenir que ma vie est jalonnée de personnes portant des noms bien plus étranges que ce pauvre abbé Lafoy ;

en outre qu'elle fourmille d'événements, répertoriés dans le catalogue Boileau dans la rubrique « Vrai pouvant n'être pas vraisemblable ». Alors, autant vous y habituer tout de suite... ou renoncer à notre collaboration. Car moi, je me connais, si vous tiquez, je vais me bloquer.

Après une discussion assez tendue, nous convenons que je ne tiquerai plus devant elle, mais que je continuerai à tiquer si ça me chante devant ma page blanche. Ce marché conclu, je remets en marche mon magnéto et poursuis notre entretien :

– Vous me disiez donc que vous aviez été élevée par l'abbé Lafoy.

– C'est ça. Et par sa servante, Mme Patamba.

– Patte-en-bas ?

– Non ! me réplique Nini Patte-en-l'air sur un ton de reproche. Je vous en prie, n'en rajoutez pas. Patamba, ça se prononce comme caramba ! Elle était espagnole.

– Ah ? Il y avait déjà des bonnes espagnoles à l'époque ?

– Il s'agissait d'une reconversion : elle avait eu des revers... Je ne vous dis pas...

Et immédiatement elle me les dit :

Dans les années 50 – 1850 évidemment – Mme Patamba est une espèce de Pavlova ibérique, question popularité s'entend, car question style, les deux danseuses n'ont rien de commun : la Pavlova ne dansait pas *La Mort du cygne* avec des castagnettes et la Patamba *La Danse du feu* avec des plumes ! Autant l'une, séraphique et diaphane, n'a pas l'air de toucher terre, autant l'autre, pulpeuse, voire grassouillette, donne l'impression saisissante, lorsqu'elle frappe fougueusement le sol, qu'elle va s'y enfoncer. Impression trompeuse car selon Nini, en réalité la Patamba jouissait d'une souplesse phénoménale qui lui permettait d'exécuter toutes sortes de cambrures, de courbures, de brisures, bref, l'éventail complet des « figures » qui n'ont rien à voir avec le visage.

Mais oublions Patamba l'artiste et revenons-en à Patamba la femme, celle qui est tombée des sommets de la gloire dans le presbytère de l'abbé Lafoy. Comment ? A cause d'un faux pas. Mais quel faux pas ! De quoi vous inciter à regarder où vous mettez vos pieds pour le reste de vos jours ! Jugez plutôt :

Le 24 décembre 1858, plus frénétique que jamais, la danseuse espagnole se prend le pied dans ses castagnettes... et chute dans la fosse d'orchestre, la tête la première. Malencontreusement elle s'obstine à sourire pour rassurer son public et tombe, bouche ouverte, sur l'archet d'un violoniste en pleine montée chromatique qui lui transperce le palais. L'archet, pas le violoniste. Malencontreusement, à l'hôpital où on la transporte pour l'opérer, le chirurgien de service qui vient de fêter à la sangria – sans modération – sa mise à la retraite, commet une bavure. Et ça, vous le savez, une bavure à la bouche, ça ne pardonne pas. La Patamba perd pour toujours l'usage de la parole. Ce qui malencontreusement l'oblige à témoigner par gestes au procès qu'elle intente à son bourreau et la fait condamner par un juge misogyne à trois mois de prison pour outrage à magistrat, certaines de ses explications gestuelles pouvant en effet prêter à une interprétation obscène. Elle ne s'en releva pas. Et ça, vous le savez aussi, avec une danseuse qui ne se relève pas, il n'y a plus qu'à tirer le rideau. La Patamba le tira – définitivement – sur sa brillante et courte carrière : elle avait vingt-deux ans et au cœur un dégoût et une peine... inexprimables. C'est bien, hélas ! le cas de le dire.

Ecœurée par le flamenco – on le serait à moins – et

déçue par la justice de son pays, elle quitta l'Espagne sur le dos d'une mule extrêmement dévouée.

La bête que la Patamba chevauchait (et non pas qu'elle mulauchait comme le préconisait Vauvenargues) franchit les Pyrénées en maugréant contre celui – quel qu'il fût – qui avait prétendu à la légère qu'il n'y en avait plus. A Hendaye, elle prit la direction de l'est. Et même du nord-est. Elle s'y maintint avec une obstination vraiment digne de la réputation de sa race. Elle ne s'arrêta qu'à Epinal, sur les quais de la Moselle, devant un magasin à l'enseigne des *Enfants sages*... où l'on ne vendait que des images. Ce jour-là, dans la vitrine, il y en avait une seule, mais très grande et très belle, qui représentait quoi ? je vous le donne en mille : l'âne de Buridan (docteur scholastique du XIVe siècle : 1300-1358 ou 1359, les archivistes hésitent... forcément avec ce nom-là !).

Nini ne doute pas une seconde qu'un lien mystérieux, voire familial, unissait l'âne de Buridan à la mule de la Patamba et que celle-ci pulsée par un instinct rare – mais pas exceptionnel chez les animaux – a traversé la France pour saluer l'effigie de son illustre ancêtre juste avant de mourir. Car elle est morte, la mule. Je suis tellement troublée par cette histoire que j'en oublie de vous dire le principal : elle s'est écroulée, là, subitement devant la vitrine. Et tenez-vous bien, à la même seconde, l'image de l'âne de Buridan en disparaissait. Explication : un vendeur venait de s'en saisir pour la montrer à un client tricolore : rose de teint, blanc de poils, et noir d'habits. Client qui n'était autre que l'abbé Lafoy, désireux d'acquérir l'âne pour décorer la crèche qu'il avait dressée dans son église.

La suite, vous la devinez : la Patamba, accablée de chagrin et de fatigue, implora le secours du ciel – seul organisme reconnu d'intérêt public auquel on pouvait s'adresser à une époque où les citoyens n'étaient pas assistés comme maintenant.

Eh bien, une minute plus tard le secours était là. De quoi répondre à Friedrich Sieburg (1893-1964) qui intitula un de ses livres *Dieu est-il français ?* : « Non, monsieur Sieburg, Il est espagnol. » En effet, Dieu avait envoyé auprès de la Patamba un de ses meilleurs attachés de presse, notre brave abbé Lafoy.

Elle voulut lui expliquer sa situation – par gestes forcément. Mais il lui coupa la parole... en lui prenant la main, et lui hurla dans l'oreille, car il la croyait également sourde – comme quoi, quelquefois, on ne prête pas qu'aux riches – : « Nous parlerons plus tard. Parons au plus urgent. »

Et il para : il l'emmena jusqu'à Domrémy in petto et dans la calèche de la marquise de Mangeray-Putoux, une pieuse gaillarde qui faisait en sorte que le poids de sa générosité équilibrât celui de ses péchés. Il installa la Patamba au presbytère dans l'ancienne chambre de sa sœur aînée Léonie, maintenant enfin mariée et mère d'un petit Vincent de cinq ans dont à l'instant Nini Patte-en-l'air, je le sens bien, brûle de m'entretenir. Mais je l'en dissuade avec énergie : je suis une fanatique adepte de l'ordre chronologique. J'ai horreur qu'on me saute des épisodes, qu'on galope à la fin d'une histoire et qu'après on revienne en arrière. Ça m'embrouille.

– Pour le moment, dis-je à Nini, vous m'avez présenté l'abbé Lafoy et la Patamba, mais vous ne m'avez pas encore confié quels rapports existaient entre eux et vous.

Soudain Nini, jusque-là très ouverte, se referme comme une huître.

– Si, me répond-elle sèchement, je vous ai dit qu'ils m'avaient élevée.

Un soupçon m'effleure que j'éprouve quelque embarras à exprimer :
- Mais enfin, étaient-ils... vos parents ?
- Non !

Ouf ! Je respire ! J'aurais vraiment été navrée que l'abbé Lafoy fût le père de Nini Patte-en-l'air, ou de tout autre enfant d'ailleurs. L'Eglise n'a vraiment pas besoin en ce moment de ce genre de scandale.

Par bonheur, j'en suis quitte pour la peur. Le père Lafoy n'est pas le père de Nini et la Patamba, pas la mère de la Patte-en-l'air. Mais alors, une question s'impose :
- Quels sont vos vrais parents, Nini ?

Nini ne répond pas.

Au cours de la journée, sous différentes formes, à différentes reprises, je réitère ma question. En vain. Nini oppose à ma curiosité un silence obstiné. Pourtant, au soir de cet interrogatoire épuisant, curieusement je ne suis pas découragée. Je suis sûre qu'elle va me répondre.

Mais quand ?

3

Pas plus tard que le lendemain. Nini Patte-en-l'air, comme la veille, me tire de mon sommeil en m'affirmant avec vergogne :

– Je suis la fille du comte Muffat et d'Anna Coupeau.

Mon sang et mes pensées ne font qu'un tour. Bien qu'à peine réveillée, je réagis violemment, tel un mousquetaire atteint dans son honneur. D'ailleurs, je m'écrie :

– Ventre-saint-gris ! Palsambleu ! Que je ne sois pas une intello, d'accord ! mais il ne faudrait quand même pas me prendre pour une demeurée. Je sais pertinemment que le comte Muffat et Anna Coupeau sont les héros de *Nana*, le roman d'Emile Zola... qui, en outre, est passé en feuilleton à la télévision.

– Oui... et alors ?

– Comment et alors ? Vous n'êtes pas la fille de deux personnages imaginaires, non ?

Nini me décoche un de ses regards lourdement ironiques, très comparables à ceux qui m'échappent quand je me sens armée pour clouer le bec d'un interlocuteur. Pis est, elle prend aussi mon ton doucereux pour me glisser dans l'oreille :

– Allons, ma chère, ce n'est quand même pas vous

qui allez me dire que les personnages des romanciers n'existent pas ?

Avant même que j'aie le temps de lui envoyer dans le rictus Edgar Poe, Jules Verne, Marcel Aymé et quelques auteurs, imaginatifs purs et patentés, elle me précise qu'elle voulait parler exclusivement des romanciers qui, comme Zola, se veulent témoins de leur temps et qui ne cachent pas, bien au contraire, que leurs œuvres sont nourries d'observations et d'enquêtes menées par eux dans les milieux qu'ils souhaitent décrire.

La conscience relativement tranquille, je rétorque :

– N'empêche que même ces romanciers de la tranche de vie soutiennent tous que tel ou tel de leurs personnages n'est pas la décalcomanie fidèle d'une personne existante mais le résultat d'un puzzle composé de multiples morceaux empruntés à leurs amis ou connaissances.

Le regard de Nini devient de plus en plus ironique, son ton de plus en plus doucereux et de ce fait, me ressemblant de plus en plus, elle me devient de moins en moins supportable. Vraiment, je me passerais volontiers de l'entendre me dire :

– Enfin, vous savez bien que les romanciers racontent des histoires : c'est leur métier. Même quand ils publient un livre notoirement, impudiquement autobiographique, ils viennent susurrer dans les micros et devant les caméras, avec une curieuse pudeur à retardement que : « Oui... bien sûr... il y a dans tout ça une part de vérité... une part d'eux-mêmes... mais qu'il ne faut rien exagérer... qu'il y a aussi... c'est certain... une part d'invention... peut-être involontaire... peut-être inconsciente... »

Elle m'énerve, Nini ! Je crois m'entendre. En plus, je sens que la conversation est en train de dévier vers les généralités et qu'elle va s'y enliser si je n'y mets pas bon ordre. Je l'y mets donc, sans tarder.

– Soyez sérieuse, Nini ! Vous ne pouvez être la fille de deux héros de roman.

– Bien sûr que non, reconnaît Nini à mon grand soulagement.

– Alors, la fille de qui ?

– De ceux qui ont inspiré à Zola Nana et le comte Muffat.

– Qui étaient-ils ?

– Des prototypes de la société de l'époque : d'une part celui de l'aristocrate oisif et fortuné ; d'autre part celui de la courtisane exploitant les vices du précédent.

– Et quels étaient leurs noms ?

– Peu importe ! Ce n'est pas la vie de mes parents que je vous ai chargée de raconter, c'est la mienne.

– D'accord ! Mais il est important de savoir de qui vous êtes issue afin de déterminer dans votre personnalité la part de l'hérédité et celle de l'acquis.

– Vous trouvez ça important, vous ?

– Evidemment ! Dans une biographie sérieuse...

Nini Patte-en-l'air m'interrompt sans ménagement, s'empare de ma phrase sans aucune autorisation et la conduit, hardi petit, hors des sentiers battus :

– Dans une biographie sérieuse, je sais, on commence par parler avec force détails de la famille toujours très nombreuse du sujet en cause : les arrière-grands-parents, les grands-parents, les parents, les oncles, les tantes, tout y passe ! Et à quoi ça sert ? A vous dire à la page 212 que si le héros ou l'héroïne s'est mis les doigts dans le nez au bal de la sous-préfecture de Saint-Flour le 25 mai 1817 à 20 h 59 précises – ce qui a eu les conséquences désastreuses que chacun sait sur les relations du Liechtenstein avec les marins-pêcheurs de l'île d'Ouessant –, oui, si le héros ou l'héroïne a fait ce jour-là avec son index une espèce de plongée sous-narine, c'est sans doute (car en plus, on n'en est pas sûr) parce que le tonton Agénor lui avait légué cette fâcheuse manie, que lui-même avait héritée de son tonton Justin.

Je blêmis à la pensée que par souci de vérité, je vais être obligée de rapporter ces propos et qu'ils risquent de tomber sous les yeux de mes confrères et consœurs, éminents biographes dont je respecte et admire la minutie avec laquelle ils rassemblent une à une les pièces d'une documentation précise. Je blêmis d'autant plus que je compte parmi ces forçats des archives des amis très chers. Mais ça, Nini Patte-en-l'air s'en fiche comme de sa première culotte. Et encore... je serais tentée de croire que sa première culotte... mais n'anticipons pas ! Pour le moment on n'en est pas encore à ses premiers langes. D'ailleurs Nini me le reproche d'une façon à peine déguisée :

– Il serait peut-être temps qu'on parle un peu de moi, non ?

– Je veux bien ; mais permettez quand même avant qu'on en revienne si peu que ce soit à vos parents.

Nini renâcle :

– Les vrais, je ne les connais pas. Je ne peux pas vous en parler. Pour moi, les vrais, je n'en ai pas d'autres que l'abbé Lafoy et la Patamba.

– Alors, dites-moi au moins de quelle manière vous êtes arrivée entre leurs mains.

– Ça, d'accord ! Ça me concerne. Allez ! Branchez votre magnéto.

– Heu... tout bien réfléchi, je préfère prendre des notes sur mon cahier.

Après avoir adressé une pensée émue aux techniciens japonais qui se décarcassent pour des arriérées de mon espèce, Nini se met à me raconter ce qu'elle sait sur sa naissance par son prêtre adoptif.

Compte tenu de l'époque où il se déroule, son récit me paraît très plausible. En effet, l'I.V.G. n'étant même pas encore revendiquée, et le divorce même pas encore toléré dans certains milieux, il est normal que Nini, à l'état embryonnaire, ait provoqué de terribles remous dans le faux couple déjà très agité de ses parents... que faute d'autres noms elle continue à appeler Nana et Muffat.

Lui, en tant qu'aristocrate, ne peut envisager d'avoir un enfant hors mariage et qui plus est, avec une femme qui n'a pas le moindre scrupule coincé entre ses seins admirables.

Elle, en tant que maîtresse vénale, ne peut que souhaiter cette naissance qui, si elle est connue, ne manquera pas de déclencher un scandale extrêmement coûteux pour la réputation et la situation du comte... plus coûteux encore que le silence de Nana, qui pourtant le lui compta au cours le plus fort de la Bourse des chantages.

En dépit de notre aversion naturelle pour ce genre de marché, restons objectifs et donnons deux circonstances atténuantes à Nana. La première : comme de nos jours les sportifs de haut niveau, elle exerçait un métier très lucratif, certes, mais où, ayant très vite atteint la limite d'âge, il est prudent de penser à l'avenir. La deuxième : fidèle à sa promesse, Nana fit preuve d'une discrétion absolue. Dès que son embonpoint risqua de paraître suspect, elle annonça à tout son entourage (et ça faisait du monde !) qu'elle allait quitter provisoirement Paris afin de soutenir le moral d'une de ses parentes provinciales très affectée par son veuvage récent.

Elle ne mentait presque pas : il était vrai qu'elle se rendait dans les Vosges, chez la marquise de Mangeray-Putoux, laquelle – cela explique bien des choses – était connue dans le monde des noceurs parisiens des années 1850 sous le nom de Nono Clair-de-lune, pseudonyme aussi transparent que sa lingerie ; vrai aussi que les deux femmes, ayant partagé fraternellement d'abord leurs poupées, ensuite leurs amants, se considéraient comme deux sœurs ; vrai encore que Nono, après avoir réussi à conduire devant monsieur le maire le cacochyme marquis de Mangeray-Putoux, était veuve depuis peu. En revanche, il était faux, on s'en doute, qu'elle en fût affectée et que son moral réclamât le moindre soutien. Néanmoins, elle accueillit Nana avec une immense joie, par une nuit très sombre qui dissimula à tous l'arrivée de la voyageuse. Elle l'installa dans la chambre du défunt marquis, située à l'extrémité de l'aile droite du château ; chambre qu'elle ferma à double tour avec une clé aussi performante que celle qui, sous les croisades, ferma la ceinture de chasteté d'une ancêtre du marquis canonisée par Benoît XIV pour cause de virginité abusivement prolongée.

Dans les délais normaux prévus par la nature, Nana accoucha de Nini avec l'aide de Nono par une nuit tumultueuse où les hurlements du vent étouffèrent sans difficulté ceux de la parturiente.

Je ne vous cacherai pas que les deux nuits précitées, l'une providentiellement sombre rendant l'intrusion de Nana au château invisible, l'autre providentiellement bruyante rendant son enfantement inaudible, me semblent sujettes à caution. Mais après tout, des nuits comme celles-là, on ne peut nier qu'elles existent. Moi-même j'en ai connu. Entre autres, une dans les Vosges précisément, où la tempête prenait de véritables allures de typhon. Au point qu'à Gérardmer, pourtant bien paisible d'habitude, on se serait cru à Nagasaki.

– Ça ne se passait pas en juin ? me demande tout à coup Nini.

Je fouille dans le fond de ma mémoire, car ce genre de souvenirs dont on ne se sert pas souvent sont rarement sur le dessus, et après quelques instants, je lui réponds sans ambages :

– Effectivement, ça se passait en juin.
– Normal ! Les tempêtes en juin dans les Vosges sont très courantes.
– Ah ?
– Et très redoutées des marins, ajoute Nini impavide.

Soudain, doutant de ses facultés mentales autant que de mes connaissances géographiques, je risque avec une extrême prudence cette information :

– Mais... il n'y a pas de marins dans les Vosges.
– Non, me répond Nini. Justement à cause de ça.

Aussitôt, elle éclate de rire, ravie de sa plaisanterie... que je la soupçonne tout à coup d'avoir empruntée à Alphonse Allais.

Elle n'infirme, ni ne confirme mes soupçons.

– Oh, vous savez, me dit-elle, comme me l'a écrit un jour Jules Renard : « Rien ne ressemble plus à une pensée de moi qu'une pensée que j'aurais pu avoir. »
– Il vous a écrit ça, Jules Renard ?
– En tout cas, il aurait pu.

J'ai l'impression avec Nini d'avancer sur du sable mouvant. Heureusement qu'elle affermit le terrain avec cette déclaration nette et précise :

– Je suis née le 10 juin 1868.
– Tiens ! dis-je, cédant à une manie de notre temps, vous êtes Gémeaux.
– Oui, répond Nini toujours très branchée, j'ai appris ça de Là-Haut, dans les années 50 – les vôtres – car de mon temps, on ne s'occupait pas d'astrologie... hélas !
– Ah ? ça vous plaît donc ?
– Je comprends ! J'aurais bien aimé avoir mon

thème astral. Malheureusement, je ne connais pas l'heure exacte de ma naissance.

– C'est dommage...

– D'autant plus que j'ai lu un livre d'Olenka de Veer...

– Astrologue réputée, je connais.

– Eh bien, elle signale pour mon signe des caractéristiques générales qui me définissent à la perfection.

D'un bond, je vais chercher le livre en question dans ma bibliothèque. Nini me l'arrache des mains et, l'ayant ouvert au chapitre consacré aux Gémeaux, elle m'en lit d'autorité quelques passages qui, m'affirme-t-elle, « semblent avoir été écrits pour elle » :

– « Nerveuse, délurée, pleine d'esprit... »

J'ai dû laisser échapper un minuscule ricanement car Nini aussitôt me met le livre sous le nez.

– Regardez ! dit-elle, je n'invente rien. C'est écrit là.

Après un bref coup d'œil et en me gardant de tout commentaire, je l'invite à continuer sa lecture :

– « La femme Gémeaux aime à vivre au jour le jour dans une activité frénétique. Elle adore susciter les désirs et jouer avec les sentiments. Un mot l'attire. Un rien l'éloigne. »

Nini lève la tête.

– Comme vous ! me glisse-t-elle très vite et, sans me permettre de préciser que seules les deux dernières notations me concernent, elle poursuit sa lecture :

– « La femme Gémeaux aime bien évoluer dans des situations compliquées. Les retournements de dernière seconde, les amours simultanées ne sont pas pour lui déplaire. »

Nini relève la tête et je crains de sa part une nouvelle assimilation à un trait de mon caractère qui serait complètement fausse. Mais non ! j'ai tort : elle veut simplement attirer mon attention d'abord sur ce goût prêté ici aux femmes Gémeaux pour les amours simultanées, ensuite sur la phrase qu'elle va me lire maintenant :

– « La femme Gémeaux avec le Verseau aura une vie hors du cadre des conventions, emplie de rencontres insolites. »

Quand on saura que je suis Verseau on comprendra mieux qu'après cette phrase, j'aie dans les yeux une expression assez indéfinissable qui, dans une bulle de B.D., serait traduite par une série de points d'interrogation et d'exclamation alternés.

Le livre refermé, comme pour me prouver ce besoin « d'activité frénétique » qui y était signalé, Nini Patte-en-l'air reprend l'initiative d'une conversation qu'elle mène à fond de train. Dans un temps record, j'apprends que peu après l'accouchement de Nana, la marquise de Mangeray-Putoux convia l'abbé Lafoy à un dîner en tête à tête – si l'on peut dire, dans la mesure où il y avait, en plus des deux leurs, une tête de veau dont le bon curé raffolait. A la fin de la première bouteille de gewurztraminer (cuvée spéciale de 1876. Excellente année, n'importe quel œnologue vous le confirmera) la marquise lui raconta l'histoire de Nana, sa presque-sœur, devenue fille-mère, en estompant quelque peu le côté « fille » et en insistant au maximum sur le côté « mère ».

A la fin de la deuxième bouteille de gewurztraminer (vendanges tardives : le petit Jésus en culotte de velours !) elle persuada le bon père qu'il en ferait un excellent pour la nouveau-née, qu'il était même le seul à pouvoir assumer cette charge, vu que Nana était obligée de reprendre son dur labeur à Paris et qu'elle-même, eu égard à la mémoire de son défunt époux, ne pouvait décemment pas s'afficher avec un bébé juste quelques mois après son veuvage.

Au troisième verre d'un marc appelé dans la région le « tue-diable » (appellation qui dispense de commentaires sur ses 75 degrés), l'abbé Lafoy souscrivit avec enthousiasme au plan concocté par Nana et Nono, et jura d'apporter tout son dévouement à son exécution. Après quoi la panse et la poche bien garnies, il rentra au presbytère d'un pas aussi léger que sa conscience ; car à l'instar de la marquise, il était un pieux gaillard.

Au petit matin, il fut réveillé, sans surprise, par les cris de la nouveau-née – notre Nini – que l'ancienne Nono Clair-de-lune, profitant qu'il n'y en avait pas (de clair de lune), venait de déposer sous ses fenêtres, dans un panier avec biberon, langes, couches et ce petit billet anonyme : *Je m'appelle Nini. J'ai une semaine. Je voudrais savoir parler pour vous dire merci.*

La Patamba, avertie par l'abbé, découvrit « le cadeau du ciel » avec une joie comparable à celle d'une cliente de la Redoute découvrant que son paquet est conforme à la commande qu'elle a passée. Immédiatement, elle s'empara de la nourrissonne dans un geste possessif où le moins doué des psychanalystes – s'il y en avait eu évidemment à cette époque-là – aurait vu l'exutoire de sa frustration physique et affective.

Le téléphone vosgien fonctionnant moins bien que le téléphone arabe, le village ne connut l'existence de Nini que trois jours plus tard, le 13 juin. Une véritable aubaine ce retard ! car le 13 juin est le jour de la Saint-Antoine de Padoue et l'abbé Lafoy n'eut aucun mal à convaincre ses ouailles que la découverte du bébé, à proprement parler miraculeuse, était imputable au saint homme, réputé – est-il besoin de le préciser ? – pour retrouver les objets perdus.

– C'est ainsi, conclut Nini Patte-en-l'air, que

l'abbé Lafoy et la Patamba devinrent mes parents adoptifs.

– Etrange, cette union du sacré et du profane au-dessus de votre berceau.

– D'autant plus étrange qu'elle se retrouva au-dessus des fonts baptismaux puisque ma marraine fut Nono Clair-de-lune et mon parrain le neveu de l'abbé Lafoy, Vincent, âgé alors de huit ans et qui déjà, enfant de chœur aux yeux angéliques...

Je sens à nouveau Nini Patte-en-l'air attendrie et prête à me parler de ce garçon qui a sûrement tenu un rôle important dans sa vie. Mais, toujours fanatique de l'ordre chronologique, je coupe immédiatement Nini avec la première question qui me passe par la tête et qui dans le genre bouche-trou en vaut bien une autre :

– Quel genre de bébé étiez-vous ?

Sans doute furieuse que j'aie étouffé ainsi son attendrissement dans l'œuf, Nini se lance dans un discours véhément sur sa première année d'existence ; discours d'où il ressort que finalement, les conditions de vie du bébé de la fin du XIXe siècle sont assez proches de celles du bébé de la fin du XXe siècle et que l'apparition des fameuses couches-culottes garanties sans fuites n'a pas eu sur le mental des jeunes usagers l'influence qu'on veut bien nous dire. En effet, je me rends compte que, comme la vie des bébés de mon entourage, celle de Nini au berceau fut entièrement axée sur son tube digestif et qu'elle braillait systématiquement à chaque fois qu'elle voulait en signaler un quelconque dysfonctionnement.

Je me rends compte que le comportement des adultes devant un berceau n'a pas tellement évolué non plus depuis 1868 puisque Nini m'affirme que si elle a échappé, grâce à son ascendance inconnue, aux inévitables « elle a le nez de son père, la bouche de sa mère, les cheveux de papy Jules... qui est chauve (ah ! ah ! ah !) et le caractère de mamy Jeanne... qui gueule tout le temps (toc ! en passant) », en revanche, elle n'a pas échappé aux non moins inéluctables : « Dire qu'on a été comme ça ! », « C'est mignon, quel dommage que ça grandisse ! », « Elle est éveillée pour son âge », « On a l'impression qu'elle comprend ». Ne lui furent pas davantage épargnées les traditionnelles sollicitations : « Fais ton petit rot », « Fais ton petit popo », « Fais ton petit câlin », « Fais ton gros dodo ». Ici remarque intemporelle pouvant inciter à la réflexion : seul le sommeil chez l'enfant est sollicité par l'adulte en quantité importante.

Nini eut droit aussi aux inévitables prédictions du genre : « Celle-là, avec les yeux qu'elle a, elle va faire des ravages », ou « Celui-là, avec ses doigts longs et fins, il va être pianiste ».

A l'encontre de ces prévisions gonflées d'espoir et qui, en général, crèvent à la première piqûre du temps, celle dont on gratifia Nini s'avéra :

– Par hasard ! s'écrie la gambilleuse. Quand on m'a ôté mes langes pour la première fois, comme n'importe quel bébé j'ai agité mes jambes dans tous les sens. En me voyant, la Patamba folle de joie s'est précipitée sur son bloc-notes et y a écrit : *« Sera una ballerina. »*

A ces mots dont la consonance ibérique frappe mon oreille je m'étonne et demande :

– L'abbé Lafoy ne lui avait pas appris le français ?

– Si, me répond Nini, mais dans les moments d'émotion, elle employait toujours sa langue maternelle.

– Façon de parler ! ne puis-je m'empêcher de glisser dans un sourire, tout en regrettant d'une part cette plaisanterie de mauvais goût, d'autre part l'amphibologie du mot « langue » qui explique – dans une proportion modeste mais significative – le recul de la francophonie.

Mais Nini, probablement absorbée par ses souvenirs, a perdu pour une fois le fil de ma pensée et renoue le sien :

– Contrairement à ce que vous pourriez croire, ce n'est pas la Patamba qui m'a surnommée Patte-en-l'air.

– Ah bon ! Qui alors ?

– Toulouse-Lautrec.

– Ah ! Vous vous rappelez dans quelles circonstances ?

– Bien sûr ! Cela se passait au temps où je dansais encore en amateur, pas en professionnelle, dans les bals de Montmartre. Un jour qu'il était là, juché sur un tabouret avec ses petites jambes qui ne touchaient pas terre, il m'a croquée sur son bloc, dans la position du port d'armes, vous savez ?

– Oui... avec une jambe levée à la verticale et maintenue contre la tête par une main.

– Voilà ! Eh bien, Henri...

– Vous appeliez Toulouse-Lautrec Henri ?

– Ben oui... on était très copains : à quatre ans près on avait le même âge.

J'ai une pensée fugitive pour certaines personnes de ma connaissance qui se délectent à appeler par leur prénom des personnalités célèbres qu'elles ont entrevues, dans le meilleur des cas, une fois au cours d'un dîner de deux cents couverts. Le snobisme, lui non plus, n'a guère évolué ! Mais, dans le fond, peut-être ai-je mauvais esprit ? Peut-être Nini Patte-en-l'air a-t-elle « copiné » avec Toulouse-Lautrec ? Peut-être, comme elle le prétend, lui a-t-il remis son croquis avec cette dédicace d'un humour amer, possiblement dans sa manière : « A Nini qui lève si bien la patte en l'air : image de mon rêve interdit. Sans rancune. » Et avec cette signature flatteuse : « Henri, ton petit admirateur et ton grand ami. »

En l'absence de preuves sur l'origine de « Patte-en-l'air », je m'informe sur celle de Nini.

– Ça vient d'où, Nini ?
– D'Alphonse Allais.
– Encore !
– Oui ! oui ! Un soir au *Chat-Noir* à quelqu'un qui me demandait : « Nini c'est le diminutif de quoi ? », il a répondu : « C'est le diminutif de : Ni cet excès d'honneur, Ni cette indignité. »

Invention ou vérité ?

Au comble de la perplexité, je demande une suspension de séance pour complément d'information.

4

J'ai passé les deux jours suivants à dévorer une biographie très complète de Toulouse-Lautrec et à feuilleter les albums de ses œuvres : peintures, affiches, lithos, dessins. Pas trace de Nini !

Les trois jours suivant ces deux jours-là, j'ai fureté à travers la vie d'Alphonse Allais : ses amis, ses canulars, ses articles, ses bons mots. Pas trace de Nini non plus !

– Et alors ? s'écrie la gambilleuse en faisant irruption dans mon bureau au matin de mon sixième jour de recherches. Qu'est-ce que ça prouve ?

– Ben... ça prouve que vous me racontez des histoires.

– Pas du tout ! Ça prouve simplement que les biographes les plus scrupuleux, les plus fouineurs, les plus « fouillassons » ne savent pas tout. D'ailleurs, personne ne sait tout d'une vie. Même s'il s'agit de la vie d'un contemporain. Mieux ! d'un mari, d'un amant, d'un ami, d'un parent proche, vous ne savez pas tout. Tenez ! Demandez aux policiers quel mal ils ont à reconstituer une journée – une seule – de la vie d'un témoin. Et encore ! un témoin coopératif ; un qui n'a rien à cacher. Alors franchement, comment voulez-vous reconstituer heure par heure, minute par minute, 18 250 et 13 500 jours ?

– Pourquoi 18 250 et 13 500 ?

– Parce que c'est, en gros, le nombre de jours qu'ont vécu Alphonse et Henri.

– Ah ?

– Mais oui ! Vous vous rendez compte ! Ça fait 438 000 heures pour l'un et 324 000 heures pour l'autre. Autrement dit, respectivement 26 millions 280 000 et 19 millions 440 000 minutes. Disons pour simplifier 26 et 19 millions de minutes... Personne au monde n'est capable de dire à quoi ils ont employé chacune d'elles. Personne au monde ne peut vous jurer en son âme et conscience que Toulouse-Lautrec et Alphonse Allais n'ont pas consacré une minute de leur vie, l'un à une dédicace, l'autre à un bon mot qui me concernaient. Eux-mêmes ne pourraient pas le jurer. Surtout eux. L'absinthe dilue le souvenir.

Ne souhaitant pas apporter de l'eau au moulin de Nini, je me garde d'ajouter qu'en l'absence de toute absinthe, le temps fait très bien office de dissolvant. La preuve : même la vie des autobiographes les plus sobres comporte d'innombrables trous... et pas forcément volontaires !

A quoi bon le nier ? Le raisonnement de Nini m'a ébranlée. Il est probable que des gens célèbres ont écrit des dédicaces parfois très personnalisées ou lancé des phrases très spirituelles, ou très profondes, que pourtant la postérité ignorera toujours, parce qu'elles sont tombées entre des mains négligentes ou dans des oreilles d'imbéciles, de sourds, d'amnésiques. Alors, bien sûr, pourquoi pas Allais ? Pourquoi pas Toulouse-Lautrec ?

– Je suis contente de vous avoir convaincue, répond Nini à ma voix intérieure.

Ayant pris maintenant l'habitude d'être presque

continuellement sur écoute, j'enchaîne sans difficulté :

— N'empêche qu'avec tout ça, je ne sais toujours pas le nom de vos parents.

Nini se gausse de mon entêtement à élucider ce point qu'elle juge sans intérêt : de son temps on ignorait la crise d'identité et le syndrome de l'arbre généalogique. Ne craignant pas des assimilations hardies, elle me pose cette question pour moi saugrenue :

— Ça vous avance à quoi de savoir que Stendhal s'appelait Henri Beyle, Taine : Thomas Graindorge, et Virgile : Cassius Dupontus ?

Je suis tellement abasourdie que j'ai une réaction idiote. En pleine possession de mes moyens, vous pensez bien que jamais je n'aurais demandé :

— Virgile s'appelle Cassius Dupontus ?

— Absolument pas, me répond Nini, mais il aurait très bien pu. Qu'est-ce que ça aurait changé ? Rien. Ce qui compte, c'est qu'il soit l'auteur de *l'Enéide*.

Je m'empresse d'ajouter, histoire de redorer mon blason culturel :

— L'auteur aussi des *Bucoliques* et des *Géorgiques*.

— Ça ! me rétorque Nini, pas impressionnée du tout, c'est déjà de la grenaille pour initiés... ou pour croulants soi-disant nostalgiques de la version latine.

Je me sens très nettement visée par ce dernier point et comme je ne trouve à l'instant aucune réplique percutante, je me drape dans un silence offusqué (le silence offusqué étant à la conversation ce que le petit ensemble en tricot est à la garde-robe féminine : pratique en toute occasion). Nini en profite pour continuer sa démonstration :

— Alors, vous pensez, moi qui ne suis ni Virgile, ni Stendhal, quel intérêt cela peut-il avoir que je m'appelle Marie Blanchard ou Mme veuve Monnier ?

— D'où sortez-vous ces deux noms-là ?

– Ce sont ceux-là – parmi d'autres – que j'ai donnés quelquefois à un commerçant, à un propriétaire ou à un journaliste trop curieux.

– Mais aucun n'est votre vrai nom ?

Cette fois la colère de Nini éclate.

– Mon vrai nom, hurle-t-elle, c'est Nini Patte-en-l'air. Point final. A la ligne. On passe à autre chose. Parce que là, on coupe les cheveux en quatre et on stagne.

– Ah ! je vous en prie ! du calme ! je ne supporte pas les gens qui crient.

– Je sais. C'est pourquoi je le fais. C'est le seul moyen pour que vous lâchiez prise. Parce que vous, pardon, dans le genre chien qui ronge son os, on...

Je claque dans mes doigts comme une élève en classe pour réclamer la parole et l'obtiens aussitôt.

– Je vous signale, dis-je, avec un maximum de courtoisie, que c'est vous à présent qui perdez du temps.

– Ne vous inquiétez pas, je vais en gagner : l'enfance, on oublie.

Renseignements pris, Nini ne plaisante pas. Elle a bel et bien l'intention de sauter du berceau où je l'ai laissée à ce 15 août 1884 où, si on l'en croit, elle a commencé à vivre. Seize ans d'escamotés comme ça, d'un seul coup. Pffuitt ! Ah non ! Un an, deux ans, ça va... Seize ans, bonjour les dégâts ! Nullement décidée à baisser les bras, je relève les manches et j'en appelle à la psychanalyse qui nous a appris que la clé d'accès à tout être adulte se trouve dans son enfance... et même dans sa vie embryonnaire. Alors, à la rigueur, je veux bien faire l'impasse sur l'embryon, mais pas sur le reste. Impossible ! Et puis d'abord, pourquoi ce silence sur une période aussi longue, aussi importante ? S'y serait-il passé quelque chose d'inavouable ?

- Oui ! répond catégoriquement Nini. Inavouable, en tout cas dans une biographie.
- Quoi ?
- Il ne s'y est justement rien passé.
- C'est idiot. L'enfance est toujours une mine de souvenirs.
- Pas la mienne. Je n'ai rien à raconter.
- Vous seriez la seule : tout le monde a quelque chose à raconter sur son enfance.
- Hélas !

Le mot vient de tomber, comme une bouse dans les verts pâturages de l'enfance. Et maintenant, Nini l'étale. Elle est très loin d'entonner les rengaines du « cœur d'enfant qui continue à battre sous la poitrine de l'homme », de « l'ours en peluche qu'on a tous gardé quelque part ». Elle rame à contre-courant. Elle fulmine contre ce qu'elle appelle « le sandwich à la famille » : une tranche de souvenirs entre deux tranches de photos. Plat indigeste que seuls les parents et les conjoints de l'année peuvent supporter. Elle fulmine contre les premières poupées, les premiers soldats de plomb, la première taloche, le premier mensonge, le premier chien pelé, le premier chat perdu, la première communion, la première rébellion, la première émotion. Elle ne tolère que la première déception parce que ça, ça peut rendre service à tout le monde.

Elle condescend à admettre qu'il existe des enfances privilégiées. Entendons-nous : privilégiées sur le plan de la biographie. Par exemple, des enfances avec sévices, humiliations, frustrations, avec des parents malsains, ivrognes, débiles. Ou bien des enfances poétiques avec des chasses aux papillons, des greniers à fantômes, des jardins extraordinaires, des grands-pères Nimbus et des grands-mères Confiture. Et aussi des enfances chanceuses avec des copains de classe qui s'appellent miraculeusement Pasteur Louis, Bonaparte Napoléon, Ferry Jules, avec des maîtres d'école qui sont de futurs académiciens, des sœurs qui épousent des futurs ministres, des femmes de ménage qui ont débuté chez les Rothschild et des grands-parents, adroits comme des singes, qui descendent de Darwin.

Pour Nini, rien de tout ça. Elle a été une gamine banale, comme des millions d'autres. Seul signe particulier : son goût et ses aptitudes pour la danse que la Patamba a développés au cours de leçons qu'elle lui a données dans le grand salon de la marquise de Mangeray-Putoux, accompagnées par celle-ci :

– A la trompette, me précise Nini.

– A la trompette ?

– Oui... Elle s'y était mise au lendemain de ses noces, après s'être aperçue que quelques notes de « l'appel à l'extinction des feux » suffisaient à endormir le vieux marquis, ancien colonel d'un régiment de hussards. Alors, dès qu'il manifestait la moindre velléité de folâtrerie, elle sautait sur l'instrument. Je veux dire la trompette.

Nini me recommande de ne pas introduire sournoisement dans ses mémoires cette histoire qui risquerait d'enlever du sérieux à l'ouvrage. En revanche elle souhaite y trouver intégralement cette phrase qu'elle me dicte :

– « Mon enfance a été une antichambre sans intérêt où j'ai attendu avec plus ou moins de patience, selon les jours, l'ouverture du living-room (dans son sens littéral : pièce où l'on vit), dont les lumières et les bruits qui en filtraient me fascinaient. »

– Enfin, Nini, votre antichambre a quand même bien été meublée ?

– En fonctionnel !

- D'accord ! Mais dans le fonctionnel, n'y a-t-il pas eu des ouvre-vie ?
- Des ouvre-vie ? Qu'appelez-vous ainsi ?
- Des moments qui ressemblent aux autres quand ils passent, mais dont on s'aperçoit avec le recul du temps qu'ils ont influencé notre destinée.

Nini a soudain l'œil fixé sur la ligne grise de son passé et murmure pensive : « Les ouvre-vie... »

Nini finit par s'en découvrir un... et puis un autre... et enfin, un troisième.

- C'est tout ?
- Ah ! oui ! Et finalement, ce n'est déjà pas mal !

Nini se contente de peu : trois moments survivants parmi tant de jours morts ! Trois moments qui portaient à leur insu des graines d'avenir ! Trois anniversaires à intervalles réguliers.

Le premier : Nini a cinq ans. Pour fêter l'événement, en plus de l'abbé Lafoy et de la Patamba, la marquise de Mangeray-Putoux a invité en son château autour du gâteau traditionnel quelques enfants du village. Deux du boucher qui en a six et qui s'en vante ; la petite, déjà très grande, de la boulangère qui n'en aura plus et qui en pleure ; les faux jumeaux du facteur, le blond et le brun ; les deux filles des instituteurs dont chacun se plaît à reconnaître qu'« elles ont de beaux cheveux... les pauvres ! » et puis deux plus grands : Vincent, le neveu du curé qui à treize ans en paraît dix et François, le fils du forgeron qui à douze ans en paraît quinze. Vincent a offert à Nini un dessin de sa composition, naïf et charmant, qui représente l'église de son oncle. François lui a offert, lui, des fléchettes qu'il a fabriquées avec des bouts de bois et de ferraille trouvés dans l'atelier de son père. Pour lui montrer comment on joue avec, il prend le dessin de Vincent comme cible. Il lance les fléchettes en plein centre de l'église... et en plein cœur de Vincent. Nini s'amuse beaucoup mais le soir en partant, elle emporte le dessin déchiqueté.

Le deuxième moment ouvre-vie : Nini a dix ans. Autour du même gâteau, il y a les mêmes adultes avec cinq ans de plus. Cinq ans qui ont étendu un peu la couperose sur les joues de l'abbé Lafoy, creusé un peu le rictus de la Patamba, arrondi un peu les hémisphères de l'ancienne Nono Clair-de-lune.

Il y a aussi les mêmes enfants, sur lesquels les mêmes cinq ans ont laissé des traces plus évidentes : les deux du boucher qui maintenant en a huit, mais qui ne s'en vante plus parce que sa femme est morte en mettant au monde le dernier ; la petite de la boulangère qui est longue comme un jour sans pain ; les faux jumeaux du facteur qui ressemblent de plus en plus à des chaussettes dépareillées ; les deux filles des instituteurs qui ont des cheveux de plus en plus beaux... les pauvres ! et puis toujours les deux grands : Vincent qui à dix-huit ans n'est pas encore vraiment adolescent et François qui à dix-sept ans est déjà un homme. L'un est commis chez un architecte d'Epinal. L'autre travaille à la forge avec son père. On joue à colin-maillard. Vincent rougit quand la fille de la boulangère lui effleure le visage avec ses doigts pour l'identifier. Nini n'apprendra que plus tard ses problèmes avec Dieu et les filles. François, lui, profite d'avoir les yeux bandés pour écraser ses mains sur le corsage de la marquise. Nini n'apprendra que plus tard qu'à l'époque il était son amant. En réalité, ce jour-là, elle n'attache aucune importance à ces deux images.

En revanche, le troisième moment ouvre-vie, Nini a tout de suite été consciente de son importance future.

45

Elle a quinze ans, mais, pour cet anniversaire-là, pas question de fête. Elle est seule dans sa chambre du presbytère avec la Patamba. Elles sont aussi tristes, aussi désemparées l'une que l'autre : la veille, leur protectrice et amie, la marquise de Mangeray-Putoux, les a quittées.

– Oh ! quel dommage ! dis-je sincèrement désolée car je m'y étais attachée, à cette sympathique bougresse.

Mais Nini me rassure :
– Elle n'est pas morte !
– Ah bon !
– Pensez-vous, ce n'était pas le genre à mourir, cette femme-là ! Pas à trente-huit ans en tout cas !
– Ah ! tant mieux !
– Oui... tant mieux... encore qu'à cet instant, la vie pour elle n'ait pas été très réjouissante.

Pas vraiment en effet ! Criblée de dettes, n'ayant plus rien à jeter en pâture ni aux usuriers, ni à ses créanciers, la marquise avait été obligée de vendre son château.

D'ici, j'entends déjà le feu roulant de vos questions auxquelles je vais tâcher d'opposer le feu roulant de mes réponses :

– Qui était l'acheteur ?
– Celui qui en trois ans l'avait acculée à la ruine.
– Quel était cet infâme individu ?
– Un alphonse !
– Un Alphonse ?
– C'est ainsi qu'à l'époque on désignait les julots.
– Comment s'appelait-il ?
– Il répondait volontiers au nom de Marcello Freluquetti pour se donner des airs de Casanova, mais son véritable nom était Marcel Freluquet.
– Ce Freluquet en était-il un ?

— Vous pensez bien ! Un godelureau beaucoup mieux loti en muscles qu'en scrupules.
— Mais d'où sortait-il ?
— Du bal *Mabille* où l'ex-Nono Clair-de-lune l'avait dégoté au cours d'une de ses nombreuses escapades à Paris.
— Ça par exemple !

Vous en avez le souffle coupé, hein ? Tant pis ! Je continue sur ma lancée. Ou plutôt sur celle de Nini : la marquise avait installé Marcel Freluquet au château et lui avait donné le titre de garde-chasse. Ce qui dénotait chez elle un esprit éminemment inventif, étant donné que d'une part, elle n'avait pas de chasse et que d'autre part, D. H. Lawrence n'avait pas encore écrit son célèbre roman *L'Amant de lady Chatterley*.

En moins de temps qu'il n'en faut à une dame extasiée pour s'écrier : « Ah... mais ils sont plusieurs ! » le garde-chasse devint son omniprésent garde du corps. Champion toutes catégories de bilboquet aux jeux Olympiques de Polochon-les-Pins, il réussit à subjuguer la marquise qui pourtant en connaissait un bout comme vient de me l'affirmer Nini sans la moindre arrière-pensée.

Bien évidemment, Freluquet comme n'importe quelle vedette du sport se fit payer très cher ses services. De plus en plus cher. Si cher que la marquise, la bourse aussi triste que la fesse joyeuse, dut sacrifier l'un après l'autre tous ses biens. Elle commença par vendre des lopins de terre. (« Un lopin pour le lapin », plaisantait-on dans le village.) Ensuite, elle vendit ses bijoux, ses chevaux, ses écuries (devenues inutiles), enfin, ses meubles, ne gardant que ce lit maudit, berceau de ses folies.

Plusieurs personnes essayèrent d'arrêter ou du moins de ralentir la chute de la gaillarde désormais mécréante. Parmi celles-ci : l'abbé Lafoy qu'elle envoya carrément paître parmi ses ouailles ; la Patamba qui lui cria... c'est-à-dire qui lui écrivit en caractères gras sur son bloc-notes : « *Cuidado !* » et à qui elle répondit « *Mierda !* ». Enfin, le clerc de son notaire, un homme assez sombre qui venait de temps en temps au château lui verser le prix de ses diverses transactions.

Il n'eut pas plus de succès que les deux autres. Pourtant, cet homme était un ami de sa jeunesse. Il avait été le témoin et peut-être même l'instigateur de son mariage avec le vieux marquis. Elle l'aimait beaucoup... au point de regretter de ne pas l'aimer tout court ; au point d'en vouloir à son nez en potence, à sa bouche en tirelire, à son menton en galoche d'élever à eux trois une barricade infranchissable pour elle entre l'amitié et l'amour.

Je m'étonne que Nini s'attarde sur ce clerc de notaire a priori sans grande importance dans son histoire personnelle, quand soudain elle me lâche son nom, sûre de l'effet qu'il va produire sur moi :

– Il s'appelait Jacques Renaudin, mais il est entré dans la postérité sous son pseudonyme : Valentin-le-Désossé.

– Valentin-le-Désossé ! ! ! ! !

Je sais bien que je ne suis pas là pour parler de moi et qu'il est toujours déplaisant de glisser un souvenir personnel dans un livre qui doit être entièrement consacré à quelqu'un d'autre, mais en l'occurrence quand même il faut bien que je justifie les cinq points d'exclamation qui ont ponctué le nom du clerc-danseur et que dans l'ignorance des faits, vous êtes en droit de juger abusifs.

Figurez-vous que la vie de Valentin-le-Désossé, achevée de façon incertaine à une date imprécise (vers 1930), a croisé la mienne... en 1967. Oui, l'année de mes débuts comme auteur dramatique déjà mentionnés. Je m'en souviens et je vous prie d'excuser ce rappel mais il était utile car ces débuts ont eu lieu au théâtre de la Michodière dirigé à l'époque par Pierre Fresnay, et que Pierre Fresnay a joué en 1931 le rôle-titre d'une pièce de Claude-André Puget, *Valentin-le-Désossé*.

Eh oui ! par curiosité professionnelle j'avais lu d'abord la pièce, puis j'étais remontée à la source d'inspiration de l'auteur. J'avais constaté qu'on ne savait pas grand-chose sur Valentin-le-Désossé, sinon qu'il s'était toujours arrangé pour que, précisément, on en sache sur lui le moins possible.

Je suis donc contente d'avoir en face de moi quelqu'un qui l'a connu et va enfin pouvoir me renseigner. Mais Nini s'y refuse. Du moins pour le moment.

– Je vous en parlerai plus tard, quand il entrera vraiment dans ma vie.

– Il y est déjà entré.

– Comme figurant seulement.

Un figurant auquel jusque-là Nini n'a prêté aucune attention, ignorant sa double vie qui constituait une grande partie de son intérêt.

Un figurant qui jouait officiellement auprès de la marquise de Mangeray-Putoux un rôle de clerc impavide et officieusement auprès de Nono Clair-de-lune les anges gardiens.

Un figurant qui plusieurs fois a assisté aux cours que la Patamba donnait à Nini sans jamais prononcer un seul mot, mais en marquant quelquefois la mesure avec son pied.

Un figurant qui était là le jour où la piteuse gaillarde s'est fait la malle avec juste trois valises ; qui lui a tendu son grand mouchoir à carreaux quand Nini, la Patamba et l'abbé Lafoy lui ont crié « adiou » ; qui a répondu à sa place « au revoir » et qui s'est mis à siffloter un air de quadrille avant de fouetter les chevaux.

Un figurant encore pour quelque temps mais déjà un personnage qui moi m'intrigue, qui déjà m'est sympathique ; que déjà il me tarde de retrouver. C'est drôle comme je m'attache vite... quelquefois !

5

Je suis encore sous le choc du triste départ de la triste Nono avec le triste Valentin à l'aube triste du 10 juin 1883, quand *ex abrupto*, Nini me claironne joyeusement dans l'oreille :
— L'abbé Lafoy nous a fait une congestion !
— Ô mon Dieu ! vous auriez pu m'apprendre ça avec plus de ménagements.
— Pas de panique ! Il en est sorti. Pas flambant neuf, mais il en est sorti.

Rassérénée, je demande un minimum de détails. J'en obtiens un maximum que je vous résume : la calèche qui emportait sa chère paroissienne n'avait pas plus tôt tourné le coin du presbytère que l'abbé Lafoy s'écroula comme une baudruche. Toutefois, juste avant cette chute spectaculaire, il avait poussé un cri, sur l'interprétation duquel la Patamba et Nini ne furent pas d'accord. La première prétendit que le bon abbé soudain face au spectre de la mort, en dépit de sa foi, avait crié : « Non ! non ! », la seconde qu'il avait crié : « No ! no ! » à l'adresse de la marquise comme l'autre dans la chanson criait : « Aline » pour qu'elle revienne.

A vous de choisir entre ces deux versions. Moi, j'ai

une intime conviction, mais je ne veux pas vous influencer.

Je vous passe l'arrivée de la boulangère qui, étant la plus proche, fut la première à entendre les appels au secours de Nini et de la Patamba, mais qui, très émotive, s'évanouit en voyant le corps inerte du curé et s'affala à ses côtés.

Je vous passe l'arrivée du facteur qui, se révélant d'une grande maladresse – comme souvent d'ailleurs les hommes de lettres –, mais d'une serviabilité qui honore le service public, alla chercher de l'aide auprès du boucher.

Je vous passe aussi l'arrivée de ce dernier, accompagné de ses huit enfants dont les quatre premiers – faux agneaux – attaquèrent sournoisement les quatre derniers – vrais bœufs – qui, bien sûr, ripostèrent. Ce fut le commencement d'une bagarre telle qu'elle nécessita l'intervention musclée du père qui, de ce fait, laissa tomber, au propre comme au figuré, l'abbé et ses inefficaces sauveteurs.

Je vous passe encore l'arrivée du forgeron qui repartit aussitôt pour quérir un médecin seul habilité selon lui – et on ne peut que l'approuver – à s'occuper du malade.

Je vous passe enfin la visite du médecin, fort compétent au demeurant, mais qu'il est superflu de vous décrire puisque vous n'en entendrez plus jamais parler.

Ayant passé tous ces menus détails qui alourdissent un récit et qui, en l'occurrence, risquent inutilement de l'attrister, venons-en à l'essentiel : l'abbé Lafoy fut sauvé. D'abord grâce à Dieu – à tout Seigneur tout honneur – ; ensuite grâce à sa robuste constitution ; enfin grâce aux bons soins conjugués de Nini, de la Patamba, et du docteur dont vous n'entendrez plus parler.

– Sauvé, ouais... mais pas en parfait état de marche, me confie à l'instant Nini Patte-en-l'air avec dans la voix les intonations traînardes d'une teenager mâchant son chewing-gum.

D'ailleurs, succombant à la tentation d'un lifting linguistique, comme certaines personnes mûrissantes qui croient se dérider la peau en se déridant le vocabulaire, elle ajoute :

– Si vous voyez ce que je veux dire, concernant la santé de l'abbé, c'est clair : au niveau de la tête, ça circulait fluide, mais au niveau des jambes ça bouchonnait sec. Il mettait une plombe à monter sur son perchoir pour le prêche ! Même pour les bigotes, quelque part ça devenait craignos. Alors, un jour, Vincent, génial ! lui a conseillé de raccrocher ses mitaines.

Ces propos me semblent si insolites dans la bouche d'un ectoplasme que déconcertée je demande :

– Quel Vincent ?
– Vincent Depaul.
– Le saint ?
– Mais non ! Le neveu de l'abbé Lafoy.
– Il ne s'appelait pas Vincent Lafoy ?
– Il n'y avait aucune raison : sa mère Léonie Lafoy, la sœur de l'abbé, avait fini par se marier sur le tard à un maçon d'Epinal qui s'appelait Depaul.
– Comme par hasard !
– Non ! Comme ses parents et comme beaucoup d'autres gens.
– Oui, bien sûr, mais vous m'avouerez qu'en s'appelant Depaul, ils auraient pu se dispenser de prénommer leur gamin Vincent.
– Impossible : c'était la conséquence d'un vœu.
– Comment ça ?
– Léonie Lafoy, dotée d'un cœur de midinette et d'une stature de dragon, désespérant de trouver un

53

mari, avait promis à saint Vincent, s'il lui en envoyait un, d'appeler son premier fils comme lui.

Je ne veux pas recommencer à discuter avec Nini sur la bizarrerie des noms de son entourage, mais quand même, son Vincent Depaul me reste en travers de la plume ! Croyez-moi ! Ah oui ! Croyez-moi ! Parce qu'il ne manquerait plus vraiment que vous pensiez que ça m'amuse !

– L'abbé Lafoy, lui, ça l'amusait beaucoup, me lance Nini au milieu de mes agacements. Il était persuadé que saint Vincent avait voulu faire une bonne blague à Léonie en mettant sur sa route ce Depaul qui, de surcroît, avait un cœur de dragon... et une stature de midinette !

J'ai une moue dubitative. Je revois le visage émacié de M. Vincent, incarné au cinéma par Pierre Fresnay (tiens ! encore lui !). Je me rappelle sa vie édifiante : franchement j'ai du mal à l'imaginer en farceur.

Mais Nini désamorce mes doutes en m'affirmant qu'à la frontière du ciel le sourire sert de passeport et surtout en me plaçant devant cette évidence qu'un bienheureux triste, ça n'aurait aucun sens ! Pas plus qu'un bienheureux angoissé, dépressif, aigri ou colérique. Un bienheureux par définition n'est pas malheureux, donc, il est gai, il sourit, il rit, il est détendu et, de temps en temps, il a envie de se livrer à quelques espiègleries... comme celle de saint Vincent.

Ah ! mon Dieu, je rêve ! Un paradis où les irréductibles légers, ces bannis de la Terre, sont rois ! Un enfer où les coincés définitifs s'enlisent dans leur gravité ! Un purgatoire où les sérieux tolérants expirent l'ennui qu'ils ont dispensé sans méchanceté jusqu'à ce que sourire s'ensuive !

Ces visions me font planer. Paradoxalement c'est Nini Patte-en-l'air qui me ramène sur la Terre.

— Donc, l'abbé Lafoy, me dit-elle, la mort dans l'âme et du plomb dans les jambes, décida de quitter son sacerdoce ainsi, bien sûr, que son presbytère. Il alla vivre à Epinal chez sa sœur et son beau-frère.

— Avec la Patamba et vous ?

— Hélas non ! M. et Mme Depaul n'avaient ni les moyens, ni la place de nous accueillir et nous avons été obligées de rester au service du curé remplaçant que l'évêché nous a envoyé.

Comme je sens déjà dans le regard rigolard de Nini que le nom de ce nouveau personnage va receler, comme les autres, quelque singularité, je préfère liquider tout de suite la question :

— Comment s'appelait-il, celui-là ?

Nini ricane comme une enfant prise en faute :

— J'étais sûre que vous alliez me demander ça ! C'est que je commence à vous connaître...

— Moi aussi. C'est pourquoi je m'attends au pire.

— Vous avez tort. Le nouveau curé s'appelait tout simplement Bardeau : *e, a, u.*

Bien que ce soit en effet pour un prêtre un nom normal... surtout au XIXe siècle, je ne suis qu'à moitié rassurée et demande à Nini si par hasard cet abbé Bardeau n'avait pas une sœur prénommée Brigitte.

— Pas du tout, m'affirme Nini, prête à s'offusquer de mes soupçons.

Ouf ! Je respire.

— En revanche...

— Aïe !

— En revanche, poursuit Nini, je ne peux pas vous cacher qu'il avait la passion des animaux.

— Bof... ça aurait pu être plus grave.

— Ça l'était suffisamment pour la Patamba et pour moi qui avions à nous occuper de ses six chiens, ses six chats, ses douze poissons rouges, ses quatre singes, son maïnate femelle et neurasthénique, et ses deux serpents à sonnette surexcités qui n'arrêtaient pas de tintinnabuler partout.

– Vous ne semblez pas l'avoir beaucoup aimé, cet abbé-là.

– Ça non ! Ni lui, ni ses bestioles. Sauf sa mule qui était très chouette.

– Il avait aussi une mule, votre abbé ?

– Oui... un cadeau du pape !

Comme je reste de marbre, Nini vexée ne craint pas de m'assimiler à ce pisse-froid d'abbé Bardeau qui sanctionnait les calembours par dix *Pater* et dix *Ave*... et les contrepèteries par un chapelet entier ; à ce tartuffe qui avait la religion triste comme d'autres le vin, et considérait que si le rire est le propre de l'homme, il est le « sale de Dieu ».

Je ne prends même pas la peine de relever cette assimilation grotesque et essaie de calmer la colère qui l'a inspirée en suggérant à Nini que l'abbé Bardeau est peut-être en train de payer son austérité en enfer.

– En tout cas, me répond la gambilleuse, au purgatoire ça ne m'étonnerait pas car au ciel je ne l'ai jamais rencontré.

Nini a pour moi une qualité inappréciable : elle me densifie les nuages. Elle me rend l'intangible tangible. Le surnaturel quotidien. Avec elle je n'aurais pas peur en avion : je croirais que tous les cumulus sont des terrains d'atterrissage. Si je m'écoutais, en ce moment, je lui proposerais une balade dans les allées du ciel comme s'il s'agissait des Champs-Elysées. Je nous imagine très bien toutes les deux, bras dessus, bras dessous, elle me soufflant le nom des promeneurs que l'on croiserait, moi lui demandant des nouvelles de ceux que l'on ne rencontrerait pas. Ah oui, si je m'écoutais...

Mais Nini ne l'entend pas de cette oreille et redémarre sur les chapeaux de roues :
- Au bout de six mois, la Patamba et moi, on en a eu ras le bol de l'abbé et de sa ménagerie. Alors, on a cherché comment on pourrait d'abord se tirer, ensuite survivre. Ça posait problème : en 1884, pas question de voyage en calèche-stop ! Pas non plus question de faire la manche après avoir dansé sur les trottoirs.
- Et finalement ?
- Ben... on a imité la sœur de l'abbé Lafoy.
- Vous avez eu recours à saint Vincent ?
- Non ! A saint Eleuthère.
- Pourquoi à saint Eleuthère ?
- Comme il est moins connu, on a pensé qu'il devait être moins sollicité et qu'il aurait donc plus de temps à nous consacrer.
- Et que lui avez-vous promis en échange de son aide ?
- Une campagne de pub ! Et ça, on n'y a pas manqué. Dès qu'on a été exaucées, on l'a recommandé à tout le monde.
- Vous ne semblez pas avoir été très efficaces.
- Non, mais ce n'est pas notre faute. Qu'est-ce que vous voulez ? Il y a des gens qui ne seront jamais des vedettes.
- Vous, par exemple.

La fixité soudaine du regard de Nini Patte-en-l'air m'indique clairement que, comme je l'espérais, ma remarque a touché un point sensible. Elle ne le nie pas. Elle me propose simplement d'aborder le sujet plus tard. De préférence un jour où elle sera d'humeur moins primesautière. Je n'insiste pas. Je sais qu'il y a des conversations pour temps gris et des conversations pour ciel bleu. Aujourd'hui, celui de

Nini est bleu et s'harmonise bien avec son envol et celui de la Patamba vers leur nouvelle vie.

Envol qui fut presque aussi difficultueux que celui des premiers avions. Il commence dans la nuit du 12 au 13 août 1884.

A 22 heures, Nini verse dans la tisane de l'abbé Bardeau quelques gouttes d'une potion prescrite à ses singes pour calmer leurs ardeurs par trop ostentatoires.

Deux heures plus tard, elle vérifie que les douze coups de minuit qui viennent de sonner au clocher de l'église n'ont pas interrompu les ronflements réguliers du prêtre.

Rassurée, Nini va rejoindre la Patamba qui l'attend dans le champ voisin avec la mule du curé occupée à y faire son plein d'avoine. Il faut vous dire que dès leur première rencontre, comme dans les romans roses, la mule a eu un véritable coup de foudre pour la danseuse. Exactement comme sa congénère qui, seize ans plus tôt, était morte d'épuisement à Epinal. A croire qu'il y a des gens qui attirent les mules comme d'autres attirent les moustiques.

Aussi véloce et obstinée que sa devancière, Rididine (tel est le nom bien banal de la mule) démarre à fond de train et fonce par monts et par vaux, ne s'accordant que de très rares pauses picotin. Mais elle prend, elle, la direction du sud. Elle ne s'arrête qu'en Avignon où, contrairement à ce que vous pourriez croire, il n'y avait pas de festival, simplement un spectacle en plein air donné par une troupe de chanteurs et de danseurs parisiens effectuant une tournée à travers la France. Rien là que de très normal en été, dans le Midi. La Patamba et Nini, intriguées par les musiques entraînantes qu'elles entendent, s'en approchent, la mule à leur côté, jusqu'à atteindre le dernier rang du parterre. Elles y sont à peine que la commère du spectacle annonce le couple vedette : Georgette-la-Vadrouille qui doit son nom à son goût pour les voyages et son partenaire... Valentin-le-Désossé dont Nini et la Patamba sont à cent lieues de penser qu'elles le connaissent.

On imagine facilement leur stupeur quand tout à coup elles prennent conscience que les jambes en caoutchouc qui tourbillonnent sur la scène appartiennent à l'austère tabellion qu'elles ont aperçu naguère au château de Mangeray-Putoux, accroché par des liens amicaux et des prêts hypothécaires aux basques effilochées de la marquise.

Dès que Nini et la Patamba sont certaines de ne pas être victimes d'une hallucination, elles se proposent de rejoindre l'arrière des tréteaux avec Rididine afin de cueillir Valentin à sa sortie de scène. Mais la mule met autant d'obstination à rester sur place qu'elle en a mis à galoper toute la journée. Elles commencent à s'énerver quand soudain elles entendent un fracas épouvantable en provenance de l'estrade, suivi de cris affolés en provenance des premiers rangs de spectateurs. Que se passait-il ? Nini, aux anges, me le révèle :

– Georgette-la-Vadrouille venait de faire un faux pas comme la Patamba autrefois en Espagne. Comme elle, elle avait chuté dans l'orchestre.

– Sur l'archet d'un violoniste aussi ?

– Heureusement que non, elle aurait été empalée : elle est tombée les fesses les premières !

– Elle est tombée sur quoi ?

– Une grosse caisse !

– Ah ! c'est moins grave !

– Oui... mais elle s'est quand même cassé le coccyx.

Cela, Nini et la Patamba l'apprennent quand elles arrivent près des coulisses, accompagnées de la mule qui miraculeusement a redémarré aussitôt après l'accident de la danseuse. Nini reste persuadée que la bête ne s'est arrêtée que pour leur permettre d'y assister.

Après tout, si on admet, comme Lamartine, que les objets inanimés ont une âme et la force d'aimer, pourquoi pas une bête animée des meilleures intentions comme Rididine ?

– Malgré notre impatience, reprend Nini, nous avons attendu que l'agitation soit calmée pour aborder le partenaire de Georgette-la-Vadrouille qui demeurait pour nous le clerc de la marquise.

– Il vous a reconnues ?

– Tout de suite ! Vous savez, une danseuse espagnole muette avec un bloc-notes en pendentif, ça ne s'oublie pas en quinze mois.

– Oui... évidemment !

– Mais moi non plus, il ne m'avait pas oubliée.

– Pourtant vous, vous étiez à l'âge où l'on change.

– Ah oui ! J'avais quitté l'état de grande tige dépouillée pour celui de belle plante pourvue. Mais j'étais restée moi... en mieux !

– Comment vous a-t-il accueillies ?

– Comme deux messies !

– Rien que ça !

– Disons plus modestement : comme deux personnes susceptibles de lui retirer les deux épines qui le taraudaient.

Première épine : Valentin est très ennuyé de se retrouver subitement sans partenaire et pense en voyant Nini que ses seize fougueux printemps pourraient avantageusement remplacer les quarante automnes très expérimentés de Georgette-la-Vadrouille.

Deuxième épine : celle-là, elle gêne Valentin depuis un certain temps, exactement depuis qu'il a ramené sa vieille amie, Nono Clair-de-lune, à Paris dans un état dépressif qui ne cesse de s'aggraver au point de devenir inquiétant.

Pourtant, il lui a trouvé sur les hauteurs encore champêtres de Montmartre un logement certes modeste, mais plein de charme, et en la personne de son propriétaire un protecteur tout à fait convenable, presque inespéré. En effet, le Dr Noir qui a longtemps travaillé dans le quartier à la clinique psychiatrique du Dr Blanche, rue Norvins, et qui se servait alors de cette résidence secondaire comme « siestodrome », est à présent un rentier aisé, veuf, plutôt gai et, ce qui ne gâte rien, arthritique. Il a découvert avec plaisir les beaux restes de la marquise de Mangeray-Putoux et s'est empressé de les accommoder à la sauce piment-camomille (10 % de piment pour les galipettes, 90 % de camomille pour la compagnie). Sauce qu'il déguste à chaque fois que ses rhumatismes lui permettent de quitter le Champ-de-Mars où il habite pour grimper d'abord jusque sur la butte Montmartre, ensuite jusqu'au nid d'amour de la marquise, enfin jusque dans le lit de celle-ci, d'un Louis XIII haut sur pieds, très incommode.

C'est dire que ses visites sont rares. Nono ne s'en plaindrait pas si elle était encore ce qu'elle fut. Mais elle s'est déshabituée et les regrets l'envahissent comme de mauvaises herbes. Parmi ses regrets, Nini et la Patamba sont les plus vivaces. Elle ne cesse d'en parler à Valentin et aux habitués du café voisin, *Le Clairon des chasseurs à pied*, où elle arrose abondamment ses souvenirs au risque croissant de se noyer. Valentin a l'impression d'un suicide lent et délibéré. Il s'est juré d'intervenir – autrement qu'en paroles – dès la fin de sa tournée d'été. Mais de quelle manière ? La question commence sérieusement à l'angoisser quand Nini et la Patamba viennent d'elles-mêmes en Avignon lui apporter la réponse. Avec

61

leur accord, il décide que dès le lendemain, la Patamba et Rididine repartiront pour Paris par le train. Chacune dans un wagon, bien entendu. Lui et Nini, sa nouvelle partenaire, se rendront en Bourgogne où se poursuit la tournée.

– C'est ainsi, me dit la gambilleuse, que ma carrière commença deux jours plus tard, le 15 août 1884, à Beaune, sous les meilleurs « hospices » !

A la bonne heure ! Je retrouve Nini qui, confortée par mon sourire, complète son récit dans l'allégresse :

– Avant de nous séparer – provisoirement –, la Patamba et moi, nous sommes allées dans une église afin de remercier saint Eleuthère d'avoir guidé la mule là où il fallait, d'avoir catapulté Georgette-la-Vadrouille sur la grosse caisse quand il fallait, d'avoir enfin provoqué notre rencontre avec Valentin à l'instant psychologique où il le fallait.

Habituée à présent aux communications extraterrestres, je demande à Nini si saint Eleuthère leur a répondu.

– Oui, par un clin d'œil, me répond Nini le plus naturellement du monde.

– C'est-à-dire ?

– L'appartement du Dr Noir où habitait la marquise de Mangeray-Putoux et où allait débarquer la Patamba, vous savez où il était ?

– Non.

– Dans l'ancienne rue du Pressoir.

– Oui... et alors ?

Nini prend bien le temps de poser son effet avant de me répondre :

– En 1867 elle avait été rebaptisée rue Saint-Eleuthère.

Ce soir, en dépit de ma fatigue, je me suis endormie très tard.

6

Elle m'agace, Nini. J'ai sommeil et depuis un quart d'heure, elle n'arrête pas de virevolter au-dessus de mon oreiller. Un véritable moustique ! De temps en temps elle s'offre une descente en piqué. Elle lâche un mot dans mon oreille : « Valentin » ou « Montmartre » ou « rue Saint-Eleuthère », puis repart. Hélas ! jamais très loin. Allons bon ! la revoilà, en rase-mottes cette fois. Elle me promet la danse des sept voiles – au figuré évidemment ! Elle ne va pas s'effeuiller l'ectoplasme ; elle va se dépouiller de ses secrets. La finaude ! Elle sait que je suis curieuse comme une fouine... Le temps d'une douche, d'un café, et nous revoilà dans mon bureau.

– Alors, lui dis-je, avec la suavité d'un inspecteur de police à la première heure d'un interrogatoire, je vous écoute.

– Une seconde, ne me bousculez pas ! J'ai tellement de choses à vous raconter que je ne sais pas par quoi commencer.

Pour gagner du temps, après un coup d'œil à mes notes, je la remets sur ses rails :

– On a quitté la Patamba et sa mule pratiquement rue Saint-Eleuthère chez Nono Clair-de-lune, laquelle vacillait entre la dive bouteille et le moins divin Dr Noir.

– Ça y est ! j'y suis ! Et moi, on m'a quittée remplaçant au pied levé – c'est le cas de le dire – la partenaire de Valentin.

– Sous quel nom, à propos ?

– Georgette-la-Vadrouille. Le directeur n'avait voulu rectifier ni ses programmes, ni ses affiches.

– Et dans la troupe, comment vous appelait-on ?

– La chouchoute... parce que j'étais la protégée de la vedette, Valentin.

– Et comment lui vous appelait-il ?

– Mademoiselle. Il était extrêmement courtois.

Bon ! Inutile d'insister : ce n'est pas encore aujourd'hui que je connaîtrai la véritable identité de Mlle Patte-en-l'air. D'ailleurs, comme par hasard, les idées de Nini se sont soudain éclaircies et elle reprend l'initiative de la conversation :

– Il est temps que je vous reparle du neveu de l'abbé Lafoy et du fils du forgeron.

– Vincent Depaul et François... François comment ? Dessale ou Dassize ?

– Ni l'un ni l'autre.

– Alors comment ?

– Patientez ! Vous ne le regretterez pas, je vous le jure... sur ma tête !

Je suis conscient que ce serment n'a aucune valeur, mais conscient aussi que je n'ai d'autre solution que de m'y fier ou de refermer le dossier. Et ça, au chapitre 6, ce serait pour moi un crève-cœur.

– Alors, lui dis-je avec la bonhomie un peu forcée d'un inspecteur de police à la deuxième heure d'un interrogatoire, où sont-ils, vos deux lascars, en 1884 ?

– Ohhhhh... attendez... vous avez le feu à la plume, ce matin ! Nous avons vu Vincent et François pour la dernière fois en 1878, lors de mon dixième anniversaire.

— Oui, je me souviens. Ils avaient respectivement dix-huit et dix-sept ans.

— C'est ça.

— Eh bien, que sont-ils devenus ?

Nini soupire. Mon impatience l'agace autant que moi son humeur flâneuse.

— Il faudrait peut-être quand même que je vous les décrive avant.

— Bof !

Ne vous méprenez pas. Je ne me désintéresse pas de ces jeunes gens. Mais je préfère toujours imaginer les personnages d'une histoire. J'ai trop souvent été échaudée avec des descriptions qui ne correspondaient pas à mes goûts. L'auteur m'annonçait que tel ou tel de ses héros avait un charme désarmant. Parfait ! Pas de problème : je programmais ma petite machine intérieure sur « charme désarmant » et hop ! immédiatement il en sortait, suivant l'âge requis, Mickey Rourke ou Paul Newman. Et puis, patatras ! l'auteur se croyait obligé de m'annoncer des cheveux joliment ondés, un regard de braise et de fines moustaches soulignant un sourire d'enfant. J'étais furieuse ! De quel droit me déprogrammait-il, cet auteur ? De quel droit m'imposait-il ses critères de charme désarmant ! Moi, le cheveu ondé, le regard de braise, le sourire d'enfant et les petites moustaches, chez un homme ça ne me désarme pas du tout. Chez une femme non plus d'ailleurs – surtout les petites moustaches.

Nini se rallie à mon point de vue et se contente de m'esquisser deux ébauches de portrait : Vincent et François ont deux physiques avantageux mais très différents. Pour ce qui est du corps, le premier est un longiligne, mince à la limite de l'inconfort ; le second est de taille moyenne, moelleux à la limite du grassouillet. Pour ce qui est du visage, le premier s'apparente au genre blond-mousseline-valse, comme sa mère ; le second, au genre brun-toile de bâche-tango, comme son père qui à soixante-dix ans passés, pour employer une expression un peu leste de Nini, « pétait du même feu que sa forge ». Voilà en gros. Ça suffit pour que chacun se fasse une idée à sa convenance. Quant à leur caractère, on aura bien l'occasion de les cerner en les voyant agir : l'être humain se définit par ses actes et s'ils sont contradictoires, cela nous apprend au moins que nous avons affaire à une nature complexe ou versatile.

— Donc, dis-je avec la vigueur d'un inspecteur de police à la sixième heure d'un interrogatoire, venons-en au fait.

— Soit ! mais permettez-moi une question préalable absolument indispensable.

— Laquelle ?

— Savez-vous ce qu'est un compagnon ?

Une chance, je le sais... grâce à un ébéniste venu récemment chez moi pour soigner les pieds d'un guéridon Louis XVI avec une minutie de pédicure chinois. Il m'a appris avec une juste fierté que son fils, après avoir été apprenti, était passé compagnon et qu'il accomplissait présentement un tour de France au cours duquel il peaufinait ses connaissances auprès de ceux qui étaient déjà classés « maîtres » dans la corporation, afin lui-même d'accéder un jour au rang de ces élites de l'artisanat.

Nini, rassurée par mes connaissances, consent enfin à lever un coin de son premier voile :

— A dix-huit ans, me dit-elle, François est parti de Domrémy pour effectuer le tour de France des compagnons forgerons. Heu-reux ! D'abord parce qu'il adorait son métier, l'Aventure et les aventures... au-

tant qu'il détestait la routine. Ensuite, parce que les débordements de la marquise de Mangeray-Putoux commençaient à le fatiguer... Moralement s'entend, parce que pour le reste... j'aime autant vous dire...
– Plus tard !
– Dommage ! Là, il y avait vraiment matière à...
– Plus tard ! Maintenant vous me parlez du tour de France de François.

Nini s'exécute de mauvaise grâce. Elle pose comme a priori que le travail du fer sous incandescence ne me passionne pas plus qu'elle et n'entend même pas mes protestations, assez molles en vérité. Elle brûle toutes les étapes du grand périple, sauf la seule qui fut déterminante dans la vie de François, donc par contrecoup dans la sienne : Garabit, dans le Cantal, trois minutes d'arrêt !

Il y a plus d'un an que le jeune homme voyage. Il recommence à fatiguer. Toujours moralement parce que le reste... ça va ! on a compris. Plus tard ! Il quitte Saint-Flour en mars 1880 sous un ciel encore plus sombre que son humeur et arrive dix-huit kilomètres plus loin, à Garabit, sous un soleil à décourager tous les nuages : ceux du ciel et ceux de sa tête. Il ne pense pas que c'est le temps des giboulées. Il pense que c'est un signe du destin. En outre, il trouve le bourg très gai, très animé. Et pour cause ! On a commencé à y construire un viaduc gigantesque dont on ne prévoit pas l'achèvement avant quatre ans : les commerçants se réjouissent autant que les filles. Les constructeurs sont des clients assurés, des amants bien bâtis et des maris potentiels.

Aussitôt séduit par l'air de fête qu'on respire un peu partout, François se rend au chantier pour y solliciter un emploi. Malheureusement, l'équipe est au complet et on n'embauche plus. Le jeune homme en conçoit une déception extrême, presque anormale. Il passe une grande partie de l'après-midi à regarder avec envie ceux qui ont la chance de participer à cet ouvrage qui s'annonce grandiose. Un peu avant l'arrêt du travail, il s'apprête enfin à partir quand soudain... soudain... soudain...

Ce suspense ne me disant rien qui vaille, je m'engouffre dedans pour essayer de limiter les dégâts :

– Ah non ! Vous n'allez pas encore me faire le coup du faux pas magique qui change les destinées.

Nini s'offusque. Elle n'est pas une maniaque du faux pas. Le Destin pas davantage. Il a plus d'un tour dans son sac. Celui qu'il a réservé en l'occurrence à François se présente sous la forme d'une rencontre, providentielle, cela va de soi, mais tout à fait logique. Ma méfiance mal endormie, je demande :

– Avec qui cette fameuse rencontre ?

– Le promoteur du viaduc, venu de Paris inspecter les travaux. Normal, non ?

– Qui était-il ?

– Un homme dont le nom vous est très, très familier... comme au monde entier d'ailleurs.

– Quel est ce nom ?

– Bonickhausen.

Là, je me fâche. J'explose avec la violence d'un inspecteur de police au bout de dix heures d'interrogatoire.

– Vous vous fichez de moi ou quoi ?

– Du calme ! Je vous taquinais... mais je ne vous mentais pas. L'acte de naissance de ce monsieur indiquait bien comme nom : Bonickhausen mais...

– Mais quoi ?

– Mais suivi de la mention : « dit Eiffel ».

– Eiffel ! Oui, Gustave Eiffel. Celui de la tour – entre autres – mais aussi le responsable du viaduc de Garabit et de centaine de ponts en fer à travers l'Europe et l'Amérique.

Je suis doublement surprise. Mettez-vous à ma place. D'une part, je ne m'attendais pas à l'irruption de cet illustre personnage dans mon bureau. D'autre part, hier, un ami m'a offert un album consacré à la tour.

– Excusez-moi de vous interrompre, me dit Nini, mais vous avouerez que le hasard n'est pas farceur qu'avec moi.

Je n'avoue rien du tout et m'en vais compulser l'album en question. J'y trouve très vite la preuve que Nini ne m'a pas menti à propos de M. Eiffel. Bien sûr, elle jubile. Bien sûr, je suis troublée et ma méfiance s'assoupit pendant qu'elle me raconte cette fameuse rencontre entre M. Eiffel et François.

Le second, véritable fan du premier, a suivi la prodigieuse carrière de son idole à travers des articles de presse qu'il a découpés et qu'il garde sur lui comme des talismans. Ils le deviennent. En effet, grâce à eux et aux photos qui les illustrent, François reconnaît le grand homme, tient un bon prétexte pour l'aborder et réussit à retenir son indulgente attention.

Mais Nini admet que ces articles, si talismaniques qu'ils fussent, ne constituent quand même que l'un des deux éléments à jouer en faveur de François.

– L'autre, me dit-elle, alléchante en diable, ce fut son nom.

– Ah ! enfin, nous y voilà !
– Oui ! Nous y voilà !
– Alors, comment s'appelait-il, votre forgeron ?
– François-Ludwig Eisenbruck.

Je flaire un piège mais, ne parvenant pas à le détecter, je me borne à constater prudemment :

– Ce n'est pas français comme nom.
– Si ! comme Bonickhausen. Français d'origine allemande.

François est d'origine allemande ?

– Oui, et de Cologne comme M. Eiffel.

Ma méfiance rouvre un œil et reçoit en plein dedans cette double information de Nini :

– Au cas où vous ne parleriez pas l'allemand, je vous signale qu'Eisenbruck se traduit par « Pont de Fer » et au cas où cela aurait échappé à votre sagacité, je vous signale que les initiales de François et Ludwig sont respectivement F. et L. Ce qui donne phonétiquement comme nom en français F.L. Pont-de-Fer.

Comme les grandes douleurs, les grandes stupeurs sont muettes. Je suis incapable de prononcer un mot. Incapable de discerner nettement si Nini Patte-en-l'air est une mythomane, une mystificatrice consciente ou simplement comme elle me l'a annoncé au départ l'instrument innocent d'un destin espiègle.

Témoin privilégié de ma perplexité, elle y ajoute encore en me disant gentiment – ou perfidement – :

– Oh, mais je vous comprends : si quelqu'un me racontait ce que je vous raconte, je ne le croirais pas. Seulement moi, je l'ai vécu. Moi, je l'ai connu, François-Ludwig Eisenbruck, et à une époque où personne ne songeait à s'étonner de son nom, surtout dans les Vosges, proches de la frontière allemande.

– Evidemment...

– D'ailleurs, M. Eiffel n'a pas été surpris. Simplement amusé par la coïncidence... au point de présenter François à Maurice Koeschlin qui l'a engagé sur-le-champ.

– Qui était Maurice Koeschlin ?

Nini me débite sa réponse sur le ton monocorde d'un guide :

– Maurice Koeschlin, originaire de Guebwiller dans le Haut-Rhin, avait travaillé à la Compagnie des Chemins de Fer de l'Est, avant d'entrer dans l'entreprise de M. Eiffel, comme chef de bureau des études en 1879... à vingt-trois ans. C'est dire s'il était doué. Dix ans plus tard, il devenait président de la Société de la tour Eiffel.

Toujours méfiante, je me repropulse jusqu'à mon album. J'y constate que tous les détails donnés par Nini sont exacts. Celle-ci ne se formalise pas de ma démarche. Néanmoins, elle m'en conseille pour l'avenir l'économie, compte tenu qu'elle n'a aucune intention de me mentir... surtout sur des faits qu'elle sait parfaitement vérifiables. Remarque judicieuse qui ne m'empêche pas de poursuivre mon enquête avec la minutie d'un inspecteur de police chinois à sa douzième heure d'interrogatoire.

J'apprends ainsi, en moins de temps qu'il n'en faut pour lire Confucius, que François, dès le lendemain de sa rencontre avec M. Eiffel, put mettre toute sa passion et tout son savoir au service du viaduc de Garabit. Il en fut une cheville ouvrière très appréciée... pendant dix-huit mois. A partir de là, il commença de nouveau à se fatiguer. Toujours moralement, parce que pour le reste, les Garabitaises seraient bien placées pour vous dire... mais ce n'est toujours pas notre propos.

Maurice Koeschlin, aussi fin psychologue que bon ingénieur, comprit tout de suite que François était, lui, aussi compétent forgeron qu'instable individu. Souhaitant bénéficier de ses qualités professionnelles sans pâtir de son défaut caractériel, en 1882 il l'expédia en Gironde sur le pont de Cubzac, alors en construction, puis en 1883, à nouveau sur un viaduc destiné celui-là à enjamber la Tardes, puis en 1884, à Levallois-Perret, au siège même des entrepôts Eiffel où l'on était en train de fabriquer l'armature de la statue de la Liberté que la France, déjà dispendieuse, allait offrir aux Américains.

Levallois-Perret, changement de train ! On descend... et on repart en arrière pour aller chercher Vincent.

— Où ça ?

— Où nous l'avons laissé dans le temps et l'espace : en 1878 à Epinal.

— Ah oui, je me souviens. Il était commis chez un architecte.

— Exactement. Eh bien, cet architecte se trouvait être un cousin de Paul Abadie, architecte lui-même de grande renommée, comme vous le savez certainement.

— Non. Je n'ai jamais entendu parler de ce monsieur.

— Je ne vous félicite pas !

— Pourquoi ?

— C'est le premier architecte du Sacré-Cœur de Montmartre.

— Effectivement, reconnais-je penaude, j'aurais dû le savoir.

— Vincent, lui, le savait. Son patron lui avait raconté en long et en large la vie de ce cousin d'Angoulême qui était né en 1812, qui avait restauré l'église Saint-Martial, l'église Saint-Ausone, ainsi que...

Nini s'interrompt. Elle renonce au ton de guide consciencieux qu'elle avait repris et avec le sien, un peu arsouille, me demande :

— Vous voulez vraiment que je vous énumère tout ce qu'il a restauré ou vous regarderez dans un bouquin spécialisé ?

Je choisis la deuxième solution, ayant abandonné tout espoir avec Nini de faire œuvre éducative.

— Vous avez raison, me dit-elle, l'important pour nous ce n'est pas l'Histoire mais *mon* histoire.

— Pour l'instant, c'est celle de Vincent.

— Comme les meilleures, elle est courte.

En tout cas, Nini s'arrange pour qu'elle le soit.

Elle m'affirme que Vincent ne connaît que la ligne droite pour aller d'un point à un autre, ce qui notoirement raccourcit les trajets. Celui du jeune Depaul en apporte une excellente preuve. Il est le fan de Paul Abadie comme François-Ludwig est celui de Gustave Eiffel. Et ce, depuis qu'en juillet 1874 l'architecte, triomphant de soixante-dix-sept concurrents, a été chargé de construire sur la plus haute colline de la capitale une basilique consacrée au Sacré-Cœur de Jésus.

Vincent a suivi avec avidité toutes les difficultés auxquelles son idole s'est heurtée tant sur le terrain avec le sol glaiseux et argileux, qu'en dehors avec les anticléricaux, eux solides comme du roc.

Le 16 juin 1875 il s'est réjoui de la pose de la première pierre. Un bloc de marbre rose dont il s'exagéra de loin la munificence.

Le 22 février 1876, il s'est joint par la pensée aux innombrables fidèles venus prier dans la chapelle provisoire en pans de bois et plâtre de démolition, élevée à la hâte sur les lieux du futur temple votif.

Le 23 mars 1877, il a été ému d'apprendre par un journaliste de *L'Univers* que les innombrables fidèles avaient été dénombrés et qu'ils étaient neuf mille sept cents !

En 1878, il a frémi quand quelques ingénieurs inquiets de l'instabilité des fondations se sont demandé s'il ne serait pas prudent d'abandonner le chantier. Puis, il a sauté de joie quand d'autres ingénieurs, plus ingénieux, ont sauvé la situation en préconisant de creuser quatre-vingt-trois puits qu'on remplirait de maçonnerie et qu'on relierait entre eux par des arceaux.

En 1880, il a honni Gambetta qui avait lancé une grande croisade contre l'Église et entraîné une partie de l'opinion publique à crier haro sur la future cathédrale et surtout : « Arrêt ! » Il a encore honni le conseil municipal de Paris qui se permit de traiter le monument de « blasphème contre la Révolution » et puis, s'étant honni lui-même de honnir de loin, donc inutilement, il a décidé d'agir de près et...

En 1881, il est parti pour Paris, laissant à Epinal son oncle, l'abbé Lafoy, et sa mère, Mme Depaul, veuve sinon joyeuse, du moins sereine depuis trois ans.

Animé de cette foi qui soulève finalement moins de montagnes que de cathédrales et muni de la chaleureuse lettre de recommandation que son patron lui a donnée pour Paul Abadie, Vincent n'eut aucun mal à se faire engager sur le chantier du Sacré-Cœur.

Il s'installa non loin de là, à mi-pente de la colline, dans l'espèce de no man's land, entre campagne et ville, qui s'étendait de la rue Girardon à la rue Caulaincourt et qu'on appelait « le maquis ». Au milieu d'un enchevêtrement de broussailles et d'arbustes, il y loua une baraque en bois et torchis, aussi inconfortable que toutes celles situées dans cette zone pittoresque qui sentait la liberté, la misère et le crottin, et où fleurissaient l'aubépine, l'artiste et le voyou.

Il y est encore en octobre 1884 à l'instant où François-Ludwig, lui, habite Levallois-Perret à deux pas de l'entreprise Eiffel chez la blonde Fifine, d'un commerce doublement agréable puisqu'elle était à la fois avenante et corsetière. A l'instant aussi où Nini Patte-en-l'air, revenant de sa première tournée avec Valentin-le-Désossé, fait rue Saint-Eleuthère une entrée fébrilement attendue par Nono Clair-de-lune, la Patamba et Rididine, la mule toujours dévouée.

– Et voilà ! s'écrie Nini, Paris : terminus ! Tout le monde descend.

C'est alors qu'avec le sourire machiavélique de l'inspecteur de police sûr d'avoir enfin trouvé à la

treizième heure d'interrogatoire le moyen de coincer son client, je pose à Nini cette question insidieuse :
– Et le service militaire, dans tout ça ?
– Que voulez-vous dire ?
– Pendant la période que vous venez d'évoquer, François et Vincent auraient dû accomplir leur service militaire qui, si ma mémoire est bonne, était obligatoire depuis 1882 et durait à cette époque cinq ans.

Avec l'ironie déplaisante des faux innocents qui se sentent plus malins que leur juge, Nini me répond :
– Votre mémoire a des trous, ma chère. Elle a oublié l'article 17 de la loi du 27 juillet 1882 où il est stipulé que sont exemptés du service militaire les fils uniques de veufs et de pères septuagénaires. Or, comme j'ai pris la précaution de vous le dire, la mère de Vincent avait perdu son mari et le père de François-Ludwig avait la septantaine allègre mais irréfutable.

Déçue, épuisée, agacée, comme peut l'être un inspecteur de police après vingt-quatre heures d'interrogatoire, j'éteins ma lampe et, faute de preuves, je libère la prévenue.

7

Je suis dans mon salon. J'ai l'œil rivé et l'index pointé sur le tapis noir à bouquets roses qui en occupe le centre et je demande pour la seconde fois à Nini :

– C'était là ?

Nini Patte-en-l'air, plus présente que jamais, me confirme :

– C'était là ! Exactement là !

Ça alors ! Je ne suis pas près de m'en remettre : il y a cent six ans la mule de la Patamba broutait dans mon salon ! Sur mon tapis noir à bouquets roses ! J'ai beau me dire qu'à cette époque-là l'endroit était recouvert d'herbe verte avec des touffes de ronces, je ne peux pas m'empêcher de superposer les images et de voir Rididine s'emplir la panse entre mes deux canapés. L'imagination aidant, j'en arrive même à sentir le crottin et pour chasser l'odeur, je vais ouvrir la fenêtre. Nini me suit et penchée comme moi sur la barre d'appui du balcon me montre, à une centaine de mètres, un immeuble de l'avenue Junot.

– La baraque où habitait Vincent était là, me dit-elle.

– A côté du self-service de la mule, en quelque sorte ?

– Une chance ! Grâce à cette proximité, nous nous sommes retrouvés.

Retrouvailles rocambolesques à souhait. Pour Nini elles ont l'air de dater d'hier et pourtant...

On est le 24 décembre 1884 et personne ne songe à savoir si l'anticyclone des Açores va chasser les nuages lourds de neige, ni si la température tombée au-dessous de zéro est dans les normes saisonnières. Dans le petit appartement de la rue Saint-Eleuthère où vivent à présent Nono Clair-de-lune, la Patamba et Nini, les trois femmes vérifient qu'elles n'ont rien oublié pour le dîner où elles ont convié quelques rares personnes de leur entourage. Avec leurs ustensiles quotidiens et les restes du naufrage de la marquise de Mangeray-Putoux, elles ont réussi à dresser une table pittoresque où les fourchettes en bois voisinent avec les couteaux en argent massif, armoriés ; où les verres en cristal alternent avec les timbales en étain et où les serviettes en coton rouge encanaillent la nappe blanche brodée.

Leurs trois pâtés attendent dans des terrines en grès. La dinde est prête à être enfournée dans le four de la cuisinière, maintenue sans thermostat à chaleur constante. Les marrons sont prêts à être pressés en purée, la bûche refroidit dans une chambre, le vin vient d'être livré par Léonce, le patron du *Clairon des chasseurs à pied* où la marquise, quoique devenue plus sobre, a gardé des habitudes et des sympathies. Tout est impeccable, presque trop. Les trois femmes n'ont plus rien à faire et leur premier invité – sans doute le Dr Noir – n'arrivera pas avant deux heures.

Nini ne supportant pas l'oisiveté décide d'aller jouer les pères Noël auprès de Rididine. Pour cela il lui faut d'abord se rendre chez « les Suisses » : deux jeunes gens très courtois, très serviables – probablement homosexuels – qui habitent dans le maquis une espèce de chalet en planches, au milieu d'un jardin ceinturé de cloches de vache qui se mettent à sonner joyeusement dès qu'un visiteur veut entrer. Ce système d'alarme, primaire mais efficace, donne à Montmartre des résonances helvétiques et a valu à ce couple original son surnom... ainsi que la curiosité amusée de Nini.

Un jour qu'elle allait voir sa mule, elle croisa devant le chalet ses deux occupants et lia connaissance avec eux. Enhardie par leur gentillesse naturelle, elle finit par leur demander s'ils ne pourraient entreposer pendant l'hiver, dans leur jardin, les sacs d'avoine destinés à la nourriture de Rididine. Ils acceptèrent avec empressement et se chargèrent même de transporter la marchandise. Depuis, régulièrement, elle ou la Patamba viennent prélever dans le jardin des Suisses, même en leur absence, les rations alimentaires de la mule.

En ce jour du 24 décembre, Nini quitte donc la rue Saint-Eleuthère pour aller y quérir le picotin du réveillon de Rididine. Mais bien avant d'arriver à destination, elle entend les clochettes helvétiques qui se déchaînent de façon inhabituelle. Ce n'est plus un tintement bucolique. C'est un tintamarre affolé. Elle se met à courir. Vingt secondes plus tard, elle voit de loin un attroupement à la hauteur du chalet. Les badauds regardent virevolter dans tous les sens une dizaine de sergents de ville, torches à la main. Bientôt, elle rejoint les curieux qui s'empressent de la renseigner : les Suisses si bien élevés étaient en réalité des faux-monnayeurs qui fabriquaient des billets de banque dans un appentis de leur chalet... à deux pas de ses sacs d'avoine. Les policiers avertis de ces activités clandestines sont intervenus en force, mais surpris – comme des voleurs – par le vacarme insolite des cloches, ils n'ont pu arrêter les deux Suisses qui se sont perdus dans le maquis montmartrois.

Dépités de n'avoir pu à cause de cette alarme imbécile prendre les coupables la main dans le sac, ils espèrent au moins mettre la main sur le sac... et ils découvrent ceux de Nini. Et ils jubilent. Et ils s'interpellent, la gaudriole à fleur de moustache :

– Tu vas voir, dit un sergent roux, qu'ils cachaient leur faux blé dans de la vraie avoine.

– Moi, à leur place, rétorque un sergent brun, je l'aurais plutôt planqué dans un carré d'oseille.

– Eh bien moi, renchérit un sergent chauve, leur monnaie de singe, je l'aurais mise dans des peaux de banane.

Ayant épuisé toutes leurs munitions humoristiques, les trois sergents s'arment de trois couteaux qu'ils enfoncent dans un sac innocent comme ils les enfonceraient dans le ventre d'un traître. En vérité, seule Nini est atteinte par leurs coups. Elle fend la foule à l'instant où les trois sergents s'apprêtent à fendre, eux, un autre sac. Elle se précipite et grâce à sa souplesse remarquable se livre à une partie de jambes en l'air – dans le sens propre du terme – qui relève plus de la boxe française que du french cancan. Les trois argousins en sont désarçonnés. Gardons-nous de les en blâmer : même dans ce quartier très marginal, ils ne pouvaient décemment pas s'attendre à recevoir des bottines de jeune fille dans leurs mandibules d'hommes. D'autant moins qu'en 1884, ne l'oublions pas, le M.L.F. n'était que le sigle d'un magasin (M) de location (L) de frous-frous (F). Mais les sergents se ressaisissent vite et contre-attaquent virilement. La pauvre Nini se voit obligée de baisser les bras – et les jambes. Que vouliez-vous qu'elle fît contre trois ? Qu'elle mourût ? Non ! mais qu'un beau jeune homme alors la secourût. C'est ce qu'il advint : Vincent Depaul vient d'assister à la scène parmi les autres badauds sans reconnaître dans la jeune furie argousinophobe sa petite filleule de Domrémy qu'il n'a pas vue depuis six ans. Défenseur viscéral du sexe faible, même quand celui-ci se montre particulièrement fort, il s'interpose entre les fines bottines et les grosses moustaches. Il plaque Nini contre le sol, lui faisant un bouclier de son corps et de ses mains un heaume pour protéger sa tête. Aussitôt la gambilleuse met un nom sur le visage de son preux chevalier et le lui crie :

— Vincent !

Puis elle ajoute immédiatement, la situation ne se prêtant pas au jeu des devinettes :

— Tu es mon parrain. Je suis la fille adoptive de ton oncle, l'abbé Lafoy, et de sa servante espagnole, la Patamba.

— Mon Dieu ! s'exclame-t-il.

Cette exclamation apparemment fonctionnelle a en réalité deux prolongements. Le premier, plein de gaieté : « Mon Dieu, quel heureux hasard ! » Le second, plein d'incrédulité : « Mon Dieu, est-il possible que cette étreinte imprévue avec une amie d'enfance ait soudain éveillé mes sens ? » Ou, si vous préférez, dans un style plus actuel : « Mon Dieu, je bande ! » Peu importent les mots, pourvu qu'on ait l'ivresse ! Et présentement, Vincent l'a. Toujours en position de bouclier, le voilà maintenant avec un fer de lance.

— Mon Dieu ! répète-t-il, sans même prendre conscience que le moment n'est peut-être pas idéal pour invoquer le Très-Haut qui, par définition, est très au-dessus de tout ça. On comprendra à ce détail qu'il n'est pas dans son état normal.

Heureusement, il le recouvre grâce à l'intervention du sergent roux qui l'arrache non sans mal à l'objet de son émoi et qui, à la lueur de sa torche, le reconnaît.

– Oh ! dit-il étonné à Vincent, c'est toi ?
– Ah ! répond Vincent aussi étonné, c'est toi ?

C'était bien eux. Face à face. D'un côté : Vincent, le chef de chantier infatigable qui forçait l'estime de tous – y compris celle du sergent roux qui était pourtant un dur à cuire. Vincent le catholique irréprochable qui décourageait les plus coriaces anticléricaux – y compris le sergent roux qui pourtant crachait dans tous les bénitiers. Vincent, l'honnête homme qui respectait toutes les femmes – y compris celle du sergent roux qui pourtant était une sacrée pute.

De l'autre côté : le sergent roux, terreur de la pègre montmartroise, représentant de la force pas tranquille, homme violent et cocu déchaîné, le sergent roux qui serait passé par un trou de souris pour plaire à Vincent.

Grâce à cela, l'affaire fut vite réglée. Vincent se portait garant de Nini : donc elle ne pouvait pas être coupable. Le sergent roux la félicita même pour ses uppercuts pédestres, performance pugilistique « qui l'avait beaucoup frappé », dit-il hilare, afin de prouver que les coups ne lui avaient pas gâché l'esprit. Il fit apporter d'autres sacs afin de remplacer ceux qui avaient été transpercés et y versa l'avoine qui s'était répandue par terre. Quant aux cinq cent mille francs de faux billets qu'il avait fini par découvrir dans le double fond du dernier sac de Nini, il déclara les avoir trouvés « au péril de son odorat » dans les commodités, parmi un monceau d'exemplaires du *Chasseur français*, très prisé alors dans cet endroit. Mensonge qui lui valut d'obtenir dans les meilleurs délais son bâton de maréchal : le grade de sergent-chef.

L'affaire de Vincent, elle, ne fait que commencer. Très bien au demeurant. Jusque-là, il n'a eu qu'un amour : Dieu. Qu'une maîtresse : la basilique. Son âme était à l'Un, son corps était à l'autre. Il a toujours été fidèle au Premier comme à la seconde. Mieux ! il n'a jamais eu la tentation de ne pas l'être.

Pour ce qui est de l'âme, je comprends : Vincent a mis la barre si haut qu'a priori personne ne risquait de l'atteindre. Mais pour ce qui est du corps, j'ai du mal à croire que le moelleux d'une femme ne soit jamais entré en concurrence avec les moellons d'une cathédrale. Nini m'en fournit une explication que, faute d'une autre, je suis bien obligée d'accepter :

— Un cadeau du ciel, dit-elle, qui lui a été repris brusquement quand il m'est tombé dessus.

— Vous appelez ça un cadeau, vous, l'inappétence sexuelle ?

— Dans une certaine mesure oui. Ça évite bien des ennuis.

— D'accord ! mais ça prive de bien des joies.

— Non... on ne peut pas être privé de quelque chose qu'on ignore. Tant qu'on n'a pas goûté au caviar, on se fiche de n'en pas avoir.

— Si vous allez par là, tant qu'on n'a pas eu l'électricité, on ne souffrait pas des pannes de courant.

— Mais oui ! Et voyez-vous j'en arrive à me demander si le secret du bonheur ne serait pas d'ignorer que le bonheur existe.

— Vous êtes sérieuse ?

— Oui, mais pas affirmative. Je me pose simplement une question : vaut-il mieux ignorer les joies, petites ou grandes, de la vie et donc ne pas en être frustré si on n'y accède pas ; ou bien en connaître l'existence, et donc souffrir d'en être privé mais avoir l'espoir et l'envie d'y accéder un jour ? A votre avis ?

— Ça dépend des joies... et des êtres.

– En somme, selon vous, ça se discute ?
– Oui. Comme la religion. La tauromachie. La peine de mort. Les voyages. L'avortement. L'euthanasie. En fait, comme tout ce qui dépend des chromosomes de chacun.
– Eh bien, moi, je trouve que ça ne sert à rien de discuter des choses qui se discutent.
– Des choses qui ne se discutent pas non plus.
– C'est indiscutable !

Comme nous sommes d'accord, nous en revenons à nos moutons. En l'occurrence, ils prennent la forme de la mule Rididine. C'est en effet auprès d'elle que Vincent et Nini se rendent, dès que le sergent roux les a libérés de sa sollicitude précieuse, mais encombrante.

Bien qu'ils n'aient ni houppelande rouge ni barbe blanche, la bête reconnaît tout de suite en eux papa et maman Noël et, pendant qu'elle plonge son museau dans la hotte d'avoine, les jeunes gens se plongent, eux, dans leur passé. Maillon après maillon, ils reconstituent les deux chaînes, longues de six ans, qui relient leur dernière rencontre dans le château de Domrémy à celle d'aujourd'hui dans cet enclos broussailleux du maquis montmartrois.

Arrivés à leurs derniers maillons, ils se demandent si les prochains s'imbriqueront pour ne plus former qu'une seule chaîne. Ils l'espèrent déjà, mais n'osent pas se l'avouer. Chacun est persuadé qu'il est le seul à couver cet espoir, à ressentir ce désir fulgurant, irraisonnable, irraisonné de ne plus quitter l'autre. Ils font avenir à part. Celui de Vincent est tout simple : il continuera à bâtir « sa » basilique jusqu'au bout. Jusqu'à ce qu'elle puisse être, comme le voulait le cardinal Guibert, son père spirituel, « un paratonnerre sacré qui préservera Paris des coups de la justice divine ». Déjà la crypte est achevée depuis quelques mois, juste au moment, hélas ! où Paul Abadie s'éteignait. Il a été remplacé par M. Daumet. Vincent n'a guère de sympathie pour ce membre de l'Institut, architecte du palais de justice qui n'a rien eu de plus pressé que de modifier les plans de son prédécesseur et d'engager de nouvelles dépenses...

Brusquement, les gouffres de la Villette, du forum des Halles, et quelques autres s'ouvrent devant mes yeux.

– Décidément, dis-je, plus ça change et plus c'est la même chose. C'est désespérant !

– Dans un sens, oui ; mais dans l'autre c'est consolant ; ça prouve que si le présent n'est pas meilleur que le passé, au moins il n'est pas pire.

– Ça aussi, ça se discute.

Donc, on n'en discute pas et on accroche le futur maillon de Nini.

En vérité, suivant les jours, elle l'imagine de deux façons très différentes. Tantôt il a l'aspect du bon gros maillon traditionnel : femme au foyer-enfant-mari-fin de mois-maladie-joie-silence. Du solide mais du terne. Tantôt au contraire, le maillon prend une forme légère : danse-indépendance-lumière-amant-plaisir- argent-bruit. Du brillant, mais de l'instable.

Devant Vincent, bien sûr, elle parle surtout du premier, mais elle est bien forcée de parler aussi du second, vers quoi sa vie actuelle l'entraîne. Malgré elle... affirme-t-elle à l'ange du Sacré-Cœur. Et il la croit : ce n'est pas sa faute si Valentin-le-Désossé vient en ami rue Saint-Eleuthère et s'il l'invite à danser avec lui dans le quartier, à *La Feuillée* et au *Petit-Tivoli*, ou un peu plus loin en bas, au bal des *Marronniers*, à *La Boule-Noire*, aux *Folies-Robert*. Elle ne peut pas lui refuser, il est si gentil... et puis il insiste tellement... Il dit qu'elle est vraiment très douée.

Ce n'est pas non plus sa faute si la Patamba et

elle-même, ne pouvant être à la charge de la marquise de Mangeray-Putoux et donc du Dr Noir, ont cherché à gagner leur vie.

Ce n'est pas sa faute si la Patamba a trouvé un emploi de repasseuse dans une blanchisserie boulevard Rochechouart, juste en face du *Chat-Noir*, pas sa faute si Aristide Bruant qui en est un bon client s'est attendri sur le sort de cette émigrée, danseuse et muette, qui gardait « sous sa toque de martre, sur la butte Montmartre, un p'tit air innocent » ; pas sa faute si de ce fait, quelquefois, elles vont dans le cabaret de chansonniers où le Tout-Paris de l'argent vient applaudir le Tout-Montmartre de l'esprit.

Ce n'est pas sa faute si elle, Nini, sans goût ni dons pour aucun travail manuel, a été obligée d'accepter ce qu'on appelle maintenant des « jobs ». Elle a été porteuse d'eau, porteuse de pain, et puis un jour...

Ce n'est pas sa faute, début novembre, si elle a croisé une jeune femme brune, très jolie, qui traînait au bout de son bras un enfant d'à peu près dix-huit mois qui pleurait parce qu'il ne voulait plus marcher et qu'elle ne pouvait pas le porter. Cette jeune femme n'avait pas encore changé son prénom de Marie-Clémentine choisi par sa mère, Mme Valadon, blanchisseuse, contre celui de Suzanne, choisi par elle, futur peintre. Elle avait dix-sept ans. L'enfant dont elle était la mère se prénommait Maurice. Il attendrait encore une douzaine d'années avant de s'appeler Utrillo et une trentaine pour que ce nom soit célèbre.

Marie-Clémentine, de quelques mois l'aînée de Nini, avait été acrobate, puis après un accident était devenue un des modèles recherchés par les peintres de Montmartre. Ce jour-là, elle se rendait dans l'atelier de Toulouse-Lautrec. L'ambiance n'y était pas exactement celle d'une nursery et on y biberonnait plus volontiers de l'absinthe que du lait. Elle demanda à Nini de garder le petit Maurice...

– En somme, dis-je à ma gambilleuse, vous avez été la baby-sitter d'Utrillo.

– Oui... en échange de quoi Suzanne (j'aime mieux l'appeler comme ça) a été mon imprésario.

– Comment ça ?

– Elle m'a présentée à ses peintres. Quelques-uns m'ont engagée à poser.

– Lesquels ?

– Renoir, Monet, Degas, Lautrec...

Quelle imprudence de me livrer ces noms ! Je me précipite immédiatement sur des albums consacrés à l'œuvre de ces quatre maîtres : si Nini me dit la vérité, elle doit figurer sur quelques-unes des reproductions, sinon...

Elle y figure. Souvent même. C'est simple, toutes les femmes de dos, c'est elle. Toutes les silhouettes un peu floues au second plan d'un groupe, elle aussi. Toutes les têtes penchées en avant ou cachées sous une épaisse chevelure, elle encore. Pas un visage de face !

– Vous m'avouerez que c'est curieux, non ?

– Non, pas du tout ! me répond Nini sans se démonter. J'ai toujours eu – vous pouvez vous en rendre compte – un visage sans luminosité, dans un camaïeu de bruns, qui ne chatouillait pas la palette des peintres. En revanche, j'avais une opulente chevelure, une silhouette et un instinct de l'attitude qui les inspiraient.

Son argument ne me paraît qu'à moitié convaincant. Mais donc, soyons logique, à moitié crédible. Je lui laisse le bénéfice du doute et m'enquiers de la réaction de Vincent quand il a appris les activités de sa petite amie de Domrémy.

– Réaction démente ! s'écrie Nini. Il voulait absolument me remettre dans le droit chemin... alors que je n'en étais pas sortie.

— Il ne pouvait pas le deviner.

— Mais je le lui ai dit.

— Il n'était pas forcé de vous croire.

— Si ! La sincérité a une sonorité très reconnaissable.

— Le cœur a souvent une mauvaise oreille.

— Peut-être... mais moi je ne supporte pas qu'on « n'entende » pas ma bonne foi. J'étais tellement furieuse que tout à coup, je me suis levée et j'ai quitté l'enclos.

— Et qu'a-t-il fait, lui ?

— Il m'a rattrapée et m'a demandé pardon.

Je ne connais pas plus que vous la suite de l'histoire, mais à mon avis, ce garçon-là, c'est de la graine de cocu. Si j'avais été là, je lui aurais tout de suite conseillé d'arrêter les frais. Mais je n'étais pas là. Alors, il a plaidé coupable ; il a accusé son caractère ombrageux ; il a promis qu'il ne recommencerait plus. Nini, elle, s'est montrée magnanime : elle a accepté de passer l'éponge et lui a souri avec indulgence. Elle l'a même invité à réveillonner rue Saint-Eleuthère.

Ils sont arrivés main dans la main dans l'appartement de la marquise de Mangeray-Putoux où régnait déjà une prometteuse ambiance de fête. Promesse tenue, sauf pour Vincent qui, à deux pas de sa chère basilique, a l'impression d'en être à mille lieues.

Il n'apprécie guère le parler dru d'Aristide Bruant qu'il n'entend pas, lui, comme un parler franc, ni sa tenue ostentatoirement bohème qu'il regarde, lui, comme un déguisement étudié. Il apprécie encore moins que ce chantre de la misère se réjouisse avec fracas d'être bientôt propriétaire du *Chat-Noir*, surtout quand il sait que son actuel tenancier Rodolphe

Salis ne s'en sépare qu'à cause du meurtre, par un truand, d'un de ses jeunes serveurs.

Valentin-le-Désossé est à peine plus sympathique à Vincent. En tout cas, ce soir-là où il ne cesse de parler d'une jeune danseuse de seize ans dont la fougue et l'impudeur mettent depuis quelque temps tous les bals en ébullition : Louise Veber, surnommée La Goulue, à cause de sa manie de finir tous les verres, disent les uns, à cause d'un amant nommé Goulu Chilapane, disent les autres. A cause de son inépuisable appétit pour le plaisir, tous les plaisirs, a dit Valentin avec une certaine admiration d'où n'était pas absente une certaine envie.

Valentin avait cette même expression quand il a raconté que cette Mlle La Goulue avait brusquement faussé compagnie à un prince arabe si épris d'elle qu'il n'osait pas l'approcher et qu'en plus elle s'en était vantée en disant que : « Respecter une femme c'était justement lui manquer de respect. » Quelle horreur ! Nini a ri... comme les autres ; comme la Patamba dont les doigts sillonnent le velours côtelé du pantalon de Bruant ; comme Nono Clair-de-lune dans laquelle Vincent a tant de mal à reconnaître la paroissienne préférée de son oncle, l'abbé Lafoy ; comme le Dr Noir qui a cette salacité à fleur de regard et à fleur de mots, propre aux adolescents qui ne savent pas encore et aux vieillards qui ne peuvent plus.

Vers minuit moins le quart, Vincent prévient Nini qu'il va prendre congé pour aller à la messe de minuit dans la crypte du Sacré-Cœur. Il n'ose pas lui proposer de l'accompagner. Miracle de Noël : elle le lui demande. Ils partent peu après avec la bénédiction ironique des convives, bien persuadés que les deux jeunes gens ne vont pas fêter la Nativité comme des enfants de chœur.

Eh bien, si ! Vincent qui connaît la moindre dénivellation de l'immense chantier de la cathédrale guide Nini à travers bosses et creux, d'une main plus sûre que tendre. Avec la fierté d'un maître de maison, il lui signale devant un trou béant que là s'élèvera la nef. Et il lui décrit la nef. Puis il lui indique l'emplacement des trente autels qui sont prévus. Et il lui énumère les noms des trente autels. Puis il s'arrête, petit péché d'orgueil, devant ce qui sera la chapelle de son saint patron : Vincent de Paul. Et il la lui décrit en détail, jusqu'au dallage de marbre vert. Puis il l'invite à lever la tête vers le ciel pour l'instant vide mais où pointeront bientôt des voûtes superbes. Et il lui décrit les voûtes superbes.

Le pauvre ! S'il savait ce qu'elle s'en fout ! S'il savait que devant chaque flaque d'eau, ce n'est pas une explication circonstanciée de sa destination future qu'elle attend, mais simplement son bras à lui bien présent sur sa taille à elle bien présente, pour l'aider à sauter le gué en espérant sauter après le pas. S'il savait qu'au lieu de se pencher sur les concavités du sol à quel point elle préférerait qu'il se penche sur les convexités de son corps ! S'il savait quand il lui parle de forage que son regard troublé voit bien autre chose que le percement d'un puits ! Ah oui, s'il savait... il te la renverserait dans la ravine... et entre jupons et argile entreprendrait des fouilles dont il ressortirait des trésors millénaires.

Mais il ne sait pas. Personnellement, je vous avouerai que je ne le regrette pas car j'aurais eu sans doute beaucoup de difficulté à vous rendre l'érotisme brûlant de cette scène étant donné que l'inconfort ne m'a jamais semblé un élément indispensable au déchaînement amoureux et que les récits enfiévrés des dames qui éprouvent mille voluptés à se vautrer sur les plages blondes, les vertes prairies, les forêts landaises, voire sur un tronc d'arbre, m'ont toujours laissée perplexe. Je ne vois pas l'intérêt de confronter ses fesses aux grains de sable, aux puces de mer, aux brins d'herbe, aux fourmis indiscrètes, aux aiguilles de pin et aux écorces rugueuses. Mais il est vrai que j'ai toujours eu l'esprit pratique et la peau sensible.

– Moi pas ! me dit Nini sur un ton extrêmement explicite.

Mais puisque vous n'avez pas eu comme moi la chance de l'entendre, je vous précise que ces deux mots signifiaient clairement combien en ce soir de Noël, elle avait regretté que son séraphique mentor ne se soit pas comporté comme le dernier des hussards, et qu'au lieu de lui arracher jusqu'au matin des cris de bête... bêtement il lui ait fait chanter *Minuit, chrétiens*.

8

Vous l'avez compris, Nini Patte-en-l'air n'est pas une disciple de Platon.

Lisant cette phrase par-dessus mon épaule, Nini ne l'approuve que partiellement et tient à apporter cette précision :

– Attention, me dit-elle, ne vous méprenez pas. Je ne suis pas ennemie de la fleur bleue. Au contraire ! J'aime bien qu'on m'en cause, mais il y a quand même un moment où il faut penser à la cueillette.

Or Vincent n'y pensait pas. Plus exactement, il s'interdisait d'y penser. En vérité « sa petite boudeuse » – surnom affectueux que sa mère avait donné à son sexe d'enfant – ne boudait plus du tout. Elle se révélait même d'un caractère si enjoué, si impétueux qu'il s'infligea une génuflexion à chaque fois que des visions impies lui traversaient l'esprit, escomptant qu'ainsi elles ne parviendraient pas à destination. Si bien qu'à la longue, il eut les genoux entamés. Inconvénient certes mineur, mais en l'occurrence gravement inutile puisque pendant que lui mobilisait saint Vincent de Paul pour qu'il l'aide à rester abstinent, Nini, elle, mobilisait saint Eleuthère pour qu'enfin il cesse de l'être.

Voilà qui a dû mettre ces deux malheureux saints

dans une situation bien difficile ! Encore qu'à la réflexion, ils doivent avoir l'habitude, ceux-là et les autres. Il est évident que les prières des gens ne vont pas toutes dans le même sens. Le plus souvent même, elles vont dans des sens opposés :

« Saint Machin, faites que je me rétablisse ! » « Saint Truc, faites qu'il crève ! »

Et vous imaginez en plus, quand le même est sollicité pour deux causes contraires : « Saint Chose, faites que l'O.M. gagne le match. » « Saint Chose, faites qu'il le perde ! » Il y a de quoi ne plus savoir où donner de l'auréole. C'est pourquoi, quelquefois, « ils » laissent tomber. Moi, je les comprends : je ne voudrais pas être à leur place. Ça tombe bien, me direz-vous, car sauf imprévu, je ne risque pas vraiment d'être canonisée.

— C'est fini, oui ? me demande brutalement Nini.
— Quoi ?
— Vos appoggiatures sur ma partition. J'en ai ras le chignon ! Comme de l'abstinence de Vincent.
— Vous n'êtes pas une nature patiente.

Nini ne le conteste pas... Bien qu'en ce qui concerne Vincent elle réclame les circonstances atténuantes. Dans l'espoir de les obtenir, elle m'énumère sommairement ses espoirs déçus :

1er janvier 1885. Bonne année ! Bonne santé ! Bisou sur la joue droite ! Bisou sur la joue gauche ! Soupirs ! Renouvellement des vœux avec voix gonflée d'émotion : « Oh oui ! Bonne, très bonne, très, très, bonne année ! » Terminé !

Février 1885. Mardi gras. Nini s'est amusée à déguiser le petit Maurice Valadon avec les moyens du bord en Pierrot. Accompagnée de Vincent, elle le promène dans les rues de Montmartre. Le jeune couple s'attendrit en regardant l'enfant. Nini s'enhardit jusqu'à lui dire qu'elle aimerait bien en avoir un...

qui lui ressemblerait. Regard ébloui. Pression de main. Rejet brusque de la main. Rappel du Ve commandement : « Œuvre de chair ne désireras qu'en mariage seulement. » Terminé !

Début mars 1885. Mi-carême. Même topo : on ressort le costume de Pierrot. On ressort l'attendrissement. Le désir d'une maternité. Le regard. La pression de main et... le Ve commandement. Néanmoins, Vincent rougissant confie à Nini qu'il songe à déménager pour être plus confortablement installé. Baiser sur le front. Départ brusque. Terminé !

Fin mars 1885. Premier dimanche de printemps. Escapade à *La Grenouillère*, guinguette au bord de l'eau, presque aussi attrayante ce jour-là que sur la célèbre toile d'Auguste Renoir. Promenade en yole, pouvant elle aussi – question charme – rivaliser avec un autre tableau du maître. Direction Cythère. Soleil entre les branches. Mains caressant voluptueusement l'eau. Soupirs de bien-être. Halte à l'écart sous ombrages propices. Effleurement du visage par herbe chatouilleuse. Renouvellement de l'exercice sur le bras droit ; puis sur le bras gauche. Epuisement des ressources de l'herbe. Rires bêtes des deux jeunes gens. Dialogue en harmonie. Lui : Que tu es jolie ! Elle : Ce qu'on est bien ! Lui : Comment peut-on dans des moments pareils ne pas croire à l'existence de Dieu ? Elle : Ben... Cythère n'est plus ce qu'elle était. Rembarquement. Terminé !

Début avril 1885. Pâques. Alléluia ! Christ est ressuscité ! Il n'y a pas que lui ! Hélas pour Vincent ! « Petite boudeuse » aussi. Elle choisit ce jour-là, cette impudente, pour carillonner sa joie avec plus de force que jamais. Vincent est aux cent coups. « Il ferait mieux d'en tirer un. » Pensée aussi vulgaire que réaliste qui obsède Nini jusqu'à la sortie des vêpres où l'ange du Sacré Cœur lui dit : « Ce n'est plus possible.

93

Il faut que nous nous mariions. » Approbation enthousiaste de Nini. Accord signé par doigts croisés. Emotion. Envol vers le futur. Descente amorcée un peu brutalement par Nini : « Quand, la noce ? » Sortie des aérofreins par Vincent : « Quand la cathédrale sera finie ! » Secousse. Atterrissage amorti : « Nous nous fiancerons dès que j'aurai trouvé un logement convenable. » Sourire de Nini : elle va lui en chercher un. Tintamarre de cloches dans Montmartre auquel se mêle malencontreusement le bourdon de « la petite boudeuse ». Séparation. Fuite éperdue. Terminé !

Fin avril 1885. Nini a trouvé un logement pour Vincent, rue Cortot ! Non ? Si ! Deux pièces au rez-de-chaussée donnant sur un grand jardin romantique dans l'ancien hermitage d'Hector Berlioz. Non ? Si ! Visite des lieux. Emerveillement. Surprise : il y a déjà une table, deux chaises... et un lit. Non ? Si ! Le local est libre. Vincent peut y habiter dès maintenant... Y rester tout de suite. Non ? Si ! Eh bien, non, il préfère donner un coup de peinture avant, puis poser des rideaux : le jour l'empêche de dormir... De dormir ! Non ? Si ! Cette fois c'est Nini qui boude. Désarroi de Vincent. Baiser dans le cou. Panique. Fuite éperdue. Terminé !

Mi-mai 1885. Pentecôte. Les fêtes carillonnées sont devenues la phobie de Nini. A chacune, elle a le droit à l'inspection complète des progrès effectués sur le chantier de la basilique. Arrêt devant chaque nouveau trou comblé ; devant chaque nouvelle pierre posée ; devant chaque nouvelle grue apportée ; devant chaque nouvelle tranchée creusée. Un véritable chemin de croix pour la gambilleuse qui justement gambille de plus en plus et de plus en plus tard. Bâillement d'icelle pendant la grand-messe. Reproches de Vincent à la sortie. Scène entre les deux jeunes gens qui s'aiment et qui souffrent d'être séparés par la double barrière de la danse et du Ve commandement. Argument de Vincent : Le grand écart n'est pas une position convenable pour une jeune fille. Réponse imparable de Nini : Et à qui la faute si je suis encore une jeune fille ? Mine penaude du jeune homme qui, subitement, comme s'il était piqué aux fesses (et d'ailleurs sans doute l'est-il par les flèches de Cupidon), se met à galoper vers le conjungo en prenant coup sur coup trois décisions. Primo, le 31 mai, Visitation de la Vierge : il emménagera dans son nouvel appartement. Secundo, le 10 juin, jour des dix-sept ans de Nini, ils se fianceront. Tertio, là, tout de suite... oui, sur-le-champ, oui, ils vont aller... oui, porter... oui, la bonne nouvelle... Oui, à Rididine ! Et ils y vont ! Terminé !

31 mai 1885. Déménagement de Vincent ? Oui. Mais aussi, funérailles nationales de Victor Hugo.

— Catastrophe ! m'annonce Nini sur un ton rigolard qui cadre aussi mal avec le mot qu'avec l'événement.

J'en conclus que cet enterrement va me réserver quelques surprises.

La première, tout à son honneur, est que, grâce à l'abbé Lafoy, hugolâtre au prosélytisme convaincant, elle nourrit une véritable passion pour le poète. Elle m'affirme que si cela avait existé de son temps, elle aurait été une de ses « groupies », aurait porté un poil de sa barbe dans un médaillon et aurait écouté « La tristesse d'Olympio » à longueur de journée dans son walkman. J'imagine assez mal le grand homme en rocker de Guernesey mais, cela mis à part, je comprends très bien que Nini ait voulu absolument assister à ses obsèques. Elle est loin d'être la seule.

— Deux millions on était ! s'écrie Nini, dans toutes les avenues autour de la place de l'Étoile.

— Je sais : je l'ai lu dans le *Victor Hugo* d'Alain

Decaux. Il y raconte en détail ce que furent ces deux journées du 31 mai et du 1er juin. La première où les Parisiens en foule ont tenté de saluer la dépouille mortelle de Victor Hugo, exposée sous l'Arc de triomphe. La seconde, celle de la cérémonie officielle avec le cortège interminable... l'escadron de la garde municipale, le régiment des cuirassiers, les tambours voilés de crêpe, les onze chars où s'entassent les couronnes de fleurs, les multiples délégations officielles dont celle de Besançon à tout jamais connue grâce à lui comme une vieille ville espagnole.

Nini a une moue déçue :
– C'est à vous dégoûter d'y être allée !
– Je comprends ça.
– Il dit aussi qu'il faisait chaud ?
– Bien sûr ! Et plein d'autres choses encore.
– Parle-t-il de moi ?
– Ah non ! Ça, il ne parle pas de vous.
– Je ne lui en veux pas : deux millions de personnes, il ne pouvait pas toutes les citer.
– Bien entendu ! Mais il serait sûrement très heureux de recevoir votre témoignage.
– Oh ! Je ne lui apprendrais pas grand-chose sur le plan de la documentation : je n'ai rien vu.
– Ça ne m'étonne pas. Avec tout ce monde...
– Ce n'est pas seulement à cause de cela.
– A cause de quoi alors ?

Précédée d'une envolée de la main et du menton vers des espaces indéfinis, Nini me lance sa réponse :
– Le hasard !

Je salue d'un geste fataliste le retour dans la vie de Nini de ce ludion dont l'absence ne dure jamais très longtemps et demande des précisions :
– Comment s'appelle-t-il cette fois le hasard ?
– Le père Goriot.
– De Balzac ?

— Non ! De Châtellerault.
— Quoi ?
— M. Gaston Goriot était un honorable coutelier de Châtellerault qui avait eu deux filles et qui, ignorant tout de *La Comédie humaine*, les avait appelées innocemment, comme dans le roman de Balzac : Anastasie et Delphine.
— Et bien sûr, comme dans le roman, elles ont ruiné leur père ?
— Pas du tout ! Elles l'adoraient. Surtout Delphine. C'est pourquoi elle était partie pour Châtellerault le soigner et pourquoi elle n'assistait pas aux obsèques de Victor Hugo.
— Ah bon... Mais quel rapport avec vous ?

Nini met un doigt sur sa bouche pour m'inviter au silence. Cette manie qu'elle a de me ménager des suspenses m'est insupportable. Pourtant il faut bien que je la supporte si je veux savoir. Et je le veux. Vous pensez ! En plein chapitre 8 je n'ai aucune envie de la voir disparaître sans un mot d'explication dans la foule des Champs-Elysées.

— Je n'étais pas sur les Champs-Elysées, me dit-elle, offusquée comme si vraiment il s'agissait du passage Brady sur le Sébasto. J'étais en haut de l'avenue qui depuis deux ans s'honorait de porter le nom de Victor-Hugo.
— Je reconnais que l'endroit était bien choisi.
— J'étais arrivée à 7 heures du matin pour avoir cette place-là et je n'étais pas la première.
— Vous êtes restée combien de temps ainsi, debout sur vos jambes ?
— Une heure !
— Ah ? Seulement ? Vous êtes partie au bout d'une heure ?
— Non ! Je ne suis pas partie. Mais je n'étais plus debout sur mes jambes.

– Vous aviez trouvé une place assise ?
– Oui. Sur les épaules de François-Ludwig.

Ne voulant pas retarder la suite du récit de Nini, je me dispense de tout commentaire sur la rencontre miraculeuse, au milieu de deux millions de Parisiens, de la groupie de Victor Hugo avec le fan de Gustave Eiffel, amant jadis à Domrémy de la marquise de Mangeray-Putoux... laquelle est maintenant l'amicale logeuse de la première à Montmartre.

– A propos de logeuse, me dit brusquement Nini qui se balade dans mes pensées avec un sans-gêne grandissant, vous vous rappelez celle de François-Ludwig à Levallois-Perret ?

– Oui, mademoiselle ! Et avec tout ce qui se passe dans votre vie, dans la mienne et dans le monde, j'ai du mérite. D'autant plus que vous me l'avez présentée à la sauvette, entre deux informations, et sous son seul diminutif : Fifine.

– Très bien ! Et vous vous souvenez de son métier ?
– Corsetière !
– Et de la couleur de ses cheveux ?
– Blonds.

Mes réponses jugées satisfaisantes me donnent le droit de suivre Nini dans les coulisses de sa rencontre miraculeuse qui peuvent s'apparenter aux coulisses de l'exploit.

Fifine est pour l'état civil Delphine Goriot née en 1853 à Châtellerault de Gaston-Honoré Goriot et de Madame, née Hortense Bette, sa cousine probablement, mais ce n'est pas spécifié dans l'acte de naissance. Autrement dit, elle est la fille préférée du père Goriot qui, veuf et souffrant d'un ulcère à l'estomac, l'a appelée à son chevet. Elle n'y est pas encore arrivée que déjà le beau forgeron, papillonneur comme trois bombyx, est allé butiner ailleurs. Où ça ? Chez une gourgandine richement entretenue par un marchand de meubles (beaucoup moins vieux que lui) et qui l'a installée dans les siens. Où ça ? Avenue Victor-Hugo, vous vous en seriez douté. François a apprécié la solidité de la literie pendant une partie de la nuit, puis vers sept heures, il a filé à l'anglaise afin d'éviter la question qui régulièrement lui donne des boutons : « Quand est-ce qu'on se revoit ? » Intelligent mais peu intellectuel, quand il se retrouve dehors à l'issue de sa nuit agitée, il ne voit en Victor Hugo qu'un ennemi des Droits de l'homme dans la mesure où les embouteillages provoqués par son enterrement s'attaquent au premier de ces droits : celui à la libre circulation des idées et des citoyens. Or lui, le citoyen François-Ludwig Eisenbruck, ne peut pas circuler. Il ne l'admet pas. Et au nom des principes de 1789 décide de circuler quand même. Usant et abusant de sa large carrure, il finit par se frayer un passage et parvient juste derrière Nini. Elle l'a identifié avant de le voir. D'abord à la voix, en l'entendant dire de loin : « Poussez-vous, voyeurs de mes deux ! » Ensuite *de tactu*, en sentant s'écraser contre sa colonne vertébrale le corps puissant du Vulcain de Domrémy.

On notera au passage la malignité du hasard qui a voulu que les deux amis d'enfance de Nini aient repris contact avec elle de la même façon, en lui tombant dessus, Vincent de face, François de dos. A même situation, même réaction. Elle crie le nom de François comme elle a crié, il y a un peu plus de cinq mois, celui de Vincent, puis a décliné son identité immédiatement, les circonstances présentes ne se prêtant pas plus que celles d'alors aux devinettes. Mais là, le scénario change. François reconnaît tout de suite en elle non pas la sage petite fille de Domrémy mais la gambilleuse ardente qu'il a repérée l'autre soir à l'*Elysée-Montmartre* alors qu'elle y menait

99

un fameux « chahut » en compagnie de La Goulue, de la petite copine de celle-ci, la Môme Fromage, et de Grille-d'Egout, poétiquement appelée ainsi à cause de l'écartement de ses dents. Il lui aurait volontiers dit « deux mots plus bas que l'autre », mais Delphine était là et veillait jalousement sur les ailes toujours un peu agitées de son papillon. Il s'était donc tenu tranquille, se promettant de revenir seul au bal du boulevard Rochechouart et d'en ressortir avec cette Nini Patte-en-l'air dont la souplesse et la fougue lui laissaient augurer des prouesses d'alcôve assez intéressantes. Et voilà qu'il n'a pas eu besoin de se déplacer pour la rencontrer ! Voilà que sans le moindre effort, sans le moindre brin de causette préalable, il a son corps plaqué contre le sien ! Voilà qu'elle lui demande de grimper sur ses épaules pour mieux voir ! Voilà qu'il tient ses chevilles, puis ses mollets, puis ses genoux – tout aussi remarquables les uns que les autres –, voilà qu'il sent l'étau de ses cuisses autour du cou, voilà que son entre-deux de fine dentelle – mais est-ce bien de la fine dentelle ? – lui chatouille la nuque... Voilà que ce chatouillis se transforme en brûlure... Voilà que François-Ludwig ressent le besoin impérieux d'éteindre le feu qui s'étend sur tout son corps avec la vitesse d'un incendie de forêt : forcément avec ce soleil de plomb ! Un moment, il hésite à l'éteindre sur place. Mais après un bref examen de la situation il y renonce : les gens sont tellement pressés les uns contre les autres qu'on ne glisserait pas entre eux un brin de paille. Alors, vous pensez bien que là où il n'y a pas de place pour un brin de paille... Et le voilà qui, sans prévenir Nini, responsable à son insu de cette flambée aussi irrépressible qu'inopportune, se retourne et fonce dans le tas à contre-courant avec une telle détermination que devant eux la foule s'entrouvre sans un mot. A l'exception toutefois d'un pompier qui, par déformation professionnelle, s'écrie sur le passage de François : « Celui-là, je jurerais qu'il a le feu quelque part ! »

— Réflexion déplacée et triviale, j'en conviens, me dit Nini, mais juste ! ça, vous pouvez me croire.

— Mais vous, Nini, avez-vous compris la cause de cette ruée ?

— Pas du tout ! Moi j'étais toute à mon deuil et je pensais que François me conduisait à un endroit d'où le catafalque serait plus visible.

— Quiproquo vaudevillesque !

— Dame ! Feydeau n'était pas loin.

— Ah ! il était là aussi ?

— Non, je veux dire : il était dans l'air du temps. Donc, le quiproquo aussi.

— Ah ! bon ! Et le vôtre a duré...

— Jusqu'au bout.

— Qu'entendez-vous au juste par « jusqu'au bout » ?

— Ben... jusqu'au bout.

L'expression était idoine : en effet, après une course échevelée, d'abord à califourchon sur le dos de François, ensuite en omnibus, enfin à pied, ils arrivèrent rue Fouquet à Levallois-Perret, au domicile de la corsetière, absente comme on le sait pour cause de dévouement filial. Nini qui n'a aucun sens de l'orientation ne s'en étonne pas outre mesure et demande :

— C'est de là qu'on va voir Victor Hugo ?

François croit que « voir Victor Hugo » est une expression typiquement montmartroise qui signifie monter au septième ciel. Escalade que le génial poète, même très âgé, pratiquait encore assidûment. François acquiesce donc avec enthousiasme :

— Et comment qu'on va voir Victor Hugo ! Plutôt deux fois qu'une !

— Mais où ça ?

Il répond à la question de Nini en l'emportant entre biceps et pectoraux jusqu'au lit de la chambre de Delphine Goriot, tout en pompons, en ruchers, et en volants. Là, il lui relève jupe et jupons par-dessus la tête, lui descend le pantalon par-dessus les bottines et in petto l'empêche d'émettre des commentaires niais du genre : « Tiens ! je ne t'aurais pas imaginé dans une chambre en plumetis ! » ou : « C'est drôle que tu te parfumes à l'opopanax ! » Ou encore : « Question confort, c'est mieux qu'à l'Etoile, mais question recueillement, je trouve ça moins bien. » Autant de réflexions qui auraient gâché le plaisir de François, plaisir si vif, si fulgurant qu'il ne s'aperçoit qu'après coup, si je puis dire, qu'il vient de défricher une terre incompréhensiblement inexplorée. Il en éprouve une de ces mâles satisfactions qui rechargent de temps à autre les batteries essoufflées du féminisme.

— Heureusement que j'étais là, dit-il.
— Pourquoi ? demande Nini obstinément programmée sur « obsèques nationales ».
— Ben... pour te faire voir Victor Hugo, répond François.
— Mais, je ne l'ai pas vu, s'écrie Nini de bonne foi.

Il en fallait plus pour abaisser le caquet du viril défricheur.

— Ne t'inquiète pas, ma Nini, la première fois les femmes le voient rarement. Mais après, ça s'arrange. En tout cas, avec moi tu peux être tranquille !
— Mais toi, tu l'as vu ?
— Bien sûr, les hommes le voient toujours... tant qu'ils ont le télescope qui fonctionne.
— Ah ! Tu avais un télescope ?

Insensible à cette exquise ingénuité, François éclate de rire et, montrant fièrement l'objet de la question à nouveau en parfait état de marche, rétorque :

– Modèle unique ! En acier inoxydable !

Cette phrase, si délicatement allusive, met fin aux malentendus dont Nini vient d'être la victime... pas vraiment éplorée.

Elle le reconnaît aujourd'hui avec une franchise qui est tout à son honneur. D'une part, elle avait de plus en plus de mal à contenir la sève bouillonnante de ses dix-sept printemps malheureusement inemployée par Vincent. D'autre part « sa petite fleur » commençait à susciter plus de moqueries que d'admiration, tant dans les bals de Montmartre que chez la marquise de Mangeray-Putoux et puis, si ce 31 mai fut exceptionnel pour les deux millions de Parisiens, pleurant celui qui accédait à la légende du siècle dans le cercueil des pauvres, il le fut tout autant pour la gambilleuse qui vers midi accéda à l'extase du siècle dans le lit de la corsetière.

Le lendemain matin, à l'heure où s'ébranlait le cortège funèbre, 11 heures, François proposa à Nini une onzième démonstration de ses qualités télescopiques. Mais épuisée, elle s'avoua incapable d'aller une fois de plus « voir Victor Hugo ». Car tout naturellement, au cours de leurs ébats, ils avaient adopté cette expression. Nini d'abord s'était émerveillée, pudiquement, « d'avoir enfin vu Victor Hugo », puis elle avait interrogé François sur les différentes façons de « voir Victor Hugo », ensuite François lui avait confié « qu'il aimait bien voir Victor Hugo avec elle » puis plus tard en s'éveillant d'un petit somme « qu'il avait vu Victor Hugo en rêvant ».

Je pense aux amants proustiens qui « faisaient cattleya » au lieu de faire l'amour ; à un certain marquis du XVIIIe siècle qui à l'heure des siestes ludiques allait discrètement « compter les fruits du divertis-

103

soir » ; à un de mes amis plus très jeune qui « va se rafraîchir la mémoire », à un autre plus allègre qui, le café à peine bu, se souvient subitement d'un rendez-vous « avec la comtesse d'Auplaisir de Vourevoir » ; à celui qui « va prendre la Bastille » tous les samedis soir, ou à cette ouvreuse retraitée qui quelquefois encore « va au cinéma où l'on se déchausse ».

Allusions transparentes, délicieusement inutiles. Intimité qui se voile pour mieux s'imposer aux autres. Pour leur glisser dans l'oreille : « Nous couchons ensemble, bien sûr, mais en plus, nous, nous avons nos mots pour le dire, notre code à nous qui n'est pas le vôtre. Et c'est là le plus important. »

J'aime ces complicités d'amants, j'aime à penser que les accouplements de nos amis les bêtes n'en sont point accompagnés. J'aime l'idée que François-Ludwig et Nini désormais ne s'enverront plus en l'air, mais qu'ils « iront voir Victor Hugo ». Je suis sûre que l'illustre poète ne s'en offusque pas. Au contraire...

Nini a bien aimé aussi. La chose et le mot. Elle en sourit encore en me racontant son retour à Montmartre. Dans la soirée, à l'instant où son idole entrait au Panthéon, elle rentra plus modestement chez la marquise de Mangeray-Putoux, portant sur son visage les traces bien visibles du deuil fracassant de sa virginité. La marquise, à l'œil pourtant très averti, les imputa au deuil non moins fracassant du grand homme.

– Tu l'as vu au moins ? demanda-t-elle à Nini.
– Qui ?
– Ben... Victor Hugo !

Nini réprima un sourire naissant, puis l'œil fixé sur la ligne bleue de Levallois-Perret répondit avec une délectation d'autant plus forte qu'elle était secrète :

– Oh oui... dix fois !

La marquise crut que Nini avait réussi à passer dix fois devant le catafalque et la félicita de sa performance. Ensuite, pour lui changer les idées, elle lui apprit que Vincent avait enfin emménagé dans la maison de Berlioz et qu'il viendrait la chercher tout à l'heure, en sortant de son travail... pour lui montrer son nouveau logement. Elle fronça les sourcils en se demandant si un jour elle « verrait Berlioz » avec autant de plaisir que Victor Hugo.

9

Avec un instinct très sûr, Nini en quittant François-Ludwig ne lui a pas posé la fatidique question : « Alors quand est-ce qu'on se revoit ? » Elle en a d'autant plus de mérite qu'elle en crevait d'envie. Elle s'était contentée d'un prudent « A bientôt... peut-être » dont elle avait été récompensée par un assez encourageant « J'espère ».

Avec un manque d'instinct tout aussi sûr, Vincent ce même jour, en lui faisant visiter ses deux pièces d'une blancheur et d'un dépouillement monacaux, attire particulièrement son attention sur la proximité de la bassine à vaisselle avec le point d'eau du jardin, sur l'astucieuse cachette qu'il a trouvée pour les balais : sous le lit... et sur l'espace qu'il a prévu de réserver au berceau de leur premier enfant ! Par un enchaînement d'idées très logique pour lui, il se met à parler de leurs fiançailles qu'il a lui-même décidé de célébrer en même temps que l'anniversaire de Nini, le 10 juin. Or, il vient d'apprendre que l'œuvre du Vœu national, promotrice en quelque sorte du Sacré-Cœur, a imaginé de « personnaliser » les offrandes trébuchantes et sonnantes des fidèles, grâce auxquelles – exclusivement – la construction de la basilique a pu être entreprise puis poursuivie.

– Mais, comment les personnaliser ? demande Nini.

– En gravant les initiales de chaque donateur sur la dalle, la colonne, le pilier que son argent a permis ou va permettre d'acheter.

– Ah ! ce n'est pas bête ! Les gens sont tellement vaniteux ! Ils vont être ravis de montrer « leur » pierre à leurs amis et les amis envieux vont absolument vouloir en acquérir une aussi. Ça, c'est un truc qui va renflouer vos caisses !

– C'est surtout une jolie idée. On a même divisé certaines pierres en mille petits carrés, afin que les pauvres, moyennant dix centimes, puissent en acquérir un.

– Eh damé ! mille pauvres à dix centimes sont peut-être plus faciles à trouver qu'un riche à dix mille francs et le résultat est le même.

– Je ne vois pas les choses sous cet angle-là.

Par chance pour Vincent, Nini se sent quand même un peu coupable d'avoir livré sans frais à François-Ludwig ce à quoi lui n'ose prétendre qu'en échange de la bague au doigt et elle évite de le peiner davantage par une remarque aigre-douce sur la disparité presque constante de leurs angles de vue.

– Quel rapport tout cela a-t-il avec nos fiançailles ? lui demande-t-elle.

– Trois wagonnets de pierres gravées vont arriver le 10 juin sur le chantier, lui explique-t-il, gêné. On m'a proposé de les réceptionner et de les classer après l'arrêt du travail.

Devant la mine déconfite de Nini, il ajoute :

– Mais pas gratuitement !

– Ah bon ! Que vont-ils te donner ?

– Une pierre entière, répond-il comme s'il s'agissait d'un diamant de quarante carats. Une pierre avec nos deux initiales gravées.

107

Le visage de Vincent est si lumineux tout à coup qu'il a l'air d'être éclairé de l'intérieur, si lumineux que Nini n'a pas envie de l'assombrir.

– Ah ! quelle chance ! dit-elle avec tout l'enthousiasme dont elle est capable, c'est-à-dire un minimum.

– On pourrait se fiancer la semaine d'après ou tiens, le 21... le jour de l'été, ça serait bien.

– Ou pourquoi pas le jour de ton anniversaire à toi, le 13 septembre, la Saint-Aimé ! Ça nous porterait bonheur.

– Ah oui ! mais... ça ne te paraît pas un peu loin ?

– Oh... trois mois, ça passe vite.

– Ça sûrement ! d'autant qu'au chantier, Daumet veut profiter de l'été pour commencer à élever les voûtes.

– Ah ! ça doit être un travail passionnant.

– Oui, passionnant, mais... très accaparant.

– Je me doute.

– Tu sais comment on s'y prend ?

Nini a une envie terrifiante de lui répondre, une fois de plus : « Non, mais je m'en fous. » Pourtant elle s'abstient, grâce encore à son sentiment de culpabilité, grâce aussi au souvenir si présent en elle de Victor Hugo qui lui permet de penser à autre chose et de donner à Vincent l'illusion – et la joie – d'être compris. Mieux ! Admiré ! En somme, grâce à son amant, elle peut rendre son amoureux heureux.

Cette constatation pose un problème : vaut-il mieux avoir affaire à une femme infidèle mais souriante ou à une femme fidèle mais acariâtre ? Encore une chose qui peut se discuter à l'infini. Sauf si on s'arrête tout de suite à l'éventualité d'une femme fidèle et souriante. Une femme qui aime, quoi !

– Pas forcément ! s'écrie Nini. Moi, j'avais trompé Vincent et je l'aimais.

– Pas autant que François quand même ?

— Pareil ! Vincent, je l'aimais parce que je savais qu'il m'aimerait toujours.

— Et François ?

— Je l'aimais parce que je savais qu'il ne m'aimerait jamais.

Ô superbe illogisme de la femme, ô complexité inextricable de ses sentiments, ô labyrinthe de son cœur où Thésée se pendrait de désespoir au fil d'une Ariane impuissante.

Nini coupe court et sec mes incantations.

— Vous croyez que les hommes ne sont pas pareils ? Qu'ils sont tout simples, tout d'une pièce, monogames grand teint ?

Je n'ai pas longtemps à réfléchir pour répondre :

— Non. « Je connais même sur ce point bon nombre d'hommes qui sont femmes. »

— Et vous connaissez aussi je suppose, comme moi, j'en ai connu, des femmes toutes simples, tout d'une pièce et monogames grand teint ?

— Exact !

— Donc, s'il vous plaît, pas de généralités. Plus de « les femmes sont comme ci, les hommes sont comme ça ».

— Vous avez raison. A bas le manichéisme ! A bas le sexisme et la ségrégation ! Il y a des « comme ci » et des « comme ça » dans les deux sexes.

— Voilà ! Et moi, j'étais comme ça : une ambivalente du cœur ; d'ailleurs je vous avais prévenue : mon signe m'y prédisposait.

— Je m'en souviens. Mais moi, je connais des Gémeaux très différents de vous sur ce point... et sur d'autres.

— Preuve qu'il faut, là aussi, se méfier des généralités ; et admettre qu'il existe des Gémeaux « comme ci » et des Gémeaux « comme ça ».

Idem pour chaque signe.

— C'est évident ! Pourtant les gens s'obstinent à généraliser.

— Ah ! Pas *tous* les gens, attention ! vous qui condamnez les généralités, ne retombez pas dedans.

— Vous avez raison. Pour être sûre de les éviter à l'avenir, je vais vous parler de moi.

— Dans le fond, « il n'y a que ça qui vous intéresse ».

— Comme tout le monde !

Comme tout le monde ! Rien que ça ! On ne peut pas tourner le dos plus radicalement aux cas particuliers. Nini s'en aperçoit et, toute honte bue, cingle sur le sien : elle aimait Vincent. Oui ! Oui ! Oui ! Comment expliquer sans cela qu'elle ait supporté l'ennui de ses discours didactiques, l'abstinence à laquelle il la contraignait et surtout les reproches continuels qu'il lui adressait à propos de son mode de vie et de ses fréquentations ? Encore ce fameux soir du 1ᵉʳ juin, rendez-vous compte : non content de lui infliger un cours complet sur l'art byzantin, d'ajourner leurs fiançailles pour cause de travaux, de lui offrir un caillou alors que la moindre des pacotilles ou des fanfreluches l'eût davantage comblée, Vincent s'est déchaîné contre Valentin-le-Désossé. Il l'a accusé de jouer auprès de Nini les démons dévoyeurs et de combattre sa bénéfique influence d'ange gardien. Et tout ça pourquoi ? Parce que le danseur a proposé à Nini de repartir en tournée avec lui comme l'été passé et que Nini a accepté. Rien de plus ! La gambilleuse estime qu'elle a tenu là vraiment une excellente raison de voler dans les plumes de son ange et même de rompre. Eh bien, non ! Elle s'est montrée exemplaire. Certes, elle n'a pas songé une seconde à changer ses projets estivaux, mais enfin quand même... elle a eu la gentillesse d'affirmer à Vincent que si elle avait pu deviner à quel point ce départ le contrarierait, elle y aurait renoncé et que cette tournée lui apparaissait maintenant comme une véritable corvée.

– Allons, conclut Nini hardiment, pour lui mentir comme ça, il fallait vraiment que je l'aime !

– Excusez-moi, mais je n'ai jamais considéré le mensonge comme une preuve d'amour.

– D'accord ! il ne faut pas ériger ça en principe : je mens donc j'aime.

– Ni : j'aime, donc je mens.

– Evidemment non ! N'empêche qu'avec Vincent c'était vrai : je l'aimais donc je lui mentais.

Je préviens Nini que je lui laisse l'entière responsabilité de cette affirmation et m'en vais à l'assaut de l'autre versant du sujet :

– Et à François, vous mentiez aussi ?

– D'une certaine façon, quand je faisais semblant de le croire.

– Parce que lui vous mentait ?

– Sans arrêt.

– Par amour aussi ? Comme vous à Vincent ?

-- Non... hélas... par jeu, par habitude, par horreur des scènes.

– Vous en souffriez ?

Nini penche la tête à droite, penche la tête à gauche ; mouvement de balancier qui traduit les oscillations de sa pensée.

– C'est plus compliqué que ça, finit-elle par me dire.

Elle préfère s'expliquer avec un exemple : lors de leur mémorable rencontre dans le lit de Delphine Goriot, entre deux visites à Victor Hugo, Nini avait fini par s'étonner que François habitât dans le plumetis et le pompon. Avec un bel aplomb, il lui avait affirmé qu'il s'agissait d'un logement de fonction fourni par les Etablissements Eiffel, que ce logement avait été occupé avant lui par Camille, un tourneur-fraiseur homosexuel, que le chef du personnel lui avait promis de le reloger très vite dans un appartement plus en rapport avec sa triomphante virilité mais que, pour le moment, aucun n'était disponible. Elle avait cru à cette histoire ; cru que François vivait seul, qu'il avait de petites aventures dont il avait eu la franchise de lui parler, mais en aucun cas une liaison suivie. Or, le 10 juin, jour qui devait être celui de ses fiançailles avec Vincent et qui restait celui de son anniversaire, Nini trébucha sur le premier mensonge de François, à cause – comme d'habitude – d'une série de hasards absolument indépendants de sa volonté.

En fait, tout part de celui-ci, ma foi, très plausible : le créateur du *Chat-Noir*, Rodolphe Salis, est né à Châtellerault – ça c'est notoire – à deux pas et quasi en même temps que Delphine Goriot, la maîtresse de François – ça c'est moins vérifiable. Mais après tout, pourquoi pas ? Enfants, Rodolphe et Delphine jouèrent ensemble au papa et à la maman dans le square du boulevard de Blossac. Adolescents, ils continuèrent à y jouer mais d'une autre façon. Jeunes gens, ils furent attirés par d'autres jeux, d'autres horizons et partirent chacun de son côté vers la capitale. Adultes, ils se retrouvèrent et redevinrent amis.

A partir de là, tout coule de source. Le 10 juin 1885, *Le Chat-Noir*, sis au 92, boulevard Rochechouart, va s'installer un peu plus bas, dans un coin moins agité, au 12, rue de Laval devenue rue Victor-Massé. Aristide Bruant va succéder à Salis dans le cabaret qui s'appellera désormais *Le Mirliton*.

Ce déménagement va donner lieu à une de ces fêtes dont le Montmartre d'alors était friand et coutumier.

A cette fête, Rodolphe Salis a invité la sémillante Delphine, âgée comme lui de trente-cinq ans, avec son folâtre amant, d'un peu plus de dix ans son cadet, dont elle s'est dangereusement entichée.

De son côté Aristide Bruant, lui, a invité sa chère Patamba avec bien sûr ses deux inséparables amies et traductrices : Nono Clair-de-lune et Nini Patte-en-l'air.

Et voilà comment sous le regard amusé du forgeron de Domrémy, la gambilleuse de Montmartre a rencontré la corsetière de Levallois-Perret.

– Ça a été un choc, me confie Nini. D'abord de revoir François, ensuite de découvrir cette créature agrippée à lui comme le lierre au mur.

– Comment était-elle ?

Dans un louable souci d'objectivité, Nini me répond à regret :

– Moins laide que je ne l'aurais espéré.

– Mais encore ?

– Piquante ! Du cheveu, de la dent et du sein.

– Intéressant !

– Mais aussi – Dieu soit loué ! – de la patte-d'oie et du rictus menaçant.

– Normal ! Le sourire est l'ennemi de la ride ; la jolie rançon d'un caractère enjoué.

– Peut-être, mais ce soir-là, je vous jure bien qu'elle ne s'est pas fatigué le rictus, quand elle a vu François me sauter au cou.

– Comment vous l'a-t-il présentée ?

– Comme la sœur du tourneur-fraiseur et en me laissant entendre qu'elle était comme lui homosexuelle.

– Vous avez avalé ce mensonge ?

– Eh bien, oui ! Sans broncher mais sans en être dupe, bien entendu.

– Avec quelques larmes pour la digestion, je pense ?

– Non justement. Et c'est là où je voulais en venir ; là où c'est compliqué.

A mon avis pas tant que ça ! Délabyrinthés, élagués, brossés, les sentiments de Nini peuvent se résumer ainsi : à l'encontre de Vincent qui agissait sur elle comme un analgésique merveilleusement reposant, François, lui, agissait sur elle comme une amphétamine, surexcitant son esprit et son corps. L'effet de l'un valorisait l'effet de l'autre. Et vice versa.

– Bravo ! s'écrie Nini dégoulinante d'ironie, vous devriez vous installer au Japon.

– Pourquoi ?

– Vous réussiriez sûrement dans la miniaturisation des états d'âme : réduire les miens à quatre lignes... chapeau !

– Je peux faire encore mieux : réduire toutes mes pensées actuelles à huit mots.

– Allez-y !

– Vous me pompez l'air. Je vais me promener.

Bonheur ! Nini ne répond pas. Elle boude. Enfin seule ! A moi la liberté ! Je sors. Je dévale l'avenue Junot. Je rencontre Milou, un corniaud du quartier, rigolo comme tout, un vrai gavroche à poils. Je m'arrête un instant pour lui gratter la tête. Allons bon ! Nini m'a déjà rattrapée.

– C'est drôle, s'exclame-t-elle, en 1906, en vos lieu et place, Juan Gris, fraîchement débarqué au *Bateau-Lavoir*, jouait avec un Milou de l'époque et il m'a dit cette phrase que je n'ai jamais oubliée depuis : « Je ne caresse jamais un chien que de la main gauche car s'il me mordait j'aurais toujours la main droite pour peindre. »

Je retire précipitamment ma main – droite bien sûr – de la toison de Milou et je repars. J'arrive au square Constantin-Pecqueur. J'entends deux gamins discuter des qualités respectives de Goldorak et des

Crados. J'entends par la même occasion Nini me susurrer :

– Un jour, à cet endroit, j'ai rencontré Gabrielle, la servante d'Auguste Renoir. Elle avait dans les bras un énorme bouquet d'acanthes et de genêts. J'ai eu l'impression de voir un tableau.

Je descends la rue Caulaincourt. Je passe devant un restaurant qui s'appelait naguère *Le Tournant de la Butte* et qui s'appelle maintenant *Le Djoua de la Butte*. Le temps de me demander s'il y a quelque part à Tunis un *Tournant de la Médina* et Nini détourne mon attention sur le Franprix voisin :

– Devant cette porte vitrée, m'affirme-t-elle, en 1885 à l'aube, j'ai rencontré tout un groupe de joyeux fêtards, dont Alphonse Allais, Caran d'Ache, Willette. Ils sortaient du bal costumé des *Incohérents* et escortaient une fille exclusivement habillée avec des journaux aux titres en l'occurrence explicites.

– Comment ça explicites ?

– Elle avait *Le Globe* sur les seins, *Le Gagne-Petit* sur le ventre, *Le Cri du peuple* sur le bas des seins. Quant aux deux gazettes *Le Pétard* et *Le Chat-Noir*... vous devinez où elle les avait placées.

J'essaie de décourager Nini en me mettant à courir en direction du pont Caulaincourt, toujours envahi par les cars de touristes. Peine perdue ! elle m'y attend, le bras accroché à l'une des poutrelles.

– Je l'ai vu construire celui-là, me dit-elle avec étonnement et fierté comme on dirait d'un adulte célèbre « je l'ai vu naître ». Ah ! il nous en a créé du désordre ! J'étais drôlement contente, en 1886, quand il a été terminé.

– Moi aussi, quand on l'a élargi, cent dix ans plus tard.

Je reprends ma course, je jette un coup d'œil en contrebas sur le cimetière Montmartre que plusieurs de mes amis ont choisi comme dernier domicile. Discrètement Nini s'éloigne pour me permettre de les saluer, mais tout à coup elle revient pour me révéler avec à-propos :

– A l'enterrement de ce pauvre Olivier Métra, j'ai entendu Forain rappeler à Jules Lévy que le *de cujus* avait lancé des concours de danse dont les gagnants étaient récompensés par un abonnement de dix mois « aux bains-douches d'à côté ». Souvenir qui provoqua ce commentaire de Jules Lévy : « Le sérieux abrutit. La gaieté régénère. »

Au bout du pont Nini m'indique l'emplacement de l'ancien Gaumont-Palace, occupé à présent par un complexe commercial générateur d'une intense animation. Elle m'invite à y superposer l'image d'un terrain vague où l'on tirait à l'arc et où les peintres installaient leur chevalet.

– Heureux temps ! ne puis-je m'empêcher de soupirer.

– Rassurez-vous, quand Lautrec y croquait des Dianes chasseresses vêtues du seul carquois, il y avait aussi du remue-ménage !

Arrivée place Clichy, je tourne à gauche, enfin... mes pieds tournent à gauche. Ma tête, elle, tourne à droite sous l'impulsion de Nini qui me désigne du geste un café.

– Là était le café *Guerbois*. Fréquenté entre autres par Monet, Cézanne, et mon grand-père.

– Votre grand-père ?

– Emile Zola ! Le père spirituel de mes parents : Nana et le comte Muffat.

Je hausse les épaules et j'allonge le pas. Je traverse la rue Lepic. Pas assez vite pour éviter une nouvelle intervention de ma gambilleuse.

– Savez-vous que Jean-Baptiste Clément est décédé au 112 ?

– Oui, je le sais.

– Savez-vous aussi qu'à son propos, Jules Renard a soupiré : « L'auteur du *Temps des cerises* est mort pour des prunes » ?

– Non, cela je l'ignorais.

– Le contraire m'aurait étonnée. Il m'a dit ça un jour où nous prenions un « galopin » à la terrasse de *La Nouvelle Athènes*, place Pigalle, en tête à tête.

Bien sûr, j'ai l'impression comme vous que dans la brocante aux souvenirs de Nini, s'ils sont tous « bons d'époque » comme disent les marchands, ils sont quelque peu trafiqués. Mais je n'ai pas envie de discuter. J'ai envie de flâner dans « mon » quartier. Pas dans le sien. Envie de penser à autre chose. Ça tombe mal : me voilà sur le terre-plein du boulevard Rochechouart, en face du premier *Chat-Noir*. Je souris malgré moi. C'est curieux quand même cette histoire ! Je vous assure que je n'ai pas vraiment voulu venir là mais... j'y suis. Nini m'y a poussée sans que je m'en rende compte. Elle me sourit aussi. Avec ironie comme à chaque fois que le hasard me prend pour cible. Elle est contente. Elle a gagné : je lui rouvre mon oreille – si tant est que je la lui aie fermée. Elle y déverse son joyeux babil.

– C'est de là qu'on est partis le 10 juin pour la fête du déménagement. En tête du cortège il y avait les deux chasseurs de l'établissement qui tenaient la bannière d'or au chat de sable. Derrière eux, le majordome très digne qui ahurissait les badauds en leur criant : « Assurez l'ordre ! Assurez l'ordre ! » comme s'il s'agissait d'un défilé de l'armée ou d'une visite impromptue du président de la République, alors que ne passaient devant eux que huit musiciens jouant à tue-tête des valses et des polkas piquées, quatre serveurs en habit d'académicien, tenant au-dessus de leurs têtes des plateaux garnis de bouteilles, le maitre de maison Rodolphe Salis, plus imposant et plus tonitruant que jamais dans un costume de préfet avec l'épée au côté et puis nous qui riions, qui chantions, qui apostrophions les passants, qui faisions la fête, quoi !

– Qui « nous » ?

– Les habitués du *Chat-Noir*, les piliers comme Willette, Steinlen, Henri Pille, François Coppée, Alphonse Allais et puis les intermittents comme Verlaine, Charles Cros, Debussy, Lautrec, Métra.

Je sais que là, Nini n'invente pas, que ces peintres, ces écrivains, ces poètes, ces humoristes, ces musiciens et bien d'autres aussi célèbres qu'eux ont fréquenté *Le Chat-Noir*.

Je sais que sur les bancs inconfortables de ce cabaret de Montmartre se sont démocratiquement côtoyées les fesses de la grosse finance, de la politique nantie, de la noce dorée, du grand monde, du demi-monde et de la bohème.

Je sais que dans cette longue salle faussement médiévale, surchargée de tableaux aux signatures à présent prestigieuses, dans ce recoin baptisé ironiquement « l'Institut », sur cette minuscule estrade où la poésie ne dédaignait pas de s'allier au rire, est né un esprit nouveau, parfois grinçant, parfois tendre, parfois même mystique, mais jamais « prétentieux, ni servile, ni sectaire ».

Je sais que cet esprit-là exclusivement « chanoiresque » au départ est devenu peu à peu montmartrois, puis parisien, puis national et qu'il a franchi nos frontières, fortifiant notre réputation de peuple le plus spirituel du monde conquise au XVIIIe siècle.

Je sais que plus de cent ans après sa création, *Le Chat-Noir*...

Machinalement mes yeux cherchent le fameux immeuble du 92, boulevard Rochechouart... et tombe sur cette enseigne : *Frites-Couscous-Grillades*.

– Pas de commentaire ! me dit gentiment Nini. On va vous accuser encore d'être passéiste.

Je suis à regret son conseil et repars sur le chemin du deuxième *Chat-Noir*, chemin que Nini a parcouru cent quatre ans plus tôt, presque jour pour jour, partagée entre l'agacement de voir la corsetière happer la main de François et la joie de l'entendre déclarer à la cantonade que Victor Hugo lui manquait terriblement.

– Il lui manquait tellement qu'on a fini par aller le voir, me dit Nini.

– Où ça ?

– Au deuxième étage de l'hôtel particulier où s'était installé le cabaret. Dans une des deux loges du théâtre d'Ombres. On a été les premiers occupants. Inauguration rapide mais très réussie.

– Mais... n'y avait-il pas de monde ?

– Si ! me répond flegmatiquement Nini. Comme dans le métro !

Nini sait que le bâtiment au cours des années a changé d'aspect et d'emploi. Elle le regrette beaucoup. Elle aurait bien voulu me montrer cette loge « historique », ainsi d'ailleurs que le reste de l'immeuble tel qu'elle l'a connu : l'immense toile de Willette *Le Parce Domine*, la salle dite du Conseil et le bar du Captain Cap avec leurs superbes boiseries, la salle dite de garde avec ses panneaux diamantés d'armoires Louis XIII, sa monumentale cheminée romane, ses deux colonnes byzantines, ses masques japonais et ses deux pièces de collection : le vase en cristal taillé de Voltaire (authentique) et le tibia ainsi que le crâne de Villon (qui l'étaient sans doute un peu moins).

119

Surtout, surtout, Nini aurait voulu que je voie la façade flamboyante du nouveau *Chat-Noir*, imaginée par Henri Pille et qui les a tous littéralement éblouis quand ils l'ont découverte.

Je rassure Nini. Je l'ai vue cette façade, chez mon père, sur des photos et sur des dessins. Elle était tellement surchargée que j'ai pu oublier quelques détails mais ceux que ma mémoire a gardés sont précis. Je me rappelle très bien les deux énormes lanternes de Grasset, le *Te Deum laudamus*, un vitrail magnifique de Willette – encore lui ! –, le Chat-Noir qui se balançait sur un croissant de lune et qui surplombait l'un de ses congénères inclus dans les rayons d'un soleil éclatant, le perron noyé sous les plantes vertes et encadré d'un côté par la *Vénus* de Houdon, armée de sa seule nudité et de l'autre par un suisse chamarré, armé de sa hallebarde.

Je vois vraiment tout cela comme si je l'avais vu et Nini comme si elle le voyait encore.

Hélas ! nous sommes à présent devant ce qui fut *Le Chat-Noir* et nous ne voyons rien. Rien qu'une plaque signalant « qu'ici fut le temple des muses et de la joie créé par Rodolphe Salis », seul ornement de la façade banale et nue d'un cabinet dentaire. L'odontologue a remplacé le satiriste et la dent gâtée la dent dure. D'accord ! C'est la vie, mais au moins...

> *Vous, patients impatients aux gencives insanes*
> *Un instant, pensez je vous prie*
> *Entre gingivite et carie*
> *A la source aujourd'hui tarie*
> *Des héritiers de Plaute ou bien d'Aristophane.*

Je rentre chez moi à pas lents, la nostalgie sur les épaules. Au détour d'une rue, le Sacré-Cœur m'apparaît. Depuis mon enfance, il a toujours été intégré à mon paysage et je n'ai jamais pensé à le juger. Je ne le voyais plus. Ce soir, je le redécouvre. Il me plaît bien. Peut-être que je l'éclaire avec les deux lanternes du *Chat-Noir*.

10

Nous sommes le 9 août 1989.

Ma fille vient de me téléphoner de Vannes, Morbihan, où elle a élu domicile. J'ai à peine raccroché que Nini m'interpelle :

— Je parie que vous n'allez pas me croire, mais il y a cent quatre ans jour pour jour, je dansais chez votre fille avec Valentin-le-Désossé.

— Vous avez gagné : je ne vous crois pas.

— Eh bien, vous avez tort.

Elle finit par m'en convaincre : si Rididine a brouté dans mon salon, pourquoi Nini n'aurait-elle pas gambillé dans la cuisine de ma fille ? Pourquoi la tournée d'été qu'elle a entreprise début juillet ne serait-elle pas passée un jour par Vannes où les ducs de Bretagne, hédonistes avertis, ont résidé pendant quatre siècles, eux ? Pourquoi cette tournée n'aurait-elle pas installé ses tréteaux à quelques encablures de la promenade de la Garenne ? Et pourquoi, voulez-vous me le dire, ça n'aurait pas eu lieu le 9 août ?

Le 9 août... la date me rappelle quelque chose. Mais quoi ?

— Ne cherchez pas, me dit Nini, c'est la Saint-Amour.

Un œil sur mon agenda, je constate l'exactitude de l'information pendant qu'elle ajoute :
— C'était aussi l'anniversaire de François-Ludwig.
— Ah bon ?
— Oui ! Excusez-moi, je n'y suis pour rien : mon amant est né le jour de la Saint-Amour et mon amoureux, Vincent, le jour de la Saint-Aimé. C'est comme ça !

Elle n'ajoute pas : « C'est à prendre ou à laisser », mais je sens très bien qu'elle le pense. Alors, je prends : que voulez-vous que je fasse toute seule à Vannes avec mon chapitre 10 ?
— Le 9 août, dis-je, est donc le jour anniversaire de votre forgeron ?
— Oui... et cette année-là ça a été aussi ma fête !
— A Vannes ?
— Non ! Ça va vous épater, mais je n'ai pas couché dans le lit de votre fille.
— Où alors ?
— Pas très loin. A Questembert.
— Pourquoi Questembert ?
— Parce que François-Ludwig, éternel roi de la bougeotte, y avait été envoyé par les ateliers Eiffel pour renforcer l'équipe qui y construisait alors des ponts ferroviaires avec des pièces fabriquées à Levallois-Perret.
— Il vous avait tenue au courant de son nouveau lieu de résidence ?
— Pensez-vous ! Il ne tenait jamais personne au courant de sa vie. Il était toujours là où on ne l'attendait pas et rarement là où on l'attendait.
— J'en conclus que le hasard a encore joué les entremetteurs.
— Non ! Il avait lu dans le journal local l'annonce du passage de la tournée à Vannes et il était venu assister à la représentation... au premier rang ! Ça

123

m'a donné des ailes. Mes pieds montaient tout seuls jusqu'à mon chignon ! En sortant de scène Valentin-le-Désossé m'a dit : « J'ai eu l'impression ce soir que tes pieds étaient aimantés par des idées qui te trottaient dans la tête. »

Bien entendu, les idées trottantes de Nini se mirent après la représentation à galoper sur la route de Questembert et se concrétisèrent dans « un grand lit carré couvert de taies blanches... lon-la », lit dont François-Ludwig avait déjà éprouvé les ressorts silencieux avec la femme du médecin qui le logeait, quand le praticien partait pour des urgences.

« Nuits de Bretagne, nuits de cocagne », comme on le chante encore parfois du côté de Ploërmel. Celle de Nini fut, à l'en croire, à la hauteur de cette réputation ; à la hauteur des sommets hugoliens qu'elle avait imaginés.

Ces folies questembertoises s'achevèrent au petit matin, juste avant l'éveil des maîtres de maison, qui heureusement n'avaient été dérangés ni par un bébé pressé de naître, ni par un moribond pas pressé de trépasser.

Les deux pigeons voyageurs se séparèrent une fois de plus sans promesse de se revoir. Ce qui constituait déjà pour eux une promesse de ne pas s'oublier.

– Trois semaines plus tard, me confie Nini sans aucun complexe, je revenais à Paris avec l'idée chevillée au cœur – sinon au corps – d'y célébrer mes fiançailles avec Vincent, le 13 septembre, comme nous en étions convenus avant mon départ.

– Vous n'avez pas pensé qu'il aurait pu changer d'avis ?

– Pas eu le temps ! Le jour où je suis rentrée, il est parti.

– Avec une autre ?

– Il n'aurait plus manqué que cela ! s'écrie Nini

aussi inconsciente qu'infidèle et qui aussitôt m'apprend que Vincent était simplement en partance pour Epinal afin de s'y occuper à la fois de sa mère qui avait attrapé la fièvre typhoïde et de son oncle l'abbé Lafoy pas assez valide pour la soigner.

— Il était vraiment dévoué, dis-je, pleine d'admiration pour ce jeune homme plein d'âme.

— Oui, reconnaît Nini qui ajoute : mais ça lui coûtait moins qu'à un autre.

— Pourquoi ?

— Parce qu'il était un gentil de naissance.

— Et alors ?

— Les gens gentils ont moins de mérite à rendre service que les gens méchants à qui la moindre amabilité coûte énormément d'effort.

Comme Nini prend, à tort, mon étonnement pour de l'incompréhension, elle étoffe sa démonstration :

— De même, les courageux ont moins de mérite à chasser un lion qui ne les impressionne pas, que les poltrons à poursuivre une souris qui les terrorise. Les généreux ont moins de mérite à donner un million que les avares un sou ; les sincères moins de mérite à ne rien vous cacher que les menteurs à vous lâcher une pincée de la vérité ; les jaloux...

— Oui, ça va, ça va, j'ai compris.

— Ben, pourquoi ne dites-vous rien ?

— Parce que j'hésite à conclure de votre raisonnement qu'on a intérêt à avoir tous les défauts !

— En tout cas, on n'a pas intérêt à avoir trop de qualités.

— La preuve : Vincent.

— Exactement ! C'était son seul défaut : avoir trop de qualités.

Pauvre garçon ! Moi, je le trouve vraiment très attachant. Et encore davantage quand j'apprends qu'il a échangé son rôle de fiancé haletant à Montmartre contre celui de garde-malade à Epinal sans récriminer ni se plaindre. Il s'est rappelé qu'il faut dans la vie « agir comme si l'on pouvait tout et se résigner comme si l'on ne pouvait rien ». Et il s'est résigné. Il s'est même autopersuadé que le contretemps en apparence fâcheux se révélerait en fin de compte profitable et que dans l'ajournement de ses fiançailles il fallait s'efforcer de voir « le doigt de Dieu ». Et il l'y vit.

Par la suite il le vit à chaque fois que Nini et lui fixaient une nouvelle date pour leurs fiançailles et que, au dernier moment, survenait un événement imprévu qui les obligeait à y surseoir.

Ainsi en janvier 1886, de retour enfin d'Epinal, « le doigt de Dieu » cloua Nini au lit pour deux mois avec une pneumonie.

En avril, « le doigt de Dieu » fit monter Vincent à une échelle sous la première voûte du Sacré-Cœur où il devait poser la pierre symbolique gravée à leurs deux initiales, puis d'une simple chiquenaude, « le doigt de Dieu » poussa l'échelle et s'arrangea pour que la chute du jeune homme, au demeurant bénigne, entraîne chez lui des troubles de mémoire tels qu'il en oublia ses fiançailles.

En juillet, alors que Vincent avait récupéré toutes ses facultés et Nini renoncé à sa tournée estivale, « le doigt de Dieu » se manifesta encore. Comment ? En propulsant le pacifique Vincent au cœur d'une violente bagarre avec des anticléricaux, à l'issue de laquelle il fut envoyé prudemment à Chartres, pendant six semaines, soi-disant pour relever les plans de la cathédrale.

Début août, « le doigt de Dieu » enfin jeta Nini dans un train en partance pour Nice, sous le prétexte fallacieux d'un gala exceptionnel donné au profit des danseuses victimes de leur profession, comme la Patamba ou la Demi-Siphon, morte des suites d'un grand écart, ou la Libellule brûlée aux ailes par les feux de la rampe.

En réalité, Nini n'avait pu résister à l'envie d'aller surprendre François-Ludwig dont elle avait appris la présence à Nice. Par qui ? Mais voyons, bien sûr... par « le petit doigt de Dieu », en l'occurrence Rodolphe Salis qui, histoire d'entretenir la conversation, lui avait transmis ce renseignement qu'il tenait de son amie d'enfance la corsetière, venue pleurer dans son giron.

A la suite de ce dernier incident, Vincent se remémora ceux qui l'avaient précédé : la surprenante typhoïde de sa mère qui n'avait jamais été malade ; l'incroyable pneumonie de Nini qui avait un souffle à vous couper le vôtre, la chute invraisemblable qu'il avait faite, d'une échelle où il était monté cinquante fois sans dommage, son inexplicable altercation avec des anticléricaux qu'il avait toujours soigneusement évités.

Avec ce gala niçois que rien ne laissait prévoir, cela faisait cinq événements survenus à point nommé pour l'empêcher de se fiancer. Cinq doigts que Dieu avait levés pour attirer son attention. Une main entière mobilisée à son service... La Haute-Autorité n'avait vraiment pas lésiné ! Il avait fallu qu'il ait l'esprit bien gâté par l'amour pour ne pas comprendre plus tôt ces lumineux avertissements. Mais cette fois, alléluia ! (traduction latine d'eurêka !), il avait compris : Nini ne devait pas devenir sa femme. Bon ! Message reçu cinq sur cinq ! Mais alors, dans ces conditions, pouvait-elle devenir sa maîtresse, comme elle semblait le souhaiter ? Interrogée à ce sujet, la Haute-Autorité resta muette, permettant ainsi à Vincent de penser « qui ne dit mot consent » et d'attendre le retour de la gambilleuse, en compagnie d'un vieil album de rêves qu'il n'avait jamais ouvert.

Il l'avait déjà feuilleté plusieurs fois quand Nini revint de Nice, avec le sien.

— Augmenté de deux passages inédits, me précise-t-elle.

— Agréables ?

— L'un, oui. L'autre, pas. Mais deux passages de toute façon assez brefs. François-Ludwig n'était pas un sédentaire de l'état d'âme. Il en changeait encore plus que de lieux ou de femmes.

— A propos, pourquoi était-il à Nice ?

— Pour y travailler à la coupole du grand équatorial de l'Observatoire.

— Fabriquée par Eiffel ?

— Evidemment ! Quatre-vingt-quinze tonnes pour la partie mobile et soixante-quinze tonnes pour la partie fixe ! Vous vous rendez compte ?

— Oui... c'est... c'est important.

— O.K. ! je vois que vous êtes aussi branchée que moi sur le détail technique.

— C'est-à-dire que... ce n'est pas vraiment ma partie.

— La mienne non plus. Et ça, François-Ludwig a toujours eu l'intelligence de le comprendre. Question boulot, il ne franchissait jamais le seuil de tolérance.

— Il vous en parlait quand même, de son métier ?

— Souvent ! mais sans jamais saturer sur le nombre de boulons. Il en parlait comme d'un conte de fées. D'ailleurs c'en était un : toute cette ferraille bête qui lui passait par les mains et qui se transformait sous ses yeux en ponts, en viaducs, en statue de la Liberté, en charpentes de magasins, en halles, ça valait bien la citrouille changée en carrosse.

— Oui, mais la pierraille bête qui se transformait en cathédrale sous les yeux de Vincent, n'était-ce pas aussi magique ?

— Bien sûr ! mais ce n'était pas nouveau. Tandis

que l'architecture métallique, on n'avait jamais vu. Ça paraissait révolutionnaire à l'époque. C'est pourquoi François-Ludwig était tellement excité par le projet de la tour.

– La tour Eiffel ?

– Evidemment. Mais François-Ludwig, lui, il avait éprouvé le besoin de l'appeler par un nom, comme un être humain. Il l'avait baptisée Zoélie.

– Je n'ai jamais entendu ce prénom.

– Il n'existe pas. François-Ludwig l'avait inventé. Il pensait qu'une créature nouvelle comme elle ne pouvait porter qu'un prénom nouveau.

– Idée romantique qui ne lui ressemble guère.

– Mais ce jour-là il ne s'est pas ressemblé... Du moins le temps où il a été question de la tour.

– Là se situe, je suppose, le premier passage inédit que vous m'avez annoncé ?

– Oui... François s'est mis à me parler de Zoélie avec une tendresse que je ne soupçonnais pas... un peu comme d'un enfant dont il aurait été enceint.

Les sentiments n'excluant pas forcément le sourire, il s'était amusé des aléas de la conception. Zoélie ne s'était pas contentée d'un seul géniteur. Il lui en avait fallu trois. Les premiers à semer « la petite graine » avaient été deux ingénieurs d'Eiffel : Nougier et Koeschlin, entr'aperçu avec François au chapitre 6 sur le viaduc de Garabit. Ils étaient allés soumettre l'embryon à leur patron pour examen. Celui-ci, le jugeant un peu chétif, leur avait conseillé de consulter l'architecte Stephen Sauvestre pour qu'il le fortifie. Excellent conseil ! Entre les mains de ce troisième géniteur, « la petite graine » prospéra et au bout de quelques mois prit des formes préfigurant déjà nettement celles de la future Zoélie. Dès qu'il la vit à ce stade de gestation, Gustave Eiffel s'y attacha. Attachement tardif, mais profond, qui le poussa d'abord à racheter le bébé à ses concepteurs, ensuite à lui prodiguer tous les soins que sa fragilité réclamait et sans lesquels peut-être il n'aurait pas vécu.

– Ce en quoi, dis-je à Nini, on peut considérer M. Eiffel comme le véritable père.

– C'était bien l'avis de François, mais pas du tout celui du protecteur de Nono Clair-de-lune.

– Le Dr Noir s'intéressait au projet de la tour ?

– Dame ! il résidait au Champ-de-Mars. Il voyait d'un très mauvais œil les nuisances que ce chantier apporterait dans le quartier. Alors forcément, il détestait Eiffel et ne ratait pas une occasion de l'attaquer.

Voilà bien une évidence qui m'enchante. Ainsi le Dr Noir de son Champ-de-Mars haïssait Eiffel. Habitant Passy, à un kilomètre de là, il l'aurait peut-être admiré ou, pour le moins, lui aurait voué une bienveillante indifférence.

Je suis frappée de constater une fois de plus à quel point parfois l'antipathie – ou la sympathie – que l'on a pour les personnages publics tient à peu de chose et comme ce peu de chose n'a aucun rapport avec leurs activités. Certains ne peuvent pas supporter un comédien uniquement parce qu'il porte des chaussettes rayées ; mais sont les inconditionnels d'un autre parce qu'il est supporter de l'A.S. Monaco, comme eux. D'autres dénigrent un écrivain dont ils n'ont rien lu, parce que son fils, condisciple du leur, est toujours premier en classe ; mais encensent un autre, sans mieux le connaître, parce qu'ils l'ont vu dans un supermarché acheter du « Génie sans bouillir » comme eux. D'autres encore ne voteront jamais pour le candidat « Machin » parce qu'il est végétarien comme leur belle-mère, mais pour le candidat « Chose » parce qu'il est né à Palavas-les-Flots, comme eux.

A noter au passage que l'identification sur un point quelconque de « l'opinant public » avec la persona grata qui le juge tient un rôle important. Ce ne sont pas les publicitaires qui me contrediront. Ni les attachés de presse. Ni ceux qu'ils sont chargés de propulser au premier rang de l'actualité. Je voudrais bien que tous les vaillants chevaliers de la Une méditent sur « le » petit kilomètre qui priva Gustave Eiffel de l'admiration du Dr Noir : cela les réconforterait à l'heure des médisances et les rendrait modestes à l'heure des compliments.

— Puis-je fermer ? me demande soudain Nini, jaillissant de mon silence.
— Fermer quoi ?
— Votre parenthèse.
— Ne vous donnez pas la peine, c'est fait.
— Merci. Alors, on peut repartir pour Nice ?
— J'y suis déjà.

Très exactement, je suis dans la chambre de François-Ludwig, au dernier étage d'une maison rose de ce que nous appelons maintenant « le vieux Nice » et qui était à l'époque presque neuf. L'entreprise Eiffel la louait à un peintre en bâtiment, émigré italien, qui émigrait tous les soirs loin de son foyer, y laissant une bouillonnante épouse, assoiffée de vengeance que, bien sûr, François-Ludwig se faisait un plaisir de désaltérer. Logeurs encore une fois choisis par les employeurs de François-Ludwig, avec l'intention délibérée de lui être agréables.

Joyeux luron mais travailleur acharné, aussi désinvolte dans la vie que sérieux dans son métier, François-Ludwig était devenu l'enfant chéri de la maison, le chouchou qui suscitait les rires avec ses innombrables turbulences et le respect par sa compétence sans faille.

« Sacré bonhomme que ce sacré Pont-de-Fer », disait-on entre deux coups de chalumeau à Levallois-Perret où l'on n'avait jamais réussi à prononcer convenablement son vrai nom d'Eisenbruck.

M. Eiffel lui-même l'appelait ainsi mais lui, par sympathie, en souvenir fidèle du jeune homme audacieux qui avait osé l'aborder naguère sur le chantier de Garabit en se prévalant de ce fameux nom. Sympathie qui se manifesta de façon beaucoup plus évidente que d'habitude vers la fin juillet, peu avant le départ de François-Ludwig pour Nice, lors d'une des visites que le constructeur effectua dans ses ateliers.

Ce jour-là, Gustave Eiffel, qui porte depuis quelque temps la cinquantaine normalement soucieuse et fatiguée de l'homme arrivé, a la barbe poivre et sel beaucoup plus allègre qu'à l'accoutumée. Très détendu, il s'attarde sans véritable nécessité jusqu'à l'heure de la sortie, il renvoie le fiacre qui l'attendait dans l'avenue Fouquet et se met à marcher aux côtés de François-Ludwig sous prétexte de prendre « le bon de l'air » comme on disait dans les pièces de boulevard qu'il affectionnait particulièrement – le cher homme ! En réalité, pour bavarder :

– Pont-de-Fer, dit-il à François-Ludwig, ça ne durera peut-être pas, mais aujourd'hui je suis un homme heureux.

Ce disant, le grand métallurgiste s'empresse de toucher le tronc d'un arbre, reconnaissant ainsi implicitement la supériorité du bois sur le métal – du moins en matière de superstition.

Après quoi, Gustave Eiffel explique les deux raisons de sa belle humeur. D'abord, il vient de signer, d'une part avec le ministre de l'Industrie et du Commerce, d'autre part avec Eugène Poubelle, préfet de la Seine (comme son nom ne l'indique pas), un contrat aux termes duquel il doit recevoir en trois fois un million cinq cent mille francs pour la construction de sa tour et s'engage, lui, à se soumettre aux contrôles d'ingénieurs pour les problèmes d'ascenseurs et les effets éventuels de la foudre. Moins lui importent d'ailleurs les clauses de ce contrat que les deux signatures qui y figurent à côté de la sienne et officialisent enfin son projet. « Le chef-d'œuvre de l'industrie métallique » pressenti par le rapporteur de la commission chargée d'en examiner les plans était en marche.

– Ahhh ! soupire Nini, ce qu'on a pu rire, François et moi, avec cette histoire !

– Pourquoi ? Elle n'est pas tellement drôle.

– Pour nous, si !

– Comment ça ?

– Vous savez qui était le ministre du Commerce et de l'Industrie ?

– Non !

– Edouard Lockroy, le gendre de Victor Hugo !

Décidément, le poète poursuivait les tourtereaux. Ils en profitèrent sur-le-champ – et sur le lit – pour lui rendre un hommage dont la chaleur dépassa, paraît-il, celle, pourtant torride, qui régnait sur la ville.

– Quarante degrés à l'ombre, me précise avec fierté Nini, ça vous donne une idée !

Trois heures plus tard, la température fraîchit entre les deux amants, quand François confia à Nini le deuxième sujet de satisfaction de Gustave Eiffel. Il s'agissait du mariage de sa fille aînée Claire avec Adolphe Salles, un polytechnicien dont il appréciait le sérieux et qu'il jugeait tout à fait digne de lui succéder – le plus tard possible, bien entendu.

La nouvelle en soi relevant davantage du carnet mondain que de la tranche de vie laissa la gambilleuse assez indifférente. En revanche, les propos qui en découlèrent l'irritèrent à un point... qu'elle en est encore aujourd'hui en m'en parlant toute chamboulée.

– Figurez-vous, me dit-elle, que ce M. Eiffel – de quoi je me mêle ? – s'était mis à prôner les mariages de raison. Comme le sien, dont il n'avait qu'à se féliciter.

– Et je parie que votre papillonneur l'a approuvé...

– Forcément ! Il suintait d'admiration. Pensez qu'il m'a répété mot pour mot un passage d'une lettre que M. Eiffel s'était vanté d'avoir écrite à sa mère quand il était encore jeune homme. François-Ludwig me l'a récité comme l'Evangile.

– Vous vous en souvenez ?

– Ah ça oui ! Le sens général, évidemment.

– Pas les termes exacts ?

– Non... mais si cela vous intéresse, vous n'avez qu'à regarder dans votre album : elle y est, la lettre. Page 85.

– Comment le savez-vous ?

– Une nuit que vous dormiez profondément, j'ai jeté un œil.

Je vais en jeter un à mon tour et je lis ce qui suit :

« Je serais satisfait d'une fille ayant une dot médiocre, une figure passable, mais en revanche d'une grande bonté, d'une humeur égale et d'une certaine simplicité de goûts. Pour aller au fond des choses, il me faudrait une bonne ménagère qui me trompe le moins possible, qui me fasse de beaux enfants bien portants qui soient bien à moi. »

– Evidemment, dis-je avec circonspection, nous sommes assez loin de la grande envolée romantique.

– Attendez ! ce n'est pas tout. Lisez le reste.

– Quel reste ?

– L'autre lettre qu'il a écrite à sa mère pour la remercier de lui avoir trouvé en Marie Gaudelet une épouse selon ses goûts.

Je me replonge dans l'album et, obéissant à Nini qui désire « s'en repayer une petite giclée », je lis cette fois à haute voix :

– « Relativement à Marie Gaudelet, elle ne me déplairait pas plus pour femme que bien d'autres et je suis convaincu qu'il me sera facile d'en faire une très gentille petite femme, très disposée à se montrer sensible et reconnaissante pour l'affection qu'on aura pour elle. »

Nini explose soudain avec d'autant plus d'indignation qu'en reposant le livre, je me suis efforcée de n'en montrer aucune.

– Ce n'est pas épatant comme déclaration d'amour !

– Il faut replacer ça dans son contexte, à une époque où les mariages de cette sorte étaient monnaie courante.

– Mais moi, j'y vivais à cette époque-là et ça me révoltait déjà qu'on puisse cantonner les femmes dans des rôles de mère et de maîtresse de maison.

– Parce que vous n'apparteniez pas au milieu bourgeois ou aristocratique.

– François non plus !

– Oui... mais lui, il rêvait peut-être d'y appartenir... par alliance.

– C'est ce que j'ai découvert !

– Deuxième passage inédit ?

– Oui ! Et d'autant plus désagréable que lui, François-Ludwig, n'avait pas l'intention de se contenter, comme M. Eiffel, d'une fille avec une dot médiocre. Non ! Il voulait épouser dans le convenable, mais aussi dans l'argenté.

– C'était un ambitieux.

– Moi, j'appelle ça un maquereau et je ne le lui ai pas envoyé dire.

Ce fut le point de départ d'un combat homérique

entre Nini – 50 kilos de nerfs, de virulence, d'exaspération – et François-Ludwig – 73 kilos d'inertie, de placidité, d'ironie. La championne de l'insulte et du coup de griffe contre le champion du silence et du sourire. Petite squaw « Feu ardent » contre grand chef « Plume de canard ».

Nini, exténuée, finit par déclarer forfait et s'affala en pleurant sur le torse admirablement musclé de son vainqueur. Celui-ci fit de sa victoire un usage érotique qui enthousiasma Nini, contrairement à ce qu'elle aurait imaginé : comme quoi, il ne faut jamais avoir de préjugés, et comme quoi aussi, on a raison de répéter aux enfants : « Goûte d'abord, tu diras si tu n'aimes pas ça, après ! »

Délicieusement soumise à la volonté de son seigneur et maître, elle en vit trente-six Victor Hugo et fut, de ce fait, amenée à penser (par la suite, évidemment, parce que dans le feu de l'action elle n'avait pas la tête à penser), elle pensa donc, à l'heure du « calme après la tempête », que la supériorité du mâle pouvait en certaines circonstances avoir du bon. Elle y repensa pendant tout son voyage retour et, bercée par les trépidations du train, ne cessa de revivre les certaines circonstances en question.

Elle débarqua à la gare de Lyon la tête pleine de souvenirs et le corps plein de courbatures... en dépit de sa gymnastique quotidienne ! Ça laisse imaginer le peu de plaisir qu'elle éprouva à voir sur le quai de la gare Vincent, un bouquet de roses pompons dans la main droite, une religieuse dans la main gauche – le gâteau bien sûr –, dans un costume d'alpaga grège flambant neuf et sous un canotier pain brûlé comme sur les tableaux de M. Renoir.

Elle aimait les roses pompons.

Elle aimait les religieuses.

Elle aimait les costumes en alpaga grège.

Elle aimait les canotiers pain brûlé.

Mais le tout ensemble, en revenant de Nice, elle n'aima pas du tout.

— Vous ne pouvez pas savoir comme je m'en voulais, m'avoue Nini. Je trouvais Vincent attendrissant, délicat, attentionné, adorable et, en plus, beau comme un ange. Je me disais que n'importe quelle femme à ma place fondrait de bonheur et moi, je ne fondais pas. Pourtant, j'avais une envie folle d'avoir envie de fondre, de me jeter à son cou, de ne pas avoir assez de mains pour le toucher, assez de lèvres pour l'embrasser, envie de sentir mon cœur cogner jusque dans mon ventre...

Sur cette image, ma foi, assez explicite, l'exaltation de Nini retombe comme une baudruche percée.

— Mais j' t'en fous ! s'écrie-t-elle. Mon cochon de cœur faisait la gueule ! Pas un élan, pas un battement, pas le plus petit soubresaut. Rien. Le lac tranquille. J'avais beau le morigéner, en appeler à son bon sens : « Allons, ne sois pas bête, ce n'est pas demain que tu vas en retrouver un comme ça ; tu as eu ton content de fortissimo, maintenant tu peux accepter la pédale douce. » Nib ! Comme si je soufflais dans une cornemuse ! J'étais tellement furieuse que finalement j'ai décidé de ne plus m'occuper de mon cœur, espérant qu'il réagirait comme ces enfants qui obéissent à retardement quand on ne leur demande plus rien.

— Votre méthode a-t-elle été efficace ?

— Eh bien, oui ! Mon cœur m'a rejointe en arrivant chez Vincent.

— Subitement ?

— Oui. C'est bizarre. Quand j'ai vu Vincent rougir comme une rosière en me parlant du « doigt de Dieu », à ma grande surprise j'ai senti le moteur se remettre en marche. Sûr que le « doigt de Dieu » avait tourné la manivelle !

Nini reconnaît que ce fut une vraie chance, car sans son cœur, jamais elle n'aurait pu supporter cette soirée avec Vincent. Ah non ! sûrement pas !

Jamais elle n'aurait pu écouter pendant deux heures ses bafouillages filandreux pour lui expliquer la chose la plus simple du monde : qu'il l'aimait et qu'il avait envie d'elle.

Jamais elle n'aurait pu attendre patiemment qu'il tourne face au mur la petite statuette de la Vierge Marie sur la table de nuit ; qu'il range son livre de messe dans un tiroir ; qu'il ferme les volets ; qu'il éteigne la lampe à pétrole ; qu'il se déshabille dans le noir comme une jeune mariée... avant enfin de se glisser auprès d'elle... à vingt centimètres au moins de la première zone érogène !

Jamais elle n'aurait pu subir l'insupportable picorage de baisers mouillés sur son visage, son cou, son bras et sa main gauches et, histoire de varier les plaisirs, dans l'autre sens, sur sa main et son bras droits, son cou, son visage.

Jamais elle n'aurait pu accepter qu'après ce circuit interminable et insipide de collégien il se rue sur elle comme un fauve, la pénètre comme un hussard, jouisse comme un lapin, et après soit satisfait comme un surhomme.

Jamais elle n'aurait pu s'empêcher de lui éclater de rire au nez quand il lui a demandé si elle avait connu le même bonheur que lui.

Jamais elle n'aurait pu admettre qu'il soit assez innocent pour croire qu'elle avait perdu sa virginité, comme elle le lui avait affirmé, en faisant le grand écart.

Non, en toute évidence, sans son cœur, jamais elle n'aurait tenu le coup plus d'un quart d'heure. Elle aurait quitté Vincent en courant et probablement en lui jetant son bouquet de roses pompons à la figure.

Tandis qu'avec son cœur, tous les Vincent tour à tour l'ont attendrie : le bredouilleur, le pudique, l'intimidé, le maladroit, l'inexpérimenté, le fanfaron, l'inconscient, le naïf. Tous ! Réunis dans un même amour.

Alors, elle a quitté la rue Cortot tard dans la nuit, à regret, en serrant très fort contre son cœur le bouquet de roses pompons de Vincent... et en commençant à sentir sur son corps les giroflées bleues de François-Ludwig.

11

Je suis dans ma voiture. Je longe la Seine. J'essaie de me rappeler les paroles d'une vieille chanson, *Sur le quai Malaquais*. Abordant le quai, il m'en revient quelques bribes ; en passant sur le quai d'Orsay, quelques autres ; sur le quai Branly, j'ai réussi, me semble-t-il, à reconstituer le refrain. Je commence à le fredonner, toute contente du bon fonctionnement de ma mémoire, toute contente de ce moment de détente, quand soudain, qu'est-ce que j'entends ? la voix claironnante de Nini qui me demande :

– Connaissez-vous Tancrède Boniface ?

D'abord, je sursaute car franchement, je me croyais seule avec mon « quai Malaquais ». Ensuite, par acquit de conscience, je bats le rappel de mes souvenirs d'école, de famille, d'amitié. Enfin, je réponds :

– Non, je suis formelle, je ne connais pas de Tancrède Boniface. Vous pensez bien que je n'aurais jamais oublié un nom pareil.

– Eh bien, moi, m'affirme Nini, je l'ai bien connu : c'était un capitaine à la retraite, ami du Dr Noir. Il est venu plusieurs fois rue Saint-Eleuthère, pour nous enrôler dans sa troupe, Nono, la Patamba, Vincent et moi.

– Une troupe de comédiens amateurs ?
– Non ! Une troupe de contestataires recrutés pour la plupart parmi les habitants du Champ-de-Mars et qui combattaient le projet Eiffel.

Tancrède Boniface était un meneur d'hommes-né. Du genre à répondre quand on lui demandait à la maternelle ce qu'il ferait plus tard : « Je serai meneur d'hommes. » Il se révéla à Montmartre être aussi un meneur de femmes. Nini, qui ne pardonnait pas à M. Eiffel ses idées machistes, la Patamba qui, en tant que muette, adorait qu'on sollicite sa voix, et la marquise de Mangeray-Putoux qui ne désespérait pas d'emménager un jour chez le Dr Noir, toutes trois se rallièrent à la cause du capitaine à la retraite très active. Imitées en cela par Vincent qui, défenseur du Sacré-Cœur, œuvre de pierre garantie sans un gramme de métal et sans un sou de l'Etat, ne pouvait avoir de sympathie pour la tour Eiffel, œuvre de fer, bénéficiant des largesses gouvernementales.

Les quatre Montmartrois signèrent la pétition adressée par Tancrède Boniface à Jules Grévy, président de la République, afin que celui-ci renonce à la construction de cette tour qui risquait de s'effondrer sur les habitations avoisinantes.

Ils constatèrent avec tristesse et colère l'échec de cette pétition et approuvèrent Tancrède d'intenter une action judiciaire contre l'Etat et la Ville de Paris. Ils fulminèrent contre Edouard Lockroy – même Nini, l'ingrate ! – quand celui-ci autorisa le commencement des travaux sans même attendre la fin du procès.

Ils se consolèrent néanmoins un peu, en apprenant que le ministre de l'Industrie et du Commerce avait donné son accord à la seule condition qu'Eiffel prenne la responsabilité d'une éventuelle condamnation et donc l'engagement d'une éventuelle démolition de sa tour.

– Il avait quand même du cran M. Eiffel, pour accepter ça, dis-je.

– Et de l'entregent, me répondit Nini dont l'animosité contre l'illustre constructeur ne s'est pas encore éteinte et qui revit avec délectation le défilé du 28 décembre 1886.

Ce jour-là, Nini, entre Vincent et la Patamba, juste derrière la marquise de Mangeray-Putoux et le Dr Noir, Nini proteste devant l'Hôtel de Ville où le conseil de Paris délibère pour la seconde fois au sujet de l'emplacement de la tour. A la tête des manifestants : Tancrède Boniface qui galvanise la foule de ses supporters – et voisins – en déclarant qu'il est prêt à se coucher par terre à l'endroit où l'on envisage d'édifier ce « chandelier creux » et qu'« il ferait beau voir que les pics des terrassiers frôlent une poitrine que n'atteignirent jamais les lances des uhlans ! ».

Transportée par ces vibrantes paroles, la gambilleuse commença de scander : « Boniface est un as. Eiffel au bordel. »

Les habitants du Champ-de-Mars, plus familiarisés avec le vocabulaire du XVIIIe siècle qu'avec celui du XVIIIe arrondissement, furent d'abord choqués par ce slogan un peu rude, mais peu à peu conquis par la pétulance de la pasionaria montmartroise et, encouragés par l'honorable Dr Noir, ils l'entonnèrent à leur tour... avec le bémol de la bonne éducation. Funeste bémol qui permit bientôt à des voix tonitruantes de couvrir le slogan musclé de Nini et d'imposer celui-ci qui ne l'était pas moins : « Gustave, t'es un brave. Tancrède on t'emmerde. » La rime n'était pas riche, mais son auteur et diffuseur cachait des trésors de conviction dans sa robuste poitrine, en grande partie visible par l'échancrure très savamment étudiée de sa chemise blanche.

– C'était François-Ludwig! m'annonce Nini, comptant m'épater.

– Je m'en doutais, dis-je, pas mécontente de lui casser son effet.

– Eh bien moi, pas! Je le croyais encore à Nice.

– Et vous avez eu un choc?

– Non, me répond Nini avec agressivité, pas un, trois! Le premier en le voyant. Le deuxième en voyant qu'il me voyait. Le troisième en voyant dans quel état j'étais de le voir alors que je croyais l'avoir oublié.

En fait, tout le petit clan montmartrois avait été secoué par l'apparition du fringant Eisenbruck. Nono Clair-de-lune qui avait été son initiatrice à Domrémy et qui manifestement était très émue de retrouver un jeune élève si doué; le Dr Noir qui a tout de suite compris à quoi était due la subite fébrilité de sa maîtresse et craint un accès de « revenez-y »; Vincent qui a d'abord été un peu étonné de reconnaître dans ce véhément eiffelophile le fils du forgeron vosgien dont il pensait qu'il avait succédé à son père, ensuite choqué quand il vit cet ancien camarade d'enfance lui envoyer des baisers, enfin, inquiet en s'apercevant que ces baisers étaient en réalité destinés à Nini qui jouait les innocentes mais dont la voix tremblante démentait les mensonges qu'elle véhiculait. Quant à la Patamba, sensitive autant que psychologue, elle avait perçu le remue-ménage provoqué chez ses amis par François-Ludwig et n'en attendait rien de bon. A l'intention de Nini, elle inscrivit sur son carnet: « Caltons, loin d' ces bourgeois! » car maintenant, faute d'avoir récupéré sa langue, elle parlait couramment celle de Bruant. Nini lui fit signe qu'elle était d'accord et à elles deux entraînèrent les trois autres hors de la manifestation qui d'ailleurs ne survécut pas à leur départ.

Malheureusement, les rhumatismes du Dr Noir les empêchèrent de fuir aussi vite qu'elles l'auraient souhaité et soudain elles entendirent ce qu'elles redoutaient le plus d'entendre.

— Devinez quoi, me dit Nini, prenant une expression de sphinge à seule fin de me permettre l'emploi de ce féminin si incompréhensiblement inemployé.

En tout cas moi, je ne vois pas d'autre raison car sa question n'était pas vraiment énigmatique et j'y réponds sans tarder :

— François-Ludwig, ça va de soi.
— Oui, d'accord ! mais qui disait quoi ?
— « Bonjour Nini, comment ça va depuis Nice ? Toujours aussi en forme ? »

Pan dans le mille ! Ah ! mes enfants ! j'ai cru que la gambilleuse allait trépasser une deuxième fois ! Trois minutes au moins s'écoulèrent avant qu'elle puisse balbutier :

— Mais enfin, comment avez-vous deviné ?
— Les auteurs ont parfois de ces intuitions.
— Ça alors !

Eblouie par mon numéro de voyance, Nini me prie de le poursuivre. Sensible à sa flatteuse requête (quel auteur ne le serait pas ?), je me lance :

— J'imagine qu'après avoir jeté son pavé dans votre mare, François-Ludwig est parti, tout sourires dehors...
— Oui.
— Cheveux et cape au vent...
— Oui.
— Et piquant de son talon les flancs de son cheval !
— Ah non ! ça, non ! il n'avait pas de cheval.
— Dommage ! Moi, je le voyais au-dessus de vous.
— Notez qu'il y a un peu de ça : il nous parlait de

haut mais pas de l'échine d'un cheval, de l'impériale d'un omnibus.

– Ah, quand même, je ne suis pas tombée très loin.

La gambilleuse le reconnaît avec réticence. Elle me semble soudain beaucoup moins enthousiaste sur mes facultés prémonitoires. Je décèle même une certaine agressivité dans son ton quand elle me demande :

– Et après ? que s'est-il passé selon vous ?
– Je n'en sais rien.
– Ah bon !

Nini retrouve son sourire. La pauvre ! Elle a eu peur un instant que je n'aie plus besoin d'elle. Mais la voilà rassurée et elle reprend son service avec l'alacrité d'un travailleur qui vient d'échapper au chômage technique.

– L'intervention de François rue de Rivoli, me dit-elle, a déclenché chez Vincent une tempête qui, rue Cortot, a pris carrément des allures de typhon.

Les murs de l'ancienne maison de Berlioz qui, plus que tout autre mur, avaient des oreilles, en furent, paraît-il, abasourdis. Pourtant, ils avaient eu l'occasion d'entendre *La Damnation de Faust* qui n'est pas à proprement parler une bergeronnette pour flutiau. Eh bien, aucune comparaison avec la damnation de Nini par Vincent. Le jeune homme innocent découvrait d'un seul coup et sur trois cent soixante degrés le panorama des horreurs de l'amour : les mensonges – par paroles et par omission –, l'imposture, la trahison, les simagrées, la honte de s'être laissé duper, la rage d'avoir été pris pour un imbécile, les tenailles de la jalousie, l'envie de vomir, l'envie de fuir, pis ! l'envie de rester, l'envie d'oublier, l'envie tout court. Nini revoit le visage pathétique de Vincent à l'instant où son cochon de corps a triomphé de sa belle âme.

- Il m'a jetée sur le lit, dit-elle.
- Ahh !
- Il a retroussé mes jupes.
- Ahh !
- Il a arraché mes pantalons.
- Ahh !

Nini se tait. Attribuant son silence à un accès de pudeur je conclus sobrement à sa place :
- Et vous avez fait l'amour.
- Non !
- Comment non ?
- Pas eu le temps !

A ce moment précis, ma voiture se trouve coincée dans un embouteillage, juste devant la tour Eiffel, et Nini, dont les pensées ne sont jamais très éloignées des miennes, soupire :
- Ah ça ! il était moins doué que l'autre !

D'après la gambilleuse, Vincent n'était même pas doué du tout. Depuis leur première étreinte il n'avait fait aucun progrès et elle n'espérait plus qu'il en ferait. Usant d'une métaphore sans doute inspirée par les mânes de Berlioz, elle m'expliqua qu'il adorait la musique mais que n'ayant aucune oreille, il était incapable de respecter le tempo d'une œuvre et vous jouait indifféremment la *Symphonie du Nouveau Monde* ou le *Clair de lune* de Werther au rythme du quadrille des lanciers.

Ce soir-là il avait battu ses records, les privant tous les deux d'une de ces joutes décapantes – comme celles que Nini avait connues à Nice avec François-Ludwig – qui vous débarrassent le cœur de toute salissure et vous le laissent quasiment à l'état neuf. Ils s'étaient séparés, leurs deux cœurs cabossés et recouverts, pour lui d'une poussière d'amertume, pour elle d'une poussière de regret. Celle de Vincent fut la plus tenace. Son désenchantement pointait dans toutes leurs conversations. Son mépris dans tous leurs rapports. Elle crut avoir perdu son amour, en souffrit beaucoup et, suivant la règle immuable du « Cours après moi que je t'attrape », se mit en tête de le reconquérir.

Ainsi, pour lui être agréable, en février 1887, quelques jours après les premiers coups de pioche qui avaient entamé le sol du Champ-de-Mars et le moral de Vincent, elle était arrivée rue Cortot avec un journal qui reproduisait *in extenso* une protestation contre la construction de la tour Eiffel, signée par des écrivains et des artistes éminents.

Bien que Vincent en ait déjà pris connaissance elle réussit à lui en lire certains passages, suivant l'exemple très répandu des gens qui continuent à vous raconter une histoire, même si vous leur rappelez que c'est vous qui la leur avez apprise.

— C'est formidable, non ? Tu as lu ça, mon chéri ? « Nous, écrivains, peintres, sculpteurs, architectes, amateurs passionnés de la beauté jusqu'ici intacte de Paris, nous venons protester de toutes nos forces, de toute notre indignation, au nom du goût français méconnu, au nom de l'Art et de l'Histoire français menacés, contre l'érection en plein cœur de notre capitale de l'inutile et monstrueuse tour Eiffel. »

Nini répéta les deux adjectifs avec gourmandise :

— Inutile et monstrueuse : c'est tapé, ça, hein ?

— Oui... Je te dis que je l'ai lu.

— Et ça ? « La Ville de Paris va-t-elle donc s'associer plus longtemps aux baroques, aux mercantiles imaginations d'un constructeur de machines pour s'enlaidir irréparablement et se déshonorer ? »

A nouveau Nini se délecta avec les derniers mots.

— S'enlaidir irréparablement et se déshonorer. Attrape ça, Gustave, et mets ton mouchoir par-dessus.

— Peut-être pas irréparablement, rétorqua Vincent,

147

Eiffel par contrat n'a la jouissance de sa tour que pour les vingt années qui suivront l'exposition de 1889. On peut espérer qu'après, on la démolira.

– Mais rien que vingt ans... quelle horreur! « Vingt ans à voir s'allonger sur la ville entière, frémissant encore du génie de tant de siècles, comme une tache d'encre, l'ombre odieuse de l'odieuse colonne de tôle bétonnée. » C'est écrit dans la protestation. Tu as vu ? Deux fois odieuse. Tu te rends compte... Je ne voudrais pas être à la place de M. Eiffel.

Vincent haussa les épaules.

– Les gens, dit-il, prétendent toujours qu'ils ne voudraient pas être à la place de quelqu'un pour se consoler de n'avoir aucune chance d'occuper un jour cette place.

Nini qui sentait confusément le bien-fondé de cette remarque préféra ne pas commenter et se replia sur un argument plus sûr.

– De toute façon, dit-elle, ça ne doit quand même pas lui faire plaisir au grand constructeur de lire des choses pareilles.

– Crois-tu ? Il a pour lui soutenir le moral l'armée des ombres glorieuses qui ont été des vivants vilipendés.

Il avait sans doute raison, Vincent. Je pense au bien oublié Huysmans qui compara la tour Eiffel à « un suppositoire solitaire et criblé de trous », alors que sous mes yeux déferle la mer – toujours recommencée – des touristes qui viennent du monde entier se mettre le suppositoire dans l'œil.

Comme Nini en détourne délibérément son regard, je m'amuse à lui dire que Jules Verne, contemporain de Gustave Eiffel, prétendait en souriant qu'il devait sa rosette de la Légion d'honneur à l'exploit extraordinaire accompli par lui d'être le seul homme à ne pas avoir visité la tour Eiffel... et qu'en 1983, on a fêté le cent millionième visiteur qui était d'ailleurs une visiteuse.

– Pauvre Vincent ! soupire Nini, il avait pressenti cette réussite : c'est pourquoi il était si triste.

– Je ne pense pas que la tour ait eu une grande part dans sa tristesse.

– Si ! Par personne interposée : il l'assimilait à François-Ludwig qu'il assimilait lui-même au démon.

– Vous deviez être un peu fière, non, de provoquer un tel chagrin ?

Nini se récrie : loin d'être fière elle a d'abord été honteuse du mal qu'elle faisait ; ensuite à sa honte est venue s'ajouter au bout de six mois l'inquiétude, la peur de perdre Vincent car soit ! une petite ondée de larmes de temps en temps, ça vous ravigote le sentiment, mais l'averse perpétuelle ça peut très bien vous le pourrir. Cette crainte d'un éventuel pourrissement conduisait tout naturellement Nini à la méfiance puis à la jalousie à l'instant même où celle de Vincent faiblissait sous le triple effet du temps – dix mois s'étaient écoulés depuis le typhon de la rue de Rivoli –, de l'évident repentir de la gambilleuse et des apaisements fournis par la marquise de Mangeray-Putoux qui avait placé Nini à Montmartre sous la haute surveillance de Valentin-le-Désossé, et au Champ-de-Mars sous celle du Dr Noir.

– Vincent avait-il tort d'être moins jaloux ?

– Ah ça, non ! s'écrie Nini. Il aurait même pu ne l'être pas du tout. Pas une fois je n'ai cherché à revoir François-Ludwig. Je ne voulais surtout pas donner à Vincent une raison de m'en vouloir... Et donc un prétexte pour se venger.

– Vous redoutiez vraiment qu'il vous trompe ?

– Et comment !

— Vous saviez pourtant bien que ni sa nature ni ses idées ne le portaient vers des aventures faciles.

— Oui, mais je savais aussi que l'occasion fait le larron et que les occasions ne lui manquaient pas.

— Vous ne pensiez pas que le larron fait plutôt l'occasion ?

— En vérité, je ne pensais à rien... sinon à ce qu'aucune créature ne me prenne mon Vincent.

A l'appui de cette déclaration, Nini me raconte qu'un soir où elle était allée cueillir Vincent à la sortie du chantier du Sacré-Cœur, ce qui lui arrivait de plus en plus souvent, elle a eu la désagréable surprise de le trouver bavardant gaiement avec la Môme Fromage. Oui, vous avez bien lu : gaiement ! lui qui charriait des kilos de morosité dans sa conversation... Et avec la Môme Fromage ! Cette moins-que-rien qui marchait à la voile en compagnie de La Goulue et à la vapeur en compagnie d'un des anciens amants de celle-ci, un dénommé Charlot ; la Môme Fromage, cette souillon qui servait de nurse au pauvre Dagobert, le fils de Loulou, né de pères – au pluriel – trop connus pour le reconnaître et à qui elle mettait, prétendait-on, ses couches à l'envers. Et en plus, de quoi lui parlait-elle ? De lit, carrément, de sommier, de matelas, d'oreiller ! A ces mots honnis, le sang de Nini se mit à tourner à une vitesse record.

— C'est simple, me dit-elle, ça aurait été du lait j'avais du beurre dans les veines !

Sa circulation reprit un cours à peu près normal quand elle comprit que la Môme Fromage ne demandait à Vincent qu'un coup de main pour rentrer dans la petite maison que La Goulue avait louée rue du Mont-Cenis un énorme lit à baldaquin, dernière folie de la Vénus de la pègre.

Mais quand même, Nini trouva suspect que Vincent accepte si facilement de rendre service à cette traînée ; suspect qu'elle lui ait été présentée par cette autre traînée qu'était la femme du sergent roux ; suspect qu'il ne soit pas gêné par la mitoyenneté du jardin de cette troisième traînée qu'était La Goulue avec celui du curé de l'église de Saint-Pierre, ni par la présence de cette voisine tapageuse dont elle s'était bien gardée de lui annoncer la venue.

– Mais pour être juste, m'avoue Nini, tout me paraissait suspect : un regard, un sourire, un mot, et même, ce jour-là, un silence.

Elle réfléchit un instant, puis elle rectifie :

– Non ! Deux silences... deux banderilles dans le plexus, à une heure d'intervalle.

Pour le moment, c'est à moi que la gambilleuse en plante une en laissant tomber dans la conversation, avec tout le poids de son génie, Van Gogh lui-même. D'où sort-il ? D'un café situé boulevard de Clichy. Il en est éjecté brutalement sous les yeux de Vincent et Nini qui se promenaient par là.

– Vous le connaissiez ?

– Bien sûr ! Depuis plus de dix-huit mois, il était revenu à Montmartre, et on le voyait un peu partout entre son domicile rue Lepic et l'atelier Cormon, rue de Tourlaque.

– Mais à son époque, donc la vôtre, il n'était pas célèbre, il ne se baladait pas avec un écriteau : *Attention ! regardez-moi bien, je suis Van Gogh et dans un siècle mes tableaux se vendront des fortunes.*

– Oh non, le pauvre !

– Alors, vous auriez très bien pu le croiser sans le remarquer.

– D'abord, avec sa tignasse et sa barbe rousses, il ne passait pas inaperçu. Ensuite, il était le copain de Lautrec qui était le copain de Valadon qui était ma copine... donc il était un peu mon copain.

Pour imaginer Van Gogh copinant avec Nini

151

Patte-en-l'air il faut vraiment oublier les musées du monde entier qui s'honorent d'avoir quelques-unes de ses toiles, la foule innombrable et cosmopolite se pressant en rangs serrés à l'exposition qui lui fut consacrée naguère au palais d'Orsay, la frénésie des collectionneurs devant sa signature. Il faut lui ôter son auréole posthume et lui remettre sa casquette de barbouilleur maudit qui se trimbalait avec ses deux portraits du père Tanguy que celui-ci dans sa boutique de la rue Clauzel ne réussirait pas plus à vendre que les autres toiles de son protégé.

– Alors ça y est, oui ? me demande Nini d'une voix impatiente.

– Ça y est quoi ?

– Vous l'avez recadré, Van-van ?

– Qui ?

– Van Gogh ! Moi je l'appelais Van-van pour ne pas le confondre dans les conversations avec mon Vincent à moi.

Ça c'est trop. Je m'insurge.

– Ah non ! Je veux bien essayer de superposer l'image de votre pote paumé à celle de mon peintre glorieux mais pour l'amour du ciel ne l'appelez pas Van-van, je ne le supporterais pas.

Nini m'accorde cette faveur et nous retrouvons Vincent Van Gogh là où nous l'avons laissé, sur le trottoir du boulevard de Clichy, devant ce café dont il vient d'être expulsé. L'estaminet est tenu par la Segatori, une Italienne, ancien modèle de Degas et Monet qui tient de Botticelli par la beauté et du Vésuve par le tempérament. Elle a posé – entre autres – pour *La Femme au tambourin* peinte par Van Gogh au sein même de son établissement où les tables précisément avaient la forme de ces tintinnabulants petits caissons. Autre ornement de ce bistrot, le serveur que nous appellerons, si vous le voulez bien, Trougnard, vu que la postérité a eu la bonne idée de ne pas retenir son nom et qu'un monsieur qui s'est permis d'envoyer un verre à la figure de Van Gogh mérite de s'appeler comme ça. Et pas autrement. Car, c'est ce qu'il a fait Trougnard : il a lancé un galopin, ou si vous préférez un demi, à la tête du peintre et il l'a blessé à la joue pas très loin de l'oreille droite... Elle était prédestinée, celle-là !

Certains partisans de l'objectivité à tout prix me rétorqueront que Trougnard avait peut-être des raisons pour agir de la sorte. Je ne le nie pas : d'une part amant et employé exemplaires, il était en droit de revendiquer un régime privilégié de serviteur zélé ne rechignant pas sur l'heure supplémentaire. D'autre part, l'idée européenne étant encore très lointaine, la fraternisation de son Italienne avec un Hollandais avait de quoi l'exaspérer. D'accord ! d'accord ! Mais moi, vous ne m'empêcherez pas de penser qu'un Trougnard n'a pas à balafrer un Van Gogh. Ni à le sortir par la force d'un lieu public où l'on accueillait avec le sourire le chicard prétentieux, le provincial en goguette ou le sous-chef de rayon des Galeries Clignancourt.

Je suis heureuse d'apprendre que Nini, instinctivement sensible au talent du peintre, avait été très émue de le voir ainsi malmené par quelqu'un dont elle vient de me confirmer qu'il avait vraiment tout pour s'appeler Trougnard.

— Vous le connaissiez aussi, Trougnard ?

— Non, je l'ai entr'aperçu pour la première fois ce jour-là à la porte du café. Il essayait d'empêcher la Segatori d'apporter un mouchoir mouillé à Van Gogh, mais il n'a pas réussi, une vraie Junon, cette femme-là.

— Et lui, le garçon de café ?

– Un vrai Trougnard ! Il est rentré dans l'estaminet en marmonnant des insultes dans sa moustache.

Je sursaute. Je freine de mes quatre pneus et je m'exclame au comble de la jubilation :

– Là, ma chère Nini, je vous prends en flagrant délit de mensonge.

– Moi ? Comment ça ?

– En 1887, il était interdit aux garçons de café d'avoir des moustaches puisqu'en 1907 ils ont fait la grève pour réclamer le droit d'en porter.

Nini me regarde ahurie.

– Comment diable savez-vous ça ?

– Je me le demande !

– Ça devait être une question à mille francs dans un jeu télévisé.

– C'est très possible. De toute façon, peu importe, mon information est vraie.

– Je vous l'accorde, mais la mienne aussi : Trougnard avait des moustaches. Je crois même me souvenir que l'Italienne avait confié à Van Gogh qu'elles constituaient le principal élément de son charme et que, réglementaires ou pas, elle ne voulait pas qu'il les coupe.

Estimant inutile de me battre davantage pour les moustaches de Trougnard, je concède à Nini qu'il en avait et je redémarre. Mon interrogatoire aussi. Plus vite que ma voiture. Avec cette question qui fonce directement au cœur du sujet :

– Quel rapport entre la joue ensanglantée de Van Gogh et votre jalousie ?

– La Segatori !

– Elle a plu à votre chéri ?

– En tout cas, j'en ai eu l'impression.

– Basée sur quoi ?

– Eh bien, comme je vous l'ai dit tout à l'heure, sur un silence.

– Mais encore ?
– Elle a invité Vincent à consommer.
– A consommer quoi ?
– Justement ! Elle ne l'a pas précisé, la fine mouche, et lui, il ne lui a pas demandé. Il y a eu ce fameux silence qui m'a paru interminable et au bout duquel il lui a répondu : « Un autre jour. Merci. »
– C'est tout ?
– Oui !
– Othello était un enfant de chœur à côté de vous.

Nini approuve et conclut avec fierté :

– Fallait-il que je sois amoureuse quand même !

Manifestement Nini tire gloire de sa jalousie et s'empresse de m'en raconter le troisième assaut. Il se situe dans le modeste logis occupé par Van Gogh, au 52 de la rue Lepic, où Vincent et elle ont raccompagné le peintre chancelant après son altercation avec Trougnard. Ils y sont depuis cinq minutes, quand arrive Suzanne Valadon que le sage maçon a souvent croisée mais jamais abordée, flanquée de Toulouse-Lautrec dont la renommée plus que prometteuse et la réputation plus que douteuse sont parvenues jusqu'à lui, mais qu'il n'a jamais rencontré.

– Contrairement à ce qu'il était logique de croire, me dit Nini, le disciple du Sacré-Cœur sympathisa avec les deux adeptes du cul sacré !

– Les extrêmes se touchent, c'est bien connu.

Nini le constate sans plaisir ce jour-là.

Vincent trouve Lautrec pathétique. Il l'admire d'assumer aussi crânement sa grosse tête de Gnafron où la terrifiante lucidité du regard accuse – dans les deux sens du terme – la péninsule de son nez et la balafre épaisse de sa bouche. Il l'admire d'avoir le courage et l'intelligence de se moquer – avant les autres – de son buste d'adulte ridiculement posé sur deux jambes d'enfant. Il l'admire quand, grimpant sur un tabouret, il lui explique « sa technique de l'ascension » ou bien quand il baptise sa canne « son crochet à bottines » ou encore, quand, s'appuyant sur ce support indispensable à son équilibre, il s'appelle lui-même « le trépied ».

Mais il admire aussi la ravissante Suzanne de passer outre les difformités et les disgrâces de son amant, d'alléger ses complexes en se penchant sans dégoût sur sa lippe violacée et baveuse – version païenne du « baiser au lépreux » –, en caressant sa joue huileuse, en jetant des regards complices que Vincent, lui, ne juge pas salaces, mais généreux, sur cet autre appendice péninsulaire qui lui a valu d'être surnommé par ses maîtresses « le portemanteau » ou la « cafetière », surnoms qui, compte tenu du contexte, doivent être parfois lourds à porter. Il l'admire de voir en Lautrec plus l'artiste que l'homme, de s'être attachée plus à son esprit qu'à son corps. Il l'admire en bref d'avoir préféré la laideur d'un génie à la beauté d'un sot.

Il ne lui vient pas une seconde à l'idée qu'un soupçon de vice ou un soupçon d'intérêt – ou peut-être les deux – puisse se faufiler dans les sentiments de Suzanne. Tout est pureté pour les purs. Vincent ne pense pas que ce jeune homme de vingt-trois ans, clownesque avec son pince-nez et son pantalon à carreaux, descend par sa mère des Tapié de Celeyran et par son père des Toulouse-Lautrec, qu'il est comte, qu'il est riche et qu'en outre il peut aider la jeune fille par ses conseils éclairés et par ses relations, dans la carrière de peintre que, depuis son enfance, elle ambitionne. D'ailleurs, il ignore cette ambition. Il ignore qu'elle a, comme Lautrec, la manie de croquer sur son carnet à dessins tout ce qui, pour une raison ou une autre, accroche ses yeux avides. C'est pourquoi Vincent est tout étonné quand elle lui demande s'il accepterait un jour de lui prêter son visage d'ange, « modèle peu courant dans le quartier ». Ne comprenant pas très bien sa requête, il ne répond pas tout de suite. D'où ce deuxième silence qui vrille les entrailles de Nini.

– Aussi inutilement que le premier, me précise mon ophélienne gambilleuse. Vincent n'a pas plus couché avec la Valadon qu'avec la Segatori.

Le temps d'inscrire dans son sourire quelques points de suspension prometteurs et Nini ajoute :
– Lui !
– Que sous-entend ce « lui » ?
– Que « l'autre » s'est offert les deux dames.
– François-Ludwig ?
– Evidemment !
– Comment l'avez-vous su ?
– Par lui.
– Mais quand ?

Nini met un doigt sur sa bouche et me chuchote dans l'oreille :
– Au prochain chapitre !

Et elle éclate de rire, cette imbécile !

12

Je ne suis vraiment plus tranquille nulle part : Nini vient de me sauter dessus dans mon bain avec cette question saugrenue :

— Est-ce gênant si je ne vous précise pas la date de Pâques en 1888 ?
— Gênant ? Pourquoi ?
— Pour ma biographie, pardi !
— Comment ça ?
— Le dimanche de Pâques 1888, il s'est passé dans mon existence plusieurs événements importants et je craignais que vous n'exigiez pour les relater de savoir s'ils se situaient autour de la fin mars ou dans la première moitié d'avril.

Au lieu de répondre, je me mets à m'étriller le dos avec vigueur et avec une brosse à manche, espérant lui montrer par là que d'une façon générale j'attache plus d'importance aux événements qui jalonnent une vie qu'aux jours exacts où ils ont eu lieu – sauf si ceux-ci ont joué un rôle dans ceux-là – et qu'en outre, dans le cas particulier de son histoire, tant de points sont nimbés de flou artistique, que son soudain souci de précision me semble insensé.

Ai-je le coup de brosse à manche particulièrement

explicite ou Nini l'esprit particulièrement vif ce matin ? Toujours est-il qu'elle m'a très bien comprise.

— Tant mieux ! me dit-elle, comme ça, on ne va pas perdre de temps à chercher dans les calendriers pour suppléer ma mémoire défaillante et je vais pouvoir étancher la soif de curiosité que vous manifestiez au chapitre précédent... dès que vous serez sortie de votre baignoire.

J'en sors immédiatement. Me sèche rudement. Enfile prestement une tenue décente de biographe et rentre dans mon bureau où Nini, sans doute en récompense de ma célérité, affine son information :

— A Pâques en 1888, il faisait beau.
— C'est important ?
— Oui ! Parce que Vincent était malade.
— Et alors ? Vous pensez qu'être malade quand il fait beau est plus pénible qu'être malade quand il pleut ?

Pour Nini, c'est une évidence : quand elle est clouée au lit elle préfère recevoir la visite de gens frigorifiés ou dégoulinants qui l'envient d'être au chaud et au sec que la visite de gens radieux qui la plaignent avec plus ou moins de conviction de ne pas profiter, comme eux, des douceurs de la température. C'est pourquoi elle est émerveillée, le dimanche matin de Pâques, que Vincent alité pour cause de coqueluche soit assez altruiste pour se réjouir du ciel bleu qui va permettre aux bien-portants d'être encore un peu plus heureux ; émerveillée qu'il l'incite à sortir en lui jurant que ses horribles quintes de toux lui seront plus supportables si elle n'en est pas le témoin.

Après un calcul mental rapide (relativement à mes capacités dans ce domaine) je me permets cette réflexion :

— Il est assez rare d'avoir une coqueluche à vingt-huit ans.

— Eh oui ! que voulez-vous ? A âme d'enfant, maladies d'enfant.

Le Dr Noir aussi peu au courant que moi de cet adage avait d'abord diagnostiqué une bronchite, mais la veille, à la suite d'un sifflement répertorié sous le nom familier de « chant du coq » comme symptôme caractéristique de la coqueluche, il avait reconnu son erreur et interdit à Vincent d'assister aux différents offices du Sacré-Cœur.

Pour consoler le jeune homme, le Dr Noir et Nini lui promirent d'y aller et d'y entraîner la marquise de Mangeray-Putoux ainsi que la Patamba et de prier pour sa prompte guérison.

Effectivement, le petit groupe de la rue Saint-Eleuthère se rendit dans la crypte pour la grand-messe, alluma des cierges dans la chapelle de Saint-Vincent puis sortit du lieu saint avec l'intention ferme d'y revenir pour les vêpres de l'après-midi.

Malheureusement cette ferme intention s'amollit de plus en plus au cours du déjeuner qui suivit où l'agneau pascal fut un peu trop arrosé. Elle se dilua complètement dans les bulles d'un champagne rosé jugé par le Dr Noir aussi inoffensif que du tilleul ; en tout cas, il en avait sur lui les effets émollients. Suivant un rite immuable, à la première coupe, le médecin commença d'évoquer avec un débit pas très vif la clinique psychiatrique de la rue Norvins où il avait exercé pendant de longues années et s'amusa – d'une façon excessive pour une centième fois – que cet établissement où l'on soignait les malades mentaux eût porté à l'origine le nom prémonitoire de « Folies Sandrin ».

A la deuxième coupe, avec un débit encore beaucoup moins vif, il raconta la performance – fa-a-bu-u-leu-eu-se – de Jacques Arago qui avait écrit un opuscule de soixante-douze pages sans jamais employer la lettre *a* et pour la centième fois en s'esclaffant « tira son chapeau à celui qui en travaillait ».

A la troisième coupe, cette fois avec un débit ralenti à l'extrême, il cita l'un des plus célèbres pensionnaires de la clinique, Gérard de Nerval, qui avait écrit à une amie : « J'ai peur d'être dans une maison de sages et que les fous ne soient dehors. » Phrase si étirée dans la bouche du Dr Noir qu'elle en devint incompréhensible – ce qui n'avait aucune importance car d'une part, elle ne comptait pas parmi les meilleures de l'auteur d'*Aurélia*, d'autre part les trois dames de la rue Saint-Eleuthère la connaissaient par cœur depuis fort longtemps.

A la quatrième coupe, le Dr Noir s'endormit. Nono jugea prudent de veiller sur son sommeil et la Patamba, utile de ranger le désordre débilitant des « après-bombances ». Seule Nini, fidèle à la promesse faite à Vincent, reprit le chemin de la crypte. Elle franchissait les premières marches d'un des escaliers d'accès au chantier quand elle entendit dans son dos ces vers de son idole Victor Hugo :

> *Ah ! j'admire en vérité*
> *Qu'on puisse avoir de la haine*
> *Quand l'alouette a chanté !*

Bien entendu, c'était François-Ludwig qu'elle n'avait pas revu depuis la manifestation de Tancrède Boniface où il s'était rendu coupable d'une conséquente goujaterie ; François-Ludwig qu'elle avait haï pour tout le venin qu'il avait déposé dans le cœur de Vincent ; François-Ludwig qu'elle se félicitait tous les jours d'avoir oublié ; François-Ludwig qui astucieusement s'était servi de leur poète fétiche pour rentrer en grâce et renouer du même coup leur ancienne complicité.

Nini n'eut donc aucune surprise quand, n'ayant pu s'empêcher de se retourner, elle le vit. En revanche, elle en eut une double – et pas des plus joyeuses – en découvrant à son bras gauche la corsetière et à son bras droit la Segatori.

Presque aussitôt après, elle en eut une troisième, quand François faussa brusquement compagnie à ses deux cavalières avec une goujaterie au moins égale à celle qui lui avait tant déplu naguère et qui cette fois l'enchanta. Forcément ! Quelle femme ne glousserait pas de bonheur en entendant un homme la préférer à deux congénères ravissantes pour l'unique raison qu'elle est la seule à ne jamais l'ennuyer, la seule à connaître son mode d'emploi sans l'avoir appris.

Delphine et Agostina ne s'offusquèrent pas le moins du monde de ce congé brutal. Au contraire. Elles s'éloignèrent en se tenant par la main comme deux gamines et en fredonnant *La Valse des bas noirs* comme deux luronnes. Cette désinvolture contraria Nini. Elle lui aurait préféré quelques injures, quelques coups de griffe et d'ombrelle, ou toute autre marque de dépit. François-Ludwig aussi. Cela lui aurait définitivement enlevé cette agaçante petite écharde plantée par les deux femmes dans son amour-propre. Quand ? Comment ? Pourquoi ? Pour le savoir, remontons à la source des faits : depuis le début des travaux de la tour Eiffel, le forgeron plus que jamais privilégié logeait avenue de La Motte-Picquet chez un boulanger qui régulièrement à 3 heures du matin allait pétrir sa pâte pendant que son locataire allait pétrir le corps de sa femme. Puis le boulanger enfournait son pain et le sortait du four pendant qu'au-dessus de sa tête se déroulaient des opérations qui n'étaient pas sans analogies avec les siennes. Mais il arrivait parfois que François-Ludwig soit envoyé aux ateliers de Levallois-Perret pour prêter main-forte aux cent cinquante métallurgistes qui ajustaient les poutrelles de la tour ou pour rendre compte aux techniciens qui travaillaient sur plans des difficultés rencontrées sur le terrain. Ces jours-là, il réintégrait le domicile de la corsetière dont il gardait la clé, bien qu'à plusieurs reprises, irritée par son mâle despotisme, elle la lui eût réclamée.

Or un soir qu'il entrait dans le nid d'amour de la corsetière en lissant déjà ses superbes ailes d'oiseau migrateur, il entendit des roucoulements qui lui étaient familiers, entrecoupés de gémissements dont en revanche il n'identifia pas l'émetteur.

Excusez-moi de m'interrompre, mais je ne puis m'empêcher en écrivant ces lignes de rêver entre deux virgules que ces gémissements émanaient de Trougnard.

– Pourquoi Trougnard ? me demande Nini.

– Parce qu'il me manque ! J'aurais aimé le retrouver, surtout dans ces circonstances-là : Trougnard surpris par François-Ludwig, vengeur de Van Gogh ; Trougnard recevant un verre à travers la figure ; Trougnard éjecté de l'appartement avec ses moustaches illégales tremblant au-dessus de ses lèvres décolorées par la peur.

Mais Nini me ramène brutalement à la réalité : pas plus de Trougnard dans la chambre de la corsetière que de corsets dans les trognons de choux ! Alors qui ? La Segatori ! Eh oui ! Depuis qu'elle avait rompu avec son garçon de café, l'Italienne folâtrait sur les rives de Lesbos où se cueille facilement la fine fleur des déceptions féminines. Elle y entraîna par le bout du doigt Delphine venue comme elle au *Chat-Noir* respirer le bon air de l'amitié qui vous oxygène le cœur plus sûrement que les tempêtes de la passion.

François-Ludwig n'apprécia pas du tout que quelqu'un occupât ce qu'il considérait comme « sa » place et s'appropriât ce qu'il considérait comme « sa » chose.

Il avait eu beau être admis à participer aux jeux de ces dames, après toutefois de patientes négociations, il ne s'y était jamais senti intégré et encore moins souhaité. Il avait eu beau multiplier les prouesses pour dominer la situation, elles en étaient restées les insolentes maîtresses. Cette sensation nouvelle pour lui d'être le moins fort l'agaça au plus haut point, et par orgueil, au lieu de partir en bon perdant, il s'entêta à attendre que l'occasion lui soit fournie de quitter la partie en vainqueur.

Quand il aperçut Nini ce dimanche de Pâques, il crut tenir cette occasion, imaginant que ses deux amies seraient folles de rage de le voir filer sans préavis avec une fille, qui, entre son nom et ses yeux, pareillement évocateurs, avait de quoi susciter toutes les jalousies.

Voilà pourquoi, constatant qu'elles encaissaient le coup avec une somptueuse indifférence, voire avec une certaine gaieté, il avait été déçu. Au point de ne pouvoir le cacher à Nini et de lui en révéler la cause.

Quand elle comprit que la goujaterie de François-Ludwig, si valorisante pour elle, cachait un simple désir de revanche, elle eut une telle bouffée de rage qu'elle se vit déjà jugée aux assises pour crime passionnel... et d'ailleurs acquittée.

Heureusement, une fois de plus, leur complicité les sauva :

— Sans se concerter, tout à coup, me dit Nini, on s'est mis à jouer aux autres.

— Jouer aux autres ? En quoi ça consistait ?

— A réagir comme si nous n'étions pas nous mais un autre garçon et une autre fille.

— Différents de vous bien sûr ?

– Aux antipodes ! Très conformistes, très bien élevés.

– Lequel de vous deux a inventé ce jeu ?

– Ni lui, ni moi. Il a commencé par prendre une attitude raidasse, à me parler avec un monocle dans la glotte et à m'appeler Arthémise. Aussi sec, j'ai pris un air coincé, je lui ai parlé avec une ombrelle dans le bec et je l'ai appelé Odilon.

– Ça dénote une grande connivence.

– Eh oui ! c'est formidable, de ne pas avoir besoin d'expliquer.

– Je sais.

Ainsi, Arthémise et Odilon, couple conventionnellement fâché, s'en étaient allés en lieu et place de Nini et François sur le chantier du Sacré-Cœur.

Arthémise, bien-pensante, s'était plu à souligner le redressement de l'Eglise en montrant à Odilon les files interminables de pèlerins venus de tous les coins de France, conduits par des cardinaux, des archevêques, des évêques, pour apporter aux constructions encore inachevées l'étai inébranlable de leur foi...

– Et surtout leurs picaillons, avait ajouté Odilon, anticlérical grand teint.

A l'appui de quoi, il avait désigné le guichet au pied des palissades où l'on devait acquitter un droit d'entrée de cinq centimes ; la kyrielle de mendiants qui tendaient la main en chantant : « Suivez Rome et la France ! », l'espèce de grand réfectoire baptisé « abri Saint-Joseph » où l'on vous vendait « le chocolat des pèlerins » ou « le chocolat de la Grande Trappe », les éventaires minables où l'on vous proposait toutes les bondieuseries habituelles et où il n'était pas interdit de marchander un chapelet... peut-être même en existait-il à trois dizaines de *Pater* seulement, pour les plus démunis... ou les plus pressés.

Arthémise horrifiée avait fermé ses oreilles à ces propos impies et tenté d'ouvrir les yeux d'Odilon sur l'ampleur de l'œuvre entreprise et les progrès qui avaient déjà été réalisés en dépit des chausse-trapes qu'on ne cessait de poser sous ses pierres : la grande plate-forme d'où partirait le dôme déjà terminée ; les clochetons extérieurs également ; les dix-sept chapelles de la crypte en voie d'achèvement ainsi que les quinze de l'église haute.

– Trente-deux chapelles ! Vous rendez-vous compte, Odilon ?

– Mais oui, ma bonne Arthémise, autant que de positions dans le *Kāma-sūtra* !

Arthémise avait rougi derrière son gant de dentelle et immédiatement tourné son regard et son admiration vers ces astucieux wagonnets roulant sur rails qui montaient les pierres toutes taillées à leur destination et vers ces merveilleux échafaudages qui constituaient à eux seuls une œuvre d'art tant par l'ingéniosité de leur conception que par la somme astronomique qu'ils avaient coûté jusqu'à ce jour.

– Près de deux millions ! Vous rendez-vous compte, Odilon ?

– Certainement, ma bonne Arthémise, ça doit représenter quelques centaines de barriques de vin.

Pour expliquer cette curieuse estimation, Odilon avait sorti de sa poche un prospectus. Les yeux d'Arthémise s'arrondirent en lisant ceci :

« Monsieur,

« Nous avons l'honneur de vous donner avis qu'un catholique sincère, propriétaire du clos de Tiloli, désirant contribuer à l'achèvement de l'église du Sacré-Cœur, offre aux familles chrétiennes un excellent vin rouge de Bordeaux, garanti naturel, à deux cents francs la barrique de deux cent vingt-cinq litres, logé rendu franco de port et tout droit de régie payé à la gare la plus proche du destinataire. Les bénéfices en entier seront versés à l'œuvre dont il est parlé ci-dessus. Adresser les demandes à M. l'abbé Mercier, curé du Sacré-Cœur à Bordeaux, qui les fera parvenir à la maison productrice. »

Arthémise avait eu l'imprudence de sourire... Odilon en avait profité pour l'inviter à prendre un verre, histoire d'offrir une burette à l'église !

François-Ludwig et Nini abandonnèrent là leurs deux personnages, précieux boucliers contre leurs maussaderies respectives et, s'étant retrouvés tels qu'en eux-mêmes... ils quittèrent la foule grouillante du Sacré-Cœur.

François-Ludwig qui connaît assez bien le Montmartre joyeux d'en bas ne connaît pas le Montmartre pittoresque d'en haut. Il a envie de le découvrir avec Nini pour guide. La visite commence mal.

– Elle est loin la maison de Mimi Pinson ? demande-t-il.

– Non, tout près. A côté de l'ancien hermitage de Berlioz.

– Ah...

– Où habite maintenant Vincent.

– Ah !

Ils partent dans la direction opposée.

Sans gêne, mais sans provocation Nini lui parle de Vincent, de son amour si sécurisant pour elle, de son courage, du charme qui émane à son insu de sa bonté et de son innocence.

François-Ludwig l'écoute attentivement. Il ne pose pas de questions. Il n'est pas jaloux mais il n'est pas indifférent.

Sans vantardise, sans muflerie il parle de la boulangère, de la corsetière, de la cabaretière, de toutes ces femmes qui lui passent dans les bras, qu'il a une irrépressible envie de conquérir et dont, une fois conquises, il a autant envie de se débarrasser. Il lui parle de ses « jolis bibelots » auxquels il ne parle jamais de lui.

Elle l'écoute avec amusement. Pense que si Vincent lui en disait le centième, elle aurait le cœur en croix. Dieu qu'il est bon et reposant de n'être pas jaloux ! Elle lui parle de sa passion pour la danse, de la maîtrise qu'elle a acquise dans l'art délicat de lever la jambe en suggérant tout sans rien dévoiler, car elle, c'est ainsi qu'elle conçoit le métier, à l'encontre de sa collègue La Goulue qu'elle appelle avec une certaine aigreur « Mme de Montre-Tout ». Il est moins facile qu'il n'y paraît d'ôter le chapeau d'un client avec le bout du pied sans lui laisser le temps de prendre votre cheville et de se trémousser sur commande quatre fois par soirée régulièrement. Eh oui ! les bals ont changé. On n'y va plus pour danser mais pour regarder danser. Depuis déjà un certain temps elle est devenue, à l'*Elysée-Montmartre*, une professionnelle qui est payée – pas mal ma foi – pour danser l'ancien cancan rebaptisé « quadrille naturaliste ». Elle est en train d'y acquérir une certaine renommée.

François est au courant. Sur le chantier du Champ-de-Mars, plusieurs fois il a entendu prononcer son nom, accompagné de commentaires flatteurs. Il avoue avoir été assez fier de connaître Mlle Patte-en-l'air.

Elle sourit.

François-Ludwig lui parle de son métier à lui. De l'excitation qu'il éprouve à voir sa Zoélie grimper à l'assaut du ciel, à vaincre, lui, le vertige qui parfois le prend quand avec ses compagnons charpentiers il saute d'une poutrelle à l'autre sous l'œil admiratif des badauds qui pour un peu les applaudiraient comme des acrobates de cirque. Il ne faut pas oublier que Zoélie, à quinze mois, a dépassé les soixante mètres et qu'on espère fêter début mai ses cent mètres. Elle est grande pour son âge ! Il en parle de plus en plus avec l'orgueil d'un père. S'extasie sur les deux escaliers de ses piliers, sur cette grue que l'on vient d'installer au premier étage et qui est mue par une locomotive de dix chevaux !

Nini est au courant : le Dr Noir qui va tous les jours traîner ses guêtres du côté de la tour et en constate avec amertume les progrès ne manque pas d'en rendre compte rue Saint-Eleuthère avec une voix de deuil. Nini en son for intérieur est la seule à ne pas vraiment s'en attrister. Il lui est même arrivé de ressentir comme un chatouillement de fierté en pensant que son ami François-Ludwig était « pour un petit quelque chose dans ce grand n'importe quoi ! ».

Il sourit.

Ils descendent la rue de l'Abreuvoir où Nini et la Patamba tour à tour mènent Rididine. Tout en se désaltérant, la mule a lié connaissance avec Rougon, un âne pelé, ridicule sous son bonnet de cancre et pour lequel pourtant, visiblement, « elle en pince ». Expression qui sent beaucoup plus sa fin de siècle que le crottin.

— Ce qui prouve, me dit Nini, que même chez les bêtes, les femmes ont quelquefois des goûts bizarres.

— Trouveriez-vous vos goûts bizarres ?

Nini — c'est tout à son honneur — ne met pas plus de cinq secondes pour me répondre :

— Quand même un peu, quoi ! Quand on y réfléchit, le matin se languir après Vincent, l'après-midi s'amuser avec François ; et le soir...

— Quoi le soir ?

— Ben...

— Y en a-t-il eu un troisième ?

— Oui !

— Qui ?

– Je vous le dirai quand on y sera.
– Mais on y est.
– Pas du tout ! La nuit n'est pas encore tombée, le jour est entre chien et loup et moi... je suis entre la mule et le mille-pattes.

Bien sûr, le mille-pattes est François-Ludwig qui semble à Nini doté ce soir-là d'un nombre de mains anormal. Si bien qu'elle ne réussit pas avec les deux pauvres siennes à les ôter de son corps... si bien que Rididine contre laquelle elle est appuyée, pour échapper à ses gesticulations, avance... si bien que Nini tombe... et François-Ludwig tombe aussi sur elle.

J'ai craint après cela que nous n'ayons droit à une scène érotico-bucolique entre les « ah ! ah ! » des amants et les « hi-han » de la bête, entre la caresse d'une brise printanière et celles d'un garçon caniculaire, entre les frémissements des herbes folles et ceux d'une fille qui ne l'était pas moins. Eh bien non ! Il ne s'est rien passé. Enfin presque rien. Les delikatessen, juste de quoi se mettre en appétit. Mais au moment du plat de résistance... Zorro est arrivé. Déguisé en Patamba. L'Espagnole venait apporter à Rididine son picotin de Pâques. Double ration comme à chaque fête carillonnée : c'est ainsi, rue Saint-Eleuthère, qu'on apprenait aux bêtes à avoir de la religion.

En découvrant Nini et François-Ludwig dans une position qui laissait peu de doutes sur leurs projets immédiats, la Patamba n'eut qu'un mot. Plus précisément une interjection qu'elle transcrivit sur son bloc transmetteur, en lettres épaisses : « RRROH », suivies de trois points d'exclamation. Avec trois « R » Nini ne pouvait pas se tromper : R comme Réprobateur. R comme Révoltant. R comme Répugnant. Et en plus O comme Oubli et H comme Honte. Penaude,

Nini se releva et contre toute vraisemblance affirma à sa mère adoptive qu'ils étaient en train de chercher un trèfle à quatre feuilles ! La Patamba, qui n'était pas née de la dernière giboulée, d'un geste très explicite, se tapa sur les fesses puis aussitôt après traduisit sur son carnet : « Mon œil ! » Car en dépit de l'influence d'Aristide Bruant, elle gardait parfois certaines pudeurs de langage.

Il y eut encore entre Nini et la Patamba quelques échanges du même tonneau. Mais comme ils relèvent plus de la bulle de bande dessinée que de la page de biographie, je préfère les passer et vous en communiquer uniquement le résultat : le départ de la Patamba rassérénée par la promesse que Nini lui a faite « d'être raisonnable ».

– Ce qui ne m'engageait pas à grand-chose, reconnaît la gambilleuse, car allez donc savoir a priori ce qui est raisonnable ou ce qui ne l'est pas. C'est après qu'on le sait.

D'ici à ce que Nini me cite tous les chercheurs et tous les artistes qu'on a pris pour des fous avant de reconnaître leur génie ; tous les amoureux auxquels on a prédit mille enfers à la veille d'une union insensée et qui vivent jusqu'à leurs noces d'or mille paradis ; tous ceux qui ont embrassé une carrière où ils auraient raisonnablement échoué et où ils ont follement réussi... il n'y a qu'un pas que je l'empêche de franchir en lui disant sur le ton des accros du week-end, le vendredi à 5 heures moins 10, quand ils ont déjà une valise à la main :

– Bref, la Patamba partie, vous avez couché avec François-Ludwig.

– Eh bien, non ! D'être arrêtés au milieu du repas, ça nous a coupé l'appétit.

– A tous les deux ?

Oui. Une vraie chance ! Il n'y a rien de plus ennuyeux que de regarder manger quelqu'un quand on n'a pas faim.

Alors, ils avaient quitté l'enclos de Rididine et flâné dans le maquis. L'aspect champêtre du lieu les avait amenés à parler du village de leur enfance. François-Ludwig y était retourné en juillet dernier pour enterrer son père, installer sa mère chez l'abbé Bardeau qui l'employait déjà depuis quelque temps et chercher un locataire pour leur maison. Il avait trouvé le fils aîné du boucher fécond qui allait épouser la fille unique de la boulangère... Les jumeaux du facteur portaient le courrier comme naguère leur père... Marcello Freluquetti, l'ancien « garde-chasse » de la marquise de Mangeray-Putoux, s'absentait souvent du château pour aller à Paris où il se faisait appeler désormais le baron de La Freluque.

François-Ludwig s'était senti dans son pays en terre lointaine et n'en avait éprouvé aucun regret. Pas plus que lui, Nini n'avait la nostalgie de ses vertes années. S'il est vrai que certains courent toute leur vie après le petit garçon ou la petite fille qu'ils ont été, eux courent plutôt à bride abattue vers l'homme et la femme qu'ils deviendront.

Ils déambulent maintenant sur le boulevard Rochechouart, l'œil accroché par les flots de lumière électrique qui baignent l'escalier monumental de l'*Elysée-Montmartre* surmonté par la haute marquise en verre. Bientôt ils en montent les marches main dans la main. Quoiqu'ils ne se ressemblent pas, ils ont quelque chose d'indéfinissable dans le regard et le sourire qui leur donne un air de famille. On les prendrait volontiers pour un frère et une sœur un peu incestueux.

A cause de cette pseudo-parenté, Nini a l'idée de présenter François comme son frère. Ainsi, elle n'est pas gênée vis-à-vis de ceux qui connaissent Vincent, entre autres Suzanne Valadon qui, en l'absence de Lautrec parti célébrer quelque Pâques païenne déguisé en enfant de chœur, a réquisitionné un des nombreux fidèles de sa cour, un certain Miguel Utrillo qui est à cent lieues de penser que son nom va devenir célèbre... accolé à un autre prénom. Aussitôt que François-Ludwig a aperçu le visage volontaire de la Madone des ateliers, il a sorti sa panoplie que Nini connaît bien de coq faussement indifférent. Suzanne, elle, a sorti son carnet à croquis. A chacun sa marque d'intérêt.

– Vous voulez poser pour moi ? a-t-elle demandé.
– Ça dépend, a-t-il répondu avec insolence, vous payez comment ?
– Comme vous voulez.
– En nature. Et premier versement ce soir.
– D'accord !

Pas troublée pour un sou, Suzanne s'est mise à dessiner. François-Ludwig a fait un clin d'œil à Nini et lui a lancé :

– Au revoir, sœurette. A bientôt.

Nini a réussi à s'extirper un très pâle :

– A bientôt, frérot, bonne soirée.

Et puis, elle s'est vite éloignée. Les larmes qu'elle refoula démaquillèrent la fête : les palmiers en zinc, les bijoux en toc, les trous des fripes, le rocher en stuc au sommet duquel l'apoplectique chef d'orchestre Dufour essayait de communiquer sa fausse allégresse à ses quarante musiciens faussement gais, les messieurs bien sous tous rapports qui glissaient discrètement leurs alliances dans leurs goussets avant de poser leurs mains sur des grisettes pas grisées, La Goulue qui buvait sans soif et riait sans raison sous les regards complaisants de ses protecteurs et les regards serviles de ses protégés.

Nini prit conscience pour la première fois du vacarme produit par les cuivres, les grosses caisses, les pétards, les voix criardes. Elle prit aussi conscience de l'odeur ambiante où s'entremêlaient les parfums bon marché, les relents de sueur, de tabac et de dessous douteux.

Soudain elle se dirigea vers la droite de la salle couverte, rejoignit le jardin que la clémence du temps avait permis d'ouvrir. Elle avait envie de respirer de l'air frais, au propre comme au figuré, de poser ses yeux sur un vrai ciel avec de vraies étoiles, sur des vraies fleurs et sur une vraie rocaille.

Elle fit quelques pas parmi des clients à la recherche comme elle d'un peu de tranquillité. Dans le coin le plus sombre, assis à une table devant un verre d'eau et un cahier, elle découvrit avec bonheur Valentin-le-Désossé.

Derrière ce nom, je vois aussitôt cent quatre-vingts centimètres d'os superposés en hauteur et un visage de gargouille anorexique. Vision peu agréable qui m'arrache cette réflexion préventivement réprobatrice :

– Vous n'allez quand même pas me dire que Valentin-le-Désossé a été le troisième homme de votre journée ?

– Eh bien si, figurez-vous ! me répond Nini crânement.

– Mais vous le connaissiez depuis six ans !

– Et alors, le cœur se fiche pas mal du calendrier.

– Mais il avait vingt-cinq ans de plus que vous !

– Au moins ! me lance Nini avec une volonté de provocation qui s'accentue encore quand elle ajoute : Et il me distribuait plus de critiques que de compliments ! Et il portait un vilain chapeau melon ! et il se mouchait dans de vilains mouchoirs à carreaux ! et il suçotait un vilain cigare à un sou !

– Quelle horreur !

— Ben oui ! on pense cela trois cent soixante-quatre jours par an et le trois cent soixante-cinquième on craque.

— Vous aviez raison de vous trouver bizarre.

Nini se détend, réfléchit, hoche la tête.

— Bizarre ? Oui, par rapport aux deux autres, François-Ludwig et Vincent que j'aimais et qui étaient beaux ; mais sans ça... non ! Je vous jure que Valentin avait un certain pouvoir de séduction.

— Pour vous, ce soir-là ! parce que vous étiez un peu à la dérive et que vous cherchiez une bouée.

Nini récuse mon argument, persiste et signe. Valentin avait du charme. Elle sait comme moi qu'il est quasiment impossible d'analyser en quoi consiste ce que le dictionnaire définit d'une façon très vague comme « la qualité de celui qui plaît extrêmement » ; pourtant elle s'efforce de m'apporter quelques éclaircissements :

— On a beaucoup écrit, beaucoup épilogué sur le « mystère impénétrable de la Femme ».

— Oui ! surtout les messieurs. Les dames, elles, savent à quoi s'en tenir.

— Eh bien, Valentin, lui, incarnait le « mystère impénétrable de l'Homme ».

— C'est plus rare.

— Et aussi plus dangereux. Il était comme une seiche derrière son écran d'encre. Alors forcément, on avait envie de crever l'écran. Et quand par hasard on y réussissait – ne serait-ce que sur un point infime – on s'empressait de s'en vanter comme d'une faveur insigne. On se sentait un élu, un privilégié.

— C'est ce qui vous est arrivé ?

— Oui... le sphinx m'a honorée de quelques paroles et ma foi j'en ai été si fière que l'amour-propre m'est monté au cœur.

— Que vous a-t-il dit ?

- Qu'il préférait les fleurs à la danse et qu'il aurait voulu être horticulteur.
- Intéressante confidence... mais pas tellement intime !
- Il m'a aussi montré ses comptes.
- Ah, ça... c'est une marque incontestable de confiance.
- Oh ! mais attention ! pas les comptes de ses sous. Les comptes de ses danses.
- Comment ça ?
- Il avait calculé le nombre de prestations effectuées par lui depuis ses débuts au *Moulin de la Galette* en 1860. Il avait tout noté sur son cahier : les musiques, les endroits, les jours de chaque semaine et les semaines de chaque année.
- Il vous l'a montré, son cahier ?

Nini se rengorge comme un paon avant de me répondre :
- Eh bien, oui ! Je n'en revenais pas. Sous le choc j'ai oublié son vilain cigare et son vilain melon.

Indubitablement, ce souvenir a marqué Nini car elle me cite par cœur avec une précision incroyable les chiffres sur lesquels Valentin l'avait autorisée à jeter un œil – de préférence admiratif. J'avoue que je suis moi-même impressionnée.

39 926 valses.

27 220 quadrilles.

19 966 polkas ou mazurkas.

1 000 lanciers.

Et encore, Nini me précise que Valentin n'avait pas eu le temps de compter les deux dernières années !

Après les chiffres, les lettres contribuèrent à embrumer la tête de la gambilleuse. Elle oublia les vilains membres d'araignée du gambilleur quand à propos des fluctuations de l'amour il marmonna, en latin s'il vous plaît : *Varium et mutabile* et que scrupuleux à l'extrême il indiqua ses sources d'une voix monocorde : « Virgile. *Enéide*. Chant IV. »

Après cela, Nini oublia le vilain nez de Valentin quand il lui confia qu'autrefois, au bal *Mabille*, une dame de la haute société, Louise d'Arcy, lui avait glissé dans la main un fer à cheval en diamants pour le remercier d'avoir dansé avec elle.

– Elle devait danser comme un sabot, me souffle Nini avant de m'avouer que ce soir de Pâques à l'*Elysée-Montmartre*, elle finit aussi par oublier la vilaine bouche de Valentin.

Il suffit pour cela qu'en tombe un huitain – une vraie merveille ! –, huit vers qu'il avait soi-disant improvisés à l'intention de la célèbre comédienne, Jane Hading, et que Nini me psalmodie, encore nettement sous l'influence de Sarah Bernhardt :

> *En passant, vous avez laissé*
> *Un parfum que je sens encore*
> *Vous avez souri, j'ai passé.*
> *Vous avez oublié, j'adore...*
>
> *Depuis ce temps, le cœur brisé,*
> *Sans le comprendre et sans le dire,*
> *Je cherche lequel m'a grisé :*
> *Ou le parfum... ou le sourire.*

A peine le dernier vers distillé, la gambilleuse réapparaît :

– Pour un danseur, me dit-elle, reconnaissez qu'il n'écrivait pas avec ses pieds !

– En tout cas, ces vers en comptaient le juste nombre.

– Ah ! vous voyez !

– Ce n'était quand même pas suffisant pour penser à Victor Hugo, dis-je, volontairement allusive.

Mon intention n'échappe pas à Nini.

– Si ça peut vous rassurer, me répond-elle, je ne suis pas allée le voir, Victor Hugo.

– Ah ! quand même ! Au dernier moment vous avez reculé ?

– Non, pas moi, Valentin ! Au dernier moment il a fui.

– Où ça ?

– Destination inconnue !

Nini lève les yeux comme si elle suivait le Désossé dans sa course et elle ajoute :

– Je crois qu'il avait rendez-vous avec sa légende.

13

Je suis en train de nouer les lacets de mes baskets sous les regards envieux de Nini qui a beaucoup souffert dans ses bottines à boutons, à une époque où l'on marchait beaucoup plus qu'à la nôtre.

– Si je comprends bien, me dit-elle, on ne travaille pas.
– Tout à l'heure. Maintenant, j'ai rendez-vous.
– Avec qui ?
– Mon assureur.
– Où habite-t-il ?
– Rue de Lisbonne.
– Ah, ça par exemple ! il a sa rue ?
– Qui ?
– Lisbonne !
– Enfin, Nini, Lisbonne est la capitale du Portugal.
– Que je suis sotte ! Ça m'étonnait aussi que Maxime ait eu sa rue.
– Quel Maxime ?
– Maxime Lisbonne.
– Encore un de vos coups de cœur ?
– Non ! Juste un copain, très marrant. Il n'y a pas de quoi lui consacrer un chapitre, mais vous me feriez plaisir en en disant deux mots.

Par principe, j'ai horreur de ce genre de complaisance qui consiste à mentionner dans des Mémoires quelqu'un qui n'a aucun intérêt, uniquement par esprit de bonne camaraderie ou pis, pour le remercier d'un service rendu. Ou pis encore, parce que vous en avez un à lui demander. C'est pourquoi avant de m'engager à quoi que ce soit, je tiens à m'informer sur ce Maxime Lisbonne. Je découvre, ma foi, une figure de Montmartre assez pittoresque. Ancien colonel sous la Commune, il a été envoyé comme tel au bagne. Quand il en revient, très marqué par son séjour, il ouvre successivement une taverne où les garçons servent en forçats, puis un commerce à l'enseigne des *Frites révolutionnaires* où les livraisons sont effectuées par des employés habillés en gendarmes. Et enfin, en 1893, un café-concert qu'il appelle *Le Casino des concierges* sans que personne songe à s'émouvoir. Comme dirait « le gardien d'immeuble » du « technicien de surface » de « mon employée de maison » : « C'est à ces petits détails-là qu'on peut mesurer les progrès de l'évolution sociale ! »

– C'est bon, dis-je à Nini, je m'arrangerai pour caser votre copain.

– Ah ! merci ! Pendant que vous y serez, ne pourriez-vous pas parler aussi d'un autre pote à moi : Sarrazin ?

– Ça dépend. Que faisait-il, celui-là ?

– Il était poète... et épicier. Le soir il allait dans les cafés montmartrois avec un baquet d'olives et un paquet de poésies. Il proposait les unes et imposait les autres. En partant, il laissait sur les tables une poignée de poésies... enveloppées dans le papier des olives.

En hommage à tous les poètes inconnus qui mettent dans leur vie le talent que les Muses ingrates ne leur permettent pas de mettre dans leurs ouvrages, je promets à Nini de citer son Jehan Sarrazin mais la prie de revenir au plus vite à son histoire personnelle. Le moment est bien choisi car nous traversons justement la rue de Turin et Nini s'écrie tout à coup :

– Le premier hôtel particulier de La Goulue se trouvait là.
– Vous y êtes allée ?
– Je comprends ! Elle y tenait table ouverte et lit ouvert aussi.
– Comment était-ce ?
– Hétéroclite. Une salle d'exposition à Drouot avec des pièces de collection et des objets de bazar ; des sièges de château et des poufs de souk ; des joyaux et de la bimbeloterie.
– Quand y a-t-elle habité ?
– Environ un an après le drame.
– Quel drame ?
– Ah ! c'est vrai ! je ne vous ai pas raconté. Pourtant, ça va vous plaire.
– Un drame ? Ça m'étonnerait.
– Vous allez voir.

Nini est sûre d'elle et pour cause : elle sait que je suis fascinée par les histoires où le hasard prend dans le même temps le double visage du Dr Jekyll et Mr Hyde. A cet égard, celle que me relate Nini est exemplaire. Elle se déroule le 25 mai 1887. Ce jour-là, pour être agréable à Albertine, une amie envers qui elle a reconnaissance et affection sincères, La Goulue a décidé de l'emmener à l'Opéra-Comique où elle rêve de se rendre depuis longtemps. Au dernier moment, empêchée, La Goulue délègue à sa place son fidèle Charlot. Un horrible incendie se déclare pendant la représentation de *Mignon*, embrasant scène et salle. Malveillant Dr Jekyll, le hasard veut que les deux intimes de La Goulue fassent partie des victimes.

Bienveillant Mr Hyde, il a voulu qu'elle n'occupe

pas au dernier moment l'une des deux places. C'est peut-être en apprenant cet événement que Jules Renard a écrit dans son *Journal* : « Je n'ai jamais eu la chance de rater un train auquel il soit arrivé un accident. » Cette phrase qui me revient à l'esprit toutes les fois – et elles sont nombreuses – où il m'est donné de constater les bienfaits et les méfaits du hasard me plonge comme d'habitude dans un gouffre sans fond de réflexions. Heureusement, Nini m'en tire avec cette formule d'un cynisme courageux :

– A quelque chose malheur est bon. Surtout celui des autres !

– Au moins vous, on ne peut pas vous accuser d'hypocrisie.

– Ah ça non ! Et surtout ne vous avisez pas de me le reprocher !

Je me demande quelle mouche a piqué Nini pour lui provoquer d'aussi fortes démangeaisons :

– J'en ai marre à la fin, hurle-t-elle, je ne vois pas pourquoi je cacherais la vérité : j'ai été bouleversée par cet incendie – ni plus ni moins que tout le monde, ni plus ni moins que vous et vos contemporains vous l'êtes en voyant sur votre poste de télé défiler les calamités de la Terre. Seulement, il y a un moment où comme tout le monde, comme vous, comme tous vos contemporains, j'en suis revenue à mes petites préoccupations personnelles. On pleure, on pleure, on pleure, mais il y a un jour où on finit par se moucher. On n'y peut rien. C'est dans la nature. La vie est une vallée de larmes, d'accord ! mais cernée heureusement par des montagnes de mouchoirs !

Comme Nini s'est arrêtée afin de reprendre son souffle, j'en profite pour m'étonner de son emportement. D'une voix faussement calme, elle m'explique alors qu'elle a souffert toute sa vie de voir des gens bien plus mauvais qu'elle être considérés comme meilleurs, parce qu'ils étaient assez malins pour ne pas se moucher devant les autres ; des gens qui nettoyaient leurs péchés à la larme de crocodile. Elle en avait conçu une aversion, presque une répulsion, pour les hypocrites.

– Peut-être parce que inconsciemment vous les enviiez, dis-je à Nini sur le ton des psychanalystes dans les films américains.

– Bien sûr que je les enviais, me répond ma gambilleuse, m'apportant une nouvelle preuve de sa franchise. Et si je dois revenir un jour pour de vrai sur la Terre, je m'engagerai dans la grande armée des bons apôtres sous les ordres du général Faux-Cul.

Cette perspective lui redonne sa bonne humeur : Nini crève ses nuages à coups de truculence. L'orage passé, elle revient, sereine, au drame de La Goulue et aux heureuses conséquences qu'il a eues pour celle-ci.

– Certes, Loulou a eu la chance de ne pas cramer dans l'incendie de l'Opéra-Comique, me dit-elle, mais en revanche, son moral a été en cendres !

– Il y avait de quoi : perdre deux amis en même temps...

– Et en plus s'en sentir responsable !

– Ce n'était pas sa faute.

– Bien sûr ! mais n'empêche ! Elle se reprochait ce double deuil. Elle ne voulait plus voir personne et finalement, pour ne plus se cogner à des souvenirs, elle a décidé de quitter la Butte.

– Et elle est venue s'installer rue de Turin ?

– Oui ! avec Lucie, alias la Môme Fromage, son ancienne dulcinée qu'elle employait comme camériste et Théophile, son ancien souteneur, qu'elle employait comme larbin. Plus son fils Dagobert évidemment.

– Plaisante famille !

– Comme vous dites ! C'est pourquoi j'étais bien

contente de voir tout ce joli monde s'éloigner de Montmartre et de mon Vincent.

– Vous ne craigniez quand même pas qu'il soit contaminé ?

– Oh non ! mon pauvre ange ! Mais à chaque fois qu'il rencontrait La Goulue et sa clique ou qu'il avait des échos de ses dévergondages par les bonnes langues du quartier, j'avais droit à une scène. Et à chaque fois la même.

Cette scène, Nini me la résume en jouant les deux personnages :

LUI : Ce ne sont pas des fréquentations pour une fille honnête.

MOI : Je ne les fréquente pas. Je travaille avec.

LUI : Change de métier !

MOI : Et si je te demandais de changer de métier à toi, tu le ferais ?

LUI : Pour les hommes ce n'est pas pareil que pour les femmes.

MOI : Pourquoi ce n'est pas pareil ?

LUI : Parce que c'est comme ça.

Ce n'est plus comme ça, ou presque. Les Vincent font partie maintenant d'une race en voie de disparition. Déjà, quelques femmes – passéistes ou avant-gardistes, on ne sait au juste – commencent à militer pour la conservation de l'espèce et peut-être même pour son développement. Il est certain que Nini n'irait pas grossir leurs rangs.

– Ah que non ! s'écrie la gambilleuse, l'égalité des sexes et les baskets sont vraiment les deux progrès que je vous envie le plus.

Par souci d'honnêteté, elle ajoute :

– Avec peut-être aussi le vaccin contre la coqueluche !

Ayant ce jour-là l'esprit assez délié, d'abord je me rappelle que Vincent, à notre dernière rencontre, était atteint de cette maladie infantile, ensuite je conclus qu'il avait dû avoir des difficultés à s'en débarrasser. Nini me le confirme. Le 10 juin 1888, quand elle avait pris ses vingt ans, Vincent toussait encore autant qu'à Pâques. Pourtant il avait absolument tenu à fêter cet anniversaire, attachant comme la plupart des gens autant d'importance au changement de décennie que s'il s'agissait d'un passage périlleux au-delà duquel on allait se trouver différent. Or, sauf cas d'exception, nous sommes exactement les mêmes la veille de nos anniversaires que le lendemain.

– Le mien fut une rude épreuve ! me dit Nini avec une mine radieuse, arborée à point nommé pour me confirmer que les mauvais moments font souvent les meilleurs souvenirs, d'une part parce qu'on en est sorti, d'autre part parce que à raconter ils vous valent plus de succès que les bons.

Donc Nini va étrenner ses vingt ans frais éclos de la nuit chez Vincent avec dans son cœur, dans son cabas et dans ses jupons, tout ce qu'il faut pour une fête réussie. Or, à cause de la coqueluche de Vincent, tout a raté. Au début du déjeuner, à l'instant précis où Nini annonçait joyeusement : « A table ! A table ! le soufflé est prêt ! » il a eu sa première quinte. Elle a duré vingt minutes.

Ici petite question : sachant que le soufflé, gonflé à souhait, présentait à sa sortie du four une coupole haute de dix centimètres qui s'affaissera à la vitesse d'un centimètre par minute, combien de centimètres restait-il dans le plat quand les deux jeunes gens purent enfin s'y attaquer ?

– Pas lerche !

– Vous avez gagné ! Vous pouvez assister à l'arrivée de la deuxième quinte de toux.

Elle se situe à l'instant où Nini pose sur la table le

185

deuxième plat : la grande spécialité culinaire de la Patamba, une langue de veau sauce piquante dont le Dr Freud se serait pourléché les babines.

L'intérêt supplémentaire de ce mets en la circonstance est qu'il pouvait se réchauffer. Nini le mit à mijoter sur la cuisinière et, craignant qu'à la longue la sauce ne se réduisît trop, y ajouta quelques cuillerées du contenu d'une soupière qu'elle prit pour du bouillon de poule, très recommandé quand on a le chant du coq. Il s'agissait en fait d'une décoction de plantes pectorales dont parfois Vincent respirait les vapeurs, uniquement quand il était seul car l'odeur en était assez incommodante.

Ici, autre question : sachant que la toux de Vincent ne se calma qu'au bout d'une demi-heure et que l'acidité du cornichon augmentait à chaque seconde les émanations d'eucalyptus, comment était la langue de veau lorsqu'ils y mirent le bout de la leur ?

– Dégueulasse !

– Exact ! Mais, la réponse étant facile, je passe tout de suite aux deux dernières questions : qui a éteint les vingt bougies du gâteau d'anniversaire ? et comment ?

– Vincent. En toussant dessus.

– Bravo ! Attention ! maintenant pour terminer la question piège : après le repas qu'ont fait Vincent et Nini, allongés sur le lit ?

– Ben...

– Non ! Vous avez perdu. Au troisième chant du coq – comme saint Pierre – la petite boudeuse a trahi Vincent. Il s'est levé et a enfin décidé de suivre le conseil du Dr Noir : changer d'air.

Celui de ses Vosges natales le guérit très vite. Cependant il resta tout l'été à Epinal, jugeant inutile de rentrer dans un Montmartre d'où Nini serait absente pour cause de tournée estivale et où le chantier du

Sacré-Cœur, pour cause de caisses vides, avançait au ralenti avec des équipes très réduites en attendant de nouvelles mannes célestes.

Cette absence permit à Nini de revenir clandestinement à Paris entre deux représentations pour le 14 Juillet afin d'y rejoindre bien entendu son oiseau de passage.

Elle l'avait rencontré le lendemain de son anniversaire raté, tout à fait par hasard, au *Moulin de la Galette*, en compagnie de sa logeuse-boulangère de La Motte-Picquet. Ayant soupesé les trente-cinq ans rassis de celle-ci, Nini avait signalé à François-Ludwig ses vingt ans tout frais. A la belle surprise de Nini, il n'avait pas oublié cette date. Désireux même de lui conférer un lustre tout spécial, il avait l'intention de la célébrer le jour de la fête nationale... dans un lieu plus agréable que la chambrette qu'il occupait chez les patrons de *La Baguette Magique*.

Au jour dit, Nini trouva le lieu en question effectivement plein de charme. Situé avenue La Bourdonnais, sous le toit d'un immeuble cossu, il aurait pu appartenir soit à une Mimi Pinson argentée, soit à un Rockefeller fleur bleue. Nini l'appela aussitôt la chambre de « Mimi Rockefeller ». François amusé lui confia que son propriétaire – un ami à lui – correspondait tout à fait à cette appellation.

– Jamais anniversaire ne fut célébré avec autant d'éclat, me dit Nini. Jamais aucune jeune fille ne pourra garder de ses vingt ans un souvenir aussi exceptionnel.

Sur le moment, j'ai cru que Nini exagérait. Mais maintenant que je connais les faits, il m'est évident que non. Car enfin, s'il est déjà assez rare d'avoir été le 14 juillet 1888 au balcon d'une fenêtre avec vue imprenable sur le cent troisième mètre de la tour Eiffel qui vient d'être atteint, il est carrément unique, je pense, d'avoir de cette place privilégiée été ébloui par deux feux d'artifice à la fois : l'un à l'extérieur donné à partir de la deuxième plate-forme de la tour par les descendants du grand Ruggieri, l'autre de l'intérieur donné par le virtuose des artificiers en chambre, François-Ludwig Eisenbruck lui-même. Nini en avait vu soixante-douze chandelles, trente-six de chaque côté. On peut comprendre mieux à la faveur de cet éclairage qu'elle ait gardé de ses vingt ans un souvenir inoubliable.

— Sans compter, me dit-elle, que Charles Floquet a contribué à rendre ce moment encore plus extraordinaire.

Ma plume se met à frétiller : une révélation compromettante est en vue. Par prudence, je baisse la voix pour demander :

— Vous voulez dire que le président du Conseil a participé à vos turpitudes ?

— Bien malgré lui ! me répond honnêtement Nini. Ce jour-là, il s'était battu en duel avec le général Boulanger.

— Pourquoi ?

— Parce que Boulanger l'avait traité de « pion de collège mal élevé ».

— Il était très susceptible.

— Souvent les petits gros !

— Charles Floquet était un petit gros ?

— Oui, mais très vif et très adroit. La preuve : il n'avait jamais touché à une épée de sa vie et pourtant c'est lui qui finit par blesser le général Boulanger.

— Bel exploit !

— Pour sûr ! et dont il était si fier que le soir il l'a mimé sur la deuxième plate-forme de la tour Eiffel... d'où il présidait le fameux feu d'artifice.

— Vous l'avez vu ?

— Dans un éclair ! Au comble de l'extase...
— Comment ça ?
— Avec un synchronisme incroyable, au moment où Charles Floquet, armé d'un pique-feu, montrait à ses invités comment il avait pourfendu le général, François-Ludwig, lui, armé de ce que vous pensez, pourfendait ce que vous imaginez.

Je m'apprête à monter sur mes grands chevaux pour affirmer à Nini que je ne pense et n'imagine rien, mais elle me désarçonne avec cette conclusion :
— Du coup, au lieu de voir Victor Hugo, j'ai vu Boulanger !

Après cela, il n'y a vraiment que Nini pour prendre un virage en épingle à cheveux sur la route du souvenir et me parler du Sacré-Cœur comme si elle en sortait.

Le 6 septembre, de retour à Paris, Vincent avait repris sa place sur le chantier où comme d'habitude la pelle et la pioche étaient entrées en action en même temps que l'argent entrait dans les caisses. Le dernier bilan établi au 31 août par MM. Laisné et Rauline, les deux architectes qui avaient remplacé leur confrère Daumet, révélait que l'édifice avait déjà coûté dix-neuf millions huit cent cinq mille deux cent dix francs et qu'il en coûterait encore six de plus, « sauf imprévus toujours à prévoir » comme avait dit Vincent dont l'air vosgien avait davantage allégé les bronches que le moral. Le 13, rue Saint-Eleuthère, il avait éteint d'un seul coup ses vingt-huit bougies sous l'œil nostalgique du Dr Noir qui venait d'éteindre en plusieurs fois ses soixante-dix. Sous l'œil ému de la marquise de Mangeray-Putoux et de la Patamba qui gardaient pour le neveu de l'abbé Lafoy une affection maternelle. Sous l'œil impavide de Valentin-le-Désossé toujours aussi appliqué à cultiver son mystère que Candide son jardin. Sous l'œil satisfait d'Aristide Bruant qui avait recueilli les applaudissements de tous en chantant en avant-dessert sur l'air de sa célèbre *Rue Saint-Vincent* :

> *On n'a rien à envier à Chartres*
> *Sur la butte Montmartre*
> *Car y a un innocent*
> *Qui nous construit une cathédrale*
> *Où y a son nom dessus une dalle :*
> *Lafoy. Vincent.*

Enfin sous l'œil égrillard de Nini qui ne pouvait s'empêcher devant ces vingt-huit bougies de penser à ses soixante-douze chandelles !

Quatre jours plus tard, le 17, Vincent avait eu la joie d'apprendre que pour la première fois, la construction de la tour Eiffel avait été interrompue par une grève. Joie fugitive puisque les travaux avaient repris le 22 après cinq jours de négociations au terme desquelles les ouvriers réclamant vingt centimes d'augmentation par heure en obtenaient cinq, plus une gratification de cent francs et une distribution de vêtements chauds à la pose du dernier boulon.

Ce dernier boulon fut posé symboliquement le 30 mars 1889. Mais l'inauguration privée n'eut lieu que le lendemain, précédant d'un mois et demi l'ouverture de la tour au public. Un mois et demi pendant lequel Nini eut toutes les peines du monde à ne pas dire à Vincent : « J'y étais ! »

En effet, elle y était ! Privilège qu'elle devait bien entendu à François-Ludwig et qu'elle ne partagea qu'avec deux cents personnes triées sur le volet, dont certains messieurs qu'elle avait déjà croisés au *Chat-Noir* ou à l'*Elysée-Montmartre* mais qui firent semblant de ne pas la reconnaître. En revanche un homme qu'elle était sûre de n'avoir jamais vu, très distingué, un conseiller municipal à ce qu'elle crut comprendre, la salua de loin, puis s'approcha. Il s'aperçut alors qu'il l'avait prise pour une autre, la pria de l'excuser et s'éloigna.

— J'espère, dis-je à Nini, que ce détail aura de l'importance plus tard, parce que pour le moment, je ne vous cacherai pas que je le trouve absolument sans intérêt.

— Vous verrez bien. Notez-le toujours et vous le couperez après si vous le jugez nécessaire.

— D'accord ! C'est noté. Je vous écoute.

— Vous êtes déjà montée à la tour Eiffel ?

— Euh... oui... une fois avec des cousins de province.

— Quelle a été votre réaction ?

— Il y a assez longtemps. J'avoue ne pas m'en souvenir très exactement.

Nini exhale un soupir bruyant qui vient souligner un regard hésitant entre le mépris et la compassion. Finalement la compassion l'emporte.

— Je vous plains, dit-elle.

— Moi ?

— Vous et vos contemporains. Vous êtes des blasés. Forcément ! Tout – ou presque – était là quand vous êtes nés. Alors, vous trouvez tout normal. Nous, on voyait tout naître. Alors, on trouvait tout extraordinaire.

— Oui, je comprends.

— Vous comprenez avec votre tête ; mais vous ne pouvez pas ressentir avec votre cœur ce que nous nous avons ressenti en voyant, par exemple, la première ampoule électrique, la première bicyclette, la première voiture.

— Sûrement !

Et en plus, c'est la notion même de progrès qui

vous est familière et la notion de l'impossible qui vous est inconnue. On peut inventer n'importe quoi maintenant, ça ne vous épate pas. Pis ! C'est quand on n'invente pas le moyen de réaliser vos rêves les plus fous que ça vous surprend.

J'aurais mauvaise grâce à m'inscrire en faux, moi qui néglige les magnétophones, les magnétoscopes (n'en parlons pas !), le Minitel, les imprimantes, les fax... mais qui néanmoins trouve bizarre qu'il n'existe pas encore dans le commerce un engin qui me permettrait d'enregistrer un texte et qui me le restituerait immédiatement dactylographié. J'ai été contente d'apprendre qu'un prototype de ce genre fonctionnait déjà et qu'il serait prochainement mis en vente. Mais quand même, il y a deux ans de cela... et pour un peu je m'impatienterais !

– Vous n'avez pas honte ? me demande Nini.

– Non ! vous me l'avez dit : je suis à plaindre. Et c'est vous qui êtes à envier.

– Je le crois vraiment, vous savez.

– Vous avez raison : les bébés tiennent du prodige. Pas les adultes. Et vous, vous avez eu droit à une véritable éclosion de bébés en tout genre.

La tour Eiffel en fut un. Peut-être pas le plus beau, mais sans doute le plus curieux, le plus original. Je conçois facilement que Nini, même si elle n'était pas une fanatique de la Dame, ait été très excitée quand, le 31 mars 1888, elle fut parmi ses premiers visiteurs, quand elle entendit les premières notes de *La Marseillaise*, jouée par la Garde républicaine dont elle était une des rares à savoir qu'Eiffel – et non le gouvernement – l'avait convoquée et payée, quand enfin elle vit arriver le cortège officiel, composé par Gustave Eiffel et son gendre Adolphe Salles en tête, par les principaux directeurs de la future exposition, les délégués du conseil municipal et du conseil général,

Edouard Lockroy qui n'était plus ministre mais qui était toujours le mari de la fille de feu son cher Victor Hugo, les plus éminents journalistes et les principaux chefs d'équipe du chantier dont François-Ludwig, superbe dans un costume cintré à qui il allait très bien. Mais l'émotion de Nini s'amplifia encore quand elle commença l'ascension de la tour.

— Ce n'est pas croyable, me dit-elle, moi qui avais des jambes en acier, à la première marche, je les avais en coton. J'ai pensé que jamais je ne pourrais grimper les mille sept cent quatre-vingt-onze qui restaient pour arriver en haut.

— Mille sept cent quatre-vingt-onze ?

— Ben oui ! en tout, il y en a mille sept quatre-vingt-douze. Comme j'étais sur la première, il m'en restait mille sept cent quatre-vingt-onze.

— Pourquoi n'avez-vous pas pris un des ascenseurs ?

— Parce qu'ils n'ont fonctionné, figurez-vous, que deux mois et demi plus tard, le 15 juin.

— Ah... c'est évidemment une raison.

— Notez qu'en fin de compte, une fois que j'ai pu retrouver du muscle, je n'ai pas regretté l'escalade.

— Moi, je ne m'y serais pas risquée, j'ai le vertige.

— Ah ! s'écrie Nini, comme Trougnot.

— Qui est ce Trougnot ?

— Un cousin de Trougnard ! Il avait réussi dans la politique. Il était député. Mais ça ne l'empêchait pas d'avoir la peur du vide. Au point qu'à une dizaine de mètres du sol, il a demandé à ce qu'on lui bande les yeux.

— Et il a continué à monter l'escalier, les yeux bandés ?

— Oui. A tâtons et accroché au bras de son voisin.

— Il y aurait eu la télévision, il ne se serait pas risqué à cette situation ridicule.

– Ne vous inquiétez pas : Gaston Calmette du *Figaro* était là et ne l'a pas raté : le lendemain, il écrivait sous la photo de Trougnot : *Image vivante et aveuglée du Parlement !*

Le député s'était arrêté à la première plate-forme. Nini à la deuxième, celle où elle avait vu Charles Floquet le 14 juillet dernier. Elle s'y était attardée à regarder ce qu'elle ne craignait pas d'appeler dans son for intérieur – qui en avait entendu d'autres – « la fenêtre du bonheur ».

Bientôt, elle vit s'y encadrer une toute jeune fille, blonde dans une robe beige clair. Une autre vint la rejoindre, sensiblement du même âge lui sembla-t-il. Blonde comme la première dans une robe également beige, mais plus foncée. Elles lui semblèrent de loin plutôt laides. En tout cas suffisamment pour qu'elle oublie d'en parler à François-Ludwig quand il redescendit, lui, de la dernière plate-forme à deux cent soixante-seize mètres. Gustave Eiffel, devant un dernier carré d'une vingtaine de personnes, venait d'y hisser un drapeau tricolore à côté d'une bannière offerte par les ouvriers.

Tous les invités se regroupèrent au pied d'un des piliers de la tour où un buffet avait été dressé. Beaucoup levaient les yeux pour lire sur la grande frise extérieure les noms des soixante-douze savants et ingénieurs parmi les plus prestigieux du siècle précédent, qu'Eiffel avait tenu à y inscrire en lettres dorées de soixante centimètres de hauteur, afin qu'ils soient bien visibles.

– Vous les avez vus ces noms ? me demande Nini.

Je hoche la tête affirmativement, n'aimant pas mentir à haute voix.

– Et vous n'avez rien remarqué ?
– Eh... ben...

Nini me rassure : elle n'avait rien remarqué non

plus. Mais François-Ludwig lui avait révélé le pot aux roses : tous les noms retenus par Gustave Eiffel avaient été choisis bien sûr en fonction du mérite de ceux qui les portaient, mais aussi en fonction du nombre de lettres qu'ils comptaient, l'espace imparti à leur inscription étant strictement délimité. C'est ainsi que MM. Sainte-Claire Deville et Geoffroy Saint-Hilaire, entre autres, avaient été impitoyablement écartés. Ce qui leur permit de déplorer que la Révolution n'ait pas raccourci les noms plutôt que les têtes.

– En revanche, me dit Nini, sur le corps de Zoélie, on a tatoué le nom de tous ses fidèles amoureux.

– Quels amoureux ?

– Les cent quatre-vingt-dix-neuf ouvriers qui du premier au dernier jour sans relâche l'ont entourée de leurs soins.

– Alors, le nom de François-Ludwig s'y trouve ?

Nini me regarde, offusquée par ma question.

– Evidemment ! s'écrie-t-elle. Pour une fois qu'il était constant avec une dame ! ça valait bien ça.

Ainsi, le nom de François-Ludwig est inscrit sur une poutrelle de la tour Eiffel et celui de Vincent sur une pierre du Sacré-Cœur : un peu du cœur de Nini bat au cœur des deux plus spectaculaires monuments de Paris...

Après tout, les gens qui n'ont pas d'histoire ont bien le droit de s'inventer une légende.

14

Si vous saviez où je suis !

Sur la deuxième plate-forme de la tour Eiffel, à cent quinze mètres soixante-treize de hauteur ! Oui, j'y suis, malgré mon vertige, malgré la pluie menaçante, malgré un vent automnal qui déshabille les arbres et rhabille les gens.

Contrairement à ce que vous pourriez penser, je n'y suis pas venue avec une loupe soupçonneuse pour chercher, poutrelle après poutrelle, boulon après boulon, le nom de François-Ludwig Eisenbruck dans les flancs de sa Zoélie. La conscience professionnelle a des limites. Non ! Je suis venue là avec une vieille photo représentant une vue générale de l'Exposition universelle de 1889, pour essayer de me repérer et de mieux imaginer la perspective d'alors. J'avoue que j'ai du mal et suis assez contente d'entendre derrière moi la voix de Nini qui, imitant celle d'un vendeur de journaux, crie :

– Demandez le *Petit Guide* à trois sous ! L'édition du jour vient de paraître ! Tous les renseignements sur l'Expo et la tour ! Demandez...

Je me retourne et suis surprise de voir que Nini tient dans ses mains deux journaux du même format, assez réduit.

— Ils ont été imprimés là, me dit-elle en désignant un coin de la plate-forme.

— Là ?

— Parfaitement ! C'est là que pendant l'Exposition de 89 *Le Figaro* avait installé une espèce de bâtiment moitié bois, moitié vitres, qui abritait tous les services nécessaires à la fabrication d'un journal : la rédaction, la composition et l'imprimerie. C'est de là que tous les jours à midi sortait ce supplément de quatre pages entièrement consacré à la tour et à l'Expo. Il se vendait quinze centimes.

Je jette un œil sur le journal que Nini vient de me tendre. Je ne parviens pas à déchiffrer un seul mot. Après avoir rajusté mes lunettes, j'émets cette opinion définitive :

— Ce n'est pas écrit en français.

— Non ! en persan !

— *Le Figaro* en persan ?

— Le journal date du 3 août.

— Effectivement, et alors ?

— Ce jour-là, le shah de Perse a visité l'Expo et on a imprimé le journal en partie dans sa langue... et avec les lettres employées dans son pays.

Il me vient sottement à l'esprit que ces lettres persanes ont dû être fournies par l'imprimerie Montesquieu, mais par bonheur Nini m'empêche de proférer cette boutade en m'indiquant que c'était l'Imprimerie nationale qui les avait prêtées.

Mon ignorance de la langue de Mouzaffer ed-Din (entre autres) tempérant considérablement l'intérêt de ce *Figaro* persan, je l'échange contre l'autre journal apporté par Nini. Elle m'y indique l'encadré qui figure en première page. Comme il est rédigé en français, j'y lis sans difficulté : « Ce numéro a été remis à Mlle Nini Patte-en-l'air en souvenir de sa visite au Pavillon du *Figaro* sur la seconde plate-forme de la tour Eiffel à cent quinze mètres soixante-treize au-dessus du sol du Champ-de-Mars. Paris, le 13 juin 1889. »

Je remarque que le nom et la date sont inscrits à la main et demande à Nini s'il s'agit d'un exemplaire spécial.

– Hélas non ! me dit Nini, n'importe qui pouvait avoir son journal ainsi personnalisé : un employé se tenait à la disposition des clients exprès pour cela, avec sa plume et son encrier.

Un instant, l'image de l'ingénieuse machine qui, de nos jours, imprime en trois minutes sur votre tee-shirt : *I love Johnny* ou *Plus sexy que moi, tu meurs !* s'inscrit en filigrane sur celle de la plume et de l'encrier de cet employé consciencieux, qu'en hommage à Georges Courteline j'appellerai M. Moineau, de façon toute gratuite d'ailleurs car je ne le reverrai jamais.

Après donc cette pensée attendrie pour le trop fugitif M. Moineau, je commence à feuilleter le journal. J'y relève un billet d'humeur signé « Bouche de fer » ; des renseignements pratiques ; des informations locales ; une chronique féminine et une rubrique « d'échos du jour » que Nini m'invite à regarder de plus près. Je comprends vite pourquoi : on y signale la venue « de Mlle Patte-en-l'air dont le retroussis de jupons dans les escaliers de la tour a semblé beaucoup séduire Buffalo Bill ».

Buffalo Bill... en voilà bien d'une autre ! Si je m'attendais à le trouver là, celui-là ! Il est pourtant, paraît-il, tout à fait normal qu'il y soit. Pendant l'été 1889 lui et sa troupe donnaient un spectacle qui se déroulait sur soixante mille mètres carrés à l'entrée de Neuilly et qui attira en foule les Parisiens ravis de découvrir les joies du western dont le cinéma ne les avait pas encore saturés : l'attaque des chariots brinquebalants par de vilains Indiens dont l'adresse n'a d'égale que la cruauté ; l'intervention providentielle des gentils cow-boys qui parviennent à mater des Peaux-Rouges à peine moins sauvages que les chevaux de leur rodéo ; la présence magnétique et ubiquitaire du chef, le colonel Cody, alias Buffalo Bill, qui galope de tous les côtés plus vite que les autres – forcément puisqu'il est le chef ! –, tantôt en enserrant un Indien avec son lasso qu'il a lancé de plus loin que les autres – forcément puisqu'il est toujours le chef ! –, tantôt en ramassant en pleine course un bouvier qui a été désarçonné – forcément puisqu'il n'est pas le chef ! –, tantôt encore en pulvérisant avec sa carabine à douze coups la coiffe emplumée du chef adverse qui est stupéfait par tant d'audace, vu qu'il ignore que les chefs américains sont supérieurs aux chefs indiens et qui, pour cet exploit, lui tirerait volontiers son chapeau, si celui-ci n'était pas complètement déplumé.

Empêchée par ses prestations personnelles à l'*Elysée-Montmartre*, Nini n'avait pu assister à celles du colonel Cody, mais elle en avait lu des comptes rendus enthousiastes dans la presse. Surtout elle avait vu un peu partout dans Paris les affiches qui mettaient en valeur son visage énergique aux traits de chef, sa haute stature de chef et son habit à grandes franges, ses grandes bottes et son grand feutre de chef. Quand il était venu, sans son cheval, au célèbre bal du boulevard Rochechouart, Nini n'avait pas été déçue. Il lui avait décoché de loin quelques regards conquérants – car il n'avait laissé au vestiaire ni son rôle de chef, ni ses éperons – mais comme il était accompagné d'une squaw de sa troupe, manifestement captive de son charme, elle n'avait pas osé s'approcher.

En revanche le 13 juin – date qui est indiquée sur

le supplément du *Figaro* – quand elle l'avait rencontré à la tour Eiffel, justement sur cette deuxième plate-forme où je me trouve, Buffalo Bill était seul.

– Seul... c'est-à-dire sans bonne femme, me précise Nini, mais comme vous pouvez le lire dans le journal, il s'était déplacé avec une vingtaine d'Indiens de son spectacle pour la publicité.

J'y lis effectivement cette information dans un article consacré à la visite de Buffalo Bill et pose à Nini la question que vous vous posez certainement tous :

– Y a-t-il eu quelque chose entre le colonel Cody et vous ?

Nini me répond par une autre question :

– Connaissez-vous le poème de Baudelaire qui s'intitule « A une passante » et qui se termine par ce vers admirable :

Ô toi que j'eusse aimée, ô toi qui le savais ?

– Oui, je connais. Il m'est même arrivé d'y penser en croisant certains regards dans la rue.

– Tant mieux ! comme ça vous allez me comprendre : c'est exactement ce qui s'est passé entre Buffalo et moi : autrement dit rien, avec la certitude qu'il aurait pu se passer tout.

– Et pourquoi ne s'est-il rien passé ?

– Primo, on ne parlait pas la même langue. Et quoi qu'on dise c'est gênant. Ne serait-ce que pour se donner un rendez-vous : le temps de se mettre d'accord sur un endroit ou sur une heure, on n'a déjà plus envie. Secundo, il était de ces gens qui aimantent littéralement les journalistes et je ne tenais pas à en retrouver un sous mon lit. Tertio – que j'aurais dû mettre en primo –, Vincent m'attendait en bas de la tour.

– Ah bon ? Il était là ?

– Oui ! J'avais enfin réussi à le décider. Pas trop

tôt ! Depuis le 6 mai que l'Expo était ouverte, il refusait de s'y rendre.

– Pour ne pas voir la tour ?

– Exactement ! Et quand on a été dessous, il n'a pas voulu y monter. Il a préféré m'attendre.

– Mais vous la connaissiez du haut en bas, alors pourquoi y êtes-vous retournée ?

– Pour l'emmerder.

– Charmante nature !

Nini plaide non coupable. Son argument : quand on ronge son frein pendant dix heures il est normal qu'à la onzième il n'en reste plus pour arrêter sa colère. Argument que seuls les faits peuvent ou non invalider. Examinons-les donc avec objectivité : le matin, Vincent, très ponctuel d'ordinaire, vient chercher Nini à 9 heures, alors qu'elle lui a spécifié la veille qu'il était souhaitable de partir à 8, afin d'éviter la bousculade.

Elle ne dit pas : « Tu l'as fait exprès ou quoi ? »

Elle dit : « Ma pendule doit avancer. » ... Et elle sourit.

Ils partent. Vincent refuse de prendre le tramway, le nouveau bolide de la capitale, et oblige Nini à descendre à pied jusqu'à la gare de l'Est pour sauter dans l'omnibus B qui va au Trocadéro à l'allure d'une brouette et qui est bourré de provinciaux en goguette. Total : deux heures de trajet et une heure avant d'atteindre les caisses.

Elle ne dit pas : « Et voilà le travail ! Trois heures de gâchées ! »

Elle dit : « Nous sommes bientôt au bout de nos peines »... et elle sourit.

Vincent demande deux billets à la caissière qui n'est autre que Jane Avril, pas encore cigale chantante, mais déjà fourmi désireuse d'arrondir ses fins de mois. Vincent paie les quatre francs de leurs deux tickets en maugréant qu'au Sacré-Cœur l'entrée est moins chère. Comme si ça pouvait se comparer ! D'un côté : Dieu et des échafaudages sur deux mille mètres carrés. De l'autre, l'Homme et une œuvre achevée sur cinquante hectares.

Néanmoins, Nini ne dit pas : « Tu ne te rends pas compte ! Deux francs pour cinquante hectares de spectacle, ça met l'hectare à zéro franc quatre-vingts, c'est donné ! »

Elle dit : « On économisera sur le déjeuner » et... elle sourit.

Sur sa suggestion ils se dirigent vers la fameuse galerie des machines dont tout le monde parle presque autant que de la tour. Les proportions gigantesques de ce palais du roi métal les saisissent. Lui, d'horreur. Elle, d'admiration. Parodiant M. Prudhomme, Vincent déclare qu'« une telle quantité de fer frise le ridicule » et au bout d'une minute arrache Nini d'une main ferme à ce carcan inhumain.

Elle ne dit pas : « Moi le sectarisme à ce point-là ça me rendrait sectaire ! » Elle dit lâchement : « C'que tu es drôle ! » et... elle sourit. Seules quelques femmes expertes en la matière auraient pu relever dans ce sourire quelques traces de « Pauv' con ! ».

Ils se retrouvent dans la pagode d'Angkor où Vincent se livre à une étude comparative entre les dômes de l'art khmer et ceux, romano-byzantins, de la future basilique montmartroise, puis dans les palais des pays étrangers représentés, c'est-à-dire à peu près tous, sauf, parmi les grands, l'Allemagne qui préfère, selon Vincent, employer ses minerais à fabriquer des canons plutôt que des « Notre-Dame de la Brocante », surnom malveillant donné à la tour Eiffel.

Nini ne dit pas : « Faudrait quand même pas oublier que le Sacré-Cœur, c'est Notre-Dame du tronc vide ! »

Elle redit : « C'que tu es drôle ! » car son énervement bloque ses facultés inventives. Mais il ne lui bloque pas les zygomatiques et... elle sourit.

Vincent l'emmène dans les bâtiments de l'ostréiculture, de la pisciculture, des produits alimentaires, puis dans ceux de l'instruction publique et de l'art militaire dont normalement il aurait bien dû penser qu'ils n'allaient pas la passionner.

Après cela, Nini croit que le plus dur est fait. Eh bien, non ! le plus dur reste à faire.

Pour économiser temps et argent, Vincent regroupe les nourritures terrestres et culturelles en une pause sandwiches dans l'atelier réservé à Emmanuel Frémiet. On doit à ce sculpteur la Jeanne d'Arc dorée qui orne encore le carrefour Rivoli-Pyramides. Vincent a absolument tenu à voir d'autres œuvres de celui que la sainte guerrière de Domrémy – leur village – a si brillamment inspiré. La rillette débordant du pain et le pied rêvant de déborder de la chaussure, ils s'assoient devant une imposante sculpture. Elle s'intitule : *Gorille enlevant une femme*. Titre particulièrement bien choisi, étant donné qu'elle représente un gorille d'un mètre quatre-vingt-quinze enlevant d'un seul bras – le droit – une femme dont le visage caché peut être présumé poupin, au vu de la rondeur de ses fesses.

Vincent apprend à Nini qu'un critique d'art a écrit à son propos qu'en la contemplant on peut « conclure que la France est vivante, bien vivante, et que l'esprit finira toujours par triompher de la matière ». Nini en doute.

Mais elle ne dit pas : « Pour le moment, mon esprit à moi, il est dominé par l'enflure de mes pieds ! »

Elle dit en massant discrètement ses orteils : « On va encore rester un peu pour admirer tous les détails » et... elle sourit.

Alors, Vincent se lance dans une nouvelle étude comparative entre la main gauche du singe de Frémiet qui tient une grosse pierre et la main droite du cardinal Guibert (instigateur du Sacré-Cœur statufié par Hubert Louis-Noël) qui tient la maquette de la basilique. Etude qui semblerait sûrement très ennuyeuse à Nini si elle l'écoutait. Par chance, elle ne l'écoute pas, distraite qu'elle est par la présence en face d'eux des deux donzelles qu'elle a repérées le jour de l'inauguration de la tour dans l'encadrement de « la fenêtre du bonheur ». Vouées décidément au beige – clair et foncé –, elles portent deux manteaux composés de petits collets superposés dont le modèle baptisé « Eiffel ascensionniste » a depuis quelque temps la faveur des élégantes. Moins laides de près que Nini ne l'a pensé de loin, elles l'agacent avec leur comportement de femmes-enfants difficilement supportable pour elle que n'attirent vraiment ni les femmes, ni les enfants. En particulier elle n'apprécie pas du tout qu'elles se penchent pour regarder Vincent entre les deux jambes du gorille en épointant de leur langue leur sucette en forme de tour Eiffel. Heureusement Vincent, tout à son discours éducatif, ne remarque pas leur manège. Enfin, il se tait.

Nini ne dit pas : « Il faudrait au moins deux litres de café pour me désabrutir. » Elle dit, toujours en massant ses orteils : « Je t'écouterais pendant des heures ! » et... elle sourit.

Il l'entraîne d'un pas impatient vers des espèces de gazomètres qui abritent des « panoramas », immenses toiles peintes pouvant atteindre une centaine de mètres en longueur et qui sont déroulées devant les visiteurs avec accompagnement musical et commentaire sur les scènes présentées. Vincent l'arrête devant le panorama de la vie de la Pucelle. Encore elle ! De l'audition des voix à Domrémy jusqu'au bûcher de Rouen, Nini écoute sans broncher.

Elle ne dit pas : « Il y a des moments où je comprends les Anglais ! »

Elle se risque à dire : « Je me demande si elle avait mal aux pieds, elle aussi ! » Vincent ne comprend pas l'allusion et... elle sourit quand même !

Elle le suit dans la Halle où Charles Garnier, architecte de l'Opéra de Paris et ennemi juré de Gustave Eiffel, a reconstitué « l'Histoire de l'habitation humaine ». Nini qui, au contact de ses amis marginaux de la Butte, a acquis un goût prononcé pour tout ce qui est moderne, voire avant-garde, aussi bien dans le domaine des arts que dans celui de l'urbanisme, Nini, de surcroît attachée à Montmartre, comme souvent les naturalisés le sont à leur terre d'adoption, Nini s'ennuie ferme devant les cavernes des troglodytes, les cabanes de l'âge du bronze, les maisons étrusques, grecques, romaines, juives ou hindoues, dont aucune n'a les ailes de son *Moulin de la Galette*, ni les volets verts de son *Lapin-Agile*, ni les colombages insolites de son *Mirliton*.

Ils sortent de cette longue, longue marche dans le passé vers 19 h 30. Nini sourit encore : elle pense que cette fois ils vont se rendre enfin à la tour Eiffel toute proche. Vincent sourit également : il pense que compte tenu de l'heure tardive, il va échapper au « squelette de beffroi qui ne sourirait jamais » comme disait Verlaine, qui par ailleurs, avait infiniment de talent.

Tous deux souriant donc, Vincent et Nini se dirigent vers la magnifique fontaine que cernaient les quatre piliers de la tour et dont les jets majestueux s'élevaient au milieu de la dentelle de fer.

Je tiens à vous préciser que cette fontaine avait vingt-quatre mètres de diamètre afin qu'elle n'ait pas, dans l'imagination de certains, l'aspect de bidet helvétique que ma description aurait tendance peut-être à lui conférer. Sachez aussi que cette fontaine était ornée en son sommet d'une sculpture allégorique de M. de Saint-Vidal représentant : *La Nuit cherchant vainement à retenir le génie de la Lumière qui s'avance les ailes déployées*. Motif qu'à ma connaissance, on n'a jamais vu jusqu'à ce jour sur aucun appareil sanitaire du monde.

Auprès de cette fontaine, Nini ose enfin proposer à Vincent de visiter la Dame. Après toutes les concessions qu'elle lui a consenties au cours de la journée, il ose lui refuser cette infime faveur. Alors soudain Nini, qui s'est contenue pendant dix bonnes heures (bonnes... façon de parler, bien sûr !), Nini éclate.

Vous, vous pensez ce que vous voulez, mais moi je l'absous. Et j'applaudis même aux suites de cette explosion : une de ces scènes de ménage archiclassiques où la lie des couples, qui d'ordinaire repose tranquillement dans le tréfonds du cœur, remonte tout à coup à la surface et où une vieille rancune rouillée, un vieux reproche mité resurgissent avec leur éclat d'origine.

Son sac vidé, Nini va prendre place dans la file des visiteurs qui attendent, pour monter dans la tour, l'unique ascenseur en fonctionnement pour l'instant. Vincent s'assoit sur le rebord de la fontaine. Chacun attend que l'autre le rejoigne. Aucun ne cède.

Dépitée, Nini le voit recevoir sans broncher les embruns des jets.

Sidéré, Vincent la voit s'engouffrer dans la cage transparente avec quatre-vingt-neuf autres ascensionnistes émerveillés.

Quand elle redescend, cette fois par l'escalier, à une vingtaine de marches de Buffalo Bill, entouré de sa meute d'Indiens et de journalistes, Vincent est toujours là. Juste un peu plus humide. Surtout du côté des yeux. Nini en est si touchée que, séance tenante, la lie des couples regagne ses profondeurs. Dans le même temps, le même travail de résorption s'effectue dans le cœur de Vincent. Ils posent sur leur querelle la chape de leur amour retrouvé. Un jour peut-être, un jour sûrement, une autre querelle brisera la chape en mille morceaux et réapparaîtront alors dans leurs cœurs à vif, pêle-mêle, le gorille de Frémiet, l'omnibus B, Jeanne d'Arc, les troglodytes et la tour Eiffel. Mais pour le moment, tout est calme. Tout est beau.

Siamois de l'amour, attachés l'un à l'autre par les lèvres, les bras, les hanches, ils passent devant Buffalo Bill qui en perd sur le coup sa belle assurance de chef. Nini prétend que le soir pendant son spectacle, encore troublé par ce souvenir, il tira à côté du chapeau du chef indien et que finalement il fut obligé de déplumer celui-ci à la main comme un vulgaire poulet. C'est possible, mais personnellement, nulle part je n'ai trouvé trace de cette anecdote.

Le ciel commençant à mettre ses menaces à exécution, je m'apprête à quitter la tour Eiffel mais Nini qui, elle, ne craint pas la pluie, m'invite sèchement à rester.

– Je n'en ai pas fini avec l'Exposition universelle.

– Ah bon ? Vous y êtes retournée ?

– Oui ! Avec François-Ludwig, une semaine plus tard, juste avant qu'il ne parte pour Panama.

– Professionnellement ?

– Oui... mais il avait changé de profession.

– Il n'était plus aux Entreprises Eiffel ?

– Si, mais en tant que conseiller technique. A ce titre il devait accompagner un groupe d'avocats et d'hommes d'affaires chargés de tirer M. Eiffel du mauvais pas où il s'était mis. Vous savez comment ?

– Grosso modo : en faisant des écluses pour le canal que la Compagnie panaméenne ne pouvait plus lui payer.

– Parfait ! s'écrie Nini qui m'avoue en savoir encore moins que moi sur le sujet et m'en explique aussitôt la raison : à une époque sans télé, sans radio, les hommes, presque seuls lecteurs de journaux, étaient les grands informateurs des femmes. Or ceux de l'entourage de Nini s'étaient montrés très discrets sur le plus grand scandale de la IIIe République. Chacun avec une bonne raison : François ne parlait que des réussites et des triomphes de son idole. Jamais de ses échecs ni de ses difficultés ; Vincent, lui, après leur cuisante dispute de la tour, préférait éviter le nom d'Eiffel ; quant au Dr Noir... il avait imprudemment souscrit à l'emprunt à lots destiné à financer la poursuite des travaux du Canal et attendait dans un silence angoissé de savoir s'il n'avait pas fait un placement... à l'eau.

De toute façon, du point de vue de Nini, deux seules choses étaient intéressantes dans cette affaire : le départ de François pour une durée indéterminée et le souhait exprimé par lui de passer sa dernière journée parisienne avec elle et Zoélie !

– Exposition universelle. Deuxième version ! m'annonce joyeusement ma gambilleuse.

– Différente de la première bien entendu ?

– Aussi différente que Vincent de François-Ludwig.

Ils se sont donné rendez-vous place Clichy, devant le café *Guerbois*, à 8 heures précises.

A 8 heures moins 5, elle arrive, déboulant de la Butte, à pied. Il est déjà là. Dans un fiacre ! Mazette ! La voilà très loin de l'omnibus B. Un fiacre soi-disant prêté par cet ami à qui il doit déjà la chambre de « Mimi Rockefeller » et qui gravite dans l'entourage d'Eiffel. Fidèles à leurs habitudes – c'était bien là leur seule fidélité –, Nini se garde une fois de plus de toute question et une fois de plus, cette discrétion allume chez François-Ludwig une flambée de tendresse.

Il prie le cocher de son ami – que j'appellerai Xanrof en souvenir de l'auteur du « Fiacre qui allait trottinant, cahin, caha, hue, dia, hop là ! », pas aussi gratuitement que tout à l'heure j'ai appelé l'employé modèle du *Figaro* Moineau, car lui, le cocher, il paraît que je vais le revoir. François, donc, prie Xanrof de les conduire sur les quais de la Seine, à la hauteur du pont de la Concorde. Pourquoi pas plus près de leur destination ? Parce que François a prévu qu'à la Concorde, ils s'embarqueraient sur l'un des bateaux de la Compagnie Mouche afin que Nini puisse découvrir Zoélie sous un angle nouveau. Elle s'extasie encore de cette initiative.

– Après l'avoir vue d'en face, puis de près, puis de loin, puis du dedans, maintenant je la voyais d'en bas !

– Charmante idée en effet.

– Attendez ! Ce n'est pas tout ! Dix minutes plus tard je la voyais d'en haut.

– D'en haut ?

– Oui ! Avec François-Ludwig, on a pris le ballon qui s'envolait au pied de la tour et qui montait à trois cents mètres au-dessus.

Nini est de plus en plus loin de l'omnibus B. Elle plane littéralement. Cinquante hectares : à parcourir, c'est épuisant ; à survoler, c'est grandiose. D'en bas, elle trouvait que « tout ça faisait un peu fouillis ». D'en haut, elle s'aperçoit qu'autour de Zoélie s'organise une savante alternance de masses métalliques et d'espaces verts. Et quelles masses métalliques ! Et quels espaces verts !

Rien que ce palais des machines, à peine entrevu

avec Vincent et qui pourrait contenir l'Arc de triomphe ! et ce palais des Beaux-Arts qu'elle n'a même pas remarqué, en plein dans le Champ-de-Mars ! et au Trocadéro, ce parc immense avec l'exposition d'horticulture... et des guinguettes ! Il y a des guinguettes ! avec des guirlandes et des lampions ! Est-ce Dieu possible ! Elle a vu le gorille de M. Frémiet et elle n'a pas vu les guinguettes ! Même le palais des produits alimentaires sur le quai d'Orsay et celui de M. Garnier sur l'esplanade des Invalides, de là-haut lui semblent magnifiques. C'est simple, elle ne les reconnaît pas. Elle ne reconnaît rien.

– Ce n'est pas seulement l'effet de la distance, me dit Nini. Une fois à terre, je n'ai pas reconnu davantage.

Il faut dire qu'après le fiacre, le bateau et le ballon, François offre à la gambilleuse le train. Celui-ci, moins rapide mais plus romantique que le T.G.V., effectuait en une petite heure les trois kilomètres cinq cents du parcours de l'Exposition. Il s'insinuait entre deux rangées d'arbres et ainsi donnait l'impression aux usagers que les wagonnets étaient des tonnelles roulantes. Bénéficiant en même temps des agréments du Progrès et de la Nature, ils firent le trajet complet de l'esplanade des Invalides – point de départ – jusqu'au terminus de l'Ecole militaire, sans s'arrêter à aucune des trois stations intermédiaires où les voyageurs pouvaient descendre afin de visiter l'endroit de leur choix.

– Quel bonheur ! s'écrie Nini. On a tout vu et on n'a rien visité.

– Vous, vous n'êtes pas une touriste consciencieuse et organisée. Du genre un guide à la main et une loupe dans l'autre.

– Ah ça non ! moi je ne suis pas une « fouillasseuse », je suis une « survoleuse ».

— Autrement dit, vous préférez avoir une impression sur une vue d'ensemble plutôt qu'une explication sur un point de détail.
— Voilà ! Et par chance, François était comme moi. Même sur sa tour qu'il connaissait par cœur, il ne m'a pas coupé le boulon en quatre.
— Vous y êtes encore retournée ?
— Et comment ! Mais d'abord nous sommes allés déposer nos hommages à ses pieds.

Précisément là où se trouvait le pavillon que M. Eiffel avait fait personnellement édifier et qui avait pour François et Nini un charme particulier. La coupole tournante qui surmontait l'édifice avait été construite sur le modèle de l'Observatoire de Nice. Or, vous l'avez peut-être oublié parce que vous n'êtes pas directement concerné et que depuis le chapitre 10 il y a beaucoup d'encre qui est passée sous les jupons de Nini, mais l'Observatoire de Nice a laissé au jeune couple un exaltant souvenir. Celui-ci resurgit avec une rare impudeur dans leurs yeux et se traduit dans leurs corps par une furieuse envie de s'étreindre là sur-le-champ, comme des bêtes. Moi c'est mon sens des convenances qui resurgit et sous-tend cette phrase indignée :

— Vous n'avez quand même pas fait l'amour devant la coupole tournante du pavillon Eiffel !
— Si ! me répond Nini décidément beaucoup plus branchée que moi. Rien dans les mains. Rien dans les poches. Tout dans la tête !

Je soupire – quand on ne sait pas quoi dire, le soupir est encore ce qu'il y a de mieux – et presse Nini de s'éloigner de cette suggestive coupole. Elle obtempère et m'invite à la suivre avec François-Ludwig à l'intérieur du pavillon. Gustave Eiffel y a réuni les modèles réduits de ses principales réalisations. François n'impose à Nini qu'une seule halte : devant la maquette de ce viaduc de Garabit où pour lui tout a commencé, sans lequel il ne serait pas monté à Paris et donc n'aurait pas retrouvé sa drôle de bergère de Domrémy. Nini est émue... et l'émotion, elle, ça la creuse ! Elle en est navrée car elle reconnaît que le gargouillis de l'estomac vide nuit beaucoup à la larme du cœur plein, mais...

— Je n'y peux rien, me dit-elle. Il faut que je me nourrisse le sentiment.

François-Ludwig qui, lui, avait un solide appétit en toute occasion, l'emmène au premier étage de la tour où le très chic restaurant *Le Brébant* alliait audacieusement la boiserie Louis XV à la ferraille d'Eiffel. Nini pose ses pieds, avec leurs ailes d'origine, sur la moquette épaisse et sous une table élégamment habillée, puis commande des œufs « plein ciel », frais cueillis d'après le maître d'hôtel dans le poulailler aérien de l'établissement, suivis d'une « petite marmite Gustave » qui n'était ni plus ni moins qu'un pot-au-feu où les légumes étaient coupés en forme de tour Eiffel.

Après avoir été très loin de l'omnibus B, Nini à présent est encore plus loin du sandwich à la rillette du Mans. Pourtant à l'instant du dessert, une « coupe expo-coloniale », sorte de nègre en chemise, quelque chose l'en rapproche. Le quelque chose en question est l'arrivée des deux Marie-beigeasses qu'elle a vues dans l'entrejambe du gorille de Frémiet, pendant que Vincent et elle mangeaient leur casse-croûte. Elles étaient en l'occurrence accompagnées d'une Marie-marronnasse, beaucoup plus âgée qu'elles et qui se révéla être leur mère. Elles choisirent une table en face de la leur. Intentionnellement, Nini en fut convaincue quand elle les vit recommencer le même manège que la semaine précédente dans la salle Frémiet. Bien sûr, au *Brébant* elles ne léchaient pas une sucette mais elles suçotaient la paille de leur citron pressé : l'esprit était le même. Les regards en dessous qu'elles décochèrent à François étaient les mêmes. Les ricanements malveillants dont Nini se sentit l'objet étaient les mêmes. François ne semblant pas remarquer leur présence davantage que Vincent, Nini ne jugea pas utile de la lui signaler, bien qu'elle se demandât avec une curiosité croissante pourquoi ces deux donzelles que son amant n'avait pas l'air de connaître lui étaient apparues à la fenêtre d'une chambre qui lui était manifestement familière.

Ce mystère est chassé de la tête de Nini par un autre mystère, autrement plus passionnant, que lui fait découvrir François-Ludwig en sortant du restaurant : le phonographe.

— Ah ! s'exclame Nini, vous ne savez pas ce que vous avez perdu en ratant les premiers enregistrements d'Edison.

— Si ! j'imagine que ça a dû vous paraître...

— Diabolique... ou divin. En tout cas surnaturel. Vous vous rendez compte : entendre des musiques sans voir les musiciens qui les jouent et des voix qui ne sortent plus des gosiers. Tous les gens étaient fascinés, même les plus blasés, même les plus intelligents. Tenez, même Gounod !

— Quel Gounod ?

— Ben... Charles ! Celui de *Faust*.

— Vous le connaissiez aussi ?

— De nom, comme tout le monde. Mais à l'Expo, dans le pavillon de M. Edison, nous nous sommes retrouvés à côté de lui, forcément.

— Pourquoi forcément ?

— Parce qu'il était V.I.P. et nous aussi... Enfin, surtout François qui, toujours grâce à son ami du fiacre, avait une carte de privilégié.

— Plutôt débrouillard votre petit copain, non ?

213

– Heureusement ! Sinon il y avait une telle bousculade qu'on n'aurait rien vu... et surtout rien entendu.

Là au contraire, ils avaient profité du spectacle complet, avec Charles Gounod en prime. Ils ont pu s'asseoir à la table où étaient posées des espèces de stéthoscopes dont les deux branches se terminaient par des ampoules en verre. Ils ont introduit ces ampoules dans leurs oreilles. Ils ont vu un employé – peut-être bien un cousin de Moineau –, pénétré par la grandeur de sa tâche, mettre en marche le mécanisme fabuleux du phonographe et, n'en croyant pas leurs oreilles, ils ont entendu très nettement ce qu'un prospectus leur annonçait : *la voix d'une cantatrice emmagasinée pendant un mois et qui n'a rien perdu de sa fraîcheur !* Après quoi, ils ont eu la chance exceptionnelle d'être les témoins exceptionnels d'un moment... exceptionnel : Charles Gounod écoutant sa première musique en provenance d'un rouleau.

– Il était époustouflé, me dit Nini.
– Et heureux ?
– Oui, heureux pour le présent, mais inquiet pour l'avenir.

En vérité, je pense, d'après les réactions du compositeur observées par Nini, que Gounod avait d'un coup compris tous les avantages et les dangers de cette invention pour le créateur qu'il était... Certes, ce jour-là, il a éprouvé beaucoup de joie et sans doute un peu de fierté, à entendre sa musique ainsi reproduite, à penser qu'elle pourrait grâce à ce procédé se répandre dans le monde entier, être conservée pour la postérité et devenir peut-être aussi plus rentable. Ce jour-là il a pu se réjouir totalement parce que sa musique, exécutée sans faute, lui a été restituée sans faute. « Comme c'est fidèle ! » s'est-il écrié au comble de l'enthousiasme.

Mais la minute d'après, cette même fidélité l'effrayait. Désormais la moindre erreur, dans la conception d'une œuvre ou dans son interprétation, serait répercutée partout et définitivement. L'erreur ineffaçable : quelle angoisse ! Oui. Mais la fugitive perfection emprisonnée à tout jamais : quel bonheur !

Les progrès comme les médailles n'ont-ils pas tous un envers et un endroit ?

– En tout cas, me dit Nini, François et moi nous n'en avons vu que l'endroit.

– Bien sûr ! Vous n'étiez qu'auditeurs.

– Pas du tout ! En tant que V.I.P. on a eu le droit de s'enregistrer.

– Pas possible ?

– Si ! Moi, j'ai chanté *En revenant de la R'vue*.

– Sans accompagnement ?

– Oui... si vous exceptez M. Gounod et François-Ludwig qui ont repris le refrain avec moi.

J'imagine mal l'auteur de *Faust* en train de chanter :

> *Gais et contents,*
> *On allait cœur battant,*
> *Voir et complimenter l'armée française.*

mais il est vrai que je n'imaginais pas mieux un président de la République jouer à l'accordéon *La Valse des pinsons*. Et pourtant... Alors, pourquoi ne pas croire Nini ?

– Quant à François, enchaîne la gambilleuse, il a enregistré le début de *La Grève des forgerons*, de François Coppée.

– Ça s'imposait !

– Mais il a regretté son choix quand il a appris que Coppée avait traité Zoélie de « géante sans beauté ni style ». De rage, il en a fichu son rouleau au feu.

– Et le vôtre, vous l'avez gardé ?

– Non ! Le passé en conserve, ça me colle le bourdon.

Pour cette raison, Nini s'est également débarrassée de tous les objets-souvenirs que François lui a offerts dans l'euphorie de cette journée, et dont, l'euphorie retombée, la laideur et le ridicule lui ont sauté aux yeux. Bien entendu, aucun n'échappait à l'emprise de la tour. Elle était partout : sur un porte-plume, un poudrier, un parapluie, même sur un thermomètre et, fin du fin, sur une boîte en forme de... tour Eiffel, destinée à recevoir des bijoux – breloques, bagues et broches – également bien sûr en forme de... tour Eiffel et certifiés « authentiquement fabriqués par l'usine métallurgique parisienne, dans le vrai métal de la tour ». On a beau aimer, trop c'est trop.

Nini a même fini par déchirer l'une après l'autre toutes ses photos de l'Exposition jusqu'à la dernière : celle à laquelle elle tenait le plus. Une vue de nuit. L'ultime image qu'elle a emportée de ce jour de fête.

– Féerique ! s'écrie la gambilleuse qui aussitôt après justifie son qualificatif en m'annonçant fièrement : Mille quarante-cinq ampoules à arc. Huit mille huit cent trente-sept lampes à incandescence ! Quarante-quatre réverbères électriques – les premiers ! –, deux projecteurs Mangin de quatre-vingt-dix centimètres de diamètre au quatrième étage de la tour et un phare de cent ampères à son sommet !

– Eh bien, dites donc, pour une fois, vous avez « fouillassé » la question.

– Ça vous épate, hein ?

– Un peu.

– Moi aussi. A la réflexion, ça m'épate. D'abord de m'être intéressée à des détails techniques. Ensuite de les avoir retenus.

– Ça doit être encore un coup de la baguette magique de la fée « Electricité ».

– Vous rigolez, mais quand on se lave tous les jours dans une cuvette d'eau éclairée par une lampe Pigeon et que tout à coup on voit une énorme fontaine lumineuse avec dix-huit jets multicolores, ça fait un choc !

Je crois Nini sans difficulté. Pourtant, il y a dans son éblouissement un point qui me paraît obscur et sur lequel je m'empresse de lui demander quelques éclaircissements :

– La nuit tombant à la fin juin vers 21 h 30 et vous, vous produisant bien plus tôt à l'*Elysée-Montmartre*, comment est-il possible que vous ayez vu les éclairages de l'Exposition et de la tour ?

– Exceptionnellement je ne suis pas allée travailler.

– Pourquoi ?

– François-Ludwig partait, je vous l'ai dit, le lendemain pour Panama et j'ai eu le terrible pressentiment que nous passions là notre dernière soirée ensemble.

Aussitôt, je m'inquiète. Je serais tellement navrée de perdre en route ce joyeux drille. Comme je le serais d'ailleurs pareillement de perdre le si gentil Vincent.

– J'espère, dis-je à Nini, que votre pressentiment s'est révélé faux ?

Je vois alors s'installer dans le regard de ma gambilleuse cette expression de sphinge qu'elle me prend quand elle a l'intention de clore un chapitre et de me planter là avec mes points d'interrogation. Je tente d'enrayer sa fuite, bien que je la sache inéluctable.

– Eh ! oh ! Nini ! Vous n'allez pas partir quand même...

Trop tard ! Elle est déjà partie. Pour le principe, je la rappelle et j'essaie quand même de la circonvenir :

– Nini ! Revenez ! J'ai une idée formidable !

217

Alors, de loin, de très loin, j'entends sa voix à peine audible qui me répond :
– Je m'en fous ! J'ai sommeil...
Eh bien, croyez-moi si vous voulez, la seconde d'après, je dormais.
C'est curieux, non ?

15

Et voilà ! j'ai attrapé froid sur la tour Eiffel.
Un éternuement. Deux. Trois. Quatre. Cinq : un rhume !
J'ai des frissons.
Trente-huit un. Deux. Trois. Quatre. Cinq : peut-être bien une grippe !
Je n'ai pas envie de me lever. J'ai le nez bouché. Je respire mal. C'est alors que j'entends la voix de Nini, très enchifrenée – par mimétisme sans doute –, qui me dit :
– Le Dr Noir avait aussi un mauvais pressentiment.
L'obstruction de mes narines se répercutant sur mon cerveau, je mets un certain temps avant d'en extraire mes souvenirs de la veille puis la question que tout naturellement ils entraînent :
– Un mauvais pressentiment au sujet du voyage de François ?
– Non ! Le Dr Noir n'était pas au courant de ce départ. Personne d'ailleurs rue Saint-Eleuthère.
– Alors, à quel sujet ?
– Les valeurs à lots qu'il avait achetées.
– Ah bon ! dis-je en esquissant un bâillement car vraiment, ce matin, le portefeuille boursier du

Dr Noir est bien la dernière chose dont j'aie envie d'entendre parler ; je ne comprends même pas pourquoi Nini a jeté le sujet sur le tapis.

– Parce que tout est parti de là, répond-elle à mon regard perplexe.
– Quoi tout ?
– Tout ce qui va suivre, figurez-vous, et qui a eu une importance capitale dans ma vie.

Très sensible aux faits apparemment insignifiants qui ont des conséquences aussi importantes qu'inattendues, me voilà soudain très attentive aux actions boursières du Dr Noir. En réalité, leur rôle de fait déclenchant est très bref. Le médecin, rentier, à l'affût de toute information sur le canal de Panama, avait lu dans un journal que, début juillet, des représentants de Gustave Eiffel allaient s'embarquer pour Panama afin d'y défendre les intérêts du métallurgiste... et ceux des souscripteurs de son emprunt hasardeux.

Nini savait tout cela. Tout... sauf la date. François l'avait avancée d'une dizaine de jours. A plusieurs reprises il avait évoqué son départ du 21 juin, le jour du changement de saison. Encore cette nuit, dans l'enclos de Rididine où ils s'étaient rendus après l'Exposition et où ils avaient joué au phonographe érotique, jeu charmant qui avait consisté à enregistrer dans leurs corps extrêmement réceptifs des sensations diverses que les rouleaux de leur mémoire affective pourraient leur restituer au cas où ils auraient des insomnies pendant leur séparation. Le jeu terminé, François-Ludwig avait dit à Nini d'une voix exceptionnellement tendre : « Je pars demain avec mes bagages mais je te laisse mes souvenirs en consigne. Garde-les. Un jour ou l'autre je reviendrai les chercher. » Elle en avait été toute remuée. L'information du Dr Noir a tôt fait de la remuer dans l'autre sens. On le sait, l'hypocrisie en général, Nini n'apprécie guère, mais celle de François, elle ne la supporte carrément pas. Depuis toujours leurs relations étaient basées sur une franchise réciproque dont elle se plaisait à penser qu'aucun couple n'eût été capable. Elle croyait que François autant qu'elle tenait à cette franchise qui par sa rareté valorisait leurs relations. Elle croyait être celle – l'unique – à qui il ne mentait pas. Sinon parfois par omission, comme par exemple en lui cachant le nom de ce nouvel ami, celui du fiacre et de la chambre de « Mimi Rockefeller ». Mais rien d'important.

Et tout à coup, elle découvre qu'elle s'est trompée, qu'il lui a menti. Doublement menti : avec son faux romantisme et avec sa fausse date. Comme d'habitude, sa déception se traduit non pas en chagrin, mais en rogne. Elle quitte la rue Saint-Eleuthère comme une furie, sans laisser le temps au Dr Noir de lui expliquer pourquoi il y a déjeuné seul. Elle n'a qu'une idée en tête : courir au chantier du Sacré-Cœur, se réfugier dans les bras de Vincent. S'y vautrer. Lui apprendre à effacer les rouleaux du phonographe érotique. Faute d'oublier François-Ludwig – car ça, hélas ! elle n'ose pas y compter –, au moins le tromper avec son corps et son cœur.

Malheureusement, il y a ce jour-là à la basilique un pèlerinage conduit par l'évêque d'Epinal et, bien entendu, suivi par tous les prêtres du diocèse, par de nombreux paroissiens soucieux d'apporter leurs oboles dans la Nouvelle Maison de Dieu, loin encore d'être achevée, et par ceux qui profitent de l'occasion pour visiter aussi l'Exposition et la tour Eiffel. Ça faisait du monde ! Pulsée par ses pensées impies, Nini remonte à grandes enjambées l'interminable procession. Parvenue au premier rang, elle s'arrête net.

– Qui je venais de voir ? me demande-t-elle.

Je suis en train d'hésiter entre Léon XIII, Sadi-Carnot et Sarah Bernhardt, quand elle me fournit elle-même la réponse :

— Je venais de voir mon enfance.

— C'est-à-dire ?

— L'abbé Lafoy et sa sœur Léonie, entourés d'un côté par la marquise de Mangeray-Putoux, de l'autre par la Patamba qui, folles de joie de les retrouver, avaient planté là le Dr Noir pour les suivre.

Nini aussi sur le moment est ravie de renouer avec son passé, d'évoquer des souvenirs et même d'apercevoir de loin l'abbé Bardeau ainsi que quelques-unes de ses ouailles de Domrémy. Mais ce passé qui vient à l'improviste mettre des bâtons dans les roues de sa vengeance ne tarde pas à lui paraître très encombrant, quand elle apprend que son généreux Vincent a laissé son logement à sa mère et à son oncle et que, le temps de leur séjour – un mois... ou deux même s'ils se plaisent –, lui, il habitera chez le sergent Roux où Joséphine, sa pute d'épouse, lui a aménagé une chambre très confortable dans une pièce baptisée « le fourre-tout » pour l'excellente raison qu'on y fourre tout ce qui dans la maison n'a pas une place définie.

Pourquoi Vincent ne l'a-t-il pas prévenue de ce voyage familial ?

Pourquoi s'est-il organisé derrière son dos ? Quand l'ayant rejoint avant les autres elle lui pose ces questions, il répond ingénument : « Pour te faire une surprise ! » Ah ! ouiche ! pour une surprise c'est une surprise ! Il n'a pas lésiné : du jour au lendemain, la priver de la maison-refuge de la rue Cortot, au moment où elle en aurait le plus besoin et coucher à portée de main de la pulpeuse Joséphine... qui pis est dans un fourre-tout ! Pourtant, dans le quartier il ne manque pas de vieilles bigotes qui l'auraient volontiers accueilli dans des chambres aux rassurantes senteurs de renfermé !

Les cachotteries sans doute innocentes de Vincent, ajoutées aux mensonges sûrement calculés de François-Ludwig, provoquèrent chez Nini une colère dans un premier temps focalisée sur ses deux amants : « Il n'y en a pas un pour racheter l'autre. » Dans un second temps, la colère s'étend à l'humanité entière : « Il n'y a personne pour racheter personne. »

Dans ces dispositions d'esprit, l'œil encore plus noir que d'habitude, Nini arrive à l'*Elysée-Montmartre* où elle justifie auprès du directeur son absence de la veille et sa maussaderie du jour par une indigestion. A La Goulue qui n'est pas dupe de son excuse, elle avoue qu'il s'agit d'une indigestion sentimentale. Ça, c'est une maladie que Loulou connaît bien ! On ne peut la soigner d'après elle qu'à grands coups de rigolade. Après la représentation, elle oblige Nini à prendre son remède et l'entraîne au *Chat-Noir* où justement elle a donné rendez-vous à « un peu trop d'amis à la fois ».

L'arrivée des deux gambilleuses dans le cabaret de la rue de Laval ne passe pas inaperçue. Le verbe haut, le geste large, Rodolphe Salis les accueille et les présente au public avec sa faconde et son insolence coutumières : « Bourgeois stupides, imbéciles notoires, hurle-t-il, vous qui m'écoutez avec les yeux étonnés d'un chat accroupi dans la cendre ou d'une vache qui regarde passer un train, taisez-vous ! Cessez un instant de boire ma trop bonne bière que je ne vous fais pas payer assez cher, sinon, je vous donnerai autant de coups de pied au cul qu'il en faudra pour vous rendre intelligents ! Réveillez-vous, sinon je vous fous dehors et vous n'aurez pas la joie, l'avantage et l'honneur, oui, l'honneur de saluer celles qui font la gloire de ce pays dont vous êtes les parties honteuses. Je veux parler de ces reines qui portent leur couronne à leurs pieds : les majestés montmartrissimes du quadrille naturaliste, La Goulue et Nini Patte-en-l'air ! Applaudissez-les, tas de feignants et vous, garçons, apportez des bocks ! »

Et le bon public, habitué à ce genre de harangue qui fouettait agréablement son masochisme latent, applaudit les deux gambilleuses de l'*Elysée-Montmartre* pendant que Salis toujours tonitruant revient vers elles. Il avertit La Goulue que tout son harem est là. Plus diplomate qu'il ne le paraît, il a installé le prince de Galles, Edouard VII, à une table au rez-de-chaussée et dirigé les autres « connaissances » de Loulou vers le premier étage. La Goulue leur délègue Nini avec mission de leur tenir compagnie en attendant qu'elle les rejoigne avec ou sans son prince un peu bedonnant, mais néanmoins charmant. Mission que notre héroïne, qui commence déjà à avoir un peu moins mal à l'humanité, accepte avec empressement. Rodolphe Salis fait les présentations puis monte au deuxième étage regarder le dernier acte de *Phryné*, la pièce de Maurice Donnay que l'on jouait dans son « théâtre d'Ombres ».

Les amis de La Goulue ne sont finalement que deux, mais ont de la conversation comme quatre. Ils ne se ressemblent en rien : l'un, avec sa stature massive, ses mâchoires puissantes, la pesanteur de ses gestes, de sa voix, de son regard bleu, donne une grande impression de force. Comme qui dirait un taureau.

L'autre au contraire, avec sa silhouette longiligne, la finesse de ses traits, de ses mains, les cernes de ses yeux noirs, donne une grande impression de fragilité. Comme qui dirait un lévrier.

– Bien sûr, le taureau, m'annonce Nini avec une belle assurance, c'était Zidler.

— Qui ?
— Charles Zidler. Vous ne connaissez pas ?
— Non.
— Vous ne connaissez vraiment rien !
— Ne vous en plaignez pas ! Si je connaissais tout, vous n'auriez plus rien à m'apprendre.
— D'accord ! Mais quand même, Zidler vous devriez le connaître : on parlait beaucoup de lui à l'époque dans les milieux du spectacle.
— Sûrement ! Comme on parlait, je suppose, de nombreuses autres célébrités dont on ne parle plus depuis déjà longtemps. Les gloires du spectacle sont des gloires de sable, mouvantes comme les dunes : le vent d'une mode les apporte. Le souffle d'une autre les expédie dans l'oubli. C'est pourquoi votre Charles Zidler n'aurait pas dû avoir la tête enflée.
— Mais il ne l'avait pas !
— Ah oui ! pardon ! C'est vous qui l'aviez pour lui.
— D'ailleurs, il préférait les coulisses à la scène et l'ombre aux projecteurs.
— Qu'était-il au juste ?
— « L'intendant officieux des menus plaisirs de Paris. »

Cette charmante raison sociale, bien entendu, n'a jamais figuré sur la carte d'identité de M. Zidler. Pourtant, elle définissait assez bien ses activités.

En effet, ancien tanneur, ancien boucher hippophagique, Zidler s'était enrichi pendant la guerre de 1870 où il découpa en rôtis et en daubes la plus belle conquête de l'homme ! A l'armistice, par reconnaissance peut-être envers le noble animal, il avait créé, près du pont de l'Alma, *L'Hippodrome*, vaste établissement voué à la gloire du cheval... et au plaisir de ceux dans le public qui aimaient mieux les écuyères. Ensuite de quoi, à l'emplacement actuel de l'*Olympia*, il avait offert aux Parisiens les joies violentes des montagnes russes, puis aux Champs-Elysées les plaisirs plus suaves du Jardin de Paris. Insatiable, il venait d'acheter avec ses associés, les frères Oller, l'ancien bal de la *Reine-Blanche*, situé sur la place du même nom. Il était en train de le rénover entièrement avec l'intention d'en faire un des hauts lieux de la jambe en l'air, susceptible de satisfaire à la fois les purs amateurs de danse et les moins purs amateurs de chair fraîche.

Pour mener à bien cette entreprise, il avait impérativement besoin de la FEMME... F, comme frou-frou. E, comme érotisme. M, comme maîtresse. M, comme Messaline. E comme : « Eh ! vas-y donc, c'est pas ton père ! » Il avait pris rendez-vous avec La Goulue, pour régulariser l'accord de principe qu'elle lui avait déjà donné et se réjouissait d'avoir rencontré Nini sur l'indispensable concours de laquelle évidemment il comptait, comme sur celui de Grille-d'Egout et de la Môme Fromage, ses camarades du quadrille naturaliste.

Contrairement à l'attente de Zidler, confiant dans le pouvoir de son regard lourd et de son portefeuille qui ne l'était pas moins, Nini se fit prier. Sentant que l'entrepreneur de spectacles tenait à la danseuse et que l'homme n'était pas indifférent à la femme, elle s'amusa à jouer les coquettes, les divas, les inaccessibles. Bien que cet emploi ne soit pas d'ordinaire à son répertoire, Nini m'affirme que ce soir-là elle y excella. Au point de harponner du même coup le lévrier et le taureau. Comme deux vulgaires gardons !

– A propos, chère Nini, qui était-ce, le lévrier ?

– Un aristocrate pure race. Avec pedigree, château et tout.

– Il s'appelait comment ?

– Comme vous avez envie.

– Qu'est-ce que ça signifie ?

– Que je ne peux absolument pas vous révéler son nom.

– Pourquoi ?

– Ses descendants vivent encore et seraient très capables, tels que je les connais, de vous chercher chicane à la parution de ma biographie.

– Dans ces conditions, je n'insiste pas.

– C'est préférable. Seulement, j'aurai l'occasion de vous en reparler et il faut lui inventer un nom. Ce sera plus commode que de l'appeler « Le monsieur que j'ai vu au *Chat-Noir* et dont les héritiers sont accrochés aux branches de leur arbre généalogique comme des aigles au faîte d'un à-pic, toujours à l'affût d'une proie ».

– Effectivement, ce serait un peu long.

– Alors, suggérez-moi une identité qui corresponde à sa personnalité.

– Non, moi je n'ai pas d'idée. Et vous les noms, ça vous amuse.

– Soit ! mais orientez-moi quand même un peu.

La direction que m'indique Nini est nette et précise :

– Le contraire de Trougnard !

Alors, sans la moindre hésitation, je lui propose que le lévrier se nomme le comte Enguerrand Pontel d'Héricourt et que ses intimes l'appellent « Pompon ». Nini accepte le nom mais récuse le diminutif.

– Jamais, prétend-elle, on n'aurait appelé cet homme-là comme ça.

– Je ne vois vraiment pas pourquoi. On appelait bien Edouard VII Doudou, et le prince Troubetskoï, Troutrou.

Nini est convaincue par l'évidence de mon argument mais néanmoins rechigne à amputer l'aristocratique patronyme du lévrier et dès la phrase suivante m'apprend qu'elle reconnut très vite dans le comte

Enguerrand Pontel d'Héricourt le monsieur qui-le-jour-de-l'inauguration-privée-de-la-tour-Eiffel-l'avait-saluée-en-la-prenant-pour-une-autre-et-à-propos-duquel-je-m'étais-permis-de-remarquer-que-ce-détail-n'avait-guère-d'intérêt.

Décidément, cet homme-là était né pour avoir un nom à rallonge !

Il devait avoir aussi des journées à rallonge, vu le nombre et la diversité de ses activités : conseiller municipal, gestionnaire avisé de ses biens, président d'un nombre incalculable de sociétés, lecteur infatigable, cavalier émérite, ami de tous les arts et de tous les artistes, il suivait jour après jour, nuit après nuit, les courants de la vie parisienne et du monde des affaires avec le même ennui souriant. Car il s'ennuyait. Même si sa bouche le démentait, ses yeux le hurlaient. On prétendait qu'il ne s'était jamais remis d'un chagrin d'amour qui avait compromis gravement sa vie conjugale. Mais cela remontait à plus de vingt ans et depuis on prêtait au comte de nombreuses aventures – dont une avec La Goulue – qui défendaient assez mal l'hypothèse d'un cœur désespéré.

– Toujours est-il, me dit Nini, qu'il avait une gueule de survivant tout à fait séduisante.

J'ai à peine noté l'expression qu'elle ajoute avec perplexité :

– Curieusement, Zidler, lui, avait une gueule de viveur tout aussi séduisante.

– Mais enfin, des deux, lequel vous a le plus séduite ?

– Je n'en sais rien. Ils me plaisaient tous les deux : le survivant parce que j'avais envie de lui redonner le goût de vivre ; le viveur parce que j'avais envie de le lui ôter !

– Encore votre attirance pour les contraires !

Nini veut bien admettre qu'en effet son signe zodiacal la prédispose à ce genre de dualité. En échange, elle me prie d'admettre que les êtres humains, dans leur majorité, ont une certaine tendance à aimer leurs prochains, non pas pour ce qu'ils sont, mais pour ce qu'ils pourraient devenir grâce à eux. En fait, d'après Nini, nous aimerions les gens en fonction de l'influence qu'on rêve d'avoir sur eux et, Pygmalions plus ou moins conscients, nous préférerions, comme pour les appartements, ceux qui nécessitent des transformations à ceux qui n'en ont nul besoin.

Estimant que cette théorie, comme beaucoup d'autres, est vraie dans le cas d'Untel, et fausse, dans le cas de Machin, j'admets sans difficulté qu'elle est vraie dans celui de Nini, mais lui demande si elle croit qu'on peut changer les êtres.

— A l'époque oui, je le croyais.

Puis en manière d'excuse, Nini ajoute :

— Mais j'avais vingt et un ans !

— Alors, c'est normal ! Et vos deux séducteurs, quel âge avaient-ils ?

— La cinquantaine... avec tout ce que ça peut comporter d'attraits pour une fille qui a plus de curiosité que de savoir.

Zidler et Pompon, eux, savent beaucoup de choses et se livrent à une joute verbale dont Nini se rend compte avec délices qu'elle est l'enjeu. Elle me la raconte à la manière d'un commentateur sportif, avec des flambées d'enthousiasme et des retombées. Son débit est si rapide que je ne peux prendre des notes. Je branche rapidement (pour une fois) le magnéto. Voici tel quel l'enregistrement de Nini :

— Le coup d'envoi vient d'être donné. Le comte déclenche la première attaque prudemment, avec des compliments classiques sur le merveilleux métier que j'ai la chance et le talent d'exercer. Le dialogue s'engage :

LUI : J'ai toujours beaucoup aimé la danse.
MOI : Vraiment, monsieur le comte ?
LUI : Mais oui ! Et tenez, je vais vous faire une confidence...
MOI : Ô mon Dieu ! monsieur le comte, une confidence à moi...
LUI : Dans ma jeunesse, déjà lointaine...
MOI : Oh... monsieur le comte...
LUI : Eh bien, j'ai rêvé d'être danseur...
MOI : Vous, monsieur le comte...
LUI : D'ailleurs, j'allais tous les jours au bal...
MOI : Ben vrai, monsieur le comte !
LUI : J'ai fréquenté *La Closerie des Lilas, La Grande Chaumière, le Bullier, le Mabille*...
MOI : Oh ! monsieur le comte : les panthéons de la gambille !
LUI : J'ai connu vos célèbres devancières : Emma Cabriole, la Reine Pomaré, la Mogador qui s'appelait de son vrai nom Céleste Veinard...
MOI : Oh ! Veinard, en voilà un beau nom, monsieur le comte !
LUI : J'ai connu aussi « La Belle en cuisses » qui avait gagné son surnom en marchant sur les mains ; Eugénie Malakof qui était manchote.

Patatras, le comte vient de s'emmêler les pattes, il tombe. Zidler, qui cherchait depuis un moment à entrer dans la conversation, saute sur l'occasion et contre-attaque aussitôt :

ZIDLER : Ah non ! excusez, monsieur le comte, vous vous trompez : la manchote c'était Davina-la-Blonde qui se produisait en même temps que Delphina-la-Colonne, aussi énorme que son nom l'indique, la Rigolette, qui n'était pas triste et Louise-la-Balocheuse qui sur le tard a tapiné au *Casino Cadet*, un jour à droite sur « l'allée du Commerce », un jour à gauche sur « l'allée de la Grande-Armée », dans une salle rectangulaire qu'on avait baptisée « la Halle aux Veaux » !

Coup de sifflet de l'arbitre, en l'occurrence moi. Carton jaune à Zidler pour antiféminisme notoire. Le comte saisit la balle au bond et remonte le niveau du débat d'un seul coup. Il n'hésite pas à jeter Emile Zola dans la mêlée. Il est des intimes de l'écrivain. Il a fêté avec lui la centième de *L'Assommoir*, à l'*Elysée-Montmartre*, il y a de cela une dizaine d'années. Le comte fignole : « Exactement le 29 avril 1878 », précise-t-il, voulant montrer par là qu'il a une mémoire infaillible, comme tous ceux qui ont déjà remarqué quelque défaillance dans le mécanisme... Mais Zidler, très intelligemment, reprend l'avantage en taclant Zola avec Renan. Oui, Ernest Renan, l'auteur de *L'Histoire des origines du christianisme*. Il a réussi à l'entraîner un jour à l'*Alcazar* pour entendre la grosse Thérésa qui chantait : *J'casse des noisettes en m'asseyant dessus !* Le temps d'encaisser le coup et le comte repart à la charge avec Manet. Quoi, Manet ? Oui, Edouard ! un autre de ses intimes. Ah ! Quelle classe ! Manet qu'il a vu vendre un de ses tableaux, *La Botte d'asperges*, à un collectionneur pour deux cents francs-or ; puis, ayant estimé la somme trop importante, Manet renvoya à son généreux acheteur un autre chef-d'œuvre : une seule asperge avec ce mot : « Il en manquait une à votre botte. » Cette histoire m'enchante. J'applaudis. Zidler m'arrête avec un coup de coude. Je lâche Manet. Zidler ne lâche pas la peinture. Ça lui fait penser à Willette.

Il vient de lui confier la décoration de son nouvel établissement. Le dessinateur va le transformer en un moulin... Rouge. Rouge, parce que ça se voit de loin. Un moulin, parce que ses ailes tournantes seront comme des bras happant les clients. Willette a cent idées à l'heure. Heureusement, il peut les communiquer à Zidler au fur et à mesure de leur arrivée, grâce à une nouvelle invention : le téléphone. Très adroit, le comte reprend de volée la balle et l'envoie très loin en avant sur une invention encore plus nouvelle, dérivant de la première : le théâtrophone. Zidler ne peut pas suivre : il ne connaît pas. Moi non plus évidemment. Le comte en profite pour piquer un sprint et nous cloue tous les deux sur place en nous apprenant que le « théâtrophone » est un téléphone qui permet d'entendre à longueur de journée des chansons, des airs d'opéra ou des pièces de théâtre. L'intervention du comte est brève, mais Zidler a quand même le temps de récupérer. Il rattrape le comte et lui subtilise à nouveau la balle : le théâtre, ça lui fait penser à Germaine Gallois qui est tellement serrée dans son corset qu'elle a stipulé dans son contrat des *Variétés* qu'elle ne jouerait plus de rôles assis. Que les auteurs se le disent : si l'héroïne qu'elle incarnera doit mourir il faudra qu'elle meure debout ! Le comte, qui connaît toutes les ficelles du jeu, ramène la balle dans son camp et envoie un tir très puissant : la mort, ça lui fait penser à la guillotine. Zidler tente de l'arrêter : il sait que l'agence Cook propose pour le mois d'août à ses clients d'inclure dans le circuit touristique de la capitale le spectacle d'une exécution capitale. Le comte ne se laisse pas désarçonner. Il arrive à dépasser Zidler, avec une information inédite : le shah de Perse a assisté à l'une de ces exécutions. Le comte le tient de son ami M. Mallard, le chef du protocole qui accompagnait le souverain. Celui-ci a été tellement enthousiasmé qu'il a prié l'exécuteur, Louis Deibler, de recommencer. Comme Deibler lui refusait cette petite faveur sous prétexte qu'il manquait de condamné, le shah a demandé sans plaisanter à Mallard s'il ne pourrait pas prêter sa tête... l'espace d'un instant ! J'éclate de rire. Je pose un instant ma main sur celle du comte. Zidler va chercher la balle au fond des filets et la remet en jeu aussitôt, un peu à la va-vite : la guillotine... ça lui fait penser au baron Haussmann ! Le comte intercepte immédiatement : « Etrange association d'idées ! », remarque-t-il avec une ironie à vous couper le souffle. Mais Zidler, solide, esquive le coup : « Non, répond-il, Haussmann a des idées tranchantes comme un couperet ! »

Nini arrête là son reportage, bien que la joute entre le taureau et le lévrier se soit encore poursuivie fort longtemps. Elle en fut l'arbitre impartiale et la spectatrice admirative.
– J'étais subjuguée, m'avoue-t-elle. Ils ne connaissaient que des gens qui avaient leurs noms dans le journal ! Ils disaient parfois des mots – surtout le comte – que je n'avais jamais entendus. Et, en plus, n'importe quoi leur faisait penser à quelque chose. Mais attention, leur quelque chose à eux n'était pas le quelque chose des autres. C'est vrai, les autres par exemple, quand une pomme tombe dans leur conversation, automatiquement ils pensent « reinette » ou « compote » ou à la rigueur « Adam et Eve ». Tandis qu'eux, Zidler et le comte, ils entendaient « pomme » et ils pensaient « Cézanne ». Et pour tout comme ça. Même des mots a priori sans équivoque, tout simples, comme... tenez, fesses, si vous voulez. Eh bien, les autres, si vous leur dites : « fesses », vous êtes d'accord qu'ils se mettent à penser... à ce que vous pensez. Tandis que Zidler et le comte, si vous leur disiez

« fesses », ils pensaient à celles de Renoir. Enfin... vous voyez ce que je veux dire : à celles de ses baigneuses... sur ses tableaux !

– Vous êtes sûre que si le cas s'était présenté, ils n'auraient pas pensé aux vôtres ?

– Non ! Je suis même sûre du contraire. Mais au moins eux, ils n'en parlaient pas.

– Il a bien fallu quand même à un moment qu'ils s'y décident.

– Eh bien, figurez-vous que non ! Ils se sont mutuellement condamnés au silence... et à l'inaction.

Ce, à la grande joie de Nini qui s'est beaucoup amusée à voir ces deux hommes intelligents et pleins d'expérience se conduire comme deux gamins imbéciles. Ayant constaté au cours de leur joute que la gambilleuse n'a pas manifesté plus de préférence à l'un qu'à l'autre, ils en déduisent qu'ils ont autant de chances l'un que l'autre de gagner la partie et aucun des deux ne veut céder sa place à l'autre.

Quand Rodolphe Salis vient leur proposer la visite des pittoresques coulisses du théâtre d'Ombres, tous les deux s'inquiètent de savoir si Nini ne préférerait pas aller... dormir. Comme elle leur affirme à tous les deux qu'elle n'a pas sommeil, ils suivent tous les trois le gentilhomme-cabaretier. Et la joute reprend aussitôt. Le comte se dépêche d'engager en apprenant à Nini, sur un ton un peu trop professoral à son goût, que le premier théâtre d'Ombres chinoises avait été créé en 1770 par un jeune homme âgé de vingt-trois ans, Séraphin François qui, après avoir séduit Louis XVI et sa Cour à Versailles s'installa dans la galerie du Palais-Royal.

Zidler, pour montrer qu'il était aussi bien renseigné que le comte sur le sujet, affirma – avec un rien d'insolence – qu'on ne pouvait quand même pas comparer le théâtre portatif de Séraphin avec ses figurines en carton animées par des fils et le théâtre d'Ombres du *Chat-Noir* où, grâce à des prouesses techniques extraordinaires, Caran d'Ache a pu présenter au public « l'épopée impériale », retraite de Russie comprise. Excusez du peu ! Et Henri Rivière, les quarante tableaux – oui, quarante, monsieur le comte ! – sur un écran d'un mètre carré, sa fresque racontant *La Tentation de saint Antoine* avec des décors construits comme des vitraux qui n'avaient pas coûté moins de douze mille francs-or.

– Douze mille francs ?

Pardonnez-moi d'interrompre un instant la joute du taureau et du lévrier, mais je suis stupéfaite : je viens de calculer que douze mille francs-or correspondent approximativement à trois cent mille de nos francs actuels, somme que les plus grands de nos théâtres – privés, s'entend – ne pourraient allouer avec la meilleure volonté à un seul mètre carré de décor. Or, la salle du *Chat-Noir* comptait cent quatre-vingts places. Cela me laisse rêveuse. Je le suis encore davantage lorsque je sais que les changements à vue ultra-rapides de ces décors, la manipulation des silhouettes en zinc et la réalisation des trucages nécessitaient douze machinistes en permanence ; que l'accompagnement musical des spectacles mobilisait un minimum de cinq musiciens auxquels, le cas échéant, on adjoignait des chœurs et que toutes ces personnes, plus, bien sûr, le récitant, dépensaient chaque soir, sans un jour de relâche, leur talent pour donner vie au mètre carré d'écran qui composait la scène et ce, dans un silence religieux avec autant de bonne humeur que de discipline : sans quoi d'ailleurs, rien n'eût été possible.

Alors bon ! moi, je veux bien reconnaître que chaque époque a des avantages, que la nôtre peut s'honorer de progrès remarquables, qu'il faut spéculer sur

Demain et pas « nostalgiquer » sur Hier. Oui, d'accord ! mais vous m'avouerez que des histoires comme celle du théâtre d'Ombres, ça ne vous aide pas à fantasmer sur aujourd'hui.

– Voilà ! dis-je à Nini. J'ai fini. Vous pouvez continuer.

– Non ! me répond-elle, boudeuse. Je n'ai plus envie : vous m'avez coupé le fil avec vos digressions.

– Ah ! chère Nini, je vous préviens que je ne suis pas d'humeur aujourd'hui à supporter vos caprices : si vous ne voulez pas me raconter la bataille entre vos deux soupirants, eh bien, tant pis pour vous, je me débrouillerai toute seule.

– Avec vos pseudo-prémonitions, je suppose ?
– Exactement !
– Eh ben, tiens ! pour une fois je suis curieuse d'entendre vos élucubrations.

Plongée dans un état second par les cachets antigrippaux, je relève le défi et, contrairement à mon habitude, je me mets à improviser sans trop de difficulté :

– Zidler et Pompon, après un coup d'œil discret à leur montre-gousset, pensent – compte tenu de leur âge et de l'heure également avancés – qu'ils auraient intérêt à abréger leur visite dans les coulisses du petit théâtre d'Ombres. Ils admirent très haut l'ordre qui y règne et se félicitent tout bas que les nombreux accessoires et éléments de décor soient déjà rangés dans les casiers – ce qui leur évite de commenter pour Nini le fini des pins et des peupliers de la colline dans le Ier acte de *Phryné*, celui des nuages de la campagne athénienne dans le IIe acte et celui de la salle des banquets dans le IIIe !

Nini m'interrompt sans ménagement.

– Où avez-vous pêché ces détails ?
– Dans un livre de Maurice Donnay. Celui-ci, alors

académicien, l'avait donné à mon père en même temps qu'une photo dédicacée, destinée à la petite fille que j'étais ; photo que j'ai toujours gardée, sans penser que j'aurais à la mentionner un jour dans un livre... vous concernant.

– Ah ben ça alors...

– Et maintenant, ne m'interrompez plus ou moi aussi je boude et je laisse votre biographie en plan en emportant mes notes.

Devant cette menace, Nini se tait et je poursuis :

– Zidler se contenta de montrer à Nini les soixante-dix fils parallèles qui supportaient les verres doubles sur lesquels étaient peints les décors et que chaque soir une espèce de harpiste virtuose faisait selon les besoins monter et descendre sur la scène, haute de dix mètres. Sans laisser à Nini le temps de s'émerveiller, le comte lui révéla les petits secrets d'Henri Rivière : comment il donnait l'illusion d'une pluie battante avec du sable, l'illusion de la neige avec une mousseline à pois, comment de faux éclairs en papier nitré, brûlés, puis jetés, zébraient les faux ciels ; comment de fausses vagues en gazes superposées ondulaient sur une fausse mer de carton.

» Après un second coup d'œil à leur montre-gousset, Charles et Enguerrand trouvent que Nini a l'air fatiguée et qu'il est grand temps – hélas ! trois fois hélas ! – de quitter ce lieu magique. Précédés de Rodolphe Salis, toujours en pleine forme, lui, ils redescendent dans la salle du rez-de-chaussée. Bien sûr ils n'y voient pas La Goulue, partie depuis longtemps fortifier les bases de l'entente cordiale avec le prince de Galles. En revanche, ils y rencontrent précisément Maurice Donnay. Il leur confie la phrase que les confidences d'une de ses amies viennent de lui inspirer : "Au soir de leur mariage, combien de femmes sont déjà veuves du mari qu'elles ont imaginé ?"

Nouvelle interruption de Nini :
- Il n'a jamais dit ça, Donnay !
- Ah si ! Il l'a même écrit ! Ça, je vous le garantis ! En revanche, vous, vous êtes dans l'impossibilité de me garantir qu'il n'a pas prononcé cette phrase-là à ce moment-là. N'est-ce pas ?
- Evidemment...
- Que celle qui n'a jamais arrangé un peu la vérité me jette la première pierre.
- Continuez ! m'ordonne précipitamment Nini.

J'obtempère :
- Cette phrase que Maurice Donnay a prononcée sans la moindre intention maligne, simplement comme beaucoup d'auteurs pour en tester l'effet, cette phrase jette un froid... car elle projette devant les yeux de Charles et d'Enguerrand l'image de leurs deux épouses en deuil de leurs illusions juvéniles, depuis laide lurette. Oui, laide, car dans ce cas précis il me semble improbable et inconvenant que la lurette soit belle ! Il est évident que cette image tombe mal mais, habitués à ses apparitions sporadiques, comme à celles d'un fantôme familier, ils la chassent très vite et quittent *Le Chat-Noir*, chacun accroché à la réalité bien vivante des bras fermes de Nini. Avec l'espoir de semer son encombrant rival, le comte hèle un fiacre et y monte avec la gambilleuse. Zidler les suit. Le comte a alors une subite envie d'aller respirer l'air du bois de Boulogne. Zidler aussi. Place Blanche, le comte décrète que finalement son idée n'est pas raisonnable et y renonce. Zidler approuve. Le comte, jouant les aimables, se propose de le déposer à son domicile. Zidler, jouant les imbéciles, décline cette offre généreuse. Le comte indique au cocher l'adresse de Nini, mais le fait arrêter à la moitié de la rue Lepic, prétextant qu'il a des fourmis dans les jambes et besoin de marcher. Zidler s'empresse de

descendre aussi du fiacre et, qui pis est, recommande sournoisement au comte un de ses amis médecins qui soigne très bien « ces petites manifestations de l'âge ». Le comte vexé se croit obligé de monter jusqu'à la rue Saint-Eleuthère au pas de course, entraînant par la main Nini qui se demande bien comment tout cela va finir. Zidler leur laisse prendre une bonne avance, puis les rattrape devant la porte de Nini. Ils restent encore quelque temps à bavarder de tout et de rien, chacun des deux hommes ayant accepté de perdre la partie mais refusant que l'autre la gagne.

Leur volonté de vaincre survit à leur désir. La joute amoureuse tournant à l'affrontement entre deux vanités, Nini s'en désintéresse. Elle prend congé du lévrier et du taureau en leur souhaitant, l'œil pétillant de sous-entendus, une excellente nuit.

Ils sollicitent un baiser innocent.

Ils l'obtiennent.

En se penchant vers la joue gauche de Nini, Zidler lui glisse dans l'oreille : « Je vous verrai demain soir à l'*Elysée-Montmartre*. »

En se penchant vers sa joue droite, le comte lui murmure exactement la même phrase.

Elle sourit aux deux hommes comme si elle ne souriait qu'à un seul. Puis elle les regarde s'éloigner, bras dessus, bras dessous, « comme deux frères », pense-t-elle, rejoignant ainsi Sacha Guitry qu'elle ne peut pourtant pas connaître, qui prétendait que deux hommes aimant la même femme ont souvent un petit air de famille.

Là-dessus, je coupe le magnétophone, je m'offre une grande tournée de Kleenex, de sirop, de nasinette, d'aspirine. Je grelotte. Je m'enfonce sous les couvertures. Je dois avoir au moins trente-neuf. Peut-être bien quarante. Oh oui ! au moins quarante !

239

Il me semble entendre à travers un nuage de coton la voix émerveillée de Nini qui me crie :

– Chapeau ! A part la phrase de Maurice Donnay, ma soirée s'est exactement passée comme vous l'avez imaginé. Vous êtes vraiment géniale. Géniale !

Mais peut-être n'est-ce là qu'un effet de la fièvre ?

16

Ce n'était pas la fièvre. Nini me l'affirme une semaine plus tard alors qu'elle me revient juste au moment où ma grippe s'en va : elles se sont vraiment croisées, ces deux-là ! Ma gambilleuse reconnaît que sa soirée au *Chat-Noir* entre Charles Zidler et le comte Enguerrand Pontel d'Héricourt s'est bel et bien terminée comme je l'avais imaginé, en double queue de poisson. En revanche, elle nie avoir dit que j'étais géniale. Après tout, c'est possible, mais vraiment, ça m'étonne ! De toute façon, il n'est pas question d'épiloguer sur ce sujet, car, piaffante de s'être tue pendant huit jours, Nini démarre à fond de train :

— Le lévrier, dit-elle, m'a posé un lapin.

— Il n'est pas venu vous voir le lendemain à l'*Elysée-Montmartre* ?

— Ni le lendemain. Ni les autres jours. Ni à l'*Elysée*. Ni au *Chat-Noir*. Ni nulle part ailleurs. Personne ne savait ce qu'il était devenu. Il s'était volatilisé.

— Ça vous était égal, non ?

— Non ! A la vérité, il m'avait impressionnée. C'était mon premier comte.

— En somme, vous étiez atteinte du syndrome particule.

— Peut-être. Toujours est-il qu'après avoir quitté

mes deux chevaliers servants, je suis allée réveiller Nono Clair-de-lune pour lui raconter ma soirée et je ne lui ai parlé que du comte... avec un tel enthousiasme qu'elle en a été affolée.

— Affolée, pourquoi ?

— Elle avait peur que je m'attache, que je lâche Vincent qui, selon elle, finirait par m'épouser et que je perde ma belle jeunesse à soupirer après quelqu'un qui n'était ni de mon monde, ni de mon âge.

— Elle avait du culot ! elle qui s'était mariée avec le cacochyme marquis de Mangeray-Putoux.

— Justement ! elle le regrettait et voulait que je profite de son expérience.

— Ça vous a influencée ?

Je ne comprends pas bien pourquoi Nini, gênée, tarde à me répondre négativement de la tête. Encore moins pourquoi elle a un ton presque grave et des yeux presque tristes en me disant :

— Pour être franche, je dois vous avouer que si j'avais revu le comte, je lui aurais sûrement fait un bout de conduite.

Puis sans transition, étouffant dans l'œuf ma perplexité, Nini repasse du sérieux à la gaieté et du comte à Zidler.

— Quant au taureau, lui, je l'ai revu le soir même et par la suite tout le temps. Mais jamais en tête à tête.

A l'*Elysée-Montmartre*, il était accompagné d'Yvette Guilbert, une jeune chanteuse de café-concert dont le visage avait plus de relief que le corps et que le public de l'*Eldorado* accueillait chaque soir en scandant sur l'air des lampions : « Où sont ses tétons ? Où sont ses tétons ? » Nini ne jurerait pas que ce soir-là Zidler eût été en mesure de répondre à cette impertinente question. Elle pense d'abord qu'il a voulu dans un esprit revanchard la mettre en compétition avec Yvette, comme lui la veille avec le comte, ou simplement lui montrer qu'il n'attend pas après elle. Mais comme Zidler ne lui parle que de son engagement au futur *Moulin-Rouge* et qu'il part aussitôt après l'avoir obtenu, sans la moindre œillade équivoque, sans le moindre effleurement clandestin, elle finit par se rendre à ces trois évidences. La première : qu'il est venu exclusivement en homme d'affaires ; la deuxième : qu'il a amené Yvette parce qu'elle lui plaît ; la troisième : qu'il n'a témoigné à Nini de l'intérêt la veille au soir qu'en fonction de l'intérêt que le comte lui a porté. Elle en conclut que certains hommes éprouvent une attirance particulière pour les femmes qui sont convoitées ou aimées par des hommes célèbres ou fortunés qu'ils envient.

Elle a l'occasion de s'apercevoir que François-Ludwig est de ceux-là, le 9 septembre 1889.

Ce jour-là, Nini a de bonnes raisons de s'en souvenir : le facteur lui remet, avec des airs très intrigués, un papier bleu replié sur lequel sont inscrits son nom et son adresse. Elle l'ouvre et lit ces quelques mots : *Suis heureux d'inaugurer avec toi le télégraphe de la tour Eiffel Stop Espère que tu garderas cette pièce de collection Stop Aussi rare que notre amitié Stop Signé : François-Ludwig.* Elle est d'autant plus ébaubie par « la pièce de collection » qu'elle n'a aucune nouvelle de son expéditeur depuis le départ de celui-ci pour Panama.

Elle a su vers la fin juillet, par la gazette du Dr Noir, qu'un concordat venait d'être signé entre les négociateurs d'Eiffel et les liquidateurs de la Société du Canal. Elle s'est donc bien doutée que François-Ludwig était rentré à Paris.

Néanmoins, le 9 août, jour anniversaire de celui-ci et Saint-Amour, elle a cherché à en avoir la certitude. Persuadée que s'il était dans la capitale, il ne pouvait qu'être dans les bras de sa Zoélie, en pensant aux siens, elle est allée rôdailler du côté de la tour. Elle en était à une centaine de mètres, sur le pont d'Iéna, quand un très violent orage éclata. Prise de panique – car le Dr Noir, comme tous les adversaires de la tour, avait toujours prétendu qu'une telle masse métallique attirerait forcément la foudre –, elle se mit à courir aussi vite qu'elle put, sous une pluie diluvienne, descendit sur les berges de la Seine et se réfugia sous le pont, redoutant d'entendre entre deux coups de tonnerre un fracas de ferraille éclatée. Mais le ciel se calma et la tour resta debout. Nini, elle, fut transie dans sa robe détrempée et ses bottines qui avaient pris l'eau. Dans sa course, des mèches de cheveux s'étaient échappées de son chignon et pendaient lamentablement le long de son visage. Elle se sentit laide et mal à l'aise. Plus du tout l'œil conquérant. Plus du tout l'ironie dévastatrice au coin des lèvres. Bref, plus du tout programmée pour la rencontre miraculeuse qu'elle avait imaginée, du genre : « Oh ! vous ici ! Quelle bonne surprise ! Pardon de ne pas avoir répondu à vos lettres mais j'étais tellement occupée... » Alors, elle rebroussa chemin et rentra rue Saint-Eleuthère. Elle y attendit Vincent qui avait pris l'habitude de venir l'y voir à la sortie de son chantier depuis que sa mère et son oncle s'étaient installés chez lui. Ils y passaient une heure ensemble pendant que discrètement Nono Clair-de-lune et la Patamba allaient conduire Rididine à l'abreuvoir où se désaltérait aussi son fiancé, ce vilain mais attendrissant Rougon. Comme d'autres sont protecteurs des arts, elles étaient, elles, protectrices des amours.

Vincent arriva plus tard qu'à l'ordinaire et ne resta que le temps de prévenir Nini qu'il repartait : l'abbé Lafoy, en se rendant avec sa sœur à l'église de la Madeleine qu'ils comptaient visiter, avait été renversé par un fiacre. Sa propriétaire en était – grâce au doigt de Dieu – une dame de la meilleure éducation qui venait de quitter le même saint lieu où elle effectuait une « dix-huitaine » (deux neuvaines consécutives. Pratique recommandée dans les cas difficiles).

Bouleversée d'être la cause bien involontaire de cet accident, elle avait accompagné l'abbé Lafoy commotionné et sa sœur indemne, mais exsangue, à la clinique Notre-Dame-des-Sept-Douleurs, sur la colline de Chaillot. Elle y fut accueillie par les sœurs infirmières avec les égards dus à une généreuse bienfaitrice. Après quoi, elle avait envoyé son cocher au chantier du Sacré-Cœur afin qu'il mette Vincent au courant de l'accident survenu à ses chers parents et qu'il lui donne l'adresse de la clinique. La scrupuleuse dame l'avait inscrite elle-même sur une de ses cartes de visite. Vincent la montra à Nini. Elle y lut avec beaucoup d'amusement le nom de... la comtesse Enguerrand Pontel d'Héricourt !

En son for intérieur, Nini constata que décidément le grand monde était bien petit et pensa que la « dix-huitaine » devait concerner les frasques de son mari : il fallait au moins ça pour en espérer la diminution.

En son for extérieur, Nini pria Vincent de présenter aux accidentés ses vœux de prompt rétablissement.

Le lendemain, dans le journal du Dr Noir, elle lut un article intitulé : « Eiffel face à l'orage ». On y reconnaissait, à regret, que le dispositif antifoudre de la tour, qui se terminait sous une couche aquifère profonde de sept mètres et située à proximité de la Seine, n'avait pas électrocuté les poissons du fleuve comme on le craignait et qu'aucune victime par ailleurs n'était à déplorer. Illustrant l'article : une photo de M. Eiffel prise après l'orage dans le bureau qu'il s'était aménagé au sommet de sa tour. Il y posait auprès « d'un de ses jeunes et brillants collaborateurs » au nom prédestiné : François-Ludwig Eisenbruck. Nini ne s'était donc pas trompée : le 9 août, son oiseau de passage s'était bel et bien posé un instant sur la tour. Néanmoins, elle se félicita de ne pas l'avoir rencontré. Elle eût été mortifiée que « le jeune et brillant collaborateur de M. Eiffel, à l'élégance si raffinée » la voie dans l'état piteux où l'orage l'avait mise. Elle espéra qu'il viendrait la surprendre un soir à l'*Elysée-Montmartre*. Si tant est qu'on puisse être surpris par quelqu'un que l'on cherche partout.

François-Ludwig n'y réapparaît que le 9 septembre au soir, ne doutant pas que son télégramme expédié à Nini de la tour Eiffel l'après-midi même va lui valoir le meilleur accueil. C'est pourquoi il est assez surpris de trouver sa maîtresse moins compréhensive qu'à l'accoutumée. Heureusement elle lui en explique aussitôt la raison en style télégraphique et sous le masque protecteur de son personnage favori :

— Arthémise furieuse Stop Pas digéré fausse date de ton départ pour Panama.

François-Ludwig entre dans le jeu sans une seconde d'hésitation :

— Odilon désespéré Stop Acculé au mensonge pour raison professionnelle ultrasecrète Stop Implore pardon.

— Arthémise pardonne pour ne pas gâcher soirée Nini Stop Mais n'oublie pas Stop Amitiés.

— Odilon reconnaissant Stop Tendresses.

Arthémise et Odilon ayant rempli leur mission de conciliateurs s'effacèrent pour laisser François et Nini s'embrasser.

— Si j'avais su, me dit Nini, je n'aurais pas été aussi magnanime.

Au ton explosif de ma gambilleuse, je comprends

que le beau François-Ludwig n'avait pas dû vraiment se conduire comme un gentleman.

— Pis ! s'écrie Nini, il s'est conduit comme un imbécile.

— Mais encore ?

— Comme Zidler le soir du *Chat-Noir*.

— Ah ! nous y voilà !

— Oui ! cette andouille s'est mis dans la tête de coucher avec une pétasse qui n'était pas son genre uniquement parce qu'elle couchait avec un cul couronné.

La pétasse en question n'était autre que La Goulue. Le cul couronné était celui d'Edouard VII ! Pardon à la Cour d'Angleterre, mais c'est historique. Nini est formelle :

— Il n'y aurait pas eu pour Loulou de François sans prince de Galles comme pour moi il n'y aurait pas eu de Zidler sans comte Enguerrand.

— Voire ! La Goulue a très bien pu plaire à François-Ludwig intrinsèquement, en dehors de son contexte princier.

— Non ! Ne discutez pas bêtement, il me l'a dit.

— Beaucoup d'hommes disent à leurs compagnes que telle ou telle femme ne leur plaît pas (« Oh... celle-là ? Non ! Beurk ! ») uniquement pour être gentils ou pour avoir la paix, alors qu'ils pensent en réalité : « Oh, celle-là ? Oui ! Comme un pot de fraises ! »

— Je sais ! mais pas François ! Pas avec moi !

Je négative. Oui, oui ! vous avez bien lu : je négative. Il y en a bien qui positivent à Carrefour. Je ne vois pas pourquoi moi, je ne négativerais pas. Donc, je négative. Mais pas longtemps. Car Nini m'envoie un argument, lui, très positif en me parlant d'un jeu – encore un ! – que François-Ludwig et elle avaient inventé. Se plaçant exclusivement sur le plan de la sexualité, ils avaient séparé les êtres en trois catégories : les « non jamais, même dans le noir ! », les « pourquoi pas une fois en passant ? », et les « oui, tout de suite, plutôt deux fois qu'une ! ». Le jeu consistait pour chacun à deviner dans quelle catégorie l'autre classait ceux et celles qu'ils rencontraient. Ils ne s'étaient jamais trompés. Sauf une fois, avec La Goulue justement. Nini l'avait cataloguée dans les « pourquoi pas une fois en passant ? » et François, avec une grimace, l'avait reléguée parmi les « non jamais, même dans le noir ! ». Cela pour excès de graisse et de vulgarité. Et comment douter de sa réaction alors que la minute d'après il avait sans hésitation confirmé à Nini que Grille-d'Egout avec sa minceur et son air de « ne pas s'intéresser à ça » figurait en bonne place parmi les « oui, tout de suite, plutôt deux fois qu'une ! » ? D'accord ! Je n'insiste pas. La Goulue était la *cup of tea* du prince de Galles. Pas celle de François.

Entre parenthèses, je ne comprends pas pourquoi on s'obstine à employer cette expression qui n'a aucun sens en France. Je trouverais plus normal d'écrire : « La Goulue n'était pas la coupe de champagne de François. » Ou bien, compte tenu de ses origines germaniques : « La Goulue n'était pas la chope de bière d'Eisenbruck. » Ou alors, en transposant l'action en Italie : « La Gouluta n'était pas la fiasca de chianti de Francesco-Luigi. »

– Ou encore, me suggère Nini exaspérée par mes incidentes, en version chinoise : « La Goulue n'était pas le verre de saké de Li-Chou-Chen. »

– Li-Chou-Chen correspond à François-Ludwig ?

– Sûrement pas ! mais j'm'en fous ! Je ne cible pas la clientèle chinoise.

– Dommage !

Je m'attarderais volontiers sur la vision de rêve qui vient de surgir dans ma tête : un vieux bonze perdu dans les montagnes sauvages du Yunnan et sortant de la manche de son kimono la biographie de Nini Patte-en-l'air avec des yeux gourmands. Mais Nini me ramène du Yunnan à l'*Elysée-Montmartre* en fusée et sans escale, jusqu'au moment où François-Ludwig et elle, rabibochés de fraîche date, s'apprêtent à en repartir, avec l'intention commune de commander à Victor Hugo l'ode de leur réconciliation.

– Malheureusement, me dit Nini, voilà que tout à coup François voit le prince attablé avec La Goulue et sa bande habituelle de nuitards, dont Grille-d'Egout. Et aussi sec, il cingle dans leur direction. Je pense tout de suite qu'il vise Grille puisqu'elle lui plaît. Eh bien, non ! il la visera plus tard quand elle sera devenue à son tour la maîtresse du futur Edouard VII. Mais ce soir-là La Goulue est encore la favorite et c'est elle qui l'intéresse.

– En somme, si l'on vous en croit, l'essentiel quand on veut se lancer dans la galanterie est de décrocher au départ une tête de série. Après les autres suivent.

– Evidemment ! D'abord les hommes pensent : « Si lui qui est une tête de série et qui pourrait se payer n'importe quelle femme s'est offert Mme Machin, c'est que Mme Machin vaut le déplacement. » Et ils se déplacent ! Ensuite, ça les flatte, forcément : il est plus valorisant dans les conversations et plus excitant dans un plumard de succéder à un ministre qu'à un balayeur.

– Conclusion : comme l'argent va à l'argent, le succès va au succès.

– Pardi ! il n'y a qu'à regarder La Goulue pour s'en convaincre.

– Comment ça ?

– Il est évident que son physique ne suffit pas à expliquer sa réussite

— Vous êtes sévère. J'ai vu des photos d'elle. Elle était...
— Une grosse blondasse !
— Non... compte tenu des critères de beauté de l'époque, elle devait être appétissante.
— A condition d'avoir un solide appétit ! Ça, au kilo, on n'était pas volé !
— Elle avait un joli teint...
— De grosse blondasse ! Et moi qui l'ai connue, je peux vous jurer que sans Chérif Amourad Yazi, son prince égyptien qui a tout déclenché, sans Edouard, son prince anglais qui a renforcé sa position, et sans Lautrec, son prince du pinceau qui lui a offert en prime le label du vice, elle n'aurait pas traîné tous les hommes à ses trousses.
— Peut-être, mais rien que ces trois-là, pour les attirer il a bien fallu qu'elle ait un certain charme.
— Ah non ! Ne me parlez pas de charme à propos de La Goulue. Disons qu'elle était ce que vos magazines appellent un sex-symbol. Et ce que Jean Lorrain, un chroniqueur de mon époque, appelait « une fleur de cuvette ». Mais pour moi, ça reste une grosse blondasse ! Et sans la publicité collée à ses fesses : « Fournisseur des princes », mon François-Ludwig n'aurait jamais couru après.

Or, le papillon qui lui aurait pu afficher sur ses ailes : « Fournisseur de toutes ces dames » et qui n'avait vraiment pas besoin de se remuer pour butiner avait couru. Et longtemps encore. Il est vrai qu'à son premier vol de reconnaissance sous la table, La Goulue l'avait remis immédiatement à sa place – et ses mains à la leur – en lui disant d'une façon catégorique : « Jamais dans les plates-bandes d'une copine. » Eh oui, la grosse blondasse à la cuisse légère était une bonne fille avec des principes. Pas beaucoup certes, mais ceux qu'elle avait, elle y tenait. Parmi eux, celui de « ne pas toucher au pote d'une frangine ». Ce fut le malheur de Nini. Si La Goulue n'avait pas eu cette réaction amicale, François-Ludwig serait allé se vautrer dans les draps du prince, ce soir-là ou le lendemain, et il aurait très probablement été débarrassé de son fantasme. Tandis que celui-ci, ayant été refoulé, ne fit que croître et embellir. Il finit par prendre des dimensions telles que François ne réussissant pas à en venir à bout accepta un peu penaud l'aide que, déjà depuis un certain temps, Nini lui proposait. Elle alla donc expliquer la situation à La Goulue. Celle-ci, toujours bonne fille, « du moment qu' c'était pour rendre service », accepta de coucher avec François et après avoir compulsé sa liste d'attente le casa à la date du 13 novembre. Il y aurait exactement deux mois que le papillon battait de l'aile et un peu plus d'un que celles du *Moulin-Rouge* flamboyaient sous le ciel de Paris.

La rencontre au sommier entre Louise Weber et François-Ludwig Eisenbruck, qu'on aurait pariée explosive à cent contre un, se déroula sans le moindre éclat. Monté gaillardement dans le lit avec l'idée d'empaler la maîtresse d'un prince, François en sortit déçu, s'étant tapé tout simplement une pute. Le lendemain, à Nini qui lui réclamait ses impressions sur « la fleur de cuvette », il répondit du bout des lèvres :

– Tu avais raison : c'est une grosse blondasse !

De son côté, La Goulue émit sur le fringant papillon cette opinion peu flatteuse :

– C'est un calicot qui se prend pour une affiche.

Et l'affaire fut classée pour ses trois protagonistes : François, sans doute pas très fier de cette histoire, évita tout ce qui pouvait la lui rappeler, donc Montmartre et Nini ; La Goulue poursuivit sa vie de bohème endiamantée comme si de rien n'était et d'ailleurs pour elle rien n'avait été ; quant à Nini, elle entra dans une zone dépressionnaire.

Sale temps en effet pour la gambilleuse ! Pas la grosse averse d'emmerdes dont on se met à l'abri en attendant qu'elle passe. Non ! Le petit crachin d'ennuis sous lequel on continue à marcher, parce qu'il ne vous mouille pas assez le cœur pour s'arrêter. Pas d'éclaircie du côté tour Eiffel. François-Ludwig a disparu une fois de plus sans laisser d'adresse. A tout hasard, un jour Nini est allée s'informer auprès des patrons de *La Baguette Magique*. La boulangère s'est fait un réel plaisir de lui apprendre que M. François-Ludwig avait donné son congé fin juillet, à son retour de Panama ; qu'il venait de temps en temps à la boutique en fiacre, pour acheter des pains au chocolat et des sucettes et qu'à l'occasion, elle pourrait lui transmettre un message. Nini déclina l'offre si aimable avec un sourire encore plus aimable et prit la direction de la tour sans la moindre illusion de l'y rencontrer. Ce qui ne l'empêcha pas d'être déçue en ne le voyant pas, car comme les têtes de l'hydre de Lerne, les illusions repoussent aussitôt qu'on les a coupées.

Côté Sacré-Cœur, nuages aussi, mais beaucoup plus imprévisibles : Vincent a quitté sa basilique et par la même occasion Montmartre. Sûrement encore un coup du « doigt de Dieu » ! Il n'y a que lui pour avoir poussé l'abbé Lafoy sous les roues du fiacre de la comtesse Enguerrand Pontel d'Héricourt ! Tout a découlé de là. La comtesse, très pieuse, comme on l'a vu, estima que son devoir de chrétienne lui commandait de prendre en charge l'envoyé de Dieu accidenté par sa faute, ainsi que sa sœur si méritante et son neveu si dévoué. Devoir d'autant plus facile à remplir qu'elle se prit bientôt d'une amitié sincère pour les trois Lafoy qui d'ailleurs la lui rendirent bien. Elle ne voulut pas que, même tout à fait remis sur pied, l'abbé et sa sœur retournent à Epinal dont elle jugea le climat trop rigoureux, ni sur la butte si incommode pour leurs jambes fatiguées. Elle ne voulut pas davantage qu'ils soient séparés de leur seule joie de vivre : Vincent. Elle s'avisa alors qu'il y avait, dans le fond du parc de la clinique Notre-Dame-des-Sept-Douleurs, un pavillon un peu vétuste mais ravissant que jouxtait une chapelle désaffectée depuis la Révolution. Le tout aurait été offert par Louis XIV à Louise de La Vallière, très dévote comme on le sait, afin qu'elle pût, aussitôt après avoir péché avec le roi dans le pavillon, se rendre dans la chapelle voisine et y demander pardon à sainte Marie-Madeleine, la préposée aux affaires de repentir. Mais ce n'est peut-être là qu'un de ces ragots qui, à travers les siècles, sautent de grenouilles en bénitiers.

Toujours est-il que la comtesse Pontel d'Héricourt, propriétaire du domaine, se mit en tête de rénover les deux parties du bâtiment, l'une étant destinée à loger les Lafoy au grand complet, l'autre à être rétablie dans sa fonction première. Elle proposa à Vincent de diriger les travaux. Sa proposition tomba à un moment où une fois de plus, par manque de fonds, ceux du Sacré-Cœur stagnaient. Vincent accepta. Non sans regrets, non sans peut-être un vague espoir de retour, il quitta les hautes voûtes de la cathédrale pour le plafond fendillé de la chapelle Sixtine.

Brusquement j'entends ma gambilleuse glapir :

– Quoi ? Qu'est-ce que vous venez d'écrire ? Je ne vous ai jamais parlé de chapelle Sixtine.

– Exact. Mais je trouve normal que ce petit sanctuaire, ressuscité grâce à la comtesse Pontel d'Héricourt, lui soit dédié.

– Mais je ne vous ai jamais dit qu'elle s'appelait Sixtine !

— Exact aussi. Mais, ayant pensé que vous refuseriez, comme pour son mari, de me révéler sa véritable identité, je me suis permis de la baptiser Sixtine. Prénom qui m'a semblé particulièrement adéquat, étant donné l'attachement de cette personne à la Sainte Eglise apostolique et romaine.

— A d'autres ! Dites plutôt que vous n'avez pas pu résister à la tentation d'une mini-chapelle Sixtine à tout jamais ignorée du Vatican.

— Je reconnais que, question plaisanterie, je ne suis pas saint Antoine ! Estimez-vous encore heureuse que sur ma lancée, je ne vous aie pas imposé un barbouilleur de plafond s'appelant Michel Lange !

Renonçant raisonnablement à me changer à mon âge, Nini en revient à Vincent. Aussi zélé et compétent sur la colline de Chaillot qu'il l'avait été sur celle de Montmartre, il mena son équipe d'ouvriers si rondement que le pavillon fut habitable pour Noël. Il y installa d'abord sa mère et son oncle et ne les rejoignit que deux jours plus tard. Deux jours qu'il passa avec Nini... à lui parler de Sixtine... Une femme qui a toutes les qualités, même celle de ne pas se les reconnaître, qui se dévoue entièrement aux autres en les persuadant que ce sont eux qui lui rendent service, qui, inlassable vestale, veille sur son foyer, sur ses domestiques, sur ses enfants et sur son mari qu'elle respecte contre vents et marées. Et Vincent a l'impression qu'il y a beaucoup de vents et beaucoup de marées... quoique la comtesse ne se plaigne jamais. Elle est si discrète... si bonne... si digne... Elle a redonné la jeunesse à sa mère et à son oncle. A lui Vincent, elle a donné confiance et insufflé des ambitions qu'il n'aurait jamais osé avoir. Elle l'a persuadé de diriger sa propre entreprise. Elle est sûre que l'immobilier est appelé à se développer dans Paris et qu'on aura besoin d'hommes comme lui. Elle a beaucoup de relations, beaucoup d'amis. Elle pourra l'aider. Elle lui a trouvé un local pour y installer ses bureaux : au Champ-de-Mars : pas très loin de son domicile à elle, ni de la colline de Chaillot. Elle lui a même trouvé un premier client : son mari ! Oui ! Le comte Enguerrand qui songe à établir leur aînée et voudrait mettre une maison genre anglais dans sa corbeille de noces.

Nini est bien obligée de reconnaître avec Vincent que la comtesse Pontel d'Héricourt est une femme adorable. Vraiment ! C'est bien pourquoi elle la hait : parce qu'elle l'est vraiment. Parce qu'elle ne fait pas semblant de l'être comme tant d'autres dont, en cherchant bien, on arrive à débusquer les failles. Elle, ça se sent, elle est foncièrement altruiste. Elle est inattaquable, elle est irréprochable. Un monstre, quoi ! Ah ! Nini comprend que le comte Enguerrand la cocufie ! A la prochaine occasion ce sera avec elle, foi de Nini ! Quel bonheur de tromper cette garce de sainte qui lui a volé son Vincent ! Car elle le lui a volé. Il a beau répéter que tous ces changements dans sa vie ne changeront rien à la leur ; il aura beau venir de temps en temps à Montmartre se jeter un petit coup de passé derrière sa cravate d'entrepreneur ; ou l'accueillir dans son bureau du Champ-de-Mars pour lui souhaiter la Saint-Revenez-y, ce ne sera plus jamais pareil. Il sera un autre et elle sera la même. A moins qu'elle ne devienne une autre également, une dame rangée qui aurait rangé ses rêves sous une pile d'enfants qui rangeraient leurs jouets. Elle y pense quelquefois. L'autre jour encore, quand Vincent lui a présenté Benjamin Guinguet, un descendant de ce Pierre Guinguet qui, en 1640, ouvrit la première guinguette. A cause de son nom peut-être, elle a prêté quelque attention à ce garçon qui va remplacer Vincent au Sacré-Cœur, ainsi que dans la maison de Berlioz. Il le remplacerait volontiers aussi dans la vie de Nini. Elle l'a bien vu dans ses yeux où on lit à cœur ouvert, dans son sourire sans équivoque, sans mystère, tout le contraire du Désossé.

Tiens ! à propos, côté professionnel, ce n'est pas la joie non plus. Le *Moulin-Rouge* depuis son ouverture le 6 octobre est plein à craquer. Supermarché du plaisir, le Tout-Paris désertant l'*Elysée-Montmartre* vient s'y ravitailler désormais en fantasmes, en potins, en gaudrioles, en chansons, en danses, en illusions, en alcools, en aventures faciles, en rires... en oubli, quoi !

Le quadrille naturaliste y triomphe. Zidler et les frères Oller se frottent les mains. Ils couvent leurs danseuses à qui ils sont conscients de devoir leur salle comble. Ils les paient bien. Ils les traitent comme des personnes de leur famille. Il y a une très bonne ambiance. Les filles sont contentes du succès qu'elles remportent tous les soirs. Elles sont amicales. Même Jane Avril, « la mélinite », « la folle », qui aurait tendance à se prendre pour une intello parce qu'elle en fréquente et qu'Alphonse Allais, un autre dingue, l'a demandée en mariage ; même Yvette Guilbert qui n'arrête pas de relancer Zidler ; même La Goulue qui est restée très simple, très généreuse, malgré la liste toujours plus longue de ses admirateurs, malgré les fortunes qu'ils déposent à ses pieds, malgré Toulouse-Lautrec qui vient quotidiennement la manger des yeux et la croquer sur son carnet à dessins.

Tout le monde est gai. Tout le monde est gentil. Tout va très bien. Il n'y a que Nini qui ne va pas. A cause de François-Ludwig. A cause de Vincent.

– Vous comprenez, me dit Nini, ils étaient mes béquilles et alors il fallait que j'apprenne à marcher sans eux.

– Oui... bien sûr... ça peut être une explication à votre morosité d'alors.

Nini renifle mes réticences. Elle y est nettement allergique.

– Quoi ? Qu'est-ce qu'il y a ? Vous voyez une autre explication, vous ?

– Ben... mais je peux me tromper...

– Ah ! je vous en prie ! ne tournez pas autour du pot ! Vous savez très bien que j'ai horreur qu'on me prenne pour une poupée de porcelaine qui se casse à la moindre vérité.

– Bon ! bon ! ne vous fâchez pas.

– Alors ça vient ? Pourquoi, selon vous, j'étais à côté de mes bottines ?

– Parce que vous auriez souhaité être une reine et que vous vous voyiez condamnée au rôle de suivante.

– Excusez-moi, mais en décodé qu'est-ce que ça signifie ?

– Vous auriez voulu être La Goulue.

Nini reçoit le coup en plein dans l'estomac. Elle en est pliée en deux... par un rire faux... mais faux... la pauvre ! Elle espère me donner le change. Elle oublie que je la connais... comme si je l'avais faite ! Elle oublie que j'ai déjà une fois touché ce point sensible et qu'elle a déjà esquivé le problème.

– Pas du tout ! s'écrie Nini, je me souviens très bien : c'était au chapitre 5. Je vous ai même promis d'aborder le sujet plus tard.

– Alors pourquoi pas maintenant ?

– Mais j'étais en plein dedans : mon rire répondait à votre accusation aberrante.

– Navrée, mais je ne pense pas qu'il soit aberrant de vous imaginer jalouse de La Goulue.

Faute de pouvoir m'enfoncer mon stylo dans la

gorge, comme elle en meurt d'envie, Nini me le confisque et le tourne dans tous les sens comme un décontracteur.

— D'abord, ma petite bonne femme, commence-t-elle, il faudrait vous mettre dans la tête que si je n'ai pas été une star comme La Goulue, j'ai quand même eu, sans l'aide de mes fesses, moi, une fort jolie carrière et sans Lautrec, mon nom est passé à la postérité. Allez sonder la France profonde, vous verrez : Nini Patte-en-l'air on sait ce que c'est ; La Goulue, inconnue au bataillon !

— Vous ne pouvez quand même pas nier qu'à votre époque et notamment pendant la période faste du *Moulin-Rouge*, elle a joui d'une popularité et d'une richesse phénoménales que vous n'avez jamais connues.

— Elle les a payées trop cher pour que je les envie.

— Maintenant, d'accord, parce que vous en savez le prix, effectivement prohibitif. Mais entre 1884 et 1894 où sa chute s'est amorcée, vous avez eu tout le temps de l'envier.

— A condition que j'aie pensé que la popularité et la richesse soient enviables. Ce n'était pas le cas. Pour ma part, j'ai toujours trouvé l'anonymat plus confortable que la gloire.

Je me tais. La gloire... pouah ! je connais bien cette chanson. Je l'ai beaucoup entendu chanter. Dans la version hugolienne : « Ce qui d'abord est gloire à la fin est fardeau. » Dans la version de La Fontaine : « Aucun chemin de fleurs ne conduit à la gloire. » Surtout dans la version de Mme de Staël : « La gloire est le deuil éclatant du bonheur. » Oui... peut-être... Il est possible que ces glorieux-là aient été sincères, mais peut-être également qu'ils ne l'étaient pas. Peut-être dévalorisaient-ils ainsi la gloire pour se déculpabiliser vis-à-vis de ceux qu'elle dédaignait ; ou bien pour décourager les haines ou les simples aigreurs de toutes les Nini Patte-en-l'air du monde, en les persuadant que contrairement aux apparences, il fait plus chaud à l'ombre qu'au soleil.

Personnellement je crois que si Mme de Staël, pour ne prendre qu'elle, était restée une anonyme et heureuse mère de famille, elle aurait écrit avec nostalgie que le bonheur était le deuil éclatant de la gloire. Allez donc savoir qui est dans le vrai !

La voix radoucie de Nini tombe au milieu de mes perplexités.

– En somme, vous restez convaincue qu'en silence je n'aspirais qu'aux trompettes de la renommée.

– J'ai du mal à m'imaginer qu'on puisse s'engager dans une carrière artistique en décidant au départ que pour rien au monde on ne veut être une locomotive, mais simplement un wagon.

– Bien sûr, on ne le décide pas vraiment.

– Ah bon ! là, je vous suis mieux : on s'y résigne ?

– Oui... mais de plus ou moins bonne grâce, avec plus ou moins de facilité.

– Ça, d'accord !

– Et moi, franchement, j'ai accepté mon rôle de seconde sans aucune difficulté. Parce que j'adorais mon métier. L'exercer comptait pour moi avant tout.

Nini pointe mon stylo dans ma direction et, en me regardant dans le fond des yeux, me demande :

– Vous me croyez au moins ?

– Oui.

– Alors, je vous rends votre stylo. Mais vous le direz, hein, que je n'étais pas une aigrie ? Je n'aime pas cette race-là.

– Promis ! Je dirai même que vous aviez du mérite à ne pas l'être.

Le visage de Nini s'éclaire. Pour un peu, elle m'embrasserait.

– Vous le pensez ?
– Oui ! vous aviez sûrement autant de talent et plus de conscience professionnelle que La Goulue.
– Honnêtement, oui, mais on ne peut rien y faire. Dans toutes les compétitions, il y a celui qui arrive le premier et celui qui arrive un centième de seconde plus tard.
– Vous vous rendez compte : un centième de seconde... pfft !... même pas le temps d'un soupir.
– Eh oui... Pourtant ça suffit pour qu'il y ait un vainqueur et un vaincu ; une médaille d'or et une médaille d'argent ; une Goulue et une Nini Patte-en-l'air.
– Un centième de seconde... enfin, quoi ! ça devrait pouvoir se rattraper, Nini.
– Ça devrait. Mais ça ne peut pas.
– Comment expliquez-vous cela ?

Nini lève les yeux vers le ciel avec un sourire fataliste :

– Le doigt de Dieu ! dit-elle.

17

Je suis dans mon salon à quatre pattes en train d'ôter des miettes sur le tapis noir à bouquets roses qui est devenu bien entendu pour moi « le tapis de Rididine ». Je sens dans mon dos l'œil rigolard de Nini qui doit se livrer à des associations d'idées complètement stupides.

– Vous savez que Zidler l'a engagée, me dit la gambilleuse.
– Rididine, je suppose ?
– Tout juste ! Au *Moulin-Rouge*, avec son petit copain Rougon.
– Pour lever les pattes !
– Non ! Pour promener les dames dans la salle ou l'été dans le jardin.
– Pauvres bêtes !

Nini s'esbaudit. La tendance que nous avons de nos jours à nous attendrir davantage sur le sort des animaux que sur celui des humains l'amuse beaucoup... et l'étonne un peu. Elle ne comprend pas bien que notre monde puisse engendrer tant de violence d'un côté et tant de sensiblerie de l'autre. Baigner en même temps dans le sang et le sirop d'orgeat. En tout cas, elle tient à me rassurer au sujet de Rididine : la mule était ravie de travailler. Le soir, quand, descendant de son enclos avec Nini et Rougon, elle arrivait place Blanche, elle se mettait à frétiller. Etait-elle sensible au talent de Willette qui avait réussi à amalgamer harmonieusement sur la même façade un moulin hollandais, une chaumière normande et des pignons espagnols ? Ou plus simplement à la couleur écarlate ? Ou encore aux escarboucles chatoyantes qui ornaient les ailes du *Moulin* ? Il est impossible de le savoir. Alors, ne risquons pas de trahir la pensée de cette bête et contentons-nous du fait, lui, indiscutable : elle frétillait.

Ce frétillement d'ailleurs ne la quittait pas de la soirée avec néanmoins des moments de pointe et des moments d'accalmie : heureusement, car les mules, comme tout le monde, à partir d'un certain âge, n'ont pas intérêt à frétiller pleins gaz tout le temps.

L'un de ces moments de pointe qui, par chance pour sa santé, ne dura pas, se situa en 1890 quand Zidler acheta un gigantesque éléphant en carton-pâte qui l'année précédente avait connu un succès à sa mesure dans le pavillon des enfants, à l'Exposition universelle. Il l'installa dans le jardin et creusa dans ses flancs une petite scène de spectacle à laquelle on accédait par un escalier. Jusque-là, pas de quoi rebrousser le poil d'une mule – fût-elle émotive. Et d'ailleurs, celui de Rididine ne se rebroussa pas. Jusqu'au jour où elle vit dans le ventre de l'éléphant une danseuse égyptienne qui tortillait le sien, avec une souplesse telle qu'on l'aurait jurée en loukoum. Comme beaucoup, la mule vosgienne subit le charme de l'Orient, sans s'étonner une seconde que la danseuse Zelaska, si voilée du haut, fût si dévoilée du bas et sans conclure que la pudeur est comme la justice une chose bien curieuse en ceci qu'elle peut exister en deçà et pas au-delà. Réflexion que n'aurait pas manqué de se faire Pascal, je le parierais, s'il avait fréquenté le *Moulin-Rouge* – qu'à Dieu ne plaise – au lieu de Port-Royal-des-Champs. Mais Rididine qui, d'une part, n'était pas Pascal – on peut aimer les bêtes et se rendre compte de leurs limites – et qui, d'autre part, était subjuguée, ne pensait à rien. Elle regardait et bavait d'envie. Nini m'affirme que pendant un certain temps, devant Rougon, elle essaya, à l'instar de la danseuse, de tortiller sa panse, mais que l'indifférence de l'âne pour ses méritoires tentatives la poussa bientôt à renoncer. Toutes celles qui ont rangé un jour dans le fond d'un placard leurs haltères et leur corde à sauter, après avoir lu dans l'œil torve du mâle l'inutilité de leurs efforts, comprendront Rididine.

Quelques mois plus tard, Yvette Guilbert, plus que jamais protégée par Zidler, remplaça la voluptueuse Zelaska. Sous le nom de « nurse Valérie », elle joua le rôle d'une bonne d'enfants britannique dans un sketch assez leste qui ne devait rien à l'humour anglais. Et cette fois – juste retour des choses – ce fut Rougon qui fut fasciné par les mimiques du visage d'Yvette comme Rididine l'avait été par celles du ventre de Zelaska.

– Un ventre n'a pas de mimiques, s'écrie Nini dans un accès de purisme linguistique.

– Excusez-moi, mais étant donné que la mimique est définie par le dictionnaire comme un moyen d'expression et que par ailleurs, de nos jours, on lit couramment que tel footballeur n'a pas pu s'exprimer en coupe d'Europe ou qu'au contraire tel cycliste s'est exprimé dans le col du Lautaret, je ne vois pas pourquoi les contorsions d'un ventre seraient moins expressives qu'un tir au but ou qu'un coup de pédales.

Comme Nini ne voit pas non plus, je laisse cet imbécile de Rougon préférer les mimiques faciales d'Yvette Guilbert à celles abdominales de l'Egyptienne et je m'en vais rejoindre Rididine qui m'attend avec le plus régulier et le plus charmant de ses frétillements.

Elle le ressent tous les soirs en parcourant la galerie circulaire qui borde la grande salle en bois et où circulent des hommes seuls qui ne le restent pas longtemps. Seuls, bien sûr. Pas hommes : en 1890, la transsexualité n'existait pas.

Le plaisir de la mule varie selon les femmes qu'elle promène sur son dos. Il n'est pas très vif quand il s'agit d'une dondon dindonnante ou d'une de ces Anglo-Saxonnes qui s'obstinent à l'appeler « mioule » ou, pis, « funny donkey ». En revanche son plaisir est décuplé quand il s'agit soit d'une gigolette à la cuisse doublement légère, soit d'une midinette en rupture d'atelier ou de famille qui veut se lancer dans la galanterie et qui profite d'être sur son dos, en hauteur, pour repérer un miché cossu. Au cours de ses déambulations, Rididine s'arrête chaque soir auprès de l'immense glace située juste en dessous de l'orchestre pétaradant et où se reflète la salle. Elle s'arrange pour atteindre cette place juste au moment où résonne le timbre électrique annonçant le quadrille. Rien ne l'amuse plus que le remue-ménage qui sur la piste s'ensuit : les danseuses professionnelles que rien dans leur tenue ne distingue des autres femmes et qui tout à coup se regroupent au milieu pour lever ensemble leurs jupons et leurs jambes, pendant qu'autour d'elles se forment les cercles successifs de leurs admirateurs. Mais rien ne l'attendrit plus que Nini, sa porteuse de picotin, en train de se trémousser comme une démente. Dès qu'elle la voit exécuter son « cavalier seul », pivotant sur un pied avec l'autre dans sa main, et se laisser choir sur le parquet en grand écart, elle se met à hennir de bonheur. C'est plus fort qu'elle ! et pourtant tous les soirs du Roché, posté près d'elle, la réprimande.

– Vous savez qui est du Roché ? me demande Nini, surprise jusqu'à l'impolitesse dès que j'ai l'air de connaître quelque chose.

– Coutelait du Roché ? Je comprends ! Je l'ai rencontré dans un livre. Il m'a beaucoup plu.

– Ben pourtant...

– Pas physiquement ! Encore que ses gros yeux bleus, ses gros favoris blancs et son gros nez rouge me portent plutôt à l'indulgence.

– Pourquoi ?

– Je trouve émouvant de pousser le patriotisme jusqu'à porter les couleurs du drapeau sur son visage ! Mais pour être honnête, j'ai surtout été séduite par sa fonction

– Ça ne m'étonne pas de vous !

Pourquoi de moi spécialement ? je me le demande. N'importe qui serait attiré par la personnalité d'un homme qui pendant quarante ans a été « inspecteur du pantalon ». Car tel était le métier de Coutelait du Roché, surnommé le père la Pudeur qui, dans les bals de Paris, avait pour première mission de veiller à ce que les danseuses portent un pantalon ; pour deuxième mission, quand celles-ci en avaient un, de s'assurer – de visu – qu'il était bien fermé ; et pour troisième mission, quand il ne l'était pas, de fournir des épingles de nourrice aux délinquantes afin qu'elles en obturent l'ouverture. Il s'acquittait de ces tâches avec un certain laxisme, sifflant un verre ou ayant une poussière dans l'œil juste au moment où il aurait pu constater s'il y avait délit ou non ; avec une certaine bonhomie aussi, détachant les épingles de son revers un peu tard, après les exhibitions, et se contentant de conseiller aux impudiques d'observer à l'avenir une tenue plus décente. Il est vrai qu'il avait débuté dans cette plaisante carrière au bal du *Champ-de-Navets* en 1851 et qu'il est un peu normal qu'en 1890 au *Moulin-Rouge*, sa conscience professionnelle soit un peu émoussée.

— Inutile de vous préciser, je l'espère, me dit Nini, que je n'ai jamais eu affaire à du Roché, si ce n'est au sujet de Rididine qu'il accusait bien à tort d'être une bête vicieuse, à cause de ses hennissements quotidiens au moment de mon grand écart.

— Votre préposé à la morale publique voyait vraiment le mal partout.

— Surtout là où il n'était pas, cet imbécile ! Pour un peu il aurait collé une amende à Rididine alors qu'il laissait filer les filles qui en auraient mérité une.

Histoire d'éblouir Nini avec mes lectures, je lui lance négligemment :

— Vous voulez parler de vos camarades « chahuteuses ou cancanières qui, refusant de gainer le double pistil de leurs jambes avec ce pantalon si justement nommé "l'indispensable" ou bien "l'inexpressible" ou encore "l'inexprimable" ; de celles qui, négligeant de clore l'illusoire batiste qui voilait de son opale les roseurs de leur chair, offraient ainsi à la concupiscence du bourgeois non seulement le nu de leurs cuisses, non seulement les rondeurs insolentes de leur waterloo, mais aussi les luxuriantes succulences de leurs intimités » ?

— Autrement dit, tranche vertement Nini, celles qui montraient leur cul.

— Vous ne semblez guère apprécier le vocabulaire de votre époque.

— Vous savez bien que je n'aime pas l'hypocrisie.

— Ce n'est pas de l'hypocrisie. Mais du raffinement : la litote est au mot cru ce que la transparence est à la nudité.

— Ensuite, poursuit Nini, aussi rugueuse que ses dessous en madapolam, je n'ai jamais compris pourquoi on appelait le fessier un « waterloo ». A-t-on idée de donner un nom de défaite à un endroit pareil !

— Ça, je reconnais que dévoiler son austerlitz aurait davantage ensoleillé la chose.

— Evidemment ! Quant à « l'indispensable » dont entre parenthèses on s'est très bien dispensé jusqu'au début de mon siècle, j'aime autant vous dire qu'il y a plus d'un homme qui le trouvait mal nommé.

— Je sais. Catulle Mendès entre autres, qui ne perdait pas une occasion de fustiger « cet accoutrement viril qui déshonore les intimités de la toilette féminine ».

— Et parmi mes copines, beaucoup pensaient comme lui.

— Lesquelles ?

Nini, soucieuse de passer pour une bonne camarade, a soudain un trou de mémoire. Elle ne se souvient que des pudibondes comme Grille-d'Egout qui disait à qui voulait l'entendre que « les femmes qui montraient leur chair, ça la dégoûtait » ; Jane Avril qui se vantait d'être la seule à qui il était permis de porter des dessous de soie ou La Sauterelle qui fulminait contre les cochons et les cochonnes réclamant que l'on accorde aux femmes l'autorisation de monter sur l'impériale des omnibus... on imagine pourquoi.

Nini est tellement discrète qu'elle répugne à me citer La Goulue parmi les sans-culottes.

— Pourtant, lui dis-je, ce n'est un secret pour personne que la « Vénus de la pègre » ne cachait pas les siens.

— Si ! Elle cachait le minimum pour un maximum d'efficacité, me répond Nini qui heureusement a retrouvé sa malignité et qui ajoute : Grâce à quoi d'ailleurs, elle a harponné son cosaque.

— Quel cosaque ?
— Le grand-duc Alexis de Russie.
— Elle était vraiment spécialisée dans la pêche au gros !
— Ça, elle avait le coup de main !

En l'occurrence, il s'agissait plutôt d'un coup de pied. En effet, selon le rituel en usage chez les gambilleuses, un soir au *Moulin-Rouge* La Goulue leva sa jambe à la hauteur du front du grand-duc, ignorant qui il était, et du bout de sa bottine lui ôta son chapeau. Elle venait de reposer le pied impertinent par terre quand le chef d'orchestre ayant percé l'incognito de l'illustre spectateur fit attaquer par ses musiciens l'hymne russe. Sans la moindre hésitation, La Goulue remonta son pied dans la même direction, simplement un peu plus haut dans la position du port d'armes et maintint ce garde-à-vous un peu spécial jusqu'aux dernières notes de l'hymne.

Alexis jugea irrespectueux ce face-à-face que, maniant très subtilement notre langue, il appela un fesse-à-face, voua La Goulue aux gémonies et, le lendemain, en proie aux excès de l'âme slave, lui adressa un bijou à l'orchidée, équivalent en gastronomie du homard au caviar. Loulou mal lunée – ou fine mouche ? – renvoya le tout, prétextant qu'elle préférait les violettes. Qu'à cela ne tienne ! Alexis fit acheter toutes celles que les fleuristes parisiens dissimulaient derrière les roses et autres reines du jardin : de quoi pour les symboles de la modestie avoir le pétale enflé ! De quoi aussi pour La Goulue se laisser attendrir. Elle vint danser au *Café Anglais* sur un tapis de violettes de Parme d'où elle s'élança pour une de ses plus folles et fructueuses aventures.

— Voilà qui ne risque pas d'arriver à votre époque ! conclut Nini pendant qu'en pantalon de tweed je lave mes collants.

– D'autant moins que de nos jours, l'archiduc russe est pratiquement introuvable.

Nini en convient. Puis, comme j'ai fini ma petite lessive et que je m'apprête à quitter ma salle de bains, elle soupire :

– Ah ! la douche à jet rotatif Marval !

Je suis la direction de son regard et je comprends qu'elle vient d'évoquer un de ces appareils sanitaires qui ont fait leur apparition à la fin de son siècle d'abord chez les gourgandines, ensuite chez les femmes du monde et dont j'espère qu'en 1993, l'Europe des douze étendra l'usage à tous les pays de la Communauté. En revanche, je m'explique mal le soupir romantique de Nini sur cette évocation plutôt prosaïque.

– Ça me rappelle tant de choses, murmure-t-elle, rêveuse.

Que voulez-vous ? Chacun a sa madeleine de Proust. Pour Nini Patte-en-l'air, c'est la douche à jet rotatif Marval ! Mais le plus étonnant est que de cette source dont on pourrait craindre le pire, découle tout un flot de souvenirs très frais et très touchants. Si ! si ! vous pouvez me croire : méfiante, j'ai exigé de les connaître avant de vous les communiquer.

Ils sont regroupés autour de la même journée : le 10 juin 1890. Nini a vingt-deux ans et il fait à Paris un temps digne de cet âge-là : radieux. Un temps à tomber amoureux quand on ne l'est pas. A l'être davantage quand on l'est déjà. Nini s'inscrit dans le deuxième cas de figure... *in extremis.*

Le mois dernier, lassée des visites frustrantes qu'elle rendait dans son bureau de jeune entrepreneur dynamique à un Vincent de plus en plus pressé, de plus en plus nerveux et de plus en plus absent, elle

avait décidé de rompre à leur prochain rendez-vous...
qu'il n'avait pas encore eu le temps de lui donner.

Lassée également des escales de plus en plus rares et surtout de plus en plus fonctionnelles de son oiseau de passage, elle avait programmé sa machine à sentiments sur « oubli » et non plus sur « mijotage définitif ». Pour plus d'efficacité, elle avait cédé aux charmantes instances de Benjamin Guinguet qui s'était révélé un amant certes moins inventif que François-Ludwig mais quand même beaucoup plus doué que Vincent. Un amant toujours disponible, toujours de bonne humeur. Pratique, quoi, comme la petite robe noire passe-partout que l'on met, mesdames, à chaque fois qu'on ne sait pas vraiment comment s'habiller. Mais Nini reçut à la fin de mai une lettre de François-Ludwig, lui indiquant qu'il serait le 10 juin prochain à l'entrée du pont Caulaincourt à 10 h 30 avec l'espoir qu'elle y serait aussi et l'intention – sinon la certitude – de lui offrir une journée d'anniversaire quasiment inoubliable. Avant même la fin de la lettre, elle avait déprogrammé sa machine intérieure et compris que les enzymes de Benjamin n'avaient pas été aussi détergentes qu'elle le pensait.

A 10 h 24 elle arrive au lieu du rendez-vous avec une robe neuve, un jupon neuf, et surtout un cœur neuf qui miraculeusement en une semaine a remplacé celui qui montrait certaines traces d'usure. Elle a le loisir d'apprécier son impeccable fonctionnement pendant la minute où elle attend François-Ludwig et où, à grands coups, il bat la mesure de son impatience, de son inquiétude, de son angoisse et enfin de sa joie quand elle voit arriver son amant. Tout d'alpaga blanc vêtu, il sort d'une victoria attelée à deux chevaux et décapotée. Elle s'y installe avec d'autant plus d'allégresse qu'il lui jure sur la tête d'Arthémise et d'Odilon ne l'avoir louée avec son cocher qu'à son intention. Elle caresse les capitons en velours bleu du siège et pense qu'il ne peut y avoir au monde de plus beaux capitons. Elle entend le claquement sec des sabots sur le pont Caulaincourt et pense qu'il ne peut y avoir au monde un bruit plus joyeux. Elle se voit si désirable dans le regard de François, si « pas comme les autres » dans son sourire, qu'elle pense qu'il ne peut y avoir au monde une fille plus heureuse. Elle en a la certitude place des Ternes (si mal nommée en ce jour lumineux) quand elle l'entend lui affirmer qu'il ne peut y avoir au monde en cet instant un garçon plus heureux que lui. Ah ! la même sensation ! exprimée au même moment ! de la même façon ! Leur chère complicité est revenue au galop. Pourtant elle n'est pas de celles qu'on trouve sous les sabots d'un cheval ! Devançant d'une demi-seconde le désir secret de Nini, François-Ludwig prie le cocher de tourner autour de la place de l'Etoile et de ralentir au coin de l'avenue Victor-Hugo. Là où presque cinq années plus tôt, tout pour eux a commencé. Ils observent une minute de silence en passant devant les lieux de leurs premières retrouvailles puis, sautant de la même émotion à la même gaieté, ils se proposent, face à l'Arc de triomphe, d'élever un monument en l'honneur de l'Amour inconnu. Mais l'émotion reprend le dessus, pour Nini en tout cas, quand leur voiture s'engage dans l'avenue du Bois...

Elle va donc la découvrir enfin, cette promenade du Tout-Paris argenté dont elle rêve depuis si longtemps ! Elle va donc enfin les rencontrer d'égal à égal, ces messieurs de la haute finance, ces dames de la haute société, ces demoiselles de la haute bicherie, ces artistes de haute volée, bref, tous ceux qui dans la capitale tiennent le haut du pavé. Elle n'est plus dans une victoria de louage. Elle est dans la troïka du

Père Noël, sur un tapis volant, sur le balai d'une sorcière, sur un nuage.

La première notabilité qu'ils croisent est le comte Gabriel Tapié de Celeyran, le cousin de Lautrec qui accompagne parfois celui-ci dans ses errances nocturnes. Nini et lui se sont déjà rencontrés mais comme elle est sans ses frous-frous de gambilleuse il ne la reconnaît pas. C'est François que le comte salue d'un geste d'amitié. Nini s'étonne :

– Tu le connais ?
– Nous avons quelques relations communes.
– Des filles ?
– Pas seulement.
– Valadon ?
– Entre autres.
– Tu l'as revue ?
– Une fois. Par hasard. Dernièrement, dans un café. Elle y noyait son dépit d'avoir raté son coup avec Lautrec.

Nini était au courant. Tout le monde à Montmartre était au courant de la rupture tapageuse entre le petit grand peintre et son vilain joli modèle. Il avait assez hurlé, d'abord de peur en croyant qu'elle allait vraiment se suicider s'il ne l'épousait pas, ensuite de rage en apprenant, à travers une porte mal close, qu'il ne s'agissait que d'un chantage dûment concocté pour lui forcer la main.

– Tu l'as consolée, Suzanne ? demande Nini.
– Ça sûrement pas ! Je ne suis pas à cheval sur la morale, mais le chantage est un procédé déloyal que je n'admets pas.
– Surtout les faux comme celui-là.
– Les vrais aussi : on n'a pas le droit de culpabiliser les gens.
– Note bien que Lautrec s'en est vite remis.
– Oui, je sais, répond François-Ludwig désireux de

montrer qu'il connaît son Potinville sur le bout du doigt. Avec Blanche la pensionnaire du bordel ?

– Avec une autre aussi.

– Avec Victorine Denis, la tenancière qu'il a emmenée au gala de l'Opéra ?

– Avec encore une autre.

– La Goulue ?

– Ça, c'est de l'histoire ancienne.

– Jane Avril ?

– Tout juste !

– Elle est aussi maigre que Loulou est rondouillarde !

– Il est très éclectique dans ses goûts.

– Elle aussi.

Ce disant, François pousse Nini du coude et lui indique d'un mouvement de tête une « urbaine » à l'intérieur de laquelle précisément Jane Avril roucoule avec Arsène Houssaye, critique d'art et ancien administrateur de la Comédie-Française, vieux monsieur respectable aux antipodes de Lautrec. Les deux filles échangent un regard. Celui de Nini est triomphant. Celui de Jane est stupéfait. Peut-être un peu envieux. Du moins, Nini se plaît à le croire. Et du coup, elle se découvre pour sa collègue du *Moulin-Rouge* l'indulgence qu'ont en général les femmes pour leurs congénères moins bien loties qu'elles.

– A l'âge qu'il a, son Arsène, dit-elle, il ne peut plus s'agir que d'amitié.

Sans indulgence comme peuvent l'être les jeunes gens pour les maux d'un âge si lointain qu'ils ne l'imaginent pas, François-Ludwig lui répond avec un sourire même pas méchant :

– A moins qu'il ne porte une ceinture magnétique Herculex ou Electro-Vigueur.

– Voilà qui serait érotique !

– Ou qu'il prenne des pilules stimulantes comme la Viriline ou les grains Henri IV.

Nini ricane en battant des cils, puis agite sous son nez l'éventail imaginaire d'une grande coquette et susurre à l'oreille de son amant :

– Entre nous, Odilon, je lui conseillerais plutôt les pilules Eisenbruck.

Il glousse de satisfaction puis, ajustant un monocle imaginaire à travers lequel il plonge dans le décolleté rebondi de sa maîtresse, il lui rend le compliment sur le même mode :

– En tout cas, vous, chère Arthémise, vous n'avez pas besoin, comme Cléo de Mérode, de gonfler votre gorge au Royal Mamillaire.

Nini glousse à son tour. Elle va fourrer son bonheur dans la nuque de François-Ludwig. Mais soudain, une voix familière lui parvient :

– Allons, mademoiselle Patte-en-l'air, un peu de tenue ! On est aux Acacias !

Nini se redresse et à deux mètres de leur voiture, dans l'allée cavalière, voit Valentin-le-Désossé, chevauchant une haridelle aussi efflanquée que lui, aux côtés d'un jeune dandy, impertinent du bleuet de la boutonnière au saphir de son épingle de cravate, juché sur un pur-sang ébène, aussi élégant que lui. François-Ludwig furtivement lui en souffle le diminutif à lui seul prestigieux :

– Boni !

Nini n'en croit pas ses oreilles et demande confirmation :

– Le comte Boniface de Castellane ?

– Ben oui, quoi ! Boni !

François l'a appelé. Et Boni a levé vers lui sa main gantée de pécari. Nini ne sait plus où donner de l'étonnement : le petit forgeron de Domrémy et le prince de la gambille montmartroise, tous deux familiers de ce défrayeur de chronique mondaine qu'est Boni de Castellane. Il y a de quoi vous arrondir l'œil. Bien sûr, elle a entendu dire que le mystérieux Valentin s'appelait de son vrai nom le comte de Saint-Méjean, qu'il habitait un somptueux hôtel, avenue d'Iéna, qu'il fréquentait le beau monde du boulevard Saint-Germain et que, fervent de l'équitation, il était un habitué de la promenade du Bois. Mais, comme par ailleurs le bruit courait que le matin il était courtier en vins, ou tenancier de bistrot, qu'il habitait une chambre rue Coquillière et qu'il fréquentait une crémière de la rue Saint-Jacques, il restait pour elle une mine inépuisable de questions. Et voilà que sous son nez deux réponses viennent de tomber : Valentin monte au bois de Boulogne et il a des relations aristocratiques. Et pas des moindres : Boni de Castellane ! Mazette ! Elle est éblouie d'avoir pour amant quelqu'un qui le salue. Elle comprend mieux comment naguère il a pu être ébloui par la maîtresse du prince de Galles. Comme quoi on ne devrait jamais juger les réactions des gens dans des circonstances que soi-même on n'a pas connues.

Ils rencontrent encore Berthe Absinthe et Rosa d'Amer-Picon qui sont un peu les Paméla Boum-Boum et les Eurodollars de leur époque ; Jean Lorrain plutôt moins maquillé que ces dames et qui pousse la méchanceté jusqu'à avoir du talent ; Caran d'Ache et Sem, piliers du *Chat-Noir*, deux grippe-minauds qui font la chattemite devant le défilé de ces oisifs affairés à ne rien faire et qui ce soir ou demain, l'un dans ses saynètes, l'autre dans ses caricatures, ressortiront leurs griffes ; la Belle Otéro que François-Ludwig – quel amour ! – ne trouve pas si belle que ça et dont il pense en plus – quel ange ! – qu'elle devrait prendre de la thyroïdine Bouty pour maigrir... comme La Goulue !

Ah ! c'est trop ! Nini se pâme ! On lui a changé son François-Ludwig ! Jamais il n'a été aussi galant. Arrivés à la cascade, il lui propose de s'arrêter pour prendre un rafraîchissement avant de retourner en ville, sur les quais de la Seine, déguster des cailles sur les canapés moelleux de *Lapérouse*. Elle est si bien qu'elle n'a pas envie de bouger... ou plutôt qu'elle a peur de bouger, comme si le charme de cette journée risquait de s'en aller au moindre mouvement. Alors la victoria rebrousse chemin, remonte l'allée des Acacias, remonte l'allée du Bois, repasse devant le coin de l'avenue Victor-Hugo et descend les Champs-Elysées. Au rond-point, un embouteillage (déjà !) la force à stagner non loin de l'ancien hôtel de la Païva que le grand-duc de Russie vient d'offrir à La Goulue. Avec une bande caucaso-montmartroise de parasites, de soiffards et de débauchés (et je vous prie de croire que ça ne fait pas un petit groupuscule !), Loulou et Alexis mènent une vie de bâtons de chaise Louis XV – dont les amateurs d'antiquités érotiques savent que ce sont les bâtons de chaise les plus luxurieux du monde.

– Tu y es allé ? demande Nini à François.
– Non. Et toi ?
– Oui. Une fois. Par curiosité.
– Alors, comment est-ce ?
– C'est trop.
– Trop quoi ?
– Trop tout. Trop grand. Trop somptueux. Trop chargé. Trop beau.
– C'est vrai qu'il y a un escalier en onyx ?
– Oui, mais ça m'a moins impressionnée que la baignoire.
– Qu'est-ce qu'elle a de particulier ?
– Trois robinets cloutés de rubis.
– Pourquoi trois ?

– Un pour l'eau froide, un pour l'eau chaude, et un pour le lait d'ânesse !

François-Ludwig est encore plus impressionné que Nini. Ce robinet de lait d'ânesse clouté de rubis a vraiment l'air de déverser sur son moral un goutte-à-goutte mélancolique.

– Tu sais, on n'a pas besoin de ça pour être heureux, lui dit-elle.

– Je sais bien, mais...

– Mais... quoi ?

– Tu ne peux pas comprendre.

Nini éclate de rire. Elle trouve ce ton mélodramatique à propos d'un robinet hautement comique. François l'approuve. Il se moque de lui-même, répète sa phrase en imitant un tragédien de la Comédie-Française :

– Tu ne peux pas comprendre en quoi ce bain m'écœure.

Sur sa lancée, il improvise une suite :

– Mais tu le comprendras peut-être tout à l'heure.

– Tout à l'heure ? Tu plaisantes ou c'est vrai ?

– J'ai dit peut-être. J'ajoute : si tu es sage. Et toi, tu ne me demandes plus rien.

Nini le salue militairement.

– Bien chef ! A vos ordres, chef !

Le chef, satisfait, lui tire affectueusement l'oreille comme à un valeureux grognard.

– Parfait ! grommelle-t-il en glissant sa main dans son gilet, Patte-en-l'air, vous êtes un vaillant petit soldat de l'amour. Je vous nomme caporal. Quand nous serons arrivés à la popote, je vous ferai l'accolade.

La popote, ils y sont. Nini en ferait bien son ordinaire : un cabinet particulier de chez *Lapérouse* ! avec vue sur la Seine, sièges accueillants, murs garantis sans oreilles et personnel discret. Quant à l'accolade, elle n'est pas vraiment protocolaire. Soyons juste, on n'a jamais vu un général se plaquer contre un caporal avec autant d'empressement, ni embrasser chaque centimètre de son visage avec autant de fougue. Mais il ne s'agit quand même que d'une accolade. Car lorsque le caporal veut entamer sur le canapé de camp un nouveau parcours du combattant, le général s'y oppose avec beaucoup de tendresse mais aussi beaucoup de fermeté.

– Non, ma Nini, pas tout de suite. Nous n'avons pas le temps. Trop de choses nous attendent.

– Lesquelles ?

– D'abord le déjeuner.

Elle ne mange pas vraiment. Elle picore. Le bonheur, ça lui coupe l'appétit. Pas à lui. Il dévore. Il a des dents de loup. Elle lui caresse les cheveux et murmure :

– Mon petit loup de Domrémy...

Il tourne la tête vers elle et fronce les sourcils :

– Pourquoi m'appelles-tu comme ça ?

– Parce que La Goulue appelle son cosaque « mon grand loup des steppes ».

– Ah bon ! dit-il en replongeant dans son assiette, rasséréné.

Au moment du dessert, alors qu'elle s'apprête à le refuser, le sommelier entre avec du champagne dans un seau d'argent, suivi d'un garçon portant un gros gâteau surmonté de vingt-deux bougies, suivi d'un autre garçon poussant un chariot roulant, chargé de paquets ayant des formes différentes et dont le seul point commun est l'élégance de leur emballage.

Nini reste bouche bée. Le bonheur, ça lui coupe aussi la parole. Elle ne dispose que de deux moyens d'expression : les baisers et les larmes. Elle les emploie tous les deux : pendant que ses joues se mouillent de joie, elle vient s'écraser sur la bouche de

François-Ludwig. Là encore il la repousse avec infiniment de douceur :

— Attends au moins d'ouvrir tes cadeaux. Ils ne vont peut-être pas te plaire.

Nini renifle et sourit des yeux.

— Imbécile ! dit-elle, aujourd'hui même des sucettes à un sou seraient pour moi les plus belles sucettes du monde.

A la fin de sa phrase, brusquement une idée-bourrasque lui passe par la tête :

— Dis donc, attaque-t-elle, d'une voix redevenue gouailleuse, à propos de sucettes, en achètes-tu toujours des kilos à *La Baguette Magique* ?

— Dis donc, répond-il en imitant son ton, tu me sembles bien curieuse aujourd'hui... sauf en ce qui concerne tes cadeaux !

Nini est penaude. Chercher noise à François-Ludwig pour de malheureuses sucettes alors qu'il vient de se ruiner en achats fastueux ! Elle se précipite vers les paquets. Elle dénoue avec précaution le premier bolduc doré, l'enroule sur ses doigts et enfonce le petit peloton dans sa poche, sous le regard amusé de François-Ludwig.

— Je ne sais pas gaspiller, dit-elle en manière d'excuse.

— Ça s'apprend.

— Moi, je ne pourrais pas.

Avec le même soin, elle écarte le papier glacé blanc, puis le papier de soie et découvre... Mon Dieu, est-ce possible ? Avant d'y croire, elle jette un coup d'œil sur l'étiquette du paquet. Mais oui, pas d'erreur : Herminie Cadolle ! la pionnière qui, l'année dernière, a osé couper le corset en dessous de la poitrine, accomplissant ainsi avec la libération du plexus le premier pas vers celle de la Femme. François-Ludwig, très bien informé, assure qu'elle ne va pas s'arrêter là et que bientôt elle va considérablement alléger ce sous-vêtement du haut qui s'appellera alors un soutien-gorge.

– Comment sais-tu cela ? demande Nini.
– Par Delphine.
– Tu as revu la corsetière ?
– En allant chercher ton cadeau.
– Elle travaille chez Herminie Cadolle ?
– Elle a épousé un de ses filleuls et fait une espèce de stage de perfectionnement à la boutique du faubourg Saint-Honoré avant d'installer une succursale à Châtellerault, dans l'ancienne coutellerie de son père.

– Elle n'aime donc plus les dames... ni les beaux forgerons ?
– Chaque chose en son temps. Maintenant pour elle, c'est celui de la respectabilité.

Nini pose le sous-vêtement dernier cri devant elle, sur sa robe, et en vérifie l'effet dans une glace.

– Tu lui as dit qu'il m'était destiné ?
– Oui... elle m'a même conseillé pour ta taille, répond-il en souriant.

Nini sourit aussi.

– C'est drôle quand même la vie...

François n'en finit pas de hocher la tête affirmativement en regardant Nini avec un air bizarre, l'air de penser que la vie est encore plus drôle qu'elle ne l'imagine. Mais voyant qu'elle l'observe dans le miroir, il va précipitamment massacrer les jolis emballages des cinq autres paquets. Il en sort cinq superbes flacons de parfum en cristal : *Heure bleue* et *Jicky* de chez Guerlain. La lotion *Préciosa* de Pinaud. La première création d'Houbigant, l'extrait aux *Mille Fleurs*. Et sa dernière-née : *Le Bouquet de la tsarine* ! Elle les ouvre l'un après l'autre, les respire, recommence l'opération une fois, deux fois, puis avoue, navrée :

— Je ne sais pas lequel choisir.

— Mais les cinq sont pour toi !

— Oh non ! tu es fou ! Pourquoi cinq ?

— Parce que Victor Hugo... il y a cinq ans. J'ai regroupé les cinq parfums que je ne t'ai jamais offerts.

Nini se mord les lèvres, écrase ses poings contre ses joues. Elle ne veut pas recommencer à pleurer. Ah non ! elle ne veut pas. A quoi ça rime une gambilleuse qui pleure ? Elle ne veut pas. Il doit détester ça les pleurnicheuses. Elle ne veut pas. Il a toujours aimé sa gaieté. Elle ne veut pas. Alors, vite, vite, vite un mouchoir ! Elle cherche son sac.

— Il est là, dit-il en sortant du dernier paquet qui reste sur le chariot un manchon en hermine blonde.

Comme elle le regarde hébétée, immobile comme un chien d'arrêt, il enfile le manchon à l'un de ses bras et lui indique qu'un mouchoir se trouve dans la poche intérieure.

Elle y plonge sa main. Celle-ci rencontre effectivement une pochette en soie, mais aussi autre chose : un paquet bien plus petit que tous les autres, dans un papier encore plus raffiné que tous les autres, clos par un cachet de cire, comme chez les grands bijoutiers. Elle déchiffre deux noms : Van Cleef et Arpels. Elle étouffe un cri.

— Ce n'est quand même pas un bijou ?

Il la rassure :

— Non, juste un petit symbole en forme de souvenir.

La voilà soulagée : si ce n'est qu'un symbole... La curiosité l'emporte sur l'économie. Elle craque le cachet et déchire le papier.

— Rien que l'écrin... dit-elle en caressant le dôme

d'une petite boîte en daim, on le porterait en pendentif !

— J'espère quand même que tu aimeras mieux l'autre.

L'autre, le symbole, dans son nid de velours noir, c'est un oiseau. Des émaux composent les deux ailes déployées ; l'œil est en jade vert comme celui de François ; le corps, la tête et les pattes sont en or. Leurs formes exagérément effilées donnent l'impression d'un vol. Nini parvient à balbutier :

— Pourquoi ?

— Pourquoi l'oiseau de passage ?

— Pas que ça ! Le reste aussi : les cadeaux, la promenade au Bois, la victoria, le déjeuner, le cabinet particulier... la grande vie, quoi !

Attendri, François-Ludwig porte à ses lèvres la main de Nini accrochée à son oiseau et embrasse l'envers de son poignet.

— Avant de te répondre, ma Nini, je voudrais savoir si cette grande vie, comme tu dis, t'a été agréable.

Elle hausse les épaules jusqu'aux oreilles. C'est déjà une réponse. Mais elle en ajoute une autre encore plus explicite :

— C'est simple, si j'avais la tête à ça... la tête et les fesses, bien sûr, eh bien, un jour comme aujourd'hui, ça me pousserait à virer pute !

— Tant mieux ! Tu comprendras plus facilement.

— Comprendre quoi ?

François fuit d'abord le regard de Nini puis tout à coup, résolument, l'affronte :

— Je vais me marier, dit-il.

La gambilleuse tient beaucoup mieux le choc dans l'adversité que dans la joie. Ça suffit d'être malheureux, il ne faut pas en plus offrir aux autres le plaisir de le voir. Elle réussit à s'arracher un sourire fataliste. Elle cherche à toute vitesse une phrase qui ne sonne pas trop faux. Ni aigre. Ni désinvolte. Elle vient de la trouver quand François-Ludwig lui annonce, comme un défi :

– J'épouse Marie-Aurore Pontel d'Héricourt.

Effet immédiat : l'estomac de Nini se dénoue et sa langue se délie :

– Merde alors ! Pontel d'Héricourt !

François, se méprenant sur le sens de cette exclamation, croit y voir la condamnation qu'en fait il redoutait et réagit avec une agressivité dont Nini, stupéfaite, reçoit les assauts. Comme souvent ceux qui ne sont pas très fiers de leurs actes, il se complaît à en accentuer la noirceur. Faute de pouvoir plaider son innocence, il clame sa culpabilité : oui, il va se marier par intérêt. Uniquement par intérêt. Pour avoir une situation, des relations et la belle vie d'aujourd'hui, tous les jours. Il a préparé son coup, méthodiquement, patiemment, depuis dix-huit mois. Il a d'abord entrepris la conquête du père. Il lui a rendu des services. Des petits, puis des grands. Moyennant quoi, il a capté sa sympathie, puis sa confiance. Le comte l'a introduit dans son sillage, tous ses sillages. Donné la libre disposition d'un fiacre – oui, Xanrof, c'est lui ! – et d'une garçonnière qu'il s'était aménagée dans les combles de son immeuble – oui, la chambre de « Mimi Rockefeller », c'est lui aussi ! Un jour enfin, il a demandé à son « jeune ami » François-Ludwig de lui servir d'alibi. Le lendemain, il l'imposa comme son collaborateur dans les négociations de Panama et l'invita à passer la semaine précédant leur voyage dans un château normand « afin qu'il tienne compagnie à ces dames », avait-il dit en lorgnant du côté de Marie-Aurore. Oui, c'est pour ça qu'il avait menti à Nini sur la date de son départ. Oui, c'était ça son excuse soi-disant professionnelle : faire sa cour à

Mlle Pontel d'Héricourt. Ce qui d'ailleurs, étant donné la fadeur de ses traits et l'acidité de son caractère, relevait effectivement davantage du travail que de la partie de plaisir. Travail d'autant plus rude qu'il fallait dans le même temps plaire à la mère, Sixtine, confite en religion, et à la fille cadette, Marie-Ange, la copie conforme, au physique comme au moral, de son aînée. Les deux sœurs, presque jumelles, sont inséparables : deux saintes-nitouches qui l'avaient repéré, lui, François-Ludwig, alors qu'il déjeunait au restaurant de la tour Eiffel avec Nini, qui lui avaient reproché de sortir avec cette « brunette vulgaire et aux mœurs dissolues » qu'elles avaient vue quelques mois auparavant à l'Exposition universelle avec un très charmant garçon blond. Non, il n'a pas pris la défense de Nini. Oui, il s'est montré très amical avec Vincent quand Sixtine, qui en est coiffée, l'a ramené chez elle avec sans doute l'intention de lui caser Marie-Ange. Oui, il s'est conduit en ignoble arriviste. Mais puisqu'il est en passe d'arriver, il ne regrette rien. Voilà ! Maintenant elle est au courant. Il lui a tout dit. Et si elle l'envoie à l'échafaud... tant pis !

Nini est abasourdie. Les idées volettent dans sa tête de tous les côtés. Grâce à un gros effort de concentration, elle parvient à les rassembler en une phrase, certes un peu longue, mais néanmoins une seule : le comte Enguerrand qu'elle a rencontré au *Chat-Noir* – trop brièvement, hélas ! – et la comtesse Sixtine dont elle a entendu parler par Vincent – trop longuement, hélas ! – sont les parents des deux Marie-beigeasses, croqueuses de sucettes devant le gorille de Frémiet et mordilleuses de pailles au restaurant *Le Brébant* et dont l'une, Marie-Aurore, va devenir Mme Eisenbruck, et l'autre, Marie-Ange, probablement Mme Depaul, de telle sorte que François-

Ludwig et Vincent, amis pendant leur enfance à Domrémy, rivaux dans le cœur de Nini pendant leur adolescence à Paris, ont toutes les chances de se retrouver beaux-frères à l'âge adulte, pendant que Nini elle... Nini elle... Nini elle... Eh bien, ma foi, va tenter d'agrandir cet étrange cercle de famille en devenant pour de bon la maîtresse du comte Enguerrand au cri vaudevillesque de : « Eh, vas-y donc, c'est leur beau-père ! »

Cette dernière trouvaille l'amuse beaucoup. Au point qu'elle décide d'en devancer verbalement la réalisation et à François-Ludwig, agacé par son silence prolongé, qui la presse de dire quelque chose, « même des méchancetés, même des injures, mais quelque chose », elle lance sa bombe :

— Je suis la maîtresse de ton futur beau-père.

L'effet produit dépasse ses espérances. C'est François à présent qui reste bouche bée. Elle en profite pour fignoler :

— Oui, mon cher, quand Pompon te demande de lui servir d'alibi, c'est pour coucher avec moi.

Nini s'étonne elle-même de mentir aussi bien, d'avoir employé sans aucune difficulté ce diminutif qu'elle déteste. Elle ne le regrette pas : cette appellation a l'air d'impressionner François-Ludwig plus que tout le reste.

— Tu l'appelles Pompon ?

— Oh... seulement dans l'intimité, pas devant le monde.

La première surprise passée, l'idée du si distingué comte Pontel d'Héricourt batifolant joyeusement avec sa gambilleuse amuse François-Ludwig au plus haut point et aiguise sa curiosité :

— Il ne t'a pas parlé de moi ? demande-t-il.

— Non ! par principe il ne parle jamais de ce qui touche de près ou de loin sa famille.

– Il t'a au moins dit qu'il était marié ?
– Même pas. Je l'ai su par Vincent.
– Et lui, Vincent, il ne t'a pas parlé de moi ?
– Pas un mot ! Et pourtant il en a eu l'occasion, puisqu'il m'a montré dans son bureau les plans de la maison qu'il rénovait pour la fille du comte Enguerrand, donc pour toi.
– C'est curieux cette discrétion, non ?
– Pas tellement ! Tu sais, tu n'as jamais été son sujet de conversation préféré.
– Evidemment... Et comme il n'est pas le mien non plus...
– On parle de nous. D'accord ?
– Oui ! Je t'écoute.

Nini a beau s'efforcer à la légèreté – voire à l'indifférence – sa voix est détimbrée quand elle pose à François-Ludwig cette question tapie depuis un bon moment dans le fond de ses entrailles :

– La fête d'aujourd'hui, c'est une fête d'adieu ?
– Tu es folle !

Nini a tout de suite reconnu le cri du cœur et puis une seconde après, pour le confirmer, le geste du cœur : une étreinte brusque et forte, de celles qui cherchent à convaincre que Un et Un font Un. Appuyé contre son oreille, il achève de la rassurer :

– Un oiseau de passage, ça ne reste jamais, mais ça revient toujours.

Il se détache un peu de Nini afin de pouvoir capter son regard et ajoute :

– A moins qu'on ne le repousse.
– Tu es fou !

Et voilà ! C'est reparti dans l'autre sens : le même cri du cœur, suivi de la même étreinte... au bout de laquelle la curiosité obstinée de Nini se pointe :

– Alors, pourquoi la fête aujourd'hui ?
– Parce que demain, je me fiance officiellement.

– Et bien sûr, tu voulais célébrer ça la veille avec moi ?

François confirme avec un de ses regards à faire sauter les agrafes de corset. Nini étouffe déjà dans le sien. Elle se rapproche de François-Ludwig avec un de ses sourires à faire sauter les boutons de col. Entre leurs deux bouches, il n'y a bientôt plus que la place d'une phrase. Nini la prononce dans un souffle :

– Je suppose que dans tes rêves, ton programme ne s'arrêtait pas là ?

Baiser long. Réponse courte de François-Ludwig :

– Non. Il se poursuivait... ailleurs.

Baiser vif. Question insidieuse de Nini :

– Qu'est-ce que tu paries que je sais où ?

Long baiser pour cause de réflexion. Réponse risquée de François-Ludwig :

– Tu ne peux pas avoir deviné. Parie ce que tu voudras.

Baiser allègre. Réponse quasi immédiate :

– Ta nuit de noces. Si je gagne, tu la passes avec moi.

Baisers à épisodes pour cause de pesée minutieuse du pour et du contre. Réponse laconique de François :

– Tope là !

Pas de baiser. Pas de temps à perdre. Nini déchire à la hâte un bout de ses papiers-cadeaux, y inscrit le nom de l'endroit où elle pense que son amant a prévu de l'emmener, puis le fourre sans le lui montrer dans la poche intérieure de son manchon.

Très vite Nini sait qu'elle a gagné son pari mais elle laisse François-Ludwig dans le doute le plus total.

Impassible, elle franchit le seuil de la maison – genre anglais – qui sera bientôt le domicile conjugal de M. et Mme Eisenbruck. Les travaux sont terminés mais les pièces ne sont ni décorées, ni meublées, à une exception près, la chambre des futurs époux où François-Ludwig a fait livrer à tout hasard un grand lit. Toujours indéchiffrable, Nini le découvre. S'y étend. S'y laisse déshabiller en ayant soin toutefois de garder son manchon. Nue, elle refuse de l'abandonner. Alors, ils font l'amour devant le manchon d'hermine blonde. En sa présence, pourrait-on dire, et bientôt même sous ses yeux. Car il est évident que pour les deux amants, le manchon a des yeux : ceux de Marie-Aurore. C'est devant elle qu'ils se cherchent, s'attardent, se provoquent, s'assaillent, se prennent, se déprennent, se reprennent, s'attendent, se rejoignent et enfin s'envolent. C'est pour elle qu'ils se livrent à cette démonstration éclatante de leur complicité. Elle est le témoin soumis, solitaire, impuissant de leur plaisir. Dans ce lit, Mlle Pontel d'Héricourt n'est qu'un objet. Nini Patte-en-l'air y règne et y commande. Pis ! Elle continuera à y régner par la pensée, à chaque fois que François-Ludwig ne pourra échapper au devoir conjugal. Elle y régnera aussi, mais cette fois en chair et en os, à sa place, pendant la nuit de ses propres noces. En effet, François-Ludwig a constaté, preuve en main, la perspicacité de Nini. Il a perdu son pari. Il se fera un honneur – et un plaisir – de régler sa dette. Comment ? Il l'ignore encore. Il a trois mois pour y penser. Présentement, il s'en moque. Seul dans le lit, il s'amuse à renvoyer le manchon d'hermine blonde d'un de ses pieds à l'autre.

Tout d'un coup, de la salle de bains voisine, il entend la voix plus du tout languissante de sa gambilleuse :

– Flûte alors ! Qu'est-ce que c'est que ce truc-là ?

François-Ludwig se lève et vient renseigner Nini sur l'objet qui l'intrigue :
— C'est un jet rotatif Marval.
Ils sont tout à fait d'accord pour penser que, finalement, c'est beaucoup mieux qu'un robinet de lait d'ânesse – fût-il clouté de rubis.

18

Tiens ! Nini est en retard ce matin. Je me mets à feuilleter un album sur Van Gogh en espérant ainsi l'inciter à venir. Bien calculé ! Au bout de trois minutes, elle ferme brusquement l'album.

– Ne cherchez pas ! Il est mort le 29 juillet 1890.

– Oui, d'une balle qu'il s'est tirée dans le cœur à Auvers-sur-Oise.

– Vous savez qui m'a appris son suicide ?

Sans réfléchir, par un curieux réflexe cérébral je réponds :

– Trougnard !

A la réflexion, je trouve que ce nom est sorti d'un cul-de-sac de mon inconscient avec assez d'à-propos. Ah oui ! moi, je verrais très bien l'ignoble Trougnard arriver rue Clauzel dans la boutique du brave père Tanguy, peu après que celui-ci eut appris – par une lettre du Dr Gachet, par exemple – la fin tragique de son peintre favori. Cette canaille de Trougnard, mettant à profit le désarroi du brave homme, lui extorque à vil prix le dernier tableau que Van Gogh lui a expédié, *Le Pot de glaïeuls*. Ou peut-être bien qu'il le lui vole carrément, car le père Tanguy, même accablé de chagrin, ne s'en serait pas dessaisi. Toujours est-il que le soir même, Trougnard fonce au *Moulin-Rouge* avec sa toile à laquelle il ne reconnaît qu'un seul mérite : celui d'être désormais posthume donc, éventuellement à la hausse. Il accroche Nini après le cancan et devant un galopin, semblable à celui qu'il a cassé naguère sur la tête de Van Gogh, il lui déballe d'abord « l'affreuse nouvelle », ensuite *Le Pot de glaïeuls*. Elle ne lui jette pas le tableau à la figure par respect pour l'œuvre de son ami défunt, mais elle le lui rend avec mépris, d'une part, parce qu'elle n'est pas femme à manger de cette croûte-là, d'autre part, Trougnard, elle l'a dans son collimateur.

— Excusez-moi d'intervenir dans vos fantasmes... me dit très poliment Nini.

— Je vous en prie, faites comme chez vous.

— Je vais vous décevoir, mais Trougnard ne m'a pas appris le décès de Van Gogh.

— Maintenant ça m'est égal. Je me suis défoulée. Trougnard va regagner son cul-de-sac. Je suis prête à vous écouter.

Subjectivement, la version de Nini qui ne comporte qu'une très brève apparition de Trougnard me plaît moins que la mienne mais, objectivement, elle n'est pas nulle. En effet, il est assez intéressant de savoir que le 31 juillet Nini débarque à la gare du Nord, venant de Londres via Douvres et Calais. Elle vient de triompher avec quelques-unes de ses camarades du quadrille naturaliste dans la capitale anglaise où, en même temps, la troupe de la Comédie-Française, dont Mounet-Sully était la vedette, n'a reçu qu'un accueil très réservé. Certains anglophobes en déduiront qu'au pays de Shakespeare on s'interdit par chauvinisme d'apprécier Racine ou Corneille ; d'autres, plus réalistes, concluront que toujours et partout la fesse a été un moyen d'expression beaucoup plus international que l'alexandrin.

Enfin bref, le 31 juillet à *five o'clock*, Nini descend

du train, ignorant que Van Gogh est mort puisque *Sotheby's* n'est pas encore branché sur le coup et que le *Herald Tribune* n'en a pas parlé. En eût-il parlé d'ailleurs que cela n'eût rien changé à notre affaire puisque Nini ne comprend pas l'anglais. En revanche, elle comprend tout de suite qu'il s'est passé quelque chose en voyant sur le quai Vincent – le sien, Depaul – dont elle n'a aucune nouvelle depuis plus de trois mois.

Comme quatre ans plus tôt – et huit chapitres avant celui-ci – à la gare de Lyon, quand il est allé la chercher à son retour de Nice, il porte un costume d'alpaga grège et un canotier de paille pain brûlé, mais de meilleure qualité que les précédents. Il a également un bouquet de roses pompons à la main droite. Seul changement : à la main gauche il n'a pas de religieuse mais un paquet assez volumineux et enveloppé dans de l'épais papier d'emballage. A part ça tout est pareil, y compris le peu de plaisir qu'elle éprouve à le voir, subodorant que sa présence non prévue sur ce quai ne cache rien de bon. Comme il est dans son caractère de crever les abcès plutôt que d'en détourner sa vue en espérant que quelqu'un d'autre ou le destin s'en chargera, elle le débarrasse tout de suite de ses roses pompons, afin qu'il puisse lui serrer amicalement la main qu'elle lui tend, à la place de la joue ou – qui sait ? – peut-être des lèvres qu'il escomptait. Cette formalité accomplie, elle pointe son doigt sur le paquet et demande avec un ton qui est plus celui d'un douanier que celui d'une femme curieuse d'un éventuel cadeau :

– Qu'est-ce qu'y a là-dedans ?

Vincent, décontenancé par ce peu d'aménité, bredouille un discours filandreux où dans une marée de « Tu sais bien que... », « Tu te rappelles que... », « Je n'ai pas besoin de te dire que... » surnagent pêle-mêle les noms d'Agostina Segatori, de la comtesse Sixtine, de Van Gogh, de Marie-Ange Pontel d'Héricourt, de François-Ludwig, de la Vierge Marie.

Salmigondis indigeste que Nini sur place dégraisse et renvoie à son confectionneur sous cellophane bien propre :

– En somme, dit-elle, il y a quatre ans, peu après l'incident dont nous avons été les témoins entre Van Gogh et Trougnard, devant *Le Tambourin*, la Segatori s'est débarrassée des toiles du Hollandais. On les a vendues aux enchères directement sur le boulevard de Clichy entre cinquante centimes et un franc le paquet de dix. En souvenir de notre rencontre avec Van Gogh, tu en as acheté un paquet – à un franc ! au diable l'avarice ! Au diable aussi la peinture ! Tu l'as oublié sans le déballer, sous le lit de la rue Cortot avec les balais. Tu l'as déménagé tel quel dans ton nouveau domicile de Chaillot. Tu as remis la main dessus, ou plutôt le pied, un jour où tu cherchais « quelque chose sur quoi monter » afin d'accrocher en face de ton lit une reproduction de la *Vierge à l'Enfant*, offerte à toi par la comtesse Sixtine. Cadeau ô combien symbolique qui signifiait que sa fille n'attendait vraiment que toi pour procréer. Le lendemain tu t'es fiancé à la donzelle. Tu es venu honnêtement me l'annoncer à Montmartre. Nono Clair-de-lune t'a appris mon séjour à Londres et mon retour d'aujourd'hui. Tu cherchais le meilleur moyen de m'administrer la pilule de tes fiançailles quand avant-hier tu as su par François-Ludwig, qui devait le tenir de Valadon, que ce pauvre Van Gogh s'était tué. Alors, subito presto, tu as rappliqué à la gare avec ton paquet de dix à un franc, pensant que je serais d'abord bouleversée par la mort de mon copain, ensuite par le sacrifice que tu t'imposais pour moi en te privant d'un précieux marchepied... Et qu'après cela, je serais conditionnée au mieux pour entendre que la mère Pontel d'Héricourt avait réussi à te mettre le grappin dessus et qu'en conséquence tu ne souhaitais plus voir ta petite gambilleuse du *Moulin-Rouge*.

Réaction de Vincent à cette exposition des faits rigoureusement fidèle à la vérité mais dépouillée de tout artifice :

— Evidemment, dit comme ça...

Nini essaie de me faire partager son courroux d'alors :

— Vous vous rendez compte ce culot : « dit comme ça... ». Est-ce qu'il croyait vraiment que « dit autrement » ça changerait quelque chose ?

— Il le croyait sans doute... ignorant qu'il n'existe aucune façon agréable de nous présenter des faits qui ne le sont pas : si quelqu'un nous lâche une vérité à l'état brut, on se récrie : « Il aurait pu quand même prendre des gants ! » Et si ce quelqu'un prend des gants, comme votre Vincent, on se récrie : « Il aurait pu au moins m'épargner ses simagrées ! » On croit de bonne foi qu'on aurait préféré une autre forme, alors qu'en réalité c'est un autre fond que nous aurions souhaité.

Nini est un peu ébranlée par ma remarque. Pas suffisamment toutefois pour regretter d'avoir ce jour-là envoyé Vincent sur les roses pompons, en lui rendant son bouquet avec cette phrase meurtrière :

— Tu les donneras à ta Marie-beigeasse de la part d'une gambilleuse qui couche avec son père !

Aussitôt délestée de sa bombe, Nini s'en fut, légère. Le pieux Vincent, lui, littéralement abasourdi par l'explosion, mit un certain temps à prendre le chemin de la basilique. Il y était attendu par sa future épouse, sa future belle-sœur et sa future belle-mère, toutes trois membres, comme lui désormais, de cette communauté de fidèles qui depuis 1885 se relayaient de jour et de nuit devant le maître-autel pour dédier leurs prières à « l'Adoration perpétuelle du Sacré-Cœur ».

— A propos, Nini, savez-vous que cette perpétuité a été assurée même pendant l'Occupation par des paroissiens téméraires qui bravaient le couvre-feu pour cela ?

— Evidemment que je le sais.

— Même pendant la nuit du bombardement d'avril 1944 ?

— Ça, je ne risque pas de l'oublier, cette nuit-là ; lorsque les vitraux sont tombés, on a été tellement secoués Là-Haut... que je suis allée chercher de l'aide auprès de saint Eleuthère.

— Ah bon ! dis-je, pas plus étonnée que ça. Et alors ?

— Le saint n'a pas pu me recevoir. Il était en communication avec deux de ses chouchous : deux convertis qui justement participaient à l'Adoration perpétuelle.

— Qui ?

— Le père de Foucauld et Max Jacob.

Alors ça, pour un scoop... c'est un scoop ! Hélas ! Nini bien plus habituée que moi à ce genre de situation ne me laisse pas savourer celle-ci et enchaîne immédiatement :

— Quant aux toiles de Van Gogh, je les ai emportées, pas par intérêt, vous vous en doutez : dix centimes le tableau... mais pour le souvenir.

Je saute d'une émotion à l'autre. Songez donc ! ces trésors picturaux d'une valeur quasiment inestimable de nos jours passant gare du Nord des mains d'un fiancé penaud à celles d'une gambilleuse en furie... Et pour aller où ?

— Ah oui, au fait, Nini, pour aller où ?

– D'abord dans ma chambre chez Nono Clair-de-lune, ensuite dans mon école de danse.

– Ah ! nous y voilà enfin !

L'exclamation de contentement qui vient de m'échapper s'explique par le fait qu'avant de collaborer avec Nini, vous vous en souvenez peut-être, j'ai essayé de réunir quelques renseignements sur son compte. Or, les seuls que j'aie pu trouver dans les gazettes de son époque concernaient son école de danse. Donc, au moins sur ce point-là, je vais pouvoir vérifier ses dires. Cette perspective ne l'enchante manifestement pas et elle me prévient que les journalistes n'ont écrit que des choses fausses à son sujet.

– Tiens ! dis-je, un œil sur un article de *Paris-Cythère* qui lui est consacré, ce n'est donc pas vrai que vous avez été la première dans le monde entier à créer une école de chahut ?

– Ah ça, si !

– Et que vous étiez travailleuse ? Et que vous aviez la bosse du professorat ?

– Si ! ça aussi.

– Et que vous aviez une façon de cambrer le torse en arrière en levant la jambe absolument unique ?

– Si ! ça c'est vrai également.

– Je vois. Tout ce qui est élogieux est vrai ; tout ce qui ne l'est pas est faux.

– Ce que vous pouvez être manichéenne ! Passez-moi votre documentation. Je vais vous dire, moi, les choses exactes et les élucubrations.

Du tri effectué par Nini – et complété par moi – il ressort ces quelques informations auxquelles on peut apporter foi : la gambilleuse a reçu ses premières élèves dans une très modeste chambre du quartier Pigalle. Leur nombre augmentant, elle s'est installée rue Frochot, dans un rez-de-chaussée pas vraiment folichon mais assez vaste pour lui permettre de nourrir ses pensionnaires dans un réfectoire, de les coucher dans un dortoir et de les initier à l'art de la gambille dans une salle d'étude aux dimensions plus respectables que les ambitions secrètes des pauvrettes délurées qui fréquentaient l'établissement. Considérée par les uns comme une véritable chambre des tortures, tant les exercices qu'on y effectuait étaient pénibles et le professeur impitoyable ; considérée par les autres comme une modeste succursale du « Parc aux Cerfs », cette pièce était décorée d'innocents souvenirs des tournées de Nini et meublée de quelques chaises en merisier, d'un lit en érable – comme la charrue des grands bœufs blancs tachés de roux –, d'un canapé en acajou et d'un guéridon en bois indéterminé. (En dépit de mes recherches, je n'ai aucune précision à cet égard.)

Complétant ce mobilier fonctionnel, un piano qui ne l'était pas moins et une peau de bête blanche qui l'était sans doute encore plus... Si j'en crois ce journaliste du *Gil Blas* qui ne craignait pas d'écrire : *Cette peau de bête insignifiante, cette banale descente de lit, est l'enclume où se forgent les instruments de vice public les plus compliqués dont se gratte la corruption quintessenciée de notre fin de siècle.*

Nini m'arrache le journal des mains.

— J'en étais sûre ! hurle-t-elle.

— Sûre de quoi ?

— Que vous alliez piquer juste le passage d'un article tendancieux qui laisse à entendre que je tenais un bordel et non une école de danse.

— Il n'est pas le seul et quand il y a plusieurs fumées il est rare qu'il n'y ait pas de feu.

Articles en main, Nini finit par me concéder que bon... oui... peut-être... au bout de quelques années... il y a eu des messieurs d'un certain âge qui venaient assister à ces cours et qui étaient sans doute moins intéressés par Terpsichore elle-même que par ses jeunes émules. Mais au début, dans son école, question discipline, on frôlait le Carmel ! Un exemple ? Si une élève manifestait la moindre velléité d'indépendance, Nini de ses propres mains lui coupait les cheveux pour l'empêcher de sortir. Et question travail, alors là... on frôlait Cayenne !

– Ça suffit ! glapit Nini, cessez de tourner tout en dérision ! C'est insupportable ! et malhonnête ! Mon école n'avait rien à voir avec Cayenne. Les petites à partir de quinze ans y accouraient, folles de joie, folles d'espoir à l'idée d'accéder, grâce à la danse, à une vie un peu moins miséreuse, un peu moins grise que celle à laquelle elles étaient promises ; comme à votre époque des jeunes toreros bravent les dangers de l'arène et des champions en herbe subissent le dur apprentissage de la boxe, parce que, au bout des risques, au bout des coups, au bout des découragements, ils entrevoient au loin, très loin, la seule sortie de leur tunnel.

Le discours de Nini me touche. Je fais amende honorable. Je n'avais jamais établi de rapport entre la motivation d'une gambilleuse et celle d'un boxeur ou d'un torero. Sous cet angle, les « petits rats » de Nini, même s'ils avaient l'arrière-pensée, comme leurs aînés, de dénicher un pigeon entre deux ports d'armes, m'apparaissent bien sympathiques. D'autant que d'après ce que j'ai lu, les séances d'entraînement n'étaient pas des parties de plaisir. Rien que les noms des deux exercices de base me donnent le frisson : le brisement assis et le brisement debout. Et il ne s'agit pas simplement de mots... non ! On brise vraiment, on disloque les ligaments du bassin afin de permettre au compas des jambes de s'ouvrir jusqu'à former une ligne droite, soit à la verticale pour le port d'armes, soit à l'horizontale pour le grand écart.

Quelle horreur ! Mon imagination me perdra : je me vois, comme si j'y étais, aux cours de Nini, assise sur une chaise accotée au mur, levant ma petite jambe avec plus de bonne volonté que de souplesse ; je la vois, elle, Nini, saisissant sans pitié mon petit pied innocent, l'accompagnant, le forçant avec ses deux mains à une vertigineuse ascension, tout en écrasant de son genou ma petite cuisse – celle de mon autre petite jambe – qui voudrait se lever pour réduire l'écart avec sa jumelle mais qui doit rester impérativement collée à la chaise pour qu'il y ait écartèlement. Ah ! quel supplice ! C'est vraiment le Moyen Age ! J'entends mes os craquer.

– Rassurez-vous, me dit Nini, ceux de mes élèves craquaient aussi, et eux, pour de bon.

– Vous étiez une tortionnaire.

– Oui, j'étais dure, mais pour leur bien. Le métier ne peut pas rentrer en douceur.

– Pourtant votre collègue, Grille-d'Egout, semble avoir employé des méthodes nettement moins rudes que les vôtres.

Nini monte sur ses grands chevaux :

– Vous n'allez quand même pas comparer son école avec la mienne ! Moi, je formais de vraies professionnelles ; elle, elle distrayait les femmes du monde !

– N'empêche que la grande comédienne Réjane s'est adressée à elle quand il lui a fallu jouer une danseuse de french cancan dans *Ma cousine*, une pièce de Meilhac.

– Justement, il ne s'agissait pas pour Mlle Réjane d'être une vraie danseuse, mais simplement d'en jouer le rôle. De donner l'illusion. Pour ça, trois ou quatre retroussis de jupons suffisaient. Il eût été aussi ridicule de m'engager moi pour les lui enseigner que de prendre un marteau-pilon pour enfoncer une punaise.

— Pourtant, vous m'avez dit que l'art du retroussis était très subtil.

— Subtil, oui, mais pas physiquement contraignant.

— J'ai quand même lu sous la plume d'un connaisseur que « le jupon était le véritable instrument de travail de la danseuse, son point d'appui, à la fois son épée et son drapeau ».

Moins sensible que moi à ce lyrisme qui n'est pas sans me rappeler celui de nos commentateurs du Tour de France cycliste, Nini reste sur ses positions : entre l'école de Grille-d'Egout et la sienne il existait autant de différence qu'entre une partie de lèche-vitrines et une course de compétition. D'ailleurs, Zidler, qui ne badinait pas avec le travail, ne recrutait les pensionnaires du *Moulin-Rouge* que dans son école.

— Forcément, dis-je à Nini, il en a été le commanditaire au départ.

— Pas du tout ! Il en a été l'inspirateur et par la suite le principal client. Mais je dois le premier financement à quelqu'un d'autre.

— A qui ?

— Vincent.

— Vincent Depaul ?

— Ben oui, quoi, mon Vincent.

— Allons bon ! Le Sacré-Cœur sponsorisant le *Moulin-Rouge* !

— Ça a été son cadeau de mariage.

— D'habitude, les mariés reçoivent les cadeaux plutôt qu'ils ne les font.

— Oui, mais à ce mariage-là, rien ne s'est passé comme d'habitude.

A commencer par le fait que le souvenir de ce mariage qui devrait normalement ne pas être très agréable à Nini met dans ses yeux des étincelles de bonheur, comme si vraiment elle avait vécu là le plus beau jour de sa vie.

— En tout cas, l'un des plus beaux, me confirme-t-elle avant d'ajouter, rayonnante : Un ratage complet !

Par François-Ludwig, Nini apprit que les inséparables sœurs Pontel d'Héricourt avaient décidé de se marier le même jour. Comme il fallait respecter un temps convenable de fiançailles pour Marie-Ange, promise à Vincent seulement depuis le 1er août, on recula les noces de Marie-Aurore prévues en septembre jusqu'en novembre. Le plus loin possible des fêtes de la Toussaint, peu propices aux réjouissances.

On envisagea le 20 novembre ; mais la comtesse Sixtine s'y opposa car ce jour était celui de la prise de voile de sa nièce préférée. On pensa alors au 25 ; mais le comte Enguerrand, prenant François-Ludwig à part, l'avait presque supplié : « Pas le 25, s'il vous plaît, je l'ai perdue ce jour-là. » Il n'avait pas précisé l'objet de sa perte. Néanmoins, François-Ludwig, comprenant qu'il ne s'agissait pas d'une futilité, du genre tabatière ou pince-monseigneur, s'arrangea pour repousser la date jusqu'au 28.

Or le 28 novembre 1890, à Paris, le thermomètre indique moins quinze et la Seine charrie des glaçons. On a beau être bien élevé, soucieux de ses relations amicales, désireux de voir la robe de la mariée, de compter les demoiselles d'honneur, de savoir si les époux vont prononcer le « oui » fatidique allegretto ou moderato, d'observer le comportement des Untelbaum — des juifs, ma chère ! —, toutes raisons qui font qu'on quitte un foyer confortable, ou des affaires importantes, ou des bras accueillants pour assister au mariage de deux jeunes gens dont on se moque éperdument. Oui, on a beau avoir écrit en gros caractères et souligné sur son agenda : *28 novembre. 11 heures du matin. Mariage Pontel d'Héricourt. Saint-François-Xavier*, quand il fait moins quinze, ça vous rafraîchit les meilleures intentions ! On pense aux pieds gelés sur le carrelage, aux épaules grelottantes sous les hautes voûtes, à la buée sortant des lèvres gercées au moment de chanter les cantiques, à l'interminable prêche du curé, à l'interminable attente pour présenter ses vœux aux époux – quatre en plus... a-t-on idée ! –, pour féliciter les parents – que dire à ces Eisenbruck et à ces Depaul inconnus au gotha ? –, on pense à la sortie, au parvis et à l'escalier recouverts de neige, à une possible glissade ou à une pneumonie et finalement on se décide à rester chez soi en déclarant que les Pontel d'Héricourt sont trop intelligents pour se formaliser ou encore que s'ils se formalisent, ce sont des imbéciles.

Bref, sur les quatre cents personnes attendues, à peine plus de quatre-vingts sont là : des plus gentils que les autres. Des plus intéressés. Des plus curieux. Ou simplement des moins frileux.

Autre inconvénient de cette vague de froid : l'abbé Lafoy qui, sur la double demande de Vincent et de la comtesse Sixtine, devait célébrer la messe de mariage des deux enfants de Domrémy – ce qu'avait assez mal pris l'abbé de La Trougnière, le curé de Saint-François-Xavier, vexé d'être évincé d'une cérémonie qui s'annonçait comme une des plus brillantes de la saison –, l'abbé Lafoy donc, juste la veille, le 27, se réveille avec un rhume. Mais attention, pas le petit rhume anodin qui fait trois petits tours de mouchoir et qui s'en va, non ! L'horrible coryza à cinq éternuements la minute avec des grattouillis dans la gorge et des yeux larmoyants.

Le 27 au soir, sa température ayant encore monté et celle de la capitale ayant encore descendu, la mort dans l'âme et les gouttes dans le nez, il renonce à son saint office. La comtesse Sixtine aux cent coups se voit obligée d'aller à Canossa, c'est-à-dire chez l'abbé de La Trougnière qui, comme on l'aura deviné à son nom, n'est pas très sympathique. Il le prend de haut, refuse catégoriquement de jouer les remplaçants et prévient en outre qu'il ne faut compter sur aucun de ses vicaires. Que faire ? Annuler la cérémonie ? A cette suggestion, Marie-Aurore et Marie-Ange, la tête déjà hérissée de papillotes, la jarretière déjà posée sur la table de nuit, prêtes à tous les rêves et excitées comme des puces, se mettent à hurler.

Sur ces entrefaites, François arrive, venant de la gare de l'Est où il est allé chercher sa mère que ses futurs beaux-parents lui ont très gentiment proposé de loger. Il a eu la désagréable surprise de voir sur le quai l'abbé Bardeau, venu, lui, à Paris pour acheter un mainate mâle destiné à son mainate femelle qui sexuellement frustré ne parle plus que pour proférer des obscénités. L'abbé, ami des animaux, n'était bien entendu pas prévu au programme et François-Ludwig hésite à présenter aux Pontel d'Héricourt ce curé de campagne mal embouché qui aimait mieux les bêtes que les gens – que paradoxalement il trouvait bêtes. Mais dès qu'avec embarras il leur signale sa présence dans le fiacre qui est devant la maison, les Pontel au grand complet bondissent de joie et ouvrent à deux battants leur porte à celui qu'ils considèrent vraiment comme un envoyé de Dieu.

Ils lui promettent le mainate de ses rêves dans les meilleurs délais pour le remercier de remplacer l'abbé Lafoy au pied levé. Pour être plus évocateur, on pourrait écrire : « au godillot levé », car le prêtre était chaussé de godillots boueux bien visibles hélas ! sous sa soutane blanche. Oui, blanche ! Non, il n'était pas moine, mais il y avait de la neige.

Bien sûr, le comte Enguerrand regrette l'onctuosité un peu hautaine mais si élégante de l'abbé de La Trougnière et la comtesse Sixtine regrette, elle, la bonhomie si charmante de l'abbé Lafoy... mais faute de grive... ils avalent la couleuvre.

Le lendemain elle leur reste sur l'estomac, avant même que ne commence la cérémonie. Exactement au moment émouvant où le comte très digne dans sa pelisse noire à col d'astrakan, ouvrant le cortège nuptial avec chacune de ses filles à chacun de ses bras, s'avance vers l'autel. Soudain on entend une voix aigrelette affirmer avec une allègre conviction :

– Toutes des salopes ! Toutes des salopes !

C'était le mainate qu'à prix d'or le comte avait acheté pour l'abbé Bardeau à son cocher Xanrof... Sans savoir, bien sûr, que Xanrof, devenu misogyne à force d'entendre de son siège ce qui se passait à l'intérieur de son fiacre, avait dressé son mainate à exhaler son antiféminisme.

Un silence religieux – quoique d'origine païenne – tombe sur l'assemblée et donne encore plus d'ampleur au nouveau cri qui s'élève :

– Toutes des salopes ! Toutes des salopes !

L'assistance déjà glacée est cette fois pétrifiée. A quelques exceptions près néanmoins : l'abbé Bardeau, ravi à la pensée que le mainate apporté à l'église par le zélé Xanrof va être très distrayant pour sa future compagne de Domrémy ; l'abbé de La Trougnière dissimulé sournoisement dans un confessionnal, qui a soudain pour ce mainate impudent l'affection qu'avait pour ses chats le cardinal de Mazarin ; Nini cachée derrière un pilier qui étouffe un fou rire dans son manchon d'hermine blonde ; François enfin qui l'a repérée et se réjouit de sentir dans sa poche, à côté des alliances, le somnifère que ce soir il administrera à Marie-Aurore afin de passer sa nuit de noces avec sa chère gambilleuse, comme il en a été convenu à la suite du pari perdu.

Mais vraiment, à part ces quatre-là, tout le monde est consterné. Les Pontel d'Héricourt, eux, en plus, sont mortifiés. La comtesse, en bonne chrétienne, essaie bien de considérer que Dieu lui envoie cette épreuve en compensation de la chance qu'Il lui octroie en lui apportant deux gendres inespérés (surtout Vincent) mais néanmoins promet une vingt-septaine (trois neuvaines) à sainte Marie-Madeleine si elle jugule la misogynie du mainate. La communication avec le ciel doit être défectueuse – peut-être à cause des intempéries – car pour la troisième fois retentit le cri séditieux :

– Toutes des salopes ! Toutes des salopes !

Le comte Enguerrand, transi de honte et de froid, se raccroche à un seul espoir : que son ami Gustave Eiffel ait profité des conditions atmosphériques exceptionnelles de la capitale pour rester dans la station météorologique qu'il a installée au sommet de sa tour et que, comme les membres du Conseil général – ses collègues –, dont il a remarqué l'absence, il ne soit pas témoin de ce spectacle déshonorant.

Quant aux deux Marie-beigeasses, elles se sont transformées en Marie-verdasses. Leurs deux robes magnifiques, sur lesquelles elles comptaient pour éblouir leurs amies, sont invisibles sous les énormes châles dont elles ont dû s'envelopper. Leurs souliers immaculés sont auréolés d'une frange boueuse ; leurs fleurs d'oranger ont pris un coup de gel et se rabougrissent lamentablement entre leurs doigts gourds. Tout leur sang afflue de leurs visages blêmes à leurs mains violacées.

Vincent, qui depuis sa dernière entrevue avec Nini applique la méthode Coué et ne cesse de se répéter : « Je suis très heureux. Marie-Ange est merveilleuse »,

ressent tout à coup l'innocuité de cette méthode en entendant pour la quatrième fois le mainate clamer :
- Toutes des salopes ! Toutes des salopes !

Exaspéré, il se précipite derrière le maître-autel avec l'intention de clore le bec du mainate d'une façon ou d'une autre. L'oiseau apeuré par cette irruption quitte le ciboire qui lui servait de perchoir, s'envole vers la nef en piaillant de plus belle :
- Toutes des salopes ! Toutes des salopes !

Le volatile démoniaque finit par se poser sur le sommet de la chaire. Après une heure d'efforts infructueux pour l'en déloger, on se résigne à l'y laisser. Tel un soldat dans un mirador, il surveille la cérémonie, poussant son cri de guerre toutes les fois – assez nombreuses – où pour les besoins du culte l'assemblée se lève ou s'assied ou se déplace, comme par exemple pour la communion dont d'ailleurs les femmes prudemment préfèrent se priver. Mais le moment le plus pénible est celui de la quête, lorsque les deux plus virginales des demoiselles d'honneur, Donatienne de Lusigny-Fontange et Adélaïde des Adrets de La Frissonnière, passent de rang en rang parmi les invités pour recueillir leurs oboles, pendant que le mainate déchaîné tonitrue sa rengaine :
- Toutes des salopes ! Toutes des salopes !

Vous imaginez ! Donatienne et Adélaïde, deux enfants de Marie qui prient tous les soirs pour les deux cigognes qui les ont déposées voilà quinze ans chez leurs chers parents ! Ça va, qu'elles ne comprennent pas, mais vis-à-vis des autres qui, eux, comprennent, vous m'avouerez que c'est très gênant...

Après toutes ces péripéties, personne ne songe à s'émouvoir quand François-Ludwig et Vincent, rendus malhabiles par le froid, flanquent les deux alliances par terre ; quand ils les cherchent à quatre pattes ; quand ils les trouvent sous les jupes retroussées de leurs quasiment épouses ; quand ils s'escriment en vain sur les annulaires de celles-ci afin de leur enfiler les anneaux ; quand elles disent : « Aïe ! vous me faites mal ! » ; quand l'abbé Bardeau susurre entre ses dents : « Ça commence bien ! » ; quand les deux jeunes gens, n'ayant pu davantage glisser les alliances à l'auriculaire, les remettent dans leur poche, en attendant que les jointures de leurs désormais conjointes veuillent bien se dégonfler.

Chacun éprouve un immense soulagement à la fin de la messe et se précipite pour les félicitations rituelles vers la sacristie. Un brasero y dispense une réconfortante chaleur et par bonheur le mainate ne cherche pas à y entrer. En revanche, Nini, elle, y pénètre, se délectant à l'avance de la surprise des deux Marie-verdasses quand elles vont la voir, elle, la gambilleuse, non seulement embrasser leurs maris mais aussi sauter au cou de leur distingué papa.

Imprévisiblement, la surprise, c'est Nini qui l'a. Plus qu'une surprise, un choc. Choc qu'elle partage avec toutes les personnes présentes, cette fois sans aucune exception, qui voient s'écrouler subitement le comte Enguerrand victime d'une crise cardiaque. Elle est toutefois plus bouleversée que les autres car l'événement s'est produit juste devant elle – et qui sait ? – peut-être à cause d'elle. En effet, plusieurs témoins l'ont remarqué – dont François-Ludwig et Vincent – : le comte est tombé une seconde après l'avoir vue au premier rang des féliciteurs. Il a eu un regard éperdu où certains ont décelé de la terreur, d'autres de la détresse. Et puis, il est tombé. Nini a été la première à se précipiter autour du corps étendu, la seule à entendre son dernier balbutiement : deux petits sons ...i ...i ... La gambilleuse s'est longtemps interrogée sur leur sens véritable : le comte a-t-il voulu dire « Nini » ? ou « Fini » ? ou bien

« Pipi » ? Cette dernière hypothèse n'est pas à négliger car compte tenu de la longueur de la cérémonie et de l'effet du froid sur la vessie, il a très bien pu être pressé par quelque besoin naturel ; comme par exemple Donatienne et Adélaïde qui, n'y tenant plus, sont allées se soulager dans un confessionnal, passant outre la présence proche du mainate qui n'a pas manqué de perturber leur intimité par d'intempestifs :

— Toutes des salopes ! Toutes des salopes !

Nini n'eut la vraie réponse à cette question que beaucoup plus tard. Malheureusement il va vous falloir, comme moi, patienter avant de la connaître car, convertie par mes soins à l'ordre chronologique, Nini enchaîne directement sur le drame de la sacristie :

— Le comte Enguerrand était mon premier mort ! J'ai tout de suite fait un vœu : ne plus en voir. Le moins qu'on puisse dire est que je n'ai pas été exaucée. J'en ai eu deux autres dans la journée.

— Deux !

— Oui ! L'un des deux fut le Dr Noir.

Son départ fut moins surprenant que celui du comte. Depuis un mois il était alité dans son appartement du Champ-de-Mars avec une congestion pulmonaire. Il avait des hauts et des bas. Le 28 novembre au matin, il avait eu un bas, plus bas que les autres. Sur la demande à peine audible du moribond, Nono, qui n'avait jamais été autant à son chevet, pria son valet d'aller quérir d'urgence le curé de Saint-François-Xavier, sa paroisse, autrement dit l'abbé de La Trougnière. Le valet venait de partir quand Nini, ayant quitté la sacristie en émoi, fonça chez le Dr Noir, impatiente de raconter le mariage à Nono Clair-de-lune. Celle-ci se montra beaucoup plus choquée par la mort du comte Enguerrand que par celle — qui semblait imminente — du Dr Noir. En vérité elle était surtout soucieuse que le médecin ne parte pas sans avoir reçu l'extrême-onction et guettait avec fébrilité par la fenêtre le retour du valet avec le prêtre. Au bout d'une heure, s'inquiétant de ne voir ni l'un ni l'autre alors que l'état du malade s'aggravait de minute en minute, elle envoya Nini aux nouvelles. A peine celle-ci avait-elle tourné le coin de l'avenue, qu'elle aperçut un attroupement. Elle s'en approcha et découvrit son troisième mort de la journée : l'abbé de La Trougnière ! Il avait glissé sur une plaque de verglas ! Chargé du crucifix et des saintes huiles, il n'avait pu se rattraper et s'était fracassé le crâne sur le tranchant d'une pelle destinée à déblayer la neige des trottoirs. Il était décédé sur le coup avec les objets du culte encore entre les mains.

– Lui au moins, on a pu dire qu'il était mort « muni des sacrements de l'Eglise », conclut Nini hardiment.

Ce ne fut pas le cas du pauvre Dr Noir qui, vu la défaillance de l'abbé de La Trougnière, trépassa avec pour seul viatique la bénédiction de Nono Clair-de-lune dont Nini m'assure qu'elle s'est révélée un passeport pour le ciel tout à fait valable.

L'omniprésence de la mort dans ce début de journée déclencha chez notre ardente gambilleuse un viscéral besoin de se sentir vivante, qui se traduisit par un déchaînement de ses sens. Pour compenser ses trois morts, il lui fallut trois amants.

Le premier fut Vincent. Echappant aux lamentations conjuguées de sa belle-mère, de sa belle-sœur et de son épouse, il avait foncé à bride abattue jusqu'à la rue Saint-Eleuthère avec l'intention de glisser discrètement une enveloppe pour Nini sous la porte de la marquise de Mangeray-Putoux. Ce qu'il fit. Mais en redescendant l'escalier, il croisa Nini, bouleversée par ces cadavres successifs. Elle tomba dans les bras de Vincent, lui expliqua les raisons de son désarroi et l'entraina dans sa chambre. Très perturbé lui-même, il essaya de la consoler, d'abord avec des mots affectueux, puis avec des gestes tendres puis... vous savez ce que c'est – du moins je l'espère – ils se retrouvèrent en train de turlututurer. Le temps de se chercher un remords, Vincent était déjà rhabillé. Le temps de ne pas le trouver, il était déjà parti !

Le deuxième fut Benjamin. Restée sur sa faim, Nini alla le surprendre rue Cortot où, frigorifié, il était en train d'allumer un feu dans sa cheminée. Elle eut tôt fait d'en allumer un autre dans son corps qui, sans atteindre des incandescences lucifériennes, leur permit quand même d'économiser deux ou trois bûches.

Le troisième fut bien entendu François-Ludwig. La jeune épouse de celui-ci, déjà déliquescente de fatigue après toutes les émotions subies, s'était endormie comme un plomb sur la couche nuptiale, tout habillée, aussitôt après avoir bu le tilleul-menthe additionné de Gardénal préparé par François-Ludwig. Aucun de ses cils n'avait bougé au cours de son transport du lit à la bergère très confortable qui lui faisait face.

Les deux amants retrouvèrent tout de suite le charme pervers de la séance du manchon, mais décuplé ; car même dans ce domaine, la réalité dépasse la fiction ! De temps en temps un léger tressaillement ou un borborygme traversaient le sommeil de Marie-Aurore et ajoutaient pour les deux amants le frisson du danger à celui du désir...

La virginale mariée se réveilla vers 9 heures du matin, étonnée que les draps du lit conjugal fussent tant froissés ; et sa robe de mariée si peu. François-Ludwig rentrant de Montmartre où il avait raccompagné Nini s'offrit le luxe gratuit de baiser le front de sa femme et de lui murmurer :

– Jamais je n'oublierai ma nuit de noces.

Au même instant, Nini, dans la chambre de la rue Saint-Eleuthère, ouvrait l'enveloppe que Vincent était venu déposer et que l'un comme l'autre avaient oubliée. Elle contenait une somme d'argent largement suffisante pour lui permettre d'ouvrir l'école de danse de ses rêves. Elle en fut si contente qu'elle ne chercha pas à creuser les raisons de cette prodigalité. Elle se coucha – enfin seule – et s'endormit – enfin apaisée – à l'heure exacte où à Domrémy le mainate de l'abbé Bardeau turlututurait avec sa femelle émoustillée en murmurant d'une voix cette fois alanguie, méconnaissable :

– Toutes des salopes ! Toutes des salopes !

19

— Il n'y a pas de raison ! s'écrie Nini, vous êtes allée à la tour Eiffel, il faut que vous alliez au Sacré-Cœur.
— Pas aujourd'hui ! il fait un froid de loup.
— Justement, j'ai à vous parler d'un jour où il faisait une chaleur de chat, ça va vous réchauffer.
— Quel jour ?
— Celui de l'inauguration de la basilique : le 5 juin 1891. Il y avait seize ans que la première pierre avait été posée.

N'ayant pas un goût très prononcé pour les cérémonies officielles, je m'enquiers auprès de Nini :
— Etait-ce vraiment très intéressant ?
— Je n'en sais rien : je n'y suis pas allée. J'ai seulement failli.
— Ah bon ! Dans ce cas, je vous suis.

Nous montons la rue de l'Abreuvoir. Nous avons une pensée émue pour Rougon et surtout pour Rididine dont j'apprends qu'en ce jour d'inauguration du Sacré-Cœur, elle était prête, elle, à inaugurer, en primipare attardée, les douleurs de l'enfantement. Incessamment elle va mettre bas, sur le tapis à bouquets de roses de mon salon, un ânon conçu dans les coulisses du *Moulin-Rouge* au grand dam du père la

Pudeur qui aurait entonné à cette occasion la rengaine du mainate. Mais le fait n'est pas confirmé. Nini très attendrie par cette naissance a quitté ce jour-là la rue Frochot pour apporter à la future mère un peu de réconfort et au besoin son aide. Elle a laissé la responsabilité de son école à sa meilleure élève, Eglantine, et à la Patamba, devenue l'accompagnatrice de ses cours.

– Elle avait appris à jouer du piano avec Clo-Clo, me précise la gambilleuse.
– Quel Clo-Clo ?
– Debussy !
– Claude Debussy donnait des cours à des débutants ?
– Il l'avait fait à titre exceptionnel, par amitié pour Bruant, en souvenir du temps où « il tenait le bahut » au *Chat-Noir*.

Il y a quelques mois, je me serais étonnée que la Patamba ait été l'élève de Debussy. Aujourd'hui, pas du tout. Je ne m'étonne pas davantage que la marquise de Mangeray-Putoux, à nouveau esseulée, ait repris le chemin du *Clairon des Chasseurs*, qu'elle y ait rencontré Erik Satie et qu'elle soit devenue la confidente de cet illuminé de vingt-cinq ans, amoureux fou et déchiré de Suzanne Valadon et que dans Montmartre où pourtant on était accoutumé aux bizarreries des artistes, on appelait « le dérangé de la rue Cortot ».

Nous sommes précisément dans cette rue, autrefois empruntée par Nini pour aller au Sacré-Cœur après qu'elle eut constaté que la délivrance de sa mule était proche, mais pas imminente. Soudain elle me désigne un emplacement, non loin de l'ancien hermitage de Berlioz :

– C'est là, me dit-elle, qu'habitait Riki.
– Quel Riki ?

— Satie !

Que Nini ait connu Satie, Debussy, Van Gogh et les autres, bon, je l'admets. Ils étaient ses contemporains et fréquentaient son quartier. Mais qu'elle les affuble de diminutifs ridicules, ça me choque. Si dans une centaine d'années – une supposition – quelqu'un écrit ma biographie et que je vienne lui donner un coup de main – une autre supposition – je suis sûre qu'il ne me viendra pas à l'idée de lui parler d'Achard en l'appelant Cécel, ou du Général en l'appelant Charlie. La célébrité, surtout posthume, s'accommode mal pour moi de la familiarité. Et plus elle est posthume, plus je trouve qu'elle requiert de respect. Une chance que Nini n'ait pas été la contemporaine de Corneille et de Racine, j'aurais encore moins supporté qu'elle me parle de Pierrot ou de Jean-Jean.

— Vous préférez que je l'appelle Alfred ? me demande la gambilleuse.

— Qui ?

— Satie parbleu ! Pas Alfred Corneille ou Alfred Racine... ça se saurait !

— Satie se prénommait Alfred ?

— Regardez dans le dictionnaire, si vous ne me croyez pas.

— Bon ! je vous crois. Mais à tout prendre je préfère encore Riki.

— Comme vous voulez ! De toute façon, je n'aurais jamais pu appeler « Monsieur Satie » ce pauvre bougre qui gagnait sa vie en jouant au piano, comme quelques années auparavant son ami Clo-Clo, dans les cabarets de la Butte.

— En somme, pour un peu, il aurait pu être répétiteur à votre cours de danse.

— Eh bien, ma chère, je ne voulais pas vous le dire de peur que vous m'accusiez encore de mythomanie, mais puisque vous m'en parlez... oui, un jour que la

Patamba était malade, Riki, qui n'était pas encore l'auteur du *Pirate*, et Clo-Clo, qui à deux ans près n'était pas celui de *Pelléas et Mélisande*, se sont relayés dans mon école pour permettre à Cri-cri-la-sirène, Zouzou-la-sylphide et les autres de lever la jambe en mesure.

– Ah! je regrette de ne pas avoir vu ça!

– Moi, c'est pis, je l'ai vu dans la plus complète indifférence, sans me rendre compte que j'assistais à un événement.

– Bien sûr... mais notez que ce genre de situation doit être assez fréquent.

– Pardi! ça arrive à tous les gens qui ont eu affaire à des célébrités avant qu'elles ne le soient.

Nini a raison. La sage-femme qui aida Mme Oulianov à accoucher ne s'est pas rendu compte qu'elle était en train de mettre au monde Lénine, et le maître d'école qui jugeait « insuffisant » le devoir de français d'un certain Poquelin ne se doutait pas qu'il était le premier critique du plus grand auteur dramatique français. Ce sont là de ces lumineuses évidences qui pourtant ne cessent de surprendre : de même qu'on a du mal à admettre qu'un mort récent était vivant la veille, de même on tique à l'idée que les célébrités du jour ne sont que des inconnus d'hier et qu'une Nini Patte-en-l'air les a vus débuter.

– Et se taper sur la gueule, renchérit la gambilleuse.

– Qui?

– Satie et Valadon.

– Quand ça?

– Toujours le 5 juin. Exactement là où l'on est.

Du coup, je m'arrête pour écouter l'histoire de Nini dans le cadre où elle s'est déroulée. De loin, elle a entendu insultes et hurlements et tout de suite a pensé qu'il s'agissait d'une énième scène de jalousie, que le « dérangé » faisait à « la folle », à propos de Degas qui encourageait beaucoup son talent de dessinatrice et la poussait vers la peinture, ou à propos de Lautrec qu'elle continuait à voir de temps en temps, ou bien à propos de cet Utrillo qui en janvier dernier avait eu la gentillesse de reconnaître le petit Maurice sachant qu'il n'en était pas le père ; ou encore à propos de Mousis, ce fondé de pouvoir susceptible d'apporter à Suzanne la sécurité financière dont elle avait besoin pour créer l'esprit libre ; ou enfin à propos de n'importe lequel de ces hommes que sa beauté attirait ; peut-être à propos de celui-là dont Nini voit la haute silhouette de dos et qui essaie de séparer les amants déchaînés.

« Celui-là », quand elle s'approche, elle le reconnaît avec surprise. C'est Vincent. Il n'est là que par hasard. Il se rendait au Sacré-Cœur pour l'inauguration, avec un peu de nostalgie, par la rue de son ancien domicile. Soudain il a vu Suzanne échevelée poursuivie par un homme éructant de rage qui l'a rattrapée juste à sa hauteur et l'a secouée comme un prunier. Il s'est interposé et a réussi à maîtriser le forcené qui à l'arrivée de Nini pleure aux pieds de Suzanne et lui demande pardon de l'avoir séquestrée dans un placard. Nini et Vincent raccompagnent leur amie chez sa mère qui élève le jeune Maurice pendant les innombrables absences de Suzanne. Ils embrassent le gamin malingre, sans charme, mal embouché parce que malheureux et dont l'haleine exhale, leur semble-t-il, déjà quelques relents de vin. Dès qu'ils ont refermé la porte, ils l'entendent crier :

– J'suis pas un Utrillo ! J'suis un Valadon !

Mal à l'aise, Nini et Vincent s'éloignent rapidement.

– Ça ne donne pas envie d'avoir un enfant, dit Nini.

Il y a un court silence, puis la voix étouffée de Vincent :

— Je vais en avoir un.

— Ah... excuse-moi. Je suis désolée. C'est pour quand ?

— Pas avant février. Je l'ai appris ce matin. Tu es la première à le savoir.

— Oh ! ça me fait plaisir, répond spontanément Nini, puis se rendant compte que sa phrase prête à une double interprétation elle ajoute : Ce n'est pas ta paternité qui me fait plaisir, c'est d'être la première dans la confidence.

— J'avais compris.

— C'est pour ça qu'elle ne t'a pas accompagné, ta femme ?

Comme il ne répond pas, Nini insiste :

— Elle était fatiguée ?

— Nnn... nnon. Elle va bien.

Vincent a ce ton ambigu des gens qui vous cachent quelque chose assez mal pour que vous le sachiez car ils espèrent que vous allez les pousser à parler — quitte à vous reprocher ensuite de les y avoir contraints. Comme Nini se fiche des reproches éventuels, elle va immédiatement gratter la plaie avec son scalpel des grands jours.

— Alors quoi, dit-elle, il y a déjà de l'eau dans le gaz du ménage ?

Vincent n'attendait effectivement que cette provocation pour passer aux aveux : dès le lendemain de son mariage, Marie-Ange a changé du tout au tout. Elle si douce, si simple, si conciliante est devenue dure, prétentieuse, autoritaire. Elle a osé en vouloir au pauvre abbé Lafoy d'avoir renoncé à cause d'un malheureux rhume à bénir leur union. Elle l'a rendu responsable du monstrueux ratage de la cérémonie et même de la mort de son père que, selon elle, la honte a tué. Elle refuse de le recevoir ainsi que sa belle-mère dont elle ne supporte plus les robes ni les manières provinciales. Elle ne perd pas une occasion de rappeler à Vincent ses origines roturières et d'ailleurs a entrepris des démarches pour rajouter à son nom une partie de celui de sa famille.

Le matin même elle lui a appris que ses démarches étaient sur le point d'aboutir et dans la foulée, comme s'il s'agissait d'une simple association d'idées, elle lui a annoncé qu'elle attendait un enfant pour février prochain et qu'il aurait donc toutes les chances de s'appeler : Depaul-d'Héricourt. Déjà choqué que sa femme semble attacher moins d'importance à cette naissance qu'à la résurgence de son nom de jeune fille, il est carrément ulcéré qu'elle décide de prénommer le futur bébé, si c'est une fille, Aurore comme sa sœur qui sera aussi sa marraine, ou si c'est un garçon, Aymeric comme le neveu de l'abbé de La Trougnière qui sera son parrain. Tout cela bien sûr en dépit des goûts de Vincent qui aurait préféré Pierre et Jeanne. « Des noms pour Domrémy », a-t-elle tranché avec mépris. La querelle à peine éteinte s'était rallumée à l'heure du courrier. Vincent y avait découvert une lettre de M. Rauline qui dirigeait seul les travaux du Sacré-Cœur depuis la mort récente de M. Laisné. L'architecte lui apprenait sa décision d'orner les angles des petits dômes de la basilique de gargouilles secondaires à l'effigie des principaux entrepreneurs qui avaient participé au chantier. C'est ainsi que « le père Rifaud », simple appareilleur que Vincent avait bien connu, serait sculpté dans la pierre avec son auge et sa truelle. Honneur insigne que M. Rauline offrait à Vincent de partager. Rouge de confusion et de joie, celui-ci avait montré la lettre à Marie-Ange qui elle, blanche d'indignation, avait sommé son mari de décliner cette proposition, estimant particulièrement inutile de proclamer à la face de ses relations – par gargouille interposée – qu'elle avait épousé un maçon. Ulcéré, Vincent avait ressenti une terrible envie de reprendre à son compte la profession de foi du mainate mais, eu égard à l'état de sa femme, il s'était abstenu, se contentant de lui mettre sous le nez la liste des humbles souscripteurs dont les offrandes avaient permis l'édification du Sacré-Cœur. Liste qu'il avait reçue par le même courrier et sur laquelle Marie-Ange avait lu sans la moindre émotion :

« Un vieillard qui se prive de dix centimes de tabac par jour... cinq francs.

« Une bergère de l'Isère ayant élevé un petit agneau pour le Sacré-Cœur... dix francs.

« Un apprenti qui a mis dans une tirelire l'argent que son père lui donne pour aller à son travail et en revenir... cinq francs.

« Une communauté de jeunes gens qui se privent de vin le vendredi soir pendant plusieurs mois... trois cents francs.

« Une vieille domestique, ses économies depuis quatorze ans... trois mille francs. »

Marie-Ange s'était arrêtée un instant, juste pour lancer négligemment à Vincent :

– Le comte de Chambord, lui, a donné cinq cent mille francs.

Après quoi, elle avait repris la lecture de ces naïves souscriptions jusqu'à ce qu'elle tombe sur celle-ci :

« Une gambilleuse de Montmartre qui a rapiécé ses jupons au lieu d'en acheter des neufs... trois cents francs. »

Là elle avait jeté la liste par terre et hurlé :

– Encore ta Nini Patte-en-l'air, je suppose !

— Sûrement, s'était-il entendu répondre alors qu'il n'était sûr de rien.

Avec ce calme imperturbable qui a le don de décupler la colère des gens déjà furieux, il a ramassé la liste et s'est empressé d'obéir à sa jeune épouse qui, indigne élève du couvent des Oiseaux, lui criait :
— Fous le camp, salaud !

Il est monté à Montmartre avec la vague intention d'assister à l'inauguration du Sacré-Cœur, avec surtout l'espoir très précis d'y rencontrer Nini et de lui demander si la gambilleuse de Montmartre aux jupons rapiécés n'était pas une certaine Nini qu'il n'arrivait pas à oublier... Oui, c'est elle. Elle le lui avoue avec gêne : la générosité qui s'affiche lui a toujours paru suspecte, elle aime mieux qu'il lui parle d'autre chose. Tiens, par exemple, de ce qu'il lui a dit tout à l'heure, un peu vite, un peu bas : qu'il n'arrivait pas à... à quoi déjà ? Vincent finit sa phrase bien plus tard, à l'école de danse, dans la chambre que Nini s'est aménagée à côté de sa salle d'étude. Sur une peau de bête semblable à celle de la pièce voisine, ils se livrent à des exercices infiniment plus suaves. Nini pense que Vincent, devenu mari, est un bien meilleur amant. Il pense, lui, que désormais il ne cherchera même plus à l'oublier.

Au moment de la quitter, il sort de sa poche un petit paquet dont il ôte hâtivement l'emballage. Il lui en tend le contenu : une breloque en or représentant un ange.

— Il était destiné à ma femme, dit-il. Il t'ira beaucoup mieux à toi.

Dès qu'il fut parti, elle accrocha l'ange à la chaîne où se balançait déjà l'oiseau en émaux de François-Ludwig.

Cinq jours plus tard, le 10 juin, au *Casino de Paris* où elle a été engagée avec Eglantine et quelques autres de ses élèves pour danser ce qu'on appelle de plus en plus le french cancan, Nini, sur la table à maquillage de sa loge, découvre un autre oiseau, en perles celui-là, avec des ailes repliées. Il est accompagné d'un bouquet de roses : vingt-trois ! Autant que d'années depuis sa naissance. Ces trois seuls mots sont joints à l'envoi : « *Ton fidèle infidèle.* » François-Ludwig aurait pu tout aussi bien signer « *Le prévisible imprévisible* ».

Elle le retrouve au *Moulin-Rouge*, où elle continue à se produire, après son numéro dans le music-hall de la rue Blanche. Il est attablé avec Valentin-le-Désossé. Elle est frappée en les voyant côte à côte que la beauté de l'un et la laideur de l'autre recèlent le même sourire désabusé. Ils observent les clapotis du Tout-Paris que les intéressés n'ont toujours que trop tendance à prendre pour des lames de fond. De temps en temps ils se signalent du regard les manèges des uns et surtout des unes : La Goulue, dont les vingt-deux printemps s'épanouissent de plus en plus dans l'alcool, encourage les amours de sa sœur aînée Jeanne avec un Tzigane et essaie d'extorquer une dot pour elle au grand-duc Alexis, avec des arguments généreusement exposés à sa vue et adroitement suggérés sous la table.

Dans l'ombre, Aïcha, une danseuse orientale, déverse sur elle, par les yeux et par la bouche, un mépris derrière lequel il est facile de débusquer l'envie.

Un peu plus loin Rayon-d'Or, à travers les libéralités d'un milliardaire texan, découvre l'Amérique avec autant d'enthousiasme que jadis Christophe Colomb et déploie des offensives de charme au nord comme au sud pour la conquérir. En bordure de piste, bien en vue, Yvette Guilbert, qui triomphe au *Concert-Parisien*, rit très fort aux bons mots qu'entre deux fraises à l'éther lui susurre Jean Lorrain qui, certes, a beaucoup d'esprit mais qui est par ailleurs un chroniqueur redouté du *Courrier français* – ce qui lui en confère peut-être encore davantage. La chanteuse éblouie par les feux de sa naissante carrière ne voit pas à deux pas d'elle Charles Zidler qui a commandité sa campagne publicitaire et qui joue les sémaphores pour tenter de capter son attention.

Plus en retrait, à la table qui lui est réservée chaque jour, Lautrec surplombe l'agitation de ces marionnettes du haut de son tabouret mais surtout du haut de son génie. Il ébauche sur son carnet à croquis l'affiche que lui a demandée Jane Avril, espérant qu'elle aura autant de succès que celles de La Goulue. A ses côtés, son cousin Tapié de Celeyran, devant un diabolo fraise, garde sur son visage le souvenir de la nuit d'orgie qu'il a passée chez Lautrec et où celui-ci a mis des poissons rouges dans toutes les carafes afin de décourager les éventuels hydrolâtres.

Enfin Nini se lasse d'observer les deux observateurs et les rejoint. Presque aussitôt François se prétend fatigué et l'entraîne vers la sortie. A peine dehors il manifeste l'envie de marcher et bientôt l'envie de parler. Constatant sur ses traits et dans sa voix une lassitude semblable à celle de Vincent cinq jours plus tôt, elle pense que la cause en est la même.

— Ton épouse est enceinte ? demande-t-elle.

— Non ! Hélas !

— Sans blague ! Tu ne nous as quand même pas chopé la fibre paternelle ?

— Je n'en sais rien. En tout cas, je n'ai pas chopé la fibre conjugale.

— Tu n'avais pas besoin de te marier pour le savoir. Tu me l'aurais demandé, je te l'aurais dit.

— Tu ne m'aurais sûrement jamais dit que j'aurais toutes les peines du monde à coucher avec ma femme.

— Tu plaisantes ?

- Pas avec ça ! C'est la première fois que ça m'arrive.

- Elle n'est pas si moche que ça, pourtant.

- Non, elle est très Marie-beigeasse, mais honnêtement, j'ai vu pire.

Nini hésite à lui suggérer que peut-être les souvenirs qu'elle a laissés dans son lit conjugal le gênent dans l'accomplissement d'ébats plus banals. Mais il y a pensé avant elle et lui avoue qu'il s'est contraint à cet exercice dans le château familial d'Héricourt avec autant de difficulté qu'à leur domicile parisien. Bien entendu, Marie-Aurore, vexée par cette inappétence, multiplie les reproches, les sarcasmes, les pleurnicheries. Ce qui rend François encore moins empressé. Ce qui la rend encore plus acariâtre. Ce qui le rend de moins en moins compétitif. Ce qui la rend de plus en plus agressive. Ce qui... Bref, le cercle vicieux de la vertu !

Il y a deux jours, la grossesse que sa sœur lui a annoncée comme un fait d'armes a mis un comble à sa mauvaise humeur.

Cet après-midi même, elle a jugé que le nom d'Eisenbruck serait plus à sa place joint à celui de la marquise de la Patte-en-l'air qu'accolé à celui des comtes d'Héricourt qu'il déshonore. Alors, il lui a conseillé d'aller « zizipanpanter avec un quelconque baron de mes deux ». Il est parti sans claquer la porte pour bien lui montrer qu'il n'avait pas parlé sous le coup de la colère. Il a exploré plusieurs joailleries avant de trouver l'oiseau en perles qui pend au cou de Nini entre celui en émaux et l'ange en or dont elle ne lui cache ni à qui ni à quoi elle le doit. Il n'a jamais été jaloux de Vincent. Il ne va pas le devenir maintenant qu'il commence à mieux l'apprécier, maintenant que leurs mutuels déboires conjugaux qu'ils subodorent, sans se les avouer, les ont très sensiblement rapprochés.

François-Ludwig et Nini viennent de franchir le pont Caulaincourt en direction de l'enclos de Rididine, quand derrière eux, ils entendent les bruits d'une agitation insolite. Ils se retournent et reconnaissent de loin La Goulue et Aïcha qui arrivent en s'invectivant, suivies d'une bande de nuiteux plus ou moins recommandables dont Toulouse-Lautrec a pris la tête. Les deux femmes ont décidé de libérer leur haine latente en s'affrontant à la loyale dans un combat singulier. François-Ludwig et Nini assistent aux premiers assauts. A coups de canne, Lautrec essaie de séparer les furies... à moins qu'il ne cherche ainsi à les exciter davantage. Loulou, moins leste du poing que de la jambe, passe un très mauvais moment. Comme nos deux amants espèrent en passer un bien meilleur autre part, ils s'en vont. Mais voilà qu'ils tombent sur un autre combat, beaucoup plus attendrissant : celui que livre courageusement Rididine pour mettre au monde son ânon. Le maître de Rougon alerté par les hennissements déchirants de la mule est allé chercher la Patamba. Tous les deux depuis trois heures maintenant s'efforcent d'apaiser les douleurs de la bête. Peu après l'arrivée de Nini et de François-Ludwig sa délivrance commence. Ils y aident de toutes les forces de leur cœur. Enfin jaillit le fils de Rougon dont vous seriez aussi déçus que moi, j'espère, qu'on ne l'appelle pas Macart. Rididine soulagée, son petit, tout petit, sur pied, la Patamba et le maître de Rougon épuisés quittent l'enclos. François-Ludwig et Nini restent. Ils s'assoient sur l'herbe. A la lueur d'une discrète demi-lune, ils regardent en silence l'ânon se presser contre le flanc maternel.

Attendrissement devant l'éternelle image de la mère et de l'enfant. En dehors de quelques rarissimes et déplorables exceptions, la naissance a ceci de commun avec la mort qu'elle inspire le respect. La gambilleuse et l'oiseau de passage, Dieu merci, n'échappent pas à la règle générale. Ils font l'amour comme ils ne l'ont jamais fait. Respectueusement. Simplement. Intensément. Pour la première fois l'ancestral instinct procréateur de l'humanité s'éveille en eux.

– Ce soir, dit-il, j'aimerais bien avoir un enfant de toi.

– Ce soir, moi aussi.

Mais la raison balaie d'un coup l'instinct et François-Ludwig ajoute gaiement :

– Seulement dans neuf mois, ça ne me plairait plus du tout.

– Moi, demain déjà je le regretterais.

– Le drame des mômes, c'est de ne pas naître à la minute où on les conçoit.

Bien sûr, à l'instant où il prononce cette phrase, François-Ludwig est à cent lieues de se douter qu'il n'aura pas la peine de concevoir l'enfant qui portera son nom. En effet, comme il le lui avait conseillé, Marie-Aurore est allée zizipanpanter ailleurs. A la grande satisfaction de François-Ludwig, dispensé de la corvée conjugale, elle s'est dégoté un baron de mes deux et de surcroît, une vieille connaissance à lui, dont la réapparition tellement inattendue dans sa vie le met en joie.

En confidence, moi aussi, car il s'agit de... Marcel Freluquet, alias Marcello Freluquetti, devenu le baron de La Freluque comme le savent ceux qui ont été attentifs au chapitre 12.

L'ancien garde-chasse de la marquise de Mangeray-Putoux, après l'avoir dépossédée de son château de Domrémy, décida de continuer sa carrière de gigolo dans le beau monde. Il y réussit fort bien. Grâce aux qualités qu'il montra dans les chambres, il se hissa peu à peu jusqu'aux salons. Marie-Aurore l'a rencontré dans un de ceux-ci et n'a pas résisté plus de quinze jours à ses frôlements répétés qui lui indiquaient sans équivoque que comme dans certains magasins ce qu'on ne trouve pas à la vitrine est sûrement à l'intérieur. Subjuguée par cet amant, toujours aussi doué qu'au temps de Nono Clair-de-lune, c'est triomphante que début mars elle annonce à François-Ludwig, déserteur de la couche conjugale depuis plusieurs mois, qu'il va être père en octobre.

Le soir même, il court au *Moulin-Rouge* apprendre la nouvelle à Nini. Celle-ci en éprouve un étrange soulagement. Oui, étrange, car vraiment ça ne change rien pour elle qu'aucune goutte du sang des Eisenbruck ne coule dans les veines de l'enfant de la Marie-beigeasse. Elle trouve sa réaction si ridicule qu'elle n'en parle même pas à François et l'entraîne vers l'énorme éléphant de Zidler où Zelaska la danseuse du ventre vient d'être remplacée par Joseph Pujol qui, lui, serait plutôt un chanteur du ventre.

– Il faut absolument que tu voies le pétomane, dit Nini.

François ne comprend pas. De retour d'Allemagne où les affaires de son défunt beau-père et les charmes d'une Berlinoise l'ont retenu pendant trois semaines, il n'est pas au courant de cette nouvelle attraction qui réjouit le Tout-Paris.

Je me réjouis à mon tour d'avoir le témoignage de Nini sur cet artiste unique en son genre qui gagna des fortunes en jouant de ses intestins comme d'un instrument de musique, en virtuose ; sur ce véritable phénomène du monde du spectacle dont j'ai appris par Marcel Pagnol que sa recette atteignait le dimanche vingt mille francs, alors que celle de Sarah Bernhardt n'était que de huit mille francs et celle de

Sacha Guitry de six mille cinq cents francs : de quoi rendre modestes les deux illustres comédiens. De quoi même les rendre jaloux de ce collègue « de la baraque », qui, de surcroît, ignorait les trous de mémoire, et qui, comme il le disait lui-même avec beaucoup d'humour, « était le seul artiste à ne pas payer de droits d'auteur ».

Nini, croyant voir dans mon œil – bien à tort – quelque lueur espiègle, m'agresse littéralement.

– Je vous interdis, me dit-elle, de plaisanter sur ce sujet, M. Pujol était un homme d'une grande classe.

– Permettez-moi quand même de trouver curieux qu'ayant appelé Van Gogh Van-van vous n'appeliez pas le pétomane Pu-pu.

– Non, je ne vous permets pas. D'ailleurs, vous l'auriez vu, suprêmement élégant dans son habit rouge et sa culotte en satin noir, avec ses cheveux en brosse, sa haute taille et son visage impassible, vous auriez tout de suite compris que cet homme-là ne prêtait pas à la familiarité.

– Je n'en doute pas.

– D'ailleurs, la drôlerie de son numéro venait en grande partie du contraste qui existait entre son aspect très digne et son activité scénique qui l'était certes beaucoup moins.

– En somme, il était aussi pète-sec que pète-chic.

– Absolument ! Et croyez-moi, sans son éminente distinction, jamais le public n'aurait autant ri quand il annonçait la série de ses premières prestations : « En un : le pet de la jeune fille. En deux : le pet de la belle-mère. En trois : le pet de la mariée. D'abord le soir de ses noces (petit) ; ensuite le lendemain des noces (plus fort). Le pet du maçon (sec et sans mortier). Le pet de la couturière déchirant deux mètres de calicot (très long) ; enfin un coup de canon et un roulement de tonnerre. »

— Je comprends qu'une telle attraction ait fait du bruit !

— Et encore ! ce n'était là qu'une mise en train.

— Oui, je sais.

Je ne me vante pas. Je sais en effet de source sûre qu'après ces exercices préliminaires qu'on pourrait appeler incorrectement – mais décemment – amuse-gueule, le pétomane passait dans les coulisses un instant pour s'introduire un bout de tuyau en caoutchouc, comme celui dont on se sert pour prendre des lavements. Il tenait l'autre bout à peu près à un mètre entre ses doigts et y plaçait une cigarette qu'il allumait. Il aspirait alors comme avec la bouche. Quand la cigarette était entièrement consumée, il la remplaçait par une petite flûte à six trous avec laquelle il jouait – entre autres – *Le Roi Dagobert* et bien entendu *Au clair de la lune*. Il terminait son numéro en éteignant avec vigueur quelques becs de gaz de l'avant-scène – ce qui déclenchait les ovations des spectateurs. Sauf de ceux qui à force de rire étaient tombés par terre en pâmoison et qu'on essayait de ranimer.

— Mais bon sang ! s'écrie Nini, d'où tenez-vous ces renseignements ?

— De Louis-Baptiste Pujol, le quatrième des dix enfants de cet excellent époux qui a raconté lui-même l'histoire de ce père adroit de son ventre, comme d'autres le sont de leurs mains.

— Eh bien, cette fierté filiale l'honore.

— Je suis tout à fait de votre avis.

— Sa réputation est parfaitement justifiée : à Marseille, sa ville natale, il y a une rue Pujol.

— Une rue à courants d'air sans doute !

Nini soupire, écœurée :

— Vraiment... c'est d'un goût exquis !

Cette fois, c'est moi qui l'agresse : je n'admets pas

qu'après s'être extasiée sur les contorsions abdominales de M. Pujol, elle chipote sur la finesse de mes plaisanteries. Désolée si le trait n'est pas léger mais on ne fait pas de la dentelle de Bruges avec du câble marin. Je n'admets pas qu'elle se montre plus royaliste que le roi, qu'elle me reproche mon innocente boutade alors que le pétomane était le premier à se brocarder, ne craignant pas d'écrire que « le *Moulin-Rouge*, avec ses ailes, était un merveilleux ventilateur pour son numéro », ni de déclarer en sortant de scène que « ça avait marché à pleins gaz ». Je n'admets pas qu'elle oublie – car elle le sait – que Maurice Donnay, du *Chat-Noir*, mais aussi de l'Académie française, traitait le pétomane « d'honnête artisan du derrière » et que Montaigne, dont je n'ai pas ici à vanter le sérieux, regrettait que nous n'ayons pas eu, comme jadis les Romains, un empereur Claude pour nous donner la liberté de péter partout. Alors, vous pensez bien qu'avec Montaigne dans ma giberne, je n'ai aucun complexe pour signaler à Mlle Patte-en-l'air qu'il est 18 heures... pétantes, que j'en ai assez de déambuler en plein vent et qu'il serait grand temps pour elle de me révéler ce que son François pensait, lui, du métier de M. Pujol.

– Eh bien, me répond-elle, gênée, et pour tout dire un peu péteuse, il trouvait que ça manquait de débouchés !

Je reste imperturbable et propose à Nini de poursuivre son récit.

– Ce n'est pas commode, me dit-elle.
– Pourquoi ?
– Il y a un enchaînement délicat.

Evidemment ! passer du pétomane à la grosse cloche du Sacré-Cœur peut paraître inconvenant. Mais après tout, la vie est inconvenante en nous mettant sans transition dans des situations et dans des états radicalement différents. Les journalistes de la télé ou de la radio le savent bien, eux qui sont obligés de nous apprendre à la suite les soixante mille morts du tremblement de terre en Arménie et la victoire d'un champion de formule 1 sur le circuit de Monaco. Et pour ma part, j'ai souvent déploré de voir les visages attristés des gens « de la baraque » à l'enterrement de l'un des leurs l'après-midi et, le soir, de voir ces mêmes visages réjouis à la première d'un vaudeville. A qui la faute ? A la vie qui nous propose A et Z dans la même journée, quelquefois dans la même heure.

Déculpabilisée par ma remarque, Nini quitte A pour Z avec entrain, alors que nous venons enfin d'arriver devant le parvis du Sacré-Cœur.

– Salut, Françoise ! lance-t-elle joyeusement.

Il ne s'agit pas de moi mais de la grosse cloche du Sacré-Cœur – dite la Savoyarde – dont j'ai l'honneur de partager en partie le prénom. Elle s'appelle dans son entier : Françoise-Marguerite. A part cela, je m'empresse de vous dire que nous n'avons rien de commun : primo, elle est d'Annecy, moi, de Paris. Secundo : elle habite dans un campanile romano-byzantin, moi dans une maison de 1930. Tertio, elle a quatre sœurs : Félicité, Louise, Nicole et Elisabeth, avec lesquelles elle tinte en chœur. Moi je n'ai qu'un frère et je n'ai jamais chanté en duo avec lui. Quarto : sa tonalité est celle du contre-ut grave. Honnêtement je ne connais pas la mienne, mais d'après ce que j'entends, je ne pense pas que ce soit la même. Quinto : elle mesure trois mètres cinquante de hauteur et moi un mètre soixante-sept ; elle pèse dix-neuf tonnes et moi... pas ! C'est la plus grosse cloche de France ! Vous voyez, aucune comparaison possible. Et puis alors, son arrivée à Montmartre, rien à voir avec la mienne.

– D'abord, me dit Nini, à la vôtre je n'étais pas là,

tandis qu'à la sienne, je n'ai rien raté... grâce à Vincent.
 – Ah ! il était là ?
 – Oui... mais comme je ne l'avais jamais vu.
 – C'est-à-dire ?
 – Gai, à la limite de l'euphorie.
 – Pour quelle raison ?
 – Il était cocu.
 – Ça, je m'y attendais.
 – Moi aussi. Mais pas lui !
 – Normal ! Les hommes, ça les étonne toujours.
 – En revanche, j'ai été très étonnée qu'il le prenne aussi bien.
 – Vous savez, l'effet des déceptions sur les âmes est aussi imprévisible que l'effet des médicaments sur les organismes. Tel somnifère qui va assommer l'un va tenir l'autre éveillé. De même, un adultère va accabler l'un et va revigorer l'autre.
 – Eh bien, Vincent, lui, ça l'a revigoré.

Pourtant, le coup que lui avait asséné Marie-Ange était particulièrement rude et aurait dû en tout état de cause le déstabiliser. D'autant qu'il n'y était pas vraiment préparé. Depuis leur terrible affrontement de juin dernier, Marie-Ange s'était cloîtrée, en la présence de son mari, dans un mutisme à tout prendre moins dérangeant que les criailleries. Vincent avait espéré que son ciel conjugal s'éclaircirait à la naissance de l'enfant. Il n'en avait rien été. Au contraire. L'arrivée d'Aymeric Depaul-d'Héricourt avait réveillé les humeurs peccantes de sa mère qui braillait à présent autant que lui, à chaque fois que Vincent s'approchait du berceau. Agacé à la longue d'être systématiquement privé des risettes de son fils, il s'était rebiffé et avait lâché cette phrase imprudente : « Il est autant à moi qu'à toi. » Phrase qui lui valut cette réponse désinvolte :

« Non justement, il n'est pas à toi. Il n'est pas un Depaul. Il est un de La Trougnière ! »

Personnellement, je trouve bizarre que l'amant de Marie-Ange soit un neveu de curé, comme son mari. Il paraît que j'ai tort. Que la cadette de la comtesse Sixtine obéissait là à un onzième commandement de son cru : « Péché de chair réserveras aux proches du clergé seulement. » L'idéal pour elle eût été de coucher avec un parent du pape mais, faute d'occasion, elle s'était contentée du neveu de son ancien confesseur : Paul-Loup Aymeric, fils du général de La Trougnière. Ce dernier s'était conduit en brave pendant la guerre du Tonkin et en dégueulasse avec une délicieuse petite Tonkinoise qu'il avait séduite et qui était morte en lui laissant un enfant eurasien : Paul-Loup.

Voilà pourquoi le blond Vincent a un fils au teint bistre et aux yeux très légèrement bridés. Voilà pourquoi Marie-Ange l'en a éloigné le plus longtemps possible. Voilà pourquoi, pensant qu'il ne croirait pas indéfiniment à l'histoire du bébé qui a la jaunisse, elle lui a lâché tout à trac la vérité.

Elle s'attendait à ce que Vincent hoquette de douleur ou qu'il éructe de colère. Mais labada ! A son immense stupeur il avait d'abord eu un sourire incrédule en se disant à lui-même : « Mais je m'en fous ! » Ensuite il avait été pris d'un fou rire et s'était interrompu deux fois avant de pouvoir articuler : « Je m'en fous complètement. » Enfin il avait eu un rire très long avec des accalmies et des rechutes, toujours déclenché par le même constat : « Je m'en fous. »

L'évidence de son indifférence le réjouissait à tel point que Marie-Ange, qui aurait dû s'en féliciter, finit par la trouver insolente – voire injurieuse. Elle le flanqua à la porte. Une fois dehors, sa première réaction fut, comme celle de François dans une situation analogue, de courir vers Nini pour lui apprendre la nouvelle. Par la même occasion, il l'invita à l'emménagement de la « Savoyarde » qui ne s'annonçait pas comme une mince affaire.

Bis repetita placent... comme ne me le dit pas la gambilleuse qui fut aussi étrangement soulagée par la non-paternité de Vincent qu'elle l'avait été par celle de François-Ludwig. Jugeant ce sentiment aussi ridicule que la première fois, elle ne l'avoua pas davantage à l'intéressé et lui proposa – toujours même topo – d'aller entendre le pétomane.

Là, les chemins diffèrent : Vincent refusa de suivre Nini au *Moulin-Rouge*. D'abord il lui répugnait autant que par le passé de la voir lever la jambe en public, ensuite il estimait que le cas de M. Pujol relevait moins du café-concert que de l'Académie de médecine devant laquelle d'ailleurs il se prêtait très obligeamment à ses expériences dans le seul intérêt de la science ; enfin, Vincent avait promis sa soirée et sa nuit à son vieil ami le sergent roux. Celui-ci avait la responsabilité du service d'ordre chargé de veiller sur la Savoyarde depuis son entrée en gare de La Chapelle jusqu'à sa destination finale au Sacré-Cœur. Craignant quelque manifestation des anticléricaux toujours virulents, il avait battu le rappel des bonnes volontés montmartroises pour former un cordon de protection civile. Vincent n'eut aucune difficulté à y faire enrôler Nini.

Ils convinrent donc qu'aussitôt après son dernier quadrille au *Moulin-Rouge* Nini viendrait le rejoindre chez le sergent roux où il dînait.

Elle y arrive aux environs d'une heure du matin. Elle y découvre une bande de joyeux convives qui ont déjà copieusement baptisé Françoise-Marguerite. Parmi ceux-ci la Patamba qui écrit de travers sur son carnet de conversation, la marquise de Mangeray-Putoux qui, verre en main, chante en duo avec Erik Satie « *Le Temps des cerises...* à l'eau-de-vie », enfin Vincent qui dans un coin, sur l'air de *Je suis chrétien*, fredonne : « Je suis cocu, voilà ma gloire, mon espérance et mon soutien. » Les autres, plus ou moins connus de Nini, ne sont guère plus frais. Quant à la sémillante femme du sergent roux, vautrée exceptionnellement dans les bras de son mari, elle l'appelle « ma petite puce adorée », c'est vous dire qu'elle n'est pas dans son état normal. L'irruption de Nini, elle en pleine forme, troue les somnolences. Pendant qu'elle se restaure solidement, tout ce joli monde va dissoudre ses brumes sous les robinets d'eau froide et dans des litres de café très fort. La fraîcheur de la nuit achève de remettre les esprits en place. Parfaitement dignes, le sergent roux et les bonnes volontés montmartroises atteignent la gare de La Chapelle où la Savoyarde les attend déjà sur le fardier qui doit servir à son transport. Elle est recouverte d'une immense bâche qui la dissimule aux yeux de la centaine de noctambules venus là par curiosité, d'une quinzaine de photographes et de journalistes, dont un de *La Petite République* qui a espéré dans un article « qu'on tirerait quelque jour des gros sous de cette grosse cloche », et d'une poignée d'officiels, dont M. Paccard, le fondeur savoyard de Françoise-Marguerite, et M. Rauline, qui dirigeait toujours les interminables travaux du Sacré-Cœur. Vincent va saluer l'architecte et lui confie que maintenant il est prêt à accepter la place de gargouille qu'il lui a naguère proposée mais M. Rauline lui conseille assez sèchement de briguer plutôt une place de girouette.

Vincent oublie cette déconvenue dès que, sa bâche ôtée, la Savoyarde lui apparaît, impressionnante par « sa force massive non exempte de grâce légère », comme le clame très fort un chroniqueur du *Journal des débats* pour embêter son collègue de *La Petite République*.

Nini aussi est très impressionnée par la Savoyarde. Surtout quand elle lit son poids exact sur la balance de la gare de La Chapelle : dix-huit mille huit cent trente-cinq kilos, plus huit cent quarante-sept kilos pour le battant.

– Six mille kilos de plus que le bourdon de Notre-Dame ! s'écrie Nini avec la fierté d'une mère dont le bébé est plus gros que celui de la voisine.

Dans son enthousiasme, elle en oublie de me signaler que le volume de la Savoyarde et du ballant nécessaire à son carillonnement était si important qu'une fois dans son campanile, par prudence, on la condamna au silence. Si bien que je ne l'ai jamais entendue.

Nini, si ! à la gare de La Chapelle quand Françoise-Marguerite fut suspendue dans l'espace entre sa pesée et sa descente sur le véhicule transporteur.

A cet instant, M. Paccard, gonflé d'autant de fierté que Nini, s'empare avec l'aide de deux hommes d'une poutre et en frappe le flanc de sa cloche. La voix de celle-ci s'élève, dominant les cris de la foule qui respectueusement se découvre. Les vibrations ne durent pas moins de huit minutes, au bout desquelles la foule abasourdie – au propre comme au figuré – se recouvre.

M. Rauline donne alors l'ordre de poser la cloche sur le fardier mais M. Paccard, qui a le tympan solide, ne l'entend pas de cette oreille et, avec une exaltation d'artiste, refrappe avec la poutre sur les parois de sa chère créature. Il recommence plusieurs fois l'opération, en dépit de M. Rauline, obligé de transmettre ses directives par gestes et qui s'impatiente de ne pas être compris, en dépit aussi de la foule qui enfonce ses couvre-chefs jusqu'au-delà des lobes.

– J'aime autant vous dire, conclut Nini, qu'on était très loin de la clochette à vache !

– J'imagine. Il paraît qu'il n'aurait pas fallu à Françoise-Marguerite moins de douze hommes pour lui extirper un son : huit pour actionner ses deux pédales et quatre pour tirer les cordes au-dessus des pédales.

– C'est peu... si on pense à vos chanteuses du show-biz qui réclament soixante musiciens et vingt amplificateurs pour un miaulement de chat écorché.

– Votre comparaison est absurde : il n'y a vraiment aucun point commun entre votre stentor et mes croqueuses de micro.

– Ah si ! s'écrie Nini, il y en a un : les gardes du corps pour leurs déplacements.

– A propos, le sergent roux a-t-il eu à intervenir ?

– Non. Aucune manifestation hostile pendant les deux heures du trajet. Pourtant plus d'un Parisien a dû être réveillé.

– La cloche n'a quand même pas sonné sur tout le parcours !

– Non, mais un attelage de quarante-cinq mètres, tiré par dix-neuf chevaux, encadré par vingt porteurs de torches, précédé d'une dizaine d'agents voyers chargés de sabler la voie, suivi par le service d'ordre officiel et les aficionados bénévoles du Sacré-Cœur, croyez-moi, ça faisait du bruit.

– A quelle heure le convoi est-il arrivé à destination ?

– Vers 6 heures du matin. Nous étions épuisés.

– Je m'en doute.

– Et puis en plus, il faisait un froid... il y avait un vent... Tenez ! comme aujourd'hui : les arbres se dénudaient à vue d'œil.

J'ai beau être transie et avoir la tête aussi gelée

que les membres, je relève immédiatement une anomalie dans la dernière phrase de la gambilleuse :

— Dites donc, chère Nini, si je vous ai bien suivie, votre histoire de la Savoyarde et de Vincent cocu, vous me l'avez située juste après l'histoire du pétomane également triomphant et de François-Ludwig également cocu ?

— Oui.

— Donc, sauf erreur de ma part, en mars.

— Oui. Et alors ?

— Vous avez déjà vu des arbres se dénuder de leurs feuilles en mars ?

Nini fronce le sourcil, visiblement perturbée, farfouille dans sa mémoire.

— C'est curieux ! finit-elle par me dire. J'étais persuadée que l'histoire de la Savoyarde se situait en mars. Pourtant, je nous revois très nettement Vincent et moi serrés l'un contre l'autre dans un tourbillon de feuilles mortes...

Image que je trouverais peut-être poétique si je n'avais pas comme en ce moment le visage méchamment fouaillé par une bise automnale. A la minute présente, rien ne me semble plus important que de coller mon dos à un radiateur. Rien ! même pas la perplexité de Nini qui trottine à mes côtés et qui maugrée :

— Il n'y a pas à dire, dans cette histoire de Savoyarde, il y a quelque chose qui cloche !

20

J'ouvre un œil : 3 heures du matin !
Je le referme. J'entends la voix de Nini :
– Vous dormez ?
Je ne réponds pas. Je rouvre un œil : 4 heures du matin ! Je me retourne. J'entends à nouveau la voix de Nini :
– Vous dormez ?
Je grogne :
– Oui.
Elle me répond :
– Moi non plus ! J'ai un souci. Il faut que je vous parle.

Je soupire. J'allume la lumière. J'ai la tête entre loup et chien mais Nini déchire tout de suite mon aube incertaine :

– Je me suis trompée, m'annonce-t-elle, l'arrivée de la Savoyarde a eu lieu plus tard que je ne vous l'ai dit.
– Ah bon ?
– Notez que tout s'est déroulé exactement comme je vous l'ai raconté.
– C'est déjà ça.
– Oui... mais pas en mars 92, en octobre 95.

— Quoi ? mais ça fait un décalage de plus de trois ans et demi !

— Je sais. C'est embêtant.

— Un peu, oui !

— Surtout pour vous qui habitez le quartier. Vous risquez d'avoir des remarques.

— Merci beaucoup.

— Je suis désolée, vraiment.

— Mais comment avez-vous pu vous tromper à ce point-là ?

— Ça, je me le demande ! Et encore, vous avez de la chance, sans le tourbillon de feuilles mortes, je ne me serais aperçue de rien.

— Etes-vous sûre au moins que Vincent était avec vous ?

— Formelle ! Et il m'a bien annoncé ce jour-là la naissance d'un enfant. Mais de son deuxième dont il n'était toujours pas le vrai père. La naissance du premier, il me l'a annoncée en mars 92 et aussi à l'occasion d'une fête au Sacré-Cœur.

— Mais quelle fête ?

— Alors ça... vous savez, le Sacré-Cœur, à cette époque-là, c'était un peu comme maintenant les Galeries Lafayette : il s'y passait toujours quelque chose. Ce qui explique ma confusion.

— Et qu'est-ce que je vais dire, moi ?

— La vérité : que je me suis trompée de date.

— Ah non ! je ne peux quand même pas faire ça.

— Si, si, j'y tiens ! Cette erreur avouée apportera une nouvelle preuve de la fragilité du témoignage humain.

Je suis sensible à cet argument. Je rencontre souvent des gens qui m'assurent en toute bonne foi m'avoir vue en des endroits où je n'ai jamais mis les pieds, entendue tenir des propos qui me sont complètement étrangers et, pis, qui m'attribuent la pièce d'un de mes confrères. J'ai moi-même souvent juré, cherchant mes lunettes ou mes clés, que je les avais rangées à telle ou telle place précise, alors que je les retrouvais dans telle ou telle autre aux antipodes de mes certitudes. A chacune de ces circonstances, bien anodines, je pense avec horreur à tous ceux pour qui la fausse affirmation d'un témoin sincère peut avoir des conséquences graves, voire capitales. C'est pourquoi, Nini m'offrant avec son erreur de date l'occasion de rappeler que personne n'est à l'abri d'une défaillance de la mémoire, je me décide à l'indulgence :

– Ça va pour cette fois, lui dis-je, mais tâchez de ne pas recommencer.

Soulagées l'une comme l'autre par notre *ladie's agreement*, nous nous rendormons. Quelques heures plus tard, nous nous réveillons presque en même temps, moi de très bonne humeur avec la perspective d'assister le soir même au gala prestigieux qui est donné pour le centenaire du *Moulin-Rouge*.

– J'espère qu'ils vont penser à regarder, me dit Nini.

– Qui « ils » ?

– Ben... euh... tous ceux qui ont rendu célèbre dans le monde entier le nom du *Moulin-Rouge* : La Goulue, Valentin, Jane Avril, Grille-d'Egout, la Môme Fromage et les autres.

– Et Toulouse-Lautrec, ne l'oubliez pas.

– Bien sûr ! lui aussi.

– Comment « lui aussi » ? « Lui surtout », il me semble. Les pensionnaires du *Moulin* ont été immortalisés grâce à lui. Sans lui, La Goulue, pour ne citer qu'elle, n'aurait laissé que le souvenir vague d'une « grosse blondasse » dévoreuse d'hommes et de fortunes, comme il y en eut beaucoup à cette époque.

– Peut-être, mais sa popularité à elle a beaucoup contribué aussi à sa gloire à lui.

– Vous plaisantez ?
– Non ! elle lui a servi de rampe de lancement.
– Mais enfin... Lautrec aurait existé sans elle. Il a existé avant et après elle, tandis qu'elle n'existerait plus sans lui.
– Vous croyez vraiment ?
– C'est évident ! Le modèle ne fait pas plus le peintre que la muse ne fait le poète ou le musicien.
– Ça se discute...
– Ça non ! En peignant *Les Nymphéas*, qui avait du talent : Monet ou les nénuphars ? En écrivant *Le Lac*, Lamartine ou Julie Charles ? En composant la *Symphonie fantastique*, Berlioz ou Harriet Smithson ?

Vous pensez bien que Nini qui n'a jamais eu une sympathie dévorante pour sa grosse blondasse de consœur est enchantée par mes propos. Mais elle se garde bien de me l'avouer. Au contraire, elle défend La Goulue. Il est toujours très douillet à l'âme de paraître indulgent quand d'autres se chargent de vos rancœurs. Ah ! la bonne apôtresse ! Oui ! je me permets ce néologisme car si je n'ai jamais souffert de l'absence dans la langue française d'« auteuse » ou d'« écrivaine », je ressens cruellement le manque d'apôtresse, surtout d'ailleurs de « bonne apôtresse ». Donc, voilà que cette bonne apôtresse de Nini me susurre d'une voix suave que de son temps, Lautrec était connu surtout pour être « le peintre de La Goulue » et qu'il doit à ce label la commande de ces fameuses affiches qui ont recouvert les murs de Paris et considérablement popularisé son nom.

Continuant à caresser son poil sensible dans le bon sens, j'objecte à Nini que si l'on excepte Bonnard qui avait composé une petite litho pour « France-Champagne » et Daumier une affiche pour le « charbon d'Ivry », Toulouse-Lautrec fut le premier à propulser l'art dans la rue – qui plus est, à des fins commerciales – et que cette audace lui aurait valu les projecteurs de la notoriété de toute façon, même si sur ces affiches, à la place de La Goulue il y avait eu un flacon de l'elixir Godineau, unique remède à l'époque contre l'impuissance.

– Oh ! vous exagérez, me dit Nini, en ayant du mal à ne pas glousser de bonheur.

– Non ! Le talent peut s'exprimer partout. Y compris – entre parenthèses – dans nos actuels spots télévisés où nos meilleurs metteurs en scène de cinéma mettent le leur, plus ou moins anonymement, au service de la blancheur qui va au plus profond du linge ou du bas qui fait parler la jambe.

Nini ne résiste pas à mon assimilation de la grosse blondasse à un paquet de lessive ou à une paire de collants. Du coup, elle souhaite que ce soir son Henri (Toulouse-Lautrec) se branche sur le gala du centenaire du *Moulin-Rouge*, au lieu d'aller, comme souvent, parler boutique avec Van Gogh ou Renoir.

A entendre Nini, j'ai vraiment l'impression que les Paradisiens regardent la Terre comme nous, Terriens, regardons nos petits écrans, qu'ils se signalent les programmes susceptibles de les intéresser et que de temps en temps, estimant qu'en dehors du sexe et de la violence il n'y a pas grand-chose à la télé d'En-Bas, ils éteignent leur poste pour tailler une bavette entre eux. Nini me confirme cette impression et m'affirme même qu'à l'Audimat du ciel, Télé-Terre a une cote de plus en plus basse.

– Moi, je reste une inconditionnelle, me confie-t-elle, mais quand même, je zappe de plus en plus souvent d'un pays à l'autre – les pays francophones, bien entendu. Les autres, je ne comprends pas.

– C'est, hélas ! assez limité.

– Taisez-vous, ça me désole. J'en parle souvent avec Léo. Il est navré comme moi.

– Léotard ?
– Mais non ! Léopold.
– Quel Léopold ?
– Deux ! De Belgique !
– Ah bon ? Vous le fréquentez ?
– Ben oui... vous savez, de notre vivant, on se connaissait bien. Il venait souvent au *Moulin-Rouge*... du temps où il cavalait après Loulou. J'étais un peu sa confidente. Il lui apportait des diamants. Et à moi, des spéculos !
– Ah ! j'adore ça.
– Moi aussi. J'en dévorais au moins une livre pendant qu'il rongeait son frein, en attendant son tour.
– Il n'a pas dû l'attendre trop longtemps, je pense.
– Ben si, justement ! Il est tombé sur un bouchon d'archiducs.
– Il y en avait tant que ça dans l'antichambre de La Goulue ?
– Non, seulement deux. Mais qui tenaient beaucoup de place : l'ancien, le Russe, et le nouveau, un Autrichien qui l'avait entraînée jusqu'à Vienne pour danser la valse des millions.
– Le roi des Belges a quand même réussi à se faufiler.
– Bof... entre deux écrins et encore... parce qu'elle avait besoin de son blason pour redorer le sien.
– Il se dédorait déjà ?
– Un peu.
– Vous situez ça quand ?
– Je n'ose plus vous donner de date exacte, mais approximativement 1892-93.
– Elle n'avait donc tout au plus que vingt-cinq ans.
– Eh óui ! Mais le déclin comme la valeur n'attend pas le nombre des années. A cet âge-là l'alcool lui avait déjà encrassé les guiboles. Elle avait des ratés dans le grand écart et des mollesses dans le port

d'armes. Mais les fesses tenaient encore le coup. Elles ont sauvé l'honneur défaillant des jambes... grâce à Léopold II.

– J'espère qu'elle lui en a été reconnaissante.

– Pas du tout ! Pour montrer que dans ce domaine-là au moins elle n'avait rien perdu de son pouvoir, en public elle le maltraitait et en coulisses, avec nous, elle se moquait de son cache-barbe.

– Son cache-barbe ?

– Oui, c'était une espèce d'étui en caoutchouc dans lequel, au moment de se mettre au lit, il enfermait sa barbe pour ne pas qu'elle prenne de faux plis.

– Il faut admettre que ce n'est pas vraiment érotique.

Soudain, je vois s'allumer dans l'œil noir de Nini cette étincelle d'arsouille qui la fait parfois ressembler à la fille que Gavroche aurait pu avoir avec Messaline.

– Ça dépend avec qui l'on est, dit-elle, et dans quelles circonstances...

Avec qui Nini avait-elle réussi à transformer un cache-barbe en aphrodisiaque ? Bien entendu avec François-Ludwig. Il restait un joyeux oiseau de passage, toujours prêt à voir Victor Hugo, bien que depuis novembre 92 il fût officiellement le père d'un petit Alexandre assez intelligent à trois mois pour ne ressembler ni à sa Marie-beigeasse de mère, ni à son freluquet de géniteur mais à son beau gosse de paternel légal.

Dans quelles circonstances ? A un bal. Mais attention, pas n'importe lequel ! Un de ces bals du *Courrier français* d'autant plus audacieux qu'ils étaient masqués et que leurs thèmes étaient choisis exprès pour prêter à toutes les fantaisies. Ainsi il y avait eu le « bal des bébés » où la layette bleue était obligatoire pour les hommes, la layette rose pour les dames, et la layette blanche recommandée pour les autres ; le « bal de la condamnation » où l'organisateur, Jules Roques, avait lancé « la polka de la maladie de peau » pendant laquelle les danseurs étaient condamnés à se gratter ; le « bal mystique » où, d'après un témoin digne de foi, l'ambiance n'était pas très catholique. En l'occurrence, il s'agissait du « bal futuriste » où les invités étaient priés de se vêtir comme ils imaginaient que l'on serait vêtu cent ans plus tard.

– Curieusement, me dit Nini, il y a eu beaucoup de déguisements bizarres, amusants, originaux, mais – je m'en rends compte maintenant – François et moi avons été à peu près les seuls à nous approcher de la réalité actuelle.

– Comment étiez-vous habillés ?
– Lui en femme et moi en homme.
– Une véritable prémonition !
– Lui avait choisi d'être une aguichante cocotte avec perruque blonde et déshabillé vaporeux. Moi, un vieux beau avec perruque blanche et... cache-barbe. Nous étions complètement méconnaissables.

D'ailleurs personne ne les avait reconnus. Au point que François avait dû repousser à grands coups d'éventail les assauts de Charles Zidler et de Rodolphe Salis qui s'étaient affublés de peaux de bêtes, estimant qu'au train où avançait la décadence, on pouvait supposer que dans cent ans, on en serait revenu au temps des cavernes. Ces deux hommes de Cro-Magnon n'avaient pas bien compris pourquoi l'accorte blonde leur avait préféré un vieillard cacochyme avec un cache-barbe. Encore moins pourquoi cette belle plante gironde prenait un plaisir évident à passer la main sous le plastron du petit vieux étique. Les serveurs qui, à l'aube, avaient retrouvé sous la grande nappe du buffet un cache-barbe et un soutien-gorge étrangement rembourré et taché de rouge à lèvres auraient pu le leur expliquer. Détail pittoresque : cette dernière parure, inconnue à l'époque, avait été créée et spécialement confectionnée pour François-Ludwig par l'ancienne corsetière de Levallois-Perret qui tenait à présent boutique à Châtellerault, comme il en avait été question au chapitre 17.

Après ce prototype, elle fabriqua des modèles similaires à l'usage des femmes maigres, peu prisées alors et qu'elle appelait avec ses clientes plates mais délurées des « attrape-nigauds ». Ce, dans l'arrière-boutique où Nini me laisse entendre qu'on fournissait parfois le nigaud, en même temps que l'attrape.

Sautant d'un bal à un autre, la gambilleuse m'invite à celui des Quat'z'arts qui s'était passé peu de temps après le précédent, dans le cadre même du *Moulin-Rouge*. A cette occasion, le sage Vincent y mit les pieds pour la première fois, pour suivre un de ses stagiaires, ancien étudiant de l'Ecole des beaux-arts.

– Heureusement que depuis l'histoire du petit Tonkinois, il était plus débridé ! s'écrie Nini, sinon il serait tombé raide !

– Avec les Quat'z'arts, il ne devait quand même pas s'attendre à une soirée de patronage.

– Non, mais il ne pouvait pas s'attendre non plus à finir la nuit en caleçon sur le toit du *Moulin-Rouge*.

Ça, évidemment... Quel diable avait bien pu passer par là pour que le gendre de la comtesse Sixtine se retrouve dans cette fâcheuse position ? En fait, il s'agit d'une diablesse rousse, conçue et réalisée dans les ateliers de Lucifer pour damner les saints et a fortiori les neveux d'abbé.

Le thème du bal est le cortège de Cléopâtre. Pour personnifier la reine d'Egypte, la diablesse a entièrement enserré son corps diabolique dans un maillot de résille noire aux mailles indiscrètes. Costume qui ne respecte ni la vérité historique, ni les lois de la décence mais qui échauffe, on s'en doute, tous les « César » et tous les « Antoine » de l'assemblée, déjà très excités à la fois par leur consommation d'alcool et leur non-consommation des filles peu farouches qui les entourent. L'une d'elles, une dénommée Mona, voisine fortuite de Vincent, le prend à parti et relevant ses jupes lui demande s'il trouve ses jambes aussi jolies, plus jolies ou moins jolies que celles de Cléopâtre. Comme Vincent tarde à répondre, Mona monte sur la table et sollicite l'opinion de la salle entière. Voyant cela, Cléopâtre, confiante en ses charmes, vient crânement à côté de son challenger soutenir la comparaison.

Les étudiants, passionnés par cette compétition improvisée, exigent l'effeuillage complet des concurrentes. Celles-ci, dociles – et pas frileuses –, s'exécutent. Cléopâtre gagne le concours, haut la cuisse. Mona dépitée rend Vincent responsable de sa défaite, se rue sur lui et commence à le déshabiller, aidée bientôt par d'autres filles venues à la rescousse.

Pendant ce temps, Nini, en coulisses, finit d'enfiler un costume de momie – égyptienne bien entendu – d'un vert Nil ravissant et si moulant qu'en frémissent les bandelettes de Toutankhamon, personnifié ce jour-là par Guibolard, un émule de Valentin-le-Désossé. Elle va prendre sa place dans le cortège quand soudain elle entend le cri du mainate :

– Toutes des salopes ! Toutes des salopes !

Elle croit que l'oiseau parleur de l'abbé Bardeau s'est échappé de Domrémy mais, presque aussitôt, elle entend la même voix qui hurle :

– Nini ! Nini ! sauve-moi, Nini !

Et ça, ça ne peut pas être le mainate : il ne connaît pas son nom. Elle jette alors un œil dans la salle et voit Vincent en mauvaise posture, alternant la rengaine du mainate avec les appels à l'aide.

Telle une preuse (excusez-moi, je suis également en manque de ce féminin-là) chevalière, elle vole au secours de son malheureux damoiseau, en brandissant une mini-colonne Vendôme en stuc, prise au passage dans la panière aux accessoires. Bénéficiant d'un gros effet de surprise, car enfin, il n'est pas courant de voir une momie en train de matraquer des gens avec une colone Vendôme, Nini réussit à entraîner Vincent d'abord dans les coulisses puis, par l'échelle des pompiers, jusque sur le toit où il est enfin hors d'atteinte de ses poursuivantes déchaînées. Il était temps, il n'a plus sur lui que son caleçon... auquel très vite Nini se substitue. Toujours dans sa robe vert Nil, elle lui prouve que son corps n'est pas un long fleuve tranquille. De la sorte, il attend sans la moindre impatience l'heure où, la place Blanche ayant retrouvé son calme et lui une tenue décente, il peut rentrer chez lui juste avant la bouillie du petit Aymeric, que celui-ci en dépit de ses origines pour un quart exotiques prend dans un biberon et non avec des baguettes.

— Sans moi, conclut fièrement Nini, la comtesse Sixtine allait rechercher son gendre en tôle !

— Tout de même pas !

— Tiens donc ! le promoteur de la fête et trois autres participants, dont la Cléopâtre, y ont bien été condamnés, eux, à la prison.

— Vraiment ?

— Et comment ! Avec sursis, d'accord, mais condamnés en bonne et due forme, après procès exigé par ce cochon de père la Pudeur.

— Coutelait du Roché ?

— Non, Béranger, un sénateur qu'on appelait aussi

comme ça, parce qu'il était président de la « Ligue contre la licence des rues ».

— Une sinécure !

— Pensez-vous ! Il militait tous azimuts. Un jour il a même proposé qu'on interdise aux chiens de lever la patte dans les caniveaux.

— Pour raison d'hygiène ?

— Non ! Pour ne pas qu'ils montrent leur quéquette aux enfants.

— Un farceur, je suppose ?

— Pas du tout ! Un obsédé de la morale, un drogué de la vertu, un renifleur de scandales, un remueur de boue !

Nini est si véhémente que je la soupçonne d'avoir eu maille à partir avec le sénateur, sinon en tant que gambilleuse, du moins en tant que directrice de son école de danse. Elle commence par nier mais, se souvenant sans doute que j'avais découvert juste après notre première rencontre quelques articles de journaux à ce sujet, elle finit par reconnaître qu'en effet le bien pudique M. Béranger n'était peut-être pas étranger à l'intérêt que la police avait porté vers l'automne 93 à ses cours – bien à tort, cela va de soi. Selon Nini, ses jeunes élèves n'apprennent à lever la jambe qu'à des fins hautement artistiques ; elle, Nini, ne s'échine à former de futures gambilleuses que pour se constituer à la sueur de son front un petit pécule de fourmi prévoyante ; quant aux messieurs parfois un peu âgés qui assistent aux exercices de ces demoiselles, ils ne sont là que pour donner leur avis d'usagers et les stimuler par leurs encouragements. Et si d'aventure certains réchauffent leurs hivers à la vue – voire même au contact – de ces printemps rayonnants, où est le mal ? Nulle part... à condition toutefois que les « spectateurs » ne subventionnent pas trop ouvertement les « élèves » et que le « professeur » ne prélève pas une dîme sur cette subvention. Sinon, l'école devient un bordel et Nini une tenancière. Ah ! ça, bien sûr ! Mais il n'en est pas question ! En tout cas, la police ne détient aucune preuve. Nini peut être rassurée quant au présent. Néanmoins, elle se sait surveillée et s'inquiète de cette épée de Damoclès qui tournicote au-dessus de son chignon.

Moi, je reste pensive. Non pas au sujet de la culpabilité ou de l'innocence de Nini sur lesquelles – je m'y suis résignée – je n'arriverai pas plus que la police à avoir de certitude.

– Alors quoi ? Qu'est-ce qui vous rend pensive ? me demande brusquement Nini, à l'affût d'un changement de conversation.

– Tout ce que vous venez de me raconter à propos des bals de votre époque et qui bouscule un peu l'idée que j'avais de cette fin de siècle.

– Quelle idée aviez-vous ?

En vérité, j'avais deux clichés dans la tête. L'un était celui du monsieur émoustillé par un petit bout de bas de soie qu'il entrevoyait entre la bottine et le jupon quand une dame montait dans un fiacre... sans doute le souvenir d'un dessin de Willette ou de Steinlen... A partir de là, je m'étais construit un monde corseté, en guimpe, en guipure, en voilette, en gants, en soupirs, en monocle, en chapeau claque, en dérapages contrôlés, en « voyons, monsieur Gaston, vous n'y pensez pas » et en « mais, mademoiselle Hortense, c'est pour la bonne cause ».

A l'opposé de celui-ci, mon autre cliché, inspiré lui à coup sûr de *Gervaise*, était celui d'une femme épuisée, cherchant à travers bistrots ou guinguettes une éclaircie dans sa grisaille quotidienne. A partir de là je voyais un monde courbé, en caraco, en châle et jupons rapiécés, en chignon mal peigné, en œil cerné, en poings fermés, en casquette, en gros rouge, en

« j'voudrais bien mais j'ai peur d'avoir un môme », et en « j'peux pas, j'ai peur de perdre mon boulot ».

D'un côté comme de l'autre, pas la moindre trace de mœurs dissolues, de salacité ou même d'impudeur.

– Ah ça! s'écrie Nini, vous n'imaginez quand même pas que votre siècle a inventé les turpitudes et les perversions ?

– C'est-à-dire qu'on m'a tellement rebattu les oreilles ces dernières années avec la libération du sexe que j'avais fini par croire qu'avant il était enfermé dans un carcan.

Nini a pour moi le regard amusé et attendri de la grand-mère pour l'enfant innocent qui vient de découvrir qu'il n'était pas né dans un chou. A mon âge, il est temps de me mettre au courant. Elle prend en main mon éducation, s'efforçant de me montrer – non sans une certaine fierté – que son époque était aussi dépravée que la mienne. Elle tient vraiment à me rassurer.

De son temps aussi, le commerce de la fesse était florissant. Il se pratiquait officiellement dans les maisons de tolérance qui étaient dans Paris en 1890 au nombre de soixante-quinze ! Il se pratiquait également, comme maintenant, de façon plus hypocrite, dans des boutiques ayant pignon sur rue où l'on était censé vendre des « photographies d'art », de la « lingerie fine » ou soulager vos douleurs – ainsi que votre portefeuille – avec des « massages exotiques ». Quinze mille putes vivaient de ce négoce. Qu'on les ait appelées alors les « écartelées », les « agenouillées », les « dégrafées », les « vrilles », ou les « gousses » ne change évidemment rien à l'affaire.

De son temps aussi, il y avait des petites annonces destinées aux amateurs de raffinements spécialisés. Peut-être un peu plus discrètes que les nôtres, mais néanmoins très explicites car enfin quand une certaine Mme Flagel propose « des leçons d'anglais par dames sévères », et un certain M. Martinet, précepteur expérimenté, « cherche des élèves arriérés au caractère difficile », on ne peut pas vraiment penser que les méthodes de ces éducateurs soient celles en vigueur chez les couventines.

De son temps aussi, il y avait des homosexuels des deux bords. Etant donné qu'il y en avait chez les Grecs, Nini espère que je ne suis pas trop étonnée par leur existence à la fin du siècle dernier.

De son temps aussi – hélas ! – il existait des fillettes prostituées dont les tarifs variaient selon l'âge – de neuf à quinze ans – et selon les terrains de leurs chasses. La petite mendiante des bas quartiers, souvent exploitée par ses parents, valait moins que la petite nymphe des quartiers chics qui traitait sa clientèle dans les fiacres, et moins même que la petite bouquetière spécialisée dans les brasseries féminines.

De son temps, comme maintenant, l'intolérable était toléré.

De son temps aussi, il y avait des strip-teases. Certes, ils constituaient une nouveauté et les effeuilleuses ne se déshabillaient qu'avec un prétexte. Mais il était bien mince. L'une enlevait ses dessous les uns après les autres, à la recherche d'une puce qu'elle finissait par trouver dans un bien nommé « entre-deux ». L'autre, la pionnière du genre, « interprétait », dans le coucher d'Yvette, une femme qui se dévêt le soir avant de se mettre au lit. L'opération ne durait pas moins d'une demi-heure. Nini se gausse qu'on ait pu se pâmer devant Rita Hayworth quand elle mettait deux minutes à ôter un gant !

De son temps aussi, il y avait une littérature dite érotique par certains, pornographique par d'autres, bannie par les bien-pensants et prônée par les autres. En 1884, une jeune fille de bonne famille, âgée de vingt ans, défraya la chronique en publiant sous le pseudonyme de Rachilde un roman, *Monsieur Vénus*, considéré par un critique comme « le symptôme de cette décomposition verdissante dans laquelle l'époque sombrait ». L'héroïne en était une adepte de Lesbos, qui, par une étrange perversion de toute chose, faisait de son mari une femme et d'elle-même un homme. Evidemment, après ça, il y a de quoi s'écrier comme Nini : « Bonjour hardiesse ! » avec un « certain sourire ».

De son temps aussi, il y avait la drogue, des ballets roses, des messes noires, des partouses, des orgies, des scandales étouffés. Il y avait tout, vraiment tout, pour justifier que Jean Lorrain appelât cette époque celle du « vice errant ».

— Une seule différence, me dit Nini, de mon temps le vice était dans les salons et maintenant il est descendu dans la rue. Il était réservé à une certaine catégorie d'esthètes fortunés et d'artistes marginaux qui traînaient dans leur sillage.

— En somme, un des derniers privilèges, selon vous, a été aboli le jour où on a mis le vice à la portée de tous.

— Oui... si toutefois c'est un privilège...

Vraiment désireuse de ne pas laisser à mon époque la palme de la décadence, Nini se met à me raconter un fait divers qui lui semble très révélateur de l'immoralité de la sienne : en mai 1894 un nommé Chrétien offrit à la Belle Otéro dix mille francs en échange d'une nuit d'amour. Elle refusa. Il se suicida.

— Eh bien, s'écrie Nini, alors qu'il aurait été normal, je pense, de féliciter Mlle Otéro de ne point avoir couché sans plaisir, pour de l'argent, et de fustiger un garçon qui croyait que tout pouvait s'acheter, la presse et l'opinion publique firent tout le contraire : on s'indigna que cette demi-mondaine, par simple caprice, ait éconduit son impudent amoureux et involontairement entraîné sa mort. On lui reprocha en somme d'être pour une fois désintéressée.

– Justement parce qu'elle l'était « pour une fois ».

– Bravo ! Belle mentalité, vous aussi ! Vous auriez fait partie de ceux qui déniaient à cette femme la liberté de choix.

– Il ne faut quand même pas oublier que la Belle Otéro était une courtisane qui vivait en grande partie de ses charmes.

– Eût-elle été la dernière des prostituées, une femme a le droit de disposer de son corps comme elle l'entend.

– Du point de vue humain, oui ! Du point de vue professionnel, non : un chauffeur de taxi, fût-il une femme, n'a pas le droit de refuser un client.

Nini est accablée par mon raisonnement quelque peu tordu, autant sans doute qu'elle le fut jadis par les réactions de ses contemporains. Contrairement à ses habitudes et malgré mes appels réitérés à son dynamisme naturel, elle reste morose au-delà du raisonnable. Elle le reconnaît elle-même.

– C'est drôle, me dit-elle, je me retrouve exactement avec l'état d'esprit que j'ai eu tout au long de cette année 94.

– C'est-à-dire ?

– Une certaine tristesse latente, sans véritable cause, que le moindre prétexte servait à alimenter. Il paraît que les fins de siècle engendrent facilement ce genre de mélancolie : l'impression qu'on est en train de tourner une page ; que l'on s'achemine vers la fin d'un monde. Vous verrez, vous le ressentirez peut-être bientôt.

– A priori, je ne crois pas. Personnellement, j'ai conscience que les pages se tournent tous les jours et que demain suit aujourd'hui.

– Attendez... vous n'êtes qu'en 90. Moi, ça m'a pris quatre ans plus tard...

Cette période grise commence pour Nini en février par la mort du père Tanguy, le défenseur désintéressé des peintres maudits. Il disparaît un an avant que Cézanne, dont il était un des rares à avoir perçu et soutenu le talent, connaisse à cinquante-six ans un début de renommée. Quelques mois plus tard, sa veuve fut obligée pour survivre de vendre la collection de tableaux qu'il lui avait laissée pour tout héritage. Aux enchères de l'hôtel Drouot, elle recueillit six cents francs pour six Gauguin, cinquante francs pour un Seurat, trente francs pour un Van Gogh, neuf cent deux francs pour un lot de six Cézanne et trois mille francs pour un Monet, « le plus coté de nos peintres non académiques ».

– Alors, me dit Nini, vous pensez bien qu'après cela, quand j'ai appris en octobre qu'Yvette Guilbert, engagée à l'*Olympia* de Broadway, y gagnerait en dollars l'équivalent de huit cent cinquante francs pour une chanson de cinq minutes, ça ne m'a pas remonté le moral !

La semi-retraite de Rodolphe Salis avait aussi beaucoup affecté Nini. Fatigué, ne s'amusant plus d'amuser les autres, il n'effectuait que de courtes apparitions au *Chat-Noir* et préférait jouer les châtelains dans son domaine poitevin de Naintré.

Gustave Eiffel, également, s'était à moitié retiré des affaires. Atteint d'abord par le scandale de Panama, puis par le procès qui s'était ensuivi, et dont il n'était sorti avec un non-lieu qu'au bout de quatre ans, il avait laissé la direction de son entreprise de Levallois-Perret à son gendre, Adolphe Salles, et ne s'intéressait plus dans son pavillon de Sèvres qu'à des travaux scientifiques.

La même année, trois autres départs touchèrent Nini.

Le premier fut celui du pétomane qui quitta le *Moulin-Rouge* sur un coup de tête.

– Il voulait être son maître, m'explique Nini, avoir son propre théâtre.

– Oui, je sais, j'ai lu qu'il disait : « Je péterai moins haut, peut-être, mais librement. »

– C'est exact. Je l'ai entendu de mes propres oreilles.

– Et ça ne vous a pas égayée ?

– Oh non ! pas du tout ! J'ai ressenti un terrible vide.

– Vous étiez vraiment très déprimée.

Le deuxième départ fut celui d'Aristide Bruant qui abandonna son *Mirliton* et Montmartre en compagnie de Mme Tarquini d'Or, une cantatrice mariée et mère d'un garçon baptisé Brutus Attila – prénoms bien lourds à porter pour l'enfant malingre et l'homme chétif qu'il devint.

L'œil de Nini reprend soudain un peu de vivacité.

– Ce n'est pas moi qui vous ai dit ça, s'écrie-t-elle.

– Non, c'est mon père. Brutus Attila était administrateur au cabaret *Le Coucou*, à l'instant où il y exerçait son métier de chansonnier.

– Alors, vous savez aussi que Brutus Attila a eu un demi-frère.

– Oui, le fils de Bruant et de la cantatrice. Ses photos ornaient le domaine de Liffert, près de Courtenay, où le chantre des pauvres s'est retiré en quittant Paris.

– Mais ça non plus je ne vous l'ai pas dit !

– Non, mais jadis j'ai passé des vacances familiales dans cette maison.

– Avec Aristide ?

— Non. Excusez-moi... Il est mort en 1925 et moi j'y étais vers 1948.

— C'est dommage ! Vous auriez pu lui parler de la Patamba, si vous l'aviez connu.

— ... et si j'avais su qu'une quarantaine d'années plus tard j'écrirais votre biographie.

— De toute façon, lui vous en aurait parlé. Il l'aimait beaucoup. Il voulait même qu'elle vienne habiter le pavillon destiné aux gardiens.

— Je m'en souviens. Charmante construction en brique rose.

— La Patamba a beaucoup hésité. Finalement elle est restée fidèle à Montmartre... Au moins jusqu'à la mort de Nono Clair-de-lune.

— C'est-à-dire quand ?

— Plus tard !

Nini m'indique du geste qu'elle reviendra ultérieurement sur la disparition de sa vieille amie. A présent elle préfère évoquer le troisième départ qui alourdit pour elle cette année 1894, bien plus qu'elle ne l'aurait imaginé : celui de La Goulue, qui d'un grand coup de cœur rompit toutes ses amarres. Elle abandonna le *Moulin-Rouge*, la danse, la gloire, les soupirants, l'hôtel de la Païva, les attelages, les bijoux, la fortune... Tout ça, pour l'amour fou d'un dresseur de fauves ! Il n'en fallait pas moins pour dompter l'indomptable. Tous ses biens vendus, elle acheta une roulotte assez grande pour abriter en plus d'elle, dont le volume croissant réclamait déjà un certain espace, son fils Dagobert, son nouvel amant surnommé Rouge-Gorge à cause d'une ancienne morsure de lion à son cou, son ancien souteneur, l'éternel « beau gosse » qui allait échanger ses fonctions de valet de chambre contre celles de bonimenteur et sa sœur Jeanne qui tiendrait la caisse. Elle acheta aussi forcément une ménagerie, composée de quatre lions, deux tigres du Bengale, une panthère noire, un puma et une baraque de foire avec une cage que Toulouse-Lautrec accepta de décorer par amitié pour celle qui lui avait dit un jour : « Quand je vois mon cul dans tes peintures, je le trouve beau. » Compliment auquel il avait été peut-être plus sensible qu'à celui d'un critique d'art.

La rupture brutale de La Goulue avec son passé doré partage encore Nini entre la colère et l'admiration.

Que la « grosse blondasse » ait gaspillé des trésors, dépensé son argent jusqu'au dernier sou sans même assurer ses vieux jours ni l'avenir de son enfant... ça, elle ne le comprend pas. La sympathie dont bénéficient auprès de leurs contemporains et de la postérité les cigales insouciantes qui la bise venue sont bien contentes de trouver les vilaines fourmis pour les dépanner... ça, ça la gonfle.

Mais que La Goulue triomphante ait gardé le cœur tendre de Loulou la paumée, au point de larguer tout et de sauter dans le vide, sans filet, pour un bonhomme... ça, ça la bouscule sur ses bases.

Qu'elle ait assumé ses folies, accepté par avance sa misère prévisible comme le règlement d'une facture du destin... ça, elle tire son chapeau !

Qu'elle ait vendu pour survivre des bouquets de fleurs devant ce *Moulin-Rouge* où elle en avait reçu des tombereaux, sans le moindre regret, et qu'elle ait fini zonarde après avoir eu des rois à ses pieds, sans la moindre récrimination... ça, ça réhabilite complètement la grosse blondasse aux yeux de Nini qui soupire :

– Pauvre Loulou !

Nini est de plus en plus triste. J'ai hâte qu'elle en ait terminé avec cette année 94 jalonnée de séparations. Elle en a encore une à m'annoncer. Pas la moins pénible : la mort de Rididine. Ça, alors, je suis désolée. Surtout pour le vieux Rougon et le petit Macart. A eux trois, ils formaient une famille si unie.

— Le père et le fils faisaient peine à voir, me dit Nini. Ils hennissaient de douleur chaque fois qu'ils entendaient un moteur.

— Un moteur ? Pourquoi ?

— C'est une des premières voitures à essence qui a renversé Rididine, boulevard de Clichy, juste devant le *Moulin-Rouge*. On n'avait pas l'habitude. Ni elle, ni moi. Ni la voiture non plus. Il s'agissait d'un prototype. La mule a voulu renifler les chevaux du moteur d'un peu trop près. Le bolide n'a pas pu l'éviter. Vous pensez ! Il faisait au moins du vingt-cinq à l'heure !

Le soir, encore tout imprégnée de ce malheureux souvenir, je me suis rendue au gala du centenaire du *Moulin-Rouge*. Et personne, vraiment personne, n'a pu comprendre pourquoi, en voyant notre ministre de la Culture descendre de la voiture officielle, à l'endroit même où avait été accidentée la mule, j'ai soupiré mélancoliquement : « Pauvre Rididine ! »

21

Le gala s'est prolongé fort tard et ce matin j'arrive dans mon bureau, les méninges ouatées. Par chance, Nini m'y accueille aux accents de *La Marche nuptiale* de Mendelssohn qui, chantée par elle à un rythme accéléré, perd ce côté prémonitoirement funèbre qu'elle a d'habitude. La gaieté retrouvée de ma gambilleuse me décotonne. Aussitôt je m'ébroue pour assister à la noce. Mais à propos :

— Quelle noce, Nini ?
— La mienne, évidemment !
— Eh bien, en voilà une nouvelle !
— Vous ne vous y attendiez pas, hein ?
— Ça non ! Pas du tout.
— Moi non plus ! Ça s'est décidé en une seconde. La seconde qu'il faut pour dire oui.
— Et en l'occurrence, oui à qui ?
— Trougnard !
— Ah non ! Ça, je ne le supporterai pas ! Moi vivante, vous ne vous marierez pas avec Trougnard !

Nini s'esclaffe. Ma réaction l'enchante : elle ne croyait pas que j'allais tomber aussi facilement dans le panneau : ouf ! Elle plaisantait. C'est Benjamin Guinguet qu'elle va épouser. Ça, je suis d'accord. Je ne le connais pas beaucoup celui-là, mais rien qu'à cause de son nom il m'est sympathique et ça me plaît bien que Nini Patte-en-l'air devienne Mme Guinguet. Il y a du rire et des flonflons dans ce nom-là !

Ça lui plaisait bien aussi à Nini : il lui semblait établir ainsi une espèce de continuité dans le changement. Mais ce sont quand même des raisons plus sérieuses qui l'ont décidée à se marier. D'abord, elle a été touchée que Benjamin le lui propose. Il y avait de quoi, non ? Un homme qui vous demande votre main quand il a tout le reste depuis longtemps, ça ne court pas les rues. Et puis, comme toujours dans la vie, c'est une question de moment.

Benjamin a bien choisi le sien. Au fil des départs, au fil des deuils, Nini a de plus en plus « mal à la page qui tourne ». Son univers, sans être encore un autre, n'est déjà plus ce qu'il a été. *Le Chat-Noir* sans Salis, *Le Mirliton* sans Bruant, le *Moulin-Rouge* sans La Goulue, l'*Elysée-Montmartre* devenue patinoire, Montmartre sans Lautrec, parti s'installer carrément dans « la maison de la rue des Moulins » pour être plus près des prostituées qui lui servent de modèles ont perdu de leurs sortilèges. L'absence de Rididine, l'intempérance de Nono Clair-de-lune, le désarroi de la Patamba qui a souvent la tentation de partir pour Courtenay, la nervosité de Valadon, prise entre sa passion pour son art et son besoin de sécurité, les premières ivresses du petit Maurice, l'école de danse, chaque jour moins appréciée par la police des mœurs... rien dans tout cela qui allège le quotidien.

Et pour couronner l'ensemble, le silence presque total de Vincent et de François-Ludwig. Chacun à sa manière digère ses déboires conjugaux.

François voyage. Il envoie des cartes postales à Nini. De Guernesey : *Dans cette île où il a vécu dix-huit ans, je n'arrive pas à voir Victor Hugo, car ma Juliette me manque.* D'Amsterdam : *Il n'y a pas plus de cache-barbe ici que de morue dans le cœur des frites.* D'Italie, dans un accès de romantisme : *Que c'est triste Venise, le soir sur la lagune, quand on cherche une main que l'on ne vous tend pas.* De Nice : *Bons baisers de la coupole de l'Observatoire.* De Genève : *Quand ma pensée dérive vers toi, ce n'est pas vraiment au lac qu'il y a le feu !* D'un peu partout dans le monde, il lui adresse des clins d'œil, des pense-cœur. C'est gentil. Ça entretient les braises. Mais ça ne remplace pas une bonne flambée.

Vincent lui aussi a partiellement déserté son foyer. Un orage violent ayant détérioré toute l'aile gauche du château d'Héricourt, il en a profité pour s'installer dans l'aile droite afin de surveiller les travaux de réfection. Il s'est plu dans cette région, s'y est fait des amis, qui sont devenus des clients, qui lui ont présenté des amis, qui sont devenus des clients, qui... Ses activités l'éloignent de plus en plus de Paris. Donc de Nini. A leur dernière rencontre, entre deux trains, il lui a appris que le petit Aymeric, âgé tout juste de deux ans, avait attrapé comme lui jadis une coqueluche et que le médecin avait prescrit l'éternel changement d'air. Marie-Ange, accaparée par sa vie charito-mondaine avec le sieur de La Trougnière, a demandé à son mari d'emmener l'enfant à Héricourt, avec la gouvernante bien sûr. Il a accepté et par la même occasion il a emmené aussi l'abbé Lafoy et Léonie. Un nouveau cercle familial est en train de se reformer... et de se refermer sur le passé montmartrois de Vincent.

— Dans ces conditions, me dit Nini, vous comprenez bien que lorsque Benjamin m'a parlé de Caudebec, ça a fait tilt.

— Non, je ne comprends pas. Pourquoi ?

— Parce que Caudebec est à une dizaine de kilomètres d'Héricourt.

— Ah, comme ça, oui... mais pourquoi Benjamin vous parlait-il de Caudebec ?

— Parce que sa famille y habitait depuis des générations et que le pépé Guinguet y avait trépassé en début d'année d'un coup de calva en trop.

Je lève le pouce pour réclamer une pause. Je tiens à souligner cet exemple typique de désinformation. Nini m'aurait dit – ce qui était le cas – que M. Guinguet père avait été terrassé par une congestion, j'aurais pu me montrer quelque peu affectée par la disparition brutale de cet honnête homme. Mais que « le pépé Guinguet ait trépassé d'un coup de calva en trop » me décourage le trémolo : ça déconsidère l'événement. Et sa victime aussi. La langue française peut être pernicieuse. Je le savais, mais il n'est pas inutile que j'en aie eu la preuve sous l'oreille. Désormais quand on me susurrera joyeusement aux Infos que « Tout va très bien, madame la marquise », je me demanderai si on ne me fait pas le coup du père Guinguet !

— Vous avez peut-être raison, me dit Nini, mais ça n'empêche pas, en fa dièse, ou en do majeur, que le père de Benjamin était parti rejoindre au cimetière de Caudebec, sa femme, décédée, elle, cinq ans plus tôt, d'un sauté de veau à la crème.

Je m'efforce d'opposer à cette provocation délibérée une impassibilité marmoréenne et Nini presque aussitôt s'efforce de me démarbrer avec l'histoire de Benjamin. Enfant unique, il a hérité du seul bien de son père : une maison un peu vétuste mais assez grande dont une salle de café-restaurant occupe tout le rez-de-chaussée. On n'y mangeait plus depuis la mort de Mme Guinguet mère, mais on continuait à y boire sec. Or, ce débit de boissons était paradoxalement situé au bord de l'eau : la Seine, rien de moins ! Pendant l'enterrement de son père, Benjamin n'a pu s'empêcher de penser que le lieu serait idéal pour une guinguette – bon sang ne saurait mentir ! – et que cette guinguette aurait toutes les chances d'attirer les chalands, si une gambilleuse de Paris présidait à ses destinées.

En conséquence, le dernier dimanche de février, triste comme peuvent l'être quelquefois les derniers dimanches de février, quand la gelée occulte le bourgeon, Benjamin a emmené Nini à la Foire du Trône avec sa petite idée derrière la tête. Celle-ci s'est révélée excellente. Ils se sont arrêtés devant la baraque de La Goulue. Nini a été atterrée de voir Loulou bouffie, boudinée, aux prises avec un lion, décharné, lui, qui lorgnait sans aménité la cicatrice que sa présumée dompteuse portait au bras depuis qu'un puma y avait enfoncé ses griffes. Le spectacle de l'ancienne Vénus de la pègre devenue à vingt-six ans la risée d'un public clairsemé et sans indulgence l'a tellement débilitée qu'elle n'a pas eu le courage de se manifester. Avant même la fin du numéro de dressage, elle a entraîné Benjamin vers une buvette où, à côté d'un brasero, ils ont bu un vin chaud. Elle avait besoin de se réchauffer. De l'intérieur surtout. Benjamin l'a senti. Alors il s'est mis à parler de Caudebec, près d'Héricourt... De sa vieille maison que Vincent accepterait sûrement de l'aider à retaper... et puis, finalement, de la guinguette qui pourrait s'appeler « Chez Nini et Benjamin »... si par hasard elle voulait bien l'épouser. Elle a dit oui tout de suite, comme ça, sans hésiter : un réflexe d'autodéfense. Contre le froid. Tous les froids de tous les jours. Néanmoins elle a ajouté :

– Mais vite la noce ! Il ne faut pas me laisser le temps de réfléchir !

Et le premier samedi de mai, gai comme peuvent l'être quelquefois les premiers samedis de mai, quand le soleil cajole la fleur, ils passent devant monsieur le maire du XVIIIᵉ arrondissement, puis devant l'abbé Lafoy, auquel le curé de Saint-Pierre de Montmartre, autrement plus aimable que celui de Saint-François-Xavier, a bien voulu céder sa place. Le Tout-Montmartre assiste à cette cérémonie qui est aussi réussie que celle des Marie-beigeasses fut ratée. Leurs deux époux en sont doublement les témoins. Pour cette circonstance, répondant à l'appel de Nini, François est revenu d'Amérique où pourtant il s'amusait beaucoup et Vincent, d'Héricourt où pourtant il s'attache chaque jour davantage, comme un père qu'il n'est pas, aux progrès du petit Tonkinois.

L'un et l'autre se réjouissent que Nini ne fasse ni un mariage d'argent, ni un mariage d'amour mais un mariage de plein de raisons. Benjamin est un garçon gentil, solide, courageux qui a la sagesse de prendre les réalités pour ses désirs et qui, de ce fait, jouit d'une inaltérable sérénité. Il fera un mari très agréable à vivre, sans criailleries, sans bouderies... et sans jalousie excessive.

L'un et l'autre regardent avec un pareil attendrissement ce que les autres ne voient pas : sous la stricte robe blanche de Nini, ses rondeurs encore insolentes. Mais pour combien de temps ? Dans un mois, elle aura vingt-sept ans. Et déjà des filles plus jeunes d'une dizaine d'années au moins – souvent des élèves de son école – s'élancent à ses trousses sur la piste du *Moulin-Rouge* comme à leur âge elle s'élança sur la piste du *Moulin de la Galette*. Il est peut-être un peu prématuré de quitter la gambille pour le négoce ; mais il vaut toujours mieux précéder l'événement ; pouvoir choisir ; pouvoir se dire qu'on ne fait pas une fin, que l'on fait un recommencement.

L'un et l'autre pensent qu'il sera aussi bientôt temps pour elle d'avoir un enfant : une Nini miniature qui sautillera sous les lampions de la guinguette, rigolote, tendre et volontaire comme sa mère. C'est drôle ! Ils ne l'imaginent pas avec un petit garçon. Une fille prolonge mieux la femme qu'on a aimée.

A la sortie de l'église, sur l'initiative de Grille-d'Egout, des danseuses de cancan attendent, alignées, dans une double file impeccable, les mains accrochées à leurs jupons, prêtes à l'action. Dès que Nini apparaît au bras de son époux, Grille donne le signal et, comme à la parade, vingt corolles de broderie blanche s'épanouissent, vingt jambes se lèvent – dix d'un côté et dix de l'autre – et forment la plus jolie haie d'honneur qu'on puisse rêver. Sur leur passage, elles crient : « Vive la mariée ! » Pendant que Valentin-le-Désossé et Guibolard déversent des déluges de confettis.

Nini y va de sa larme. Ils sont chouettes quand même les gens de « la baraque » ! Quand on sort de leur giron, on n'arrive jamais vraiment à couper le cordon ombilical. Nini est soudain prise de panique : pourvu qu'elle ne les regrette pas trop ! Benjamin, par bonheur, capte, au-delà de l'émotion, l'angoisse dans son regard.

— Ne t'inquiète pas, dit-il, Caudebec n'est pas si loin de Paris... Si tu t'ennuies trop, tu pourras y faire un tour.

Elle a tout de suite le cœur plus léger. En toutes circonstances, le définitif du « plus jamais » est lourd à porter. L'éventualité du « de temps en temps » est déjà plus acceptable. Elle saute au cou de Benjamin et lui glisse dans l'oreille avec reconnaissance :

— Même si on ne s'en sert pas, il est bon de savoir que les murs ont des fenêtres.

Sur la place du Tertre, des Montmartrois plus ou moins connus des jeunes mariés viennent les féliciter verre en main, cœur en fête, muguet à la boutonnière.

Ils composent un tableau que le Douanier Rousseau aurait aimé peindre.

Sous le coup d'une heure, les derniers vœux reçus, les derniers verres vidés, le jeune couple et une vingtaine de leurs familiers se dirigent vers *Le Clairon des Chasseurs* où les attend le repas de noces. Les convives prennent place autour de la table, en admirant la décoration florale, jettent un œil intéressé sur le menu, espèrent que le « lièvre à la royale » ne va pas trop tarder... et constatent que les petits creux à l'estomac engendrent des grands creux dans les conversations. Le constat dure à peu près vingt secondes et tout à coup, dans le silence des panses vides, venant de derrière le comptoir, retentit un cri, insolite pour tous, sauf pour François-Ludwig, Vincent et Nini qui eux, le connaissent bien : celui du mainate :

– Toutes des salopes ! Toutes des salopes !

La stupéfaction est telle que personne ne bronche. Heureusement ! cela permet à chacun d'entendre une voix similaire mais plus haut perchée qui proclame en réponse :

– Sauf Nini ! Sauf Nini !

Nini explose de rire. Les invités hésitent à la suivre, ne comprenant pas exactement ce qu'il vient de se passer. Vincent qui a eu l'idée de cet intermède se charge de le leur expliquer. François-Ludwig qui s'est chargé, lui, de la réalisation vient expliquer à Nini comment il s'y est pris : il est allé voir sa mère et l'abbé Bardeau au presbytère de Domrémy, devenu un véritable paradis pour animaux. Dès le seuil de la porte il se rendit compte que le mainate était resté fidèle à son refrain misogyne, bien que son interprétation en fût sensiblement plus érotique, depuis qu'on lui avait donné une compagne. Celle-ci, grâce à lui, avait retrouvé sa bonne humeur. Contre une substantielle offrande à saint Martin – à cause de son chien – l'abbé Bardeau promit qu'il apprendrait à l'oiselle la phrase désirée et l'accompagnerait à Paris. Ce qui lui donnerait l'occasion de montrer à Nini et à la Patamba qu'il leur avait depuis longtemps pardonné leur fuite éperdue de Domrémy et le vol de sa mule. Il est bien désolé d'apprendre l'accident de cette dernière. Pour perpétuer son souvenir, il décide d'offrir à Nini en cadeau de mariage une petite ânesse qui vient de naître à Domrémy : Rididine II sera le porte-bonheur du jardin de la guinguette des Guinguet. Quelle bonne idée ! Déjà, ils avaient décrété que le zinc flambant neuf, offert par Nono Clair-de-lune, serait le porte-bonheur de la salle de café ; le piano de la Patamba, celui du salon ; le gros chat noir en faïence envoyé par Salis, celui de la cuisine ; le portemanteau du *Mirliton* envoyé par Bruant, celui du vestibule ; les premiers escaliers de la Butte gribouillés par le petit Maurice Utrillo, celui de la future chambre d'enfants ; la vaisselle incassable de la fougueuse Valadon, celui de la salle à manger ; l'ensemble cuvette et broc à eau de Toulouse-Lautrec, celui du cabinet de toilette, car à Caudebec-en-Caux le jet rotatif Marval n'est pas encore pour demain ! Quant à la chambre conjugale, elle serait sous la double protection occulte de François-Ludwig et de Vincent qui avaient tenu à en assurer entièrement l'ameublement. Sans compter tous les Sacré-Cœur, en vases, en cendriers, en coussins, en presse-livres que Nini et Benjamin avaient reçus et qui dans leur future maison irradiraient des ondes amicales et bénéfiques. Leur avenir se présentait sous les meilleurs auspices et le présent était délicieux. On buvait. On chantait. On riait. On dansait. On s'embrassait.

François-Ludwig affirma à Nini que le mariage de Boni de Castellane auquel il avait assisté un mois auparavant à New York avait été beaucoup moins amusant que le sien et surtout le marié beaucoup moins détendu qu'elle. Pourtant quand on a en la personne de Jay Gould, richissime constructeur des premières lignes de chemin de fer américaines, un beau-père qui s'est battu en duel avec un concurrent... à la locomotive ; un beau-père qui, de surcroît, met trois millions de dollars de revenus dans la corbeille de noces, on devrait avoir le sourire. Mais Boni ne l'avait pas. Il est vrai que, comme François-Ludwig, il ne trouvait sa femme jolie que « vue de dot » et qu'il n'avait pas, lui, une Nini Patte-en-l'air pour rêver.

Vincent entendit-il la fin de la conversation entre François-Ludwig et Nini ? Ou n'est-ce qu'un hasard de plus ? Mais dès que son beau-frère et désormais ami s'éloigna, laissant la nouvelle mariée précisément songeuse, il s'en approcha par-derrière et dans son cou lui chuchota :

– « Les beaux rêves même fanés font de somptueuses tapisseries de décembre. »

Elle fut émue d'entendre si joliment exprimé ce qu'elle ressentait comme François-Ludwig. Et comme lui, Vincent. Elle se retourna et, s'efforçant de sourire, lui demanda :

– C'est dans ta campagne qu'on apprend à dire de si belles choses ?

– Non, mais c'est dans ma campagne qu'on les entend... quand on a la chance d'y avoir des amis qui fréquentent Jean Lorrain.

L'idée que Vincent a rencontré en Normandie le chroniqueur, fine fleur du macadam parisien, lui fait chaud au cœur. Allons ! Benjamin a raison : Caudebec-en-Caux n'est pas loin de Paris. D'ailleurs il y coule le même fleuve. De la guinguette des Guinguet, on peut sûrement apercevoir la tour Eiffel et le Sacré-Cœur. En fermant les yeux.

Quant à la nuit de noces de Nini, elle a été inoubliable. Comme celle de François-Ludwig. Mais pas pour les mêmes raisons, hélas ! Les deux nouveaux époux, amants depuis quatre ans, légèrement pompettes et complètement épuisés, s'amusent dans leur lit à jouer les jeunes mariés effarouchés qui font « ça » pour la première fois.

– Oh ! monsieur Odilon, ma maman ne m'avait pas dit ça.

– Mais mademoiselle Aglaé...

– Pas Aglaé... Arthémise !

Tiens ! le prénom de ses anciens jeux a échappé à Nini : Odilon et Arthémise... Comme autrefois avec François-Ludwig... C'est bon signe... Benjamin rit en chantant : « Arthémise, gardez votre chemise. » Elle pouffe dans son oreiller et commence à lui répondre en chantant également : « Odilon, gardez... » mais elle s'arrête net. On frappe à la porte. Fort. Très fort. Ils croient à une traditionnelle plaisanterie d'après mariage bien arrosé. Ils se lèvent. Benjamin prend un seau d'eau avec l'intention de le jeter à la figure des importuns et fait signe à Nini d'ouvrir la porte. C'est la Patamba qui reçoit l'averse. Elle se rue sur Nini et lui met sous les yeux son carnet de communications, en proférant quelques sons gutturaux comme à chaque fois que son infirmité lui pèse plus particulièrement. Nini absourdie y lit ces quelques mots : « Nono morte subitement. Docteur t'attend. » Nini ne peut s'empêcher de penser : « Comme le père Guinguet : d'un coup de gnôle en trop ! » Pourtant elle a de la peine. Pas trop – ne soyons pas plus hypocrite qu'elle. Depuis longtemps déjà la marquise de Mangeray-Putoux n'avait plus rien de commun avec la pieuse gaillarde de Domrémy à laquelle Nini portait une affection sincère. Parfois on perd des êtres qui ne sont plus ceux que l'on a aimés. Mais quand même, Nini est loin d'être indifférente à la nouvelle. D'un seul coup, elle se retrouve aussi lucide que si, comme la Patamba, elle avait reçu un seau d'eau. En un tournemain elle est habillée et prête à partir. Elle a refusé que Benjamin l'accompagne. Elle n'est pas habituée à avoir un homme qui lui « brêle dans les pattes » : une expression normande que justement il emploie volontiers et qu'elle a adoptée. Il n'a pas insisté : lui non plus, il n'aime pas qu'on lui « brêle dans les pattes ».

Rue Saint-Eleuthère, le médecin, mécontent d'avoir été dérangé en pleine nuit pour un simple constat qui aurait bien pu attendre jusqu'au matin, accueille les deux femmes avec une mauvaise humeur évidente. Nini ne s'en souvient pas formellement, mais elle croit bien qu'il s'appelait Trougnolles. Ça ne m'étonnerait pas car, au lieu d'expliquer à Nini (qui pourtant avait eu la présence d'esprit d'enfiler une robe noire à la place de sa blanche) que la marquise de Mangeray-Putoux avait succombé à un coma diabétique dont elle était menacée depuis plusieurs années et dont l'issue fatale avait été provoquée par l'absorption dans la journée d'une trop grande quantité de liquides riches en glucides, le déplaisant Dr Trougnolles – oui, décidément, tel était bien son nom – avait eu l'indélicatesse de dire que Nono Clair-de-lune atteinte depuis belle lurette par la maladie-de-la-dalle-en-pente avait cassé sa pipe pour cause de tuyaux bouchés par l'alcool. En voilà un au moins qui ne confondait pas le serment d'Hippocrate avec le serment d'hypocrite ! Là-dessus, il était parti après avoir empoché le prix du constat – et surtout du dérangement – en lâchant un « Au plaisir ! » qui n'était pas du meilleur goût.

Après son départ, Nini et la Patamba avaient commencé à préparer leur vieille amie pour son dernier voyage. En cherchant son chapelet du dimanche, Nini tomba sur une grande enveloppe blanche où, intriguée, elle lut : *Pour Nini Patte-en-l'air, à n'ouvrir qu'après ma mort.* Ce libellé était écrit en lettres capitales. Ce dont Nini déduisit qu'il annonçait un événement qui l'était aussi : capital. Déduction un peu légère a priori mais qui pourtant s'avéra. En effet, de la grande enveloppe blanche, elle sortit dix feuillets également blancs, noircis recto verso par l'écriture de la marquise exceptionnellement « sévignesque », qui la bouleversèrent. Elle en soupire encore et s'exclame en levant œil et épaule :

— Ah ! ma chère grande ! Vous n'imaginez pas le choc ! Les chocs plutôt, que j'ai eus en lisant ça.

— En lisant quoi ?

— Eh bien, les dix feuillets de Nono Clair-de-lune.

— Evidemment ! mais que vous y apprenait-elle ?

Nini vérifie à droite et à gauche que personne ne peut l'entendre avant de me répondre à voix basse :

— Le nom de mon père.

La joie me soulève de ma chaise et debout je m'écrie :

— Merveille des merveilles ! Je vais enfin connaître votre véritable identité.

Mais Nini tempère tout de suite mon enthousiasme :

— Véritable... véritable, me dit-elle, restrictive à l'extrême. Pas exactement.

Je renifle le piège :

— Comment ça « pas exactement » ?

— C'est simple : je peux vous révéler qui était mon vrai père, mais je ne peux pas vous révéler son vrai nom.

J'aboie :

– Ah! non! Vous n'allez pas recommencer le même cirque qu'avec le comte Pontel d'Héricourt!

– Ben si... forcément!

Je dresse l'oreille :

– Quoi forcément ?

– C'est lui mon père.

Je déguste mon os :

– Le comte Enguerrand Pontel d'Héricourt !

– Oui... enfin celui que vous avez baptisé ainsi à cause de ses pointilleux héritiers chapitre 15.

Je m'acharne après mon os rongé :

– Vous êtes sûre que vous ne pouvez pas lever un coin du voile ?

– Certaine. Dans votre intérêt, n'insistez pas !

Je retourne à ma niche : quelquefois vraiment le métier d'auteur est un métier de chien !

Ainsi il va falloir que je me contente – et vous aussi par la même occasion – de savoir que Nini était le fruit des amours clandestines d'un aristocrate et d'une gourgandine. Autrement dit, comme elle me l'avait annoncé au départ, des deux prototypes de Zola : le comte Muffat qui a pris dans ce livre le nom de Pontel d'Héricourt et de Nana qui s'appelait en réalité Anaïs Gautier. Ça, Nini vient de me le confier. Ainsi que la date où Anaïs est morte, le 25 novembre 1869, à jamais jour de deuil pour le comte Enguerrand qui était intervenu – est-il besoin de vous le rappeler – afin que le mariage de ses filles prévu précisément pour le 25 soit remis au 28. Ce qui entraîna les catastrophes dont en cas d'oubli, on pourra retrouver le récit au chapitre 18. A quoi tiennent les choses quand même : Anaïs serait morte trois jours plus tard, on ratait le mainate ! mais, Dieu merci ! Il l'avait rappelée à lui le 25 novembre 1869, soit un peu moins de dix-huit mois après la naissance de Nini. Celle-ci, toujours optimiste, conclut :

— Vous voyez, il n'y a pas de regret à avoir, de toute façon, j'aurais été orpheline !
— La pauvre ! Elle devait être très jeune.
— Vingt-deux ans. Comme sa mère. La jolie Marguerite. Et de la même manière.
— C'est-à-dire ?
— Ben, la tuberculose !
— Comment voulez-vous que je devine ?
— Enfin, vous rêvez ou quoi ? Marguerite.
— Eh bien ?
— Marguerite Gautier.

Cette fois, je donne à Nini la ration de points d'exclamation qu'elle escomptait.

— Votre mère était la fille de la Dame aux Camélias !!!
— Oui... croyez-vous ! Je suis l'héritière d'une femme qui a inspiré Alexandre Dumas et d'une autre qui a inspiré Zola.
— Ça ne vous a pas complexée ?
— Non ! On n'a pas le même créneau ! Et puis, j'aime autant vous dire que j'ai été plus frappée par la révélation de Nono concernant mon ascendance paternelle.
— Pourquoi ? Vous saviez bien que vous étiez la fille d'un aristocrate.
— Oui ! hurle Nini, mais pas d'un avec lequel j'avais failli coucher, figurez-vous !

A ma grande honte, j'avoue que j'avais oublié cet épisode : la joute au *Chat-Noir* entre Charles Zidler et le comte Enguerrand, pour les beaux yeux de Nini... Oh la la ! Tout me revient à présent ! Une chance que le taureau ne se soit pas effacé ce soir-là devant le lévrier ! J'en frémis rétrospectivement. Ça m'aurait coupé la plume : l'inceste est pour moi résolument incompatible avec le rire.

Une chance aussi que le comte Enguerrand n'ait

pas poursuivi sa cour le lendemain à l'*Elysée-Montmartre*, comme il l'avait annoncé.

Cette dernière chance est due entièrement à la marquise de Mangeray-Putoux. Celle-ci – sachant ce qu'elle savait – fut affolée par l'aveu que Nini en rentrant de sa soirée lui fit de son attirance pour le distingué quinquagénaire. Le lendemain matin, elle alla réveiller le comte Pontel d'Héricourt pour lui apprendre qu'il était le père de Nini. Sous le choc, il avait eu un malaise cardiaque, semblable à celui qui devait l'emporter à l'issue du mariage de ses deux filles en voyant, dans la sacristie, celle qui était leur demi-sœur : la gambilleuse !

– En somme, dis-je après quelques instants de réflexion, car cette accumulation de révélations m'a un peu perturbée, François-Ludwig et Vincent sont vos beaux-frères.

– Mes demi-beaux-frères.

– Vous leur avez dit ?

– Pas sur la Terre !

– Ah ?

– Ben non ! Je leur avais fait croire que le comte était mon amant : je ne voulais pas me désavouer. Mais ils ont bien rigolé quand ils ont su la vérité... Là-Haut.

– Ah... vous les avez retrouvés ?

– Dès mon arrivée : ils étaient là, avant moi, et ils sont venus m'attendre. En compagnie de Benjamin.

– Ils devaient être contents de vous revoir.

– Je comprends ! Mais vous savez, tous les quatre, nous sommes restés très indépendants : on a des nuages à une place.

– Ah ! je suis contente que ça existe.

– Ça ne nous empêche pas de jouer souvent ensemble.

– A quoi ?

– Au poker menteur.
– Vous devez gagner souvent.
– Oui. Je ne sais pas pourquoi.
– Voulez-vous que je vous explique ?
– Non. Excusez-moi, ils m'appellent... depuis un bon moment déjà... ils commencent à s'impatienter.
– Vous n'allez pas partir tout de suite quand même !
– Il faut bien... hélas ! je n'ai plus rien à faire ici.
– Comment rien ? Votre biographie n'est pas finie.
– Mais si !
– Mais non ! Le *Gil Blas* signale votre décès en 1930.
– Erreur ! C'est Mme Guinguet qui est morte cette année-là. Nini Patte-en-l'air, elle, a disparu en 1895, après son mariage. Et définitivement.
– Mais enfin, Nini.
– Dé-fi-ni-ti-ve-ment.
– Allons ! soyez raisonnable !
– Adieu...
– Quoi ?
– Adieu...
– Je vous entends très mal. Qu'avez-vous dit ?

Je tends l'oreille. Aucune réponse ne me parvient. Je renouvelle mes appels. Toujours rien. Je ne me résigne pas à croire Nini partie pour de bon. Je vais dans mon salon, espérant la retrouver près de Rididine sur le tapis noir à bouquets roses. Mais elle n'y est pas. Je cours après son ombre dans les rues de Montmartre. Je la cherche dans tous les endroits qu'elle a fréquentés. Comme on cherche un conjoint, un compagnon. C'est normal ! Depuis le temps que nous vivions ensemble, sans pratiquement nous quitter.

Comme une âme en peine, j'erre du Sacré-Cœur au *Moulin-Rouge*, de l'*Elysée-Montmartre* au *Chat-Noir*.

Elle n'est nulle part. Je me sens abandonnée. Vacante. Vide. Je n'aurais pas cru qu'elle allait me manquer autant. Je rentre chez moi, lourde de son absence. Je m'installe à mon bureau. Je voudrais terminer ce livre pendant qu'elle est encore proche de moi. Mais comment ? Comment ?

Je brasse et triture des idées dont aucune ne me satisfait. Agacée, j'ouvre mon cahier, décidée à écrire n'importe quoi en attendant l'inspiration. C'est alors qu'au beau milieu de ma page blanche, je découvre le dernier message de Nini. Son dernier clin d'œil :

Est-ce si important, la dernière phrase d'un livre ?

3105

Achevé d'imprimer en France (La Flèche)
par CPI Brodard et Taupin
le 4 octobre 2010 - 60399.
Dépôt légal octobre 2010. EAN 9782290308325
1ᵉʳ dépôt légal dans la collection : octobre 1991

Éditions J'ai lu
87, quai Panhard-et-Levassor, 75013 Paris
Diffusion France et étranger : Flammarion